红楼梦俗文艺作品集成

戏曲集（三）

朱恒夫　刘衍青　编订

上海大学出版社
·上海·

序言

詹 丹

《红楼梦》所具的百科全书性,单从其与戏曲结缘论,也洋洋大观。

虽然这种结缘让有些学者产生冲动,很愿意相信《红楼梦》作者是一位戏曲家,也费心费力做了研究,所得出的结论,堪称另一种"荒唐言"。但产生这种冲动的原因,是可以理解的。因为隐含在《红楼梦》小说中,作为情节发展和人物性格塑造一部分的元明清戏曲作品,姑且称之为小说文本外的"副文本",随处可见。据徐扶明等学者统计,《红楼梦》共有 40 来个章回涉及了当时流行的 37 种剧目,据此,有人夸张地称《红楼梦》中藏着一部元明清经典戏曲史,也并不令人惊讶。

研究元明清戏曲与《红楼梦》文本的关系,努力挖掘涉及的剧目是怎样滋养着《红楼梦》的创作成就,当然是一种重要的研究路径,而且确实取得了令人瞩目的成绩,丰富了我们对《红楼梦》同时也是对那些戏曲作品乃至当时社会文化的认识。当然这仅仅是一方面。

另一方面,《红楼梦》作为一部传统社会的小说巨著,也构成文化创作的丰富源泉,不断激发后人的创作灵感,延伸出大量戏曲改编作品。而且,不受传统戏曲种类局限,辐射到其他各种类别,在近两百年的历史长河中,持续不断,滚滚而来。

虽然本人的研究兴趣在《红楼梦》小说本身,但偶尔对改编的戏曲乃至影视作品也稍有涉猎,这里略谈几句感想。

其实,小说问世没多久,就有了仲振奎改编的共 32 出的《红楼梦传奇》。由于需要将《红楼梦》小说的基本内容在 32 出戏中全部演完,就不得不对小说的许多线索进行归并。比如将原本分处于第一回和第五回的木石前盟的神话传说和太虚幻境的情节进行归并。再比如在情节设计中,交代林黛玉的父母在黛玉进贾府前都已去世,这样林黛玉进贾府后不会再有牵挂,也避免再去探望病重的父亲及奔丧之类横生的枝蔓。又比如戏曲中林黛玉和薛宝钗是一起进贾府的,而在小说中,林黛玉和薛宝钗分别在第三回和第四回进贾府。在读小说的时候,读者可能感到奇怪:为什么对林黛玉进贾府有详细的描写,而对薛宝钗进贾府的情况则几乎没有描述,宝玉和宝钗正式见面的场合又在哪里?戏曲改编大概考虑到读者的心理疑惑,于是就安排了两人恰巧凑在一起进贾府,同时也改去了小说第三回中贾政未见林黛玉的情节,而让这两人见到了家中每一位长辈,等等。虽然从整体看,戏曲对小说文本的改造比较多,但出于演出制约和现场效果的特殊需要等,不得不对纷繁复杂的小说情节线索加以重新梳理,使得小说文本一些细腻之处就不可避免地被抹除,原本较能够凸显人物性格差异的精微之处,也不再彰显。

如何看待戏曲改编和小说文本的差异,是一个饶有趣味的接受学问题,这里举两例来谈。

其一,《红楼梦》小说改编而成戏曲的,影响最大、最深入人心的是越剧《红楼梦》。而越剧《红楼梦》改编之所以成功,一般认为,重要原因之一,是改编者在改编过程中做了一个大胆选择:将《红楼梦》小说中家族衰败的主线基本删除,只抓住了宝黛爱情这条线索。当《红楼梦》被改编成一部凸显爱情主题的作品时,尽管在越剧最后部分也有抄家的情节设计,但主要也是为了烘托宝黛爱情的悲剧性。此外,越剧《红楼梦》对小说一些重要情节的处理变动也很有意思。比如,它将黛玉葬花的情节放在了宝玉挨打之后,而在小说中,黛玉葬花在第二十七回,宝玉挨打在第三十三回,当中还间隔了六七回。这一改动让北大教授、曾经也是红楼梦学会会长的吴组缃非常不满。他认为,小说中,宝玉挨打后,林黛玉前来探望,宝玉让晴雯给林黛玉送去两条旧手帕,林黛玉在其上作《题帕三绝句》,通过这些情节的处理,表明两人此时已彻底理解了对方的心意,不可能再有大误会发生。而越剧在这之后,还把小说之前的一段情节挪过来,即林黛玉误以为贾宝玉吩咐怡红院里的丫鬟不给自己开门,然后心生哀怨,在悲悲戚戚中葬花,这样的变动设计是不合理的,也没有理解宝玉挨打后的一系列事件所蕴含的宝黛已经有了默契的深意。但现在回过头来思考这个问题,我觉得还可以有另一种思路。为什么越剧《红楼梦》要进行这样的情节改动?在我看来,情感的高潮与情节的高潮未必相等。在越剧《红楼梦》中,情感是其表现的主要内容,黛玉葬花则是其高潮,不同于宝玉挨打这一情节的高潮。如果黛玉葬花这一幕出现过早,是不符合越剧《红楼梦》高潮设计的整体布局的。

其二,鲁迅曾为厦大学生改编的《红楼梦》话剧写过一篇小序,这就是著名的《〈绛洞花主〉小引》。其中有一段话,十分经典,即"单是命意,就因读者的眼光而有种种:经学家看见《易》,道学家看见淫,才子看见缠绵,革命家看见排满,流言家看见宫闱秘事"。这虽然是从读者反应角度对《红楼梦》主题的经典概括,其梳理也相当精准。但让人感到疑惑的是,何以在这篇短小的"小引"中,鲁迅会强调这个问题?其实,如果我们阅读了《绛洞花主》剧本,就可以意识到,这出话剧对《红楼梦》作出了很大的改动。它甚至安排了"反抗"这样一出戏,让宁国府的焦大和进租的乌进孝等分享反抗的经验,并设计黑山村、白云屯等村民联合起来,要求贾府减轻租税,显示了一个来自底层的人对上层社会的对抗。而这种对抗性,在小说本文中,是很难发现的。即使鲁迅本人不会这样理解小说(就像他在其他场合论及焦大一样),但话剧的改编,把《红楼梦》定位为社会问题剧,鲁迅还是从读者接受的角度,给出了同情式理解。所以"小引"引入种种不同的眼光,其实,也是给话剧的大胆改编提供了合法依据。这在一定程度上启发我们,所谓改编,其实都是后人站在自身立场,对原作的一次再理解和再创作,从而形成持续不断地与原作的对话。从这一思路看,拘泥于作品本身的改编,改编者宣称的所谓忠实于原作,就可能是迂腐的,也是不现实的。

令人感叹的是,《红楼梦》作为白话小说,在当初正统文人眼里应该就是俗的,但时过境迁,它也有了雅的地位,而使得改编的其他类别的文艺作品,成为一种俗。这种雅和俗的微妙分离、变迁和对峙,也是值得讨论的耐人寻味的现象。

朱恒夫老师是我十分钦佩的国内研究戏曲的名家,不但善于发现新问题并加以解决,也勤于收集整理原始资料。之前,他已经主编并出版了数十卷的《中国傩戏剧本集成》,令人叹为观止,如今他和他的高足刘衍青教授搜罗广泛的《红楼梦俗文艺作品集成》也即将面世,知道我是《红楼梦》爱好者,就嘱我写序。以前翻阅顾炎武《日知录》,说"人之患在好为人序",使我对写序一事,颇有忌惮,但朱老师所托之事,又不便拒绝,只能硬着头皮,略写几句感想,反正"人之患在好为人师"方面,我几十年教师当下来,已脱不了干系,再加一"患",有虱多不痒的心理准备。只是一路写来,定有不当处,还请朱老师指正,借此也表达我对朱老师勤勉工作的敬意。

是为序。

2019 年 3 月 15 日

前言

朱恒夫　刘衍青

　　《红楼梦》自问世之后,不断地衍变,至今天,已经形成了一个形式多样、品种丰富的"红楼梦"文艺作品群。我们可以将它们分成五类,即曹雪芹创作的小说《红楼梦》,根据原典改编、续编的小说、戏剧、曲艺和影视剧。因而研究"红楼梦"的"红学"范围也相应地扩大,亦将它们纳入研究的范围。所以,"红楼梦"不仅仅指原典小说,还包括用多种文艺形式改编的作品,"红学"也不只是研究曹雪芹所创作的《红楼梦》的学问。

　　客观地说,《红楼梦》的人物与故事能达到几乎是"家喻户晓,人人皆知"的程度,主要得力于由原典改编的作品,尤其是戏曲、说唱和影视剧,所谓"俗文艺"是也。因为,接受原典的思想和艺术,须具备识字较多和文化修养较高这两个条件,否则,即使了解了故事情节的大概,也是囫囵吞枣、似懂非懂的,甚至阅读的兴趣会越来越小,直至束之高阁。而俗文艺的戏曲、说唱和影视剧就不同了,它们将原典《红楼梦》中的故事内容,通过悦耳的音乐、动人的表演、怡人的景象等,让人们直观理解并得到美的享受。与原典相比,更为不同的是,俗文艺的改编者所呈现的作品,往往选取小说中最动人的故事情节、最为人们关注的人物并对原典的内容进行通俗化处理,接受者用不着费心思考,就能明了作品的思想内涵和人物性格。

　　因原典用精湛高超的艺术手法逼真地描写了复杂的社会生活,表现了能引发许多人共鸣的人生观,故而甫一问世,就受到了读者的欢迎,尤其到了乾隆五十六年(1791),程伟元、高鹗刊行了一百二十回本后,《红楼梦》迅速传播,到了士人争相阅读的地步。为了让更多的人接受,一些文人与艺人将其改编成戏曲或说唱作品。据现存资料看,程高本问世的第二年,仲振奎就写出了第一出红楼戏,名曰《葬花》。说唱可能略晚于戏曲,据范锴《汉口丛谈(卷五)》记载,1808年,汉口的民间艺人开始说唱《黛玉葬花》。随着文明戏的出现,1913年,春柳社等话剧社团开始改编并演出《红楼梦》。最早的电影《红楼梦》问世于1927年,为上海复旦影片公司和孔雀影片公司分别摄制的《红楼梦》无声片;1944年,中华电影联合有限股份公司摄制了第一部《红楼梦》有声片,由卜万苍执导,周璇饰演林黛玉,袁美云饰演贾宝玉。因电视剧这一文艺样式晚出,故而电视剧《红楼梦》直到1987年才出现。但由于电视剧的传播方式不同于戏曲、说唱和电影,它真正达到了让《红楼梦》的故事与人物家喻户晓、人人皆知的普及程度。

将原典小说改编成俗文艺作品的人,除了文人外,还有艺人。文人改编者,其动机多是因为由衷地热爱原典小说,欲让更多的人分享其精彩的故事、发人深思的思想和栩栩如生的人物形象,如仲振奎读了《红楼梦》后,"哀宝玉之痴心,伤黛玉、晴雯之薄命,恶宝钗、袭人之阴险,而喜其书之缠绵悱恻,有手挥目送之妙也",于是他用40天的时间,编成传奇。万荣恩作《潇湘怨传奇》也是出于这样的心地,在购得《红楼梦》后,"披卷览之,喜其起止顿挫,节奏天成,末节再三,流连太息者久焉。因不揣愚陋,谱作传奇"。艺人改编者,则多是受艺术市场引导,样式以说唱为主。他们在改编时,很少像文人那样借他人之酒杯以浇自己心中之块垒,而是力求吻合大多数接受者审美之趣味。

如果说原典《红楼梦》是定型的、不变的话,那么,俗文艺红楼梦则不仅运用新出现的文艺样式,如话剧、电影、电视、歌剧、舞剧、音乐剧,等等,就每一种样式的内容来说,也在不断地变化。仅以戏曲为例,从时间上来说,自1792年仲振奎的传奇《葬花》诞生始,清代相继创编了20部红楼梦传奇、杂剧,今存的就有仲振奎《红楼梦传奇》、孔昭虔《葬花》、万荣恩《潇湘怨传奇》、吴镐《红楼梦散套》、吴兰徵《绛蘅秋》、石韫玉《红楼梦传奇》、朱凤森《红楼梦传奇》、许鸿磐《三钗梦北曲》、陈钟麟《红楼梦传奇》、周宜《红楼佳话》、褚龙祥《红楼梦填词》,等等。民国年间,京剧名角纷纷与文人合作编创新戏,齐如山与梅兰芳、欧阳予倩与杨尘因、张冥飞、冯叔鸾、陈墨香与荀慧生等,刘豁公与金碧艳等,编创了大量的京剧红楼戏。除京剧外,各地方剧种中的名旦也纷纷编演红楼戏,经过长时间的舞台实践,有许多剧目成了粤剧、闽剧、秦腔、越剧、评剧等剧种的骨子戏。新中国成立后,戏曲红楼梦的编演掀起了一波又一波的高潮,仅越剧就有弘英《红楼梦》(1953年)、夏昉《红楼梦》(1953年)、包玉珏《红楼梦》(1954年)、洪隆《红楼梦》(1956

年)、王绍舜《晴雯之死》(1954年)、冯允庄《宝玉与黛玉》(1955年)、张智等《晴雯》(1956年)、徐进《红楼梦》(1958年)、胡小孩《大观园》(1983)、吴兆芬《晴雯别宝玉》《宝玉夜祭》《元春省亲》《白雪红梅》《晴雯补裘》(20世纪80—90年代)等等。除了徐进的越剧《红楼梦》影响较大之外,受观众欢迎的还有吴白匋等改编的锡剧《红楼梦》,徐玉诺、许寄秋等改编的河南曲剧《红楼梦》,王昆仑等改编的昆剧《晴雯》,赵循伯改编的川剧高腔《晴雯传》,徐棻改编的川剧高腔《王熙凤》,陈西汀改编的京剧《尤三姐》,等等。其他剧种如粤剧、评剧、潮剧、湘剧、吉剧、龙江剧、黄梅戏、秦腔等,亦编演了许多红楼戏。

总之,两百多年来,俗文艺红楼梦作品因不断地涌现,已经形成了一个改编、衍变原典小说内容的品种较多、数量庞大的作品群。

对于这些俗文艺红楼梦作品,学人从它们出现时就关注着。早期的红楼梦戏曲研究,多是作者的亲友以对剧本的题词、序、跋等形式介绍其创作的背景、动机,并对作品进行评论,如许兆桂对吴兰徵《绛蘅秋》评曰:"观其寓意写生,笔力之所到,直有牢笼百态之度,卓越一世之规。虽游戏之作,亦必有一种幽娴澹远之致,溢乎行间,不少留脂粉香奁气。"民国时期,学人对红楼梦俗文艺作品,开始以专文的形式发表研究成果,如含凉的《红楼梦与旗人》、哀梨的《红楼梦戏》、赵景深的《大鼓研究》、李家瑞的《北平俗曲略》、方君逸研究话剧的论文《关于〈红楼梦〉的改编——〈红楼梦〉剧本序》等。新中国成立后,因政治的与文艺的原因,"红楼梦"受到了前所未有的关注,"红学"自20世纪50年代到20世纪末,不断掀起热潮,学人除了对原典做深入探讨之外,还对红楼梦俗文艺作品进行全面的研究,其成果之一就是汇编俗文艺作品或包括俗文艺作品在内的资料集,如一粟编的《红楼梦资料汇编》(全二册,中华书局1964年版),阿英编的《红楼梦戏曲集》(上、下册,中华书局1978年版),胡文彬编的《红楼梦子弟书》(春风文艺出版社1983年版)、《红楼梦说唱集》(春风文艺出版社1985年版),天津市曲艺团编的《红楼梦曲艺集》(春风文艺出版社1985年版),台湾"中央研究院"历史语言研究所俗文学丛刊编辑小组编的《福州评话红楼梦》(上、下集,新文丰出版股份有限公司2001年版),刘操南编的《红楼梦弹词开篇集》(学苑出版社2003年版),等等。

然而迄今为止,学界还没有将大部分在历史上产生过一定影响的红楼梦俗文艺作品结集汇编,这无疑是一个缺憾。因为俗文艺作品能够为现在及未来对原典小说《红楼梦》的改编提供经验与教训,能够由它们了解到不同时期的人们对《红楼梦》的审美趣味,能够由它们探讨《红楼梦》的传播范围和深度,也能够由它们而了解到"红学"理论对红楼梦俗文艺作品的影响程度,从而对"红学"发展史有全面而较为正确的认识。

鉴于这样的认识,我们便做了这项工作。之所以称之为"集成",是因为一定还有遗漏的作品。本集成中,我们仅收录了俗文艺红楼梦的戏曲、说唱与话剧的剧本,而没有收录也属于俗文艺的电影与电视剧的剧本,之所以这样,主要出于这两种文艺样式剧本在其艺术形态中所占的成分不大的考虑。

本集成比起同类的书籍,有两个特点:一是作品较全。民国之前的传奇、杂剧剧本和民国以来的话剧剧本基本上搜集齐全,晚清以来诸剧种的红楼戏剧目和诸曲种的红楼说唱曲目,搜集并刊载了杂剧、传奇、京剧、桂剧、粤剧、秦腔、评剧、越剧、川剧、潮剧、吉剧、龙江剧、曲剧、锡剧、黄梅戏等十多个剧种和子弟书、弹词、广东木鱼书、南音、福州评话、弹词开篇、滩簧、高邮锣鼓书、梅花大鼓、西河大鼓、东北大鼓、京韵大鼓、南阳大调曲子、河南坠子、岔曲、单弦、兰州鼓子、马头调、岭儿调、扬州清曲、四川清音、四川竹琴、长沙弹词、粤曲、山东琴书、相声等二十多个曲种的剧本。当然,由于中国的剧种、曲种实在太多,每个剧种和曲种又有很多的班社,想搞清楚在两个多世纪的时间内有哪些剧种、曲种和有哪些班社编演过红楼戏和红楼曲目,是十分困难的,所以我们也只能说已经尽了自己最大的努力,不敢称"完美",如果以后发现新的俗文艺作品,再作补遗。二是忠实于原著。为了反映作品原貌,我们尽可能采用最早的版本,如仲振奎的传奇《红楼梦》,用的是嘉庆四年(1799)绿云红雨山房刊本;南音《红楼梦》,则用的是清末广州市太平新街以文堂机器版刻印本。

原典小说《红楼梦》是中国文学的代表作,是中国古典小说的巅峰之作,在艺术审美、历史认知和人生启迪的作用上,古今的任何文艺作品都难以望其项背。文艺创作界为了传承这一宝贵的文化遗产,也为了让当代的人更容易接受它,会持续地对它进行改编;学术界尤其是"红学"界为了挖掘原典和俗文艺作品所蕴含的思想与艺术价值,也会持续地对它进行研究。因此,我们所编的这部集成,无论是对文艺创作,还是对学术研究,应该说都能发挥点积极的作用。

编 校 说 明

本集成的编校整理,遵循如下原则:

一、收录红楼梦俗文艺作品中的戏曲、说唱、话剧剧本,共分为八个分册:"戏曲集"四册、"说唱集"二册、"话剧集"二册。

二、对于收录的剧本,尽可能采用最早的版本,并标注每部剧本的出处。

三、为了尽可能地展现剧本原貌,除必要的文字订讹外,原则上不逐一考订原剧本的疏误。

四、对未加标点的抄本,按现行标点符号使用规范进行标点;难以辨认的字,用□代替。

昆　　曲

黛玉葬花 ………………………………… 曹心泉　3
晴雯 …………………………… 王昆仑　王金陵　6
妙玉与宝玉 ……………………………… 陈西汀　43
红楼梦传奇(续) ………………………… 郑孟津　66
黛玉葬花 ………………………………… 吴新雷　88

桂　　剧

晴雯补裘 ………………………………… 唐景崧　95
芙蓉诔 …………………………………… 唐景崧　103
绛珠归天 ………………………………… 唐景崧　115
中乡魁 …………………………………… 唐景崧　126

福州戏时调

晴雯补裘 ……………………………………………… 139

粤　戏

黛玉还魂 ………………………………………………………… 143
黛玉葬花 ………………………………………………………… 148
晴雯补裘 ………………………………………………………… 160

黄　梅　戏

红楼梦 ………………………………………………… 陈西汀　177

越　剧

红楼梦 …………………………………………………… 徐　进　213
司棋 …………………………………………… 徐　进　沈去疾　269

锡　剧

红楼梦 ………………………………………… 吴白匋　木　水　317

昆　曲

黛 玉 葬 花

曹心泉

（生扮贾宝玉上，唱）

【高调集曲·山坡五更】忒匆匆韶春已暮，乱纷纷落花如雨，急煎煎子规唤人，闷恹恹一腔心事和谁语。

（白）小生与林妹妹两小无猜，同心已久，自谓今生得一知己可以无憾，不料她搬进园来性格忽变，若远若近，若喜若嗔，倒教小生无从揣度。偏遇这暮春时候，一片风花好难消遣也。（唱）

【五更转】心缘在，信誓虚，情怀误。只为神光离合，离合无凭据。长恨绵绵那和春去。（白）因此携着这《绘真记》出得怡红院来，不免依花借草披阅一番，以解闷怀。（坐地看书介）（唱）

【前腔】破苍苔斜倚花树，对香词细参宫羽。问东风吾生奈何？逐游丝，芳踪多怅纱窗阻。（风声作落花介）（生白）呀，早落得满身花也。我想美女、名花皆天地至灵之气，那美人全在温存，花片岂宜践踏？待我送沁芳桥下作个水葬湘妃，也不枉惜玉怜香一场。（放书、兜衣取花片介，白）只是地上的还得扫起才好。（上桥介。抛花介，唱）花鲜润，水洁清，无尘污。你看明霞千点，千点随波去，流出仙源知他何处。（复坐看书介）（旦扮林黛玉荷锄，上挂纱囊持帚上，唱）

【越调套曲·斗鹌鹑】则俺是瑶岛司花，常惦记珠宫艳友。眼看着搓粉揉香，还说甚红肥绿瘦。这些时拾翠精神，变做了伤春症候。因此上，丢不下惜花的心，放不落拈花的手，准备着护胭脂药圃云锄，拨动俺扫天门零陵凤帚。

【紫花儿序】早贮过绛纱囊丹砂几斗，回避了催花雨过眼缤纷，又遇着妒花风拂面飕飕，不分明芳春竟去，无倒断花梦谁留？飘流，这是薄命红颜榜样否？怎怪的烟荒月瘦，燕懒莺痴，蝶怨蜂愁。（见小生介）（旦白）宝哥哥在此看的什么书？（小生起藏书介，白）妹妹来得正好，我和你将这落的花儿打扫起来。（旦白）

3

且慢！将书拿来我看。（小生白）吓，没有什么书啊。（旦）哟，你拿一本书也这样藏头露尾，快快拿来给看，不然我要恼了。（小生白）哦，妹妹要恼了？（旦白）嗯，恼了。（小生）哟，请看妹妹如何恼？（旦抢书看介，白）呀，好文字也。（唱）

【天净沙】这的是艳盈盈《金荃集》上词头，俊翩翩《玉台咏》里风流，箸超超红豆场中圣手。（白）原来词曲之中也有天仙化人手段。（唱）好一似锦翻翻飞琼回袖，韵悠悠霓裳在月殿龙楼。（看完介。小生白）妹妹看得好快吓！（旦笑介，白）你道女儿家便无一目十行的本事了么？（小生）妹妹你看这书好不好？（旦叹）果然有趣。（小生笑介，白）我是个多愁多病身，你便是倾国倾城貌了。（旦怒掷书介，啐唱）

【调笑令】您怎生信口便胡诌，道倾国倾城病与愁？甚心肠爱把奴欺负，好端端少年的心友，定要到参辰路儿相背走。问哥哥作甚来由？（白）我去告诉舅舅，看你如何！（行介）（小生扯住介，白）阿呀，妹妹饶过这次罢。（旦不理介）（小生白）我下次再也不敢了。（白）嗳。（唱）

【小桃红】白没事恁将人轻薄肯干休，到高堂你亲口回尊舅。（小生作揖介，白）妹妹你饶了我吧。（旦连唱）你仗着礼体斯文把罪名救，百装出假温柔。我问你，怎么遮拦还认年华幼？（小生白）怎敢欺负妹妹，不过一时言语昏愦，倘有别心，叫我堕落沁芳桥下。（旦急掩小生口介，白）噤声。（唱）做甚便盟神立咒，敢则你失心中酒。啐！兀的不是个银样蜡枪头。（小生痴呆介）（旦白）我们扫花去。（小生白）吓！（旦白）扫花去。（小生白）哎。（旦白）来呀。（小生喜拾书介，荷锄携囊介，旦持帚扫花介，小生将花片装入囊介）（旦唱）

【秃厮儿】扫不尽锦阑前蜂衔雀辫，只免了锦鞯边玉蹄香蹂，恨只恨东风幸薄不耐久。（小生白）妹妹，我想这花瓣儿和美人一般，岂宜践踏，你未来之先，我已兜了一衣襟送入沁芳桥下去了，如今也送到桥下去罢。（旦白）此间水气虽清，但是流出园门便有许多秽浊，岂不污了此花？（小生）是吓，这便怎么样呢？（旦白）我在那湖山背后立了一个花冢，尽是碎绿残红，皈依净土，你道如何？（小生）我宝玉也算惜花，怎及妹妹这般精细。（旦白）免劳谬奖。（唱，行介）但教归净土，较胜付东流沉浮。（作到科，白）来此已是，大家葬花则个。（小生）来嗻。（各葬花介，旦落泪）（小生惊白）妹妹为何落泪？（旦白）偶有所感。（背唱）

【圣药王】则这花一丘土一丘，知他能共我含山丘？便道情不休意不休，不休休到底也休休，那不为花愁？（小生白）妹珍重玉体，切莫要愁闷。（与旦拭泪又自拭泪介)(贴扮晴雯上,白)风回群蝶舞,花绕鬓云香。我晴雯,为寻二爷来到园中,怎么不见,不知往哪里去了?(见介,白)呀,原来和林姑娘在此葬花。二爷,太太请你。(小生白)既是如此,我便回去。妹妹也回去罢。(旦白)我知道,哥哥请。(小生白)香词归绣口,花梦隔琴心。(小生、贴同下。旦白)宝玉去了,不免回转潇湘馆去罢。(叹介,白)咳!侬今葬花人笑痴,他年葬侬知是谁。一朝春尽红颜老,花落人亡两不知。(落泪,行介,唱)

【麻郎儿】我好似雨中花,香蔫玉愁,水中萍蒂小枝浮,百忙里芳心厮辏,又何曾性格钩辀?

【么篇】只为得面羞、事丑、众口,做不得露飞花夜度明。休待传个水和鱼天长地久,不提防喜成嗔熏香犹臭。

【络丝娘】他其实克性儿言投意投,他料不至将无作有。到了咽喉部难剖,闪得他一场消瘦。(内唱【惊梦】"如花美眷"一曲介)(旦痴听出神,锄帚坠地,软瘫坐介,落泪)(贴扮紫鹃上,白)水流云不定,花落鸟空啼。我紫鹃,为寻姑娘到此。呀,姑娘,怎生痴痴流泪?是被谁得罪了?(旦白)非也,我因触景伤情,你哪里知道,扶我回去罢。(贴白)是。(取锄、帚,扶旦起,嗽介,贴惊白)呀,姑娘嗽病又起了。(旦叹、咳)(唱)

【煞尾】柔肠断尽由他嗽,甚年光商量健否。(贴白)姑娘到底为着何来?(旦)嗄!(唱)您待要叩根原,下一个解愁方,只问取惹烦冤那三尺扫花帚。(贴白)看仔细。(扶旦嗽下)

嘉庆十七年(1812)曹心泉抄本,方山子手改之订本,附有工尺谱。复旦大学图书馆藏。

晴　雯

王昆仑　王金陵

人物表

晴雯　宝玉　袭人　王夫人　王善保家的　芳官　四儿　藕官　蕊官　麝月　秋纹　玉钏　采云　林之孝家的　周瑞　来旺媳妇

第一场　护　花

时　间　清明早晨。
地　点　大观园内，沁芳桥畔，柳叶渚前。

〔幕后合唱《序曲》：
　　"草长莺飞春暮天。"
〔大幕在合唱中徐徐揭起。
　　"朱楼绣阁大观园，
　　都道是温柔乡、神仙眷，
　　却不料风刀、雨剑，扫荡终难免。
　　红销香断有谁怜？
　　应赞叹，坚贞儿女不怕摧残。
　　好一似秋风池畔，
　　芙蓉红艳，挺秀拒霜寒。"
〔芳官、四儿、蕊官、藕官、四丫鬟上。
（边舞边唱）

　　　　　风暖日初长，
　　　　　袅袅垂杨，
　　　　　清明姐妹赏花忙，
　　　　　万紫千红说不尽，
　　　　　共比芬芳。
芳　官　今天是清明佳节，晴雯姐姐约咱们到沁芳桥畔玩耍，大家说怎么玩儿呀？
众　　　是呀，怎么玩儿呀？
　　　〔藕官左盼右顾。
藕　官　晴雯姐姐怎么还没来呀？
众　　　是呀！
　　　〔芳官忽见地上有一堆花草。
芳　官　哟，你们快来看，那王大娘又掐了这许多花，要拿出去卖钱啦！
四　儿　这么多好花，正在开放，掐下来，多可惜呀！
众　　　是啊！
藕　官　（唱）愁对好花，
　　　　　可怜它无端遭此摧残莽。
　　　　　说什么阆苑仙葩，美玉无瑕，
　　　　　好一似风吹雨荡，
　　　　　狼藉尘埃上。
芳　官　唉，有啦，咱们就捡它几枝来斗草玩吧。
众　　　好。（拾花草）请！
　　　〔起音乐。
蕊　官　我有观音柳。
芳　官　那观音呵！
　　　　（唱）闲坐竹林旁，
　　　　　菩萨心肠，
　　　　　可能真为渡人忙？
蕊　官　我说的是柳枝哇！
　　　　（唱）残月晓风杨柳岸，

千丝万缕，

系断人肠。

四　儿　我有罗汉松。

藕　官　（唱）罗汉貌癫狂，

目瞪眉长。

四　儿　（唱）色空不肯守庵堂，

脱下袈裟丢下磬，

逃下山岗。

众　　　（唱）哈、哈、哈……

脱下袈裟丢下磬，

逃下山岗。

〔晴雯内唱："独听潇潇一夜雨……"

芳　官　你们看，晴雯姐姐来了。〔迎上前去又止步，听晴雯唱。

〔晴雯执手编柳篮自沁芳桥上。

晴　雯　（接唱）

我不伤春，也没伤春语。

但愿春光能久驻，

年年春好花无数，

莫使好花空落去，

斗草簪花姐妹联翩舞。

春色秋容都爱护，

只有那好花才是韶光主。

众　　　妙哇，好一个好花才是韶光主。

晴　雯　哦，你们早就来了？

众　　　是呀。

芳　官　晴雯姐姐，你哪儿来的花篮呀？

众　　　真好！

四　儿　咱们采些个花儿放在篮子里头，拿到房内，朝朝暮暮馨香供养，岂不是好吗？

晴　雯　嗯，好便好，只是这些春花嫩草，实在娇弱，也只能案头清供，就好像朱门绣户的千金小姐一样,是禁不住风霜之苦的。
芳　官　哦,春花嫩草正如同小姐们一样禁不起狂风暴雨……如此说来,晴雯姐姐,你不喜欢花草哇?
晴　雯　我更喜爱花草,只是不爱那些娇弱的花儿。
　众　　那你喜欢什么花呢?
晴　雯　我么——
　　　　(唱)琪花瑶草人人喜——
蕊　官　可是牡丹芍药?
晴　雯　(摇手,接唱)
　　　　富贵花王,难耐庸俗气。
藕　官　难道你喜欢妖桃艳李不成吗?
晴　雯　(冷笑,接唱)
　　　　　桃李随风,只合充奴做婢。
四　儿　是了,你一定是喜欢那荷花了?
晴　雯　那荷花亭亭玉立,不染污泥,只可惜到了夏尽秋来,
　　　　(接唱)难禁憔悴西风里。
芳　官　定是那岁寒三友松、竹、梅吧?
晴　雯　(唱)岁寒三友难攀跻,
　　　　　　黄菊丹枫,我愿为邻里。
四　儿　那……你喜欢什么花儿呢?
晴　雯　啊呀,你们怎么忘了,就在我们怡红院中——
芳　官　怡红院中? 嗯,莫非是那株海棠?
晴　雯　不是,你们想啊——
　　　　(唱)春到纷纷争艳美,
　　　　　　一旦秋来,花叶风前堕,
　　　　　　欲觅秋容何处觅,
　　　　　　芙蓉池上昂昂立。
　　　　　　哪怕重重风又雨,
　　　　　　风雨重重更见红艳丽。
　　　　　　莫道秋深花少力,

　　　　　　挺身敢向寒霜拒。

众　　哦,你喜欢的是那芙蓉花啃!
晴　雯　那芙蓉虽是花儿,却是有些刚强呢。
众　　(唱)哪怕重重风又雨,
　　　　　　风雨重重更见红艳丽。
　　　　　　莫道秋深花少力,
　　　　　　挺身敢向寒霜拒。
芳　官　晴雯姐姐,你看沁芳桥下的水多清凉呀,快来!
晴　雯　来呀!
　　　　〔王善保家的内声:"啊哈——"上。
王善保家的　人逢得利精神爽,花可生财分外香。哟,我的花儿让谁给动了?
芳　官　晴雯姐姐,你看沁芳桥下的鱼多好看哪!
晴　雯　是啊!
王善保家的　噢,我的花跑你们那儿去了,哈哈!这群浪蹄子,小贱人,简直无法无天了,那么多的好花好草也糟蹋起来了!啊?
晴　雯　啊,王大娘,你老人家好端端的,又何苦生气呀?
王善保家的　我说姑娘,你看,这些丫头片子,糟蹋了这么些个好花好好草,这还了得吗!
晴　雯　我们簪花斗草,也算不了什么糟蹋。
王善保家的　哟,哼哼!说的倒也大方。我问问你,你虽不是贾府的世代家奴,但自打十岁进府也有六年了,该不会不知道贾府的家规吧?
晴　雯　哦,贾府的家规?晴雯倒要请教。
王善保家的　有道是:主子为天,奴才为地;主子为贵,奴才为贱。想我们做奴才的,吃的、用的,哪一样不是主子的恩典?就是咱们的身家性命、骨头渣子,但凡主子想要,谁敢哼个不字?
晴　雯　哦,照王大娘说来,你对主子是一片忠心,啊呀呀,倒真是个好奴才了!
王善保家的　什么奴才?反正咱们吃人稀的,拿人干的,不听主子的听谁的?
晴　雯　王大娘,说了半日,我还是不明白,我们掐了几朵花,究竟犯了什么王法,违了哪一条家规?
芳　官　对呀,再说这花又不是我们掐的,原是你王大娘掐了一大捆放在那儿,我们才捡了几枝来玩的。

王善保家的　什么,我掐的?我、我……我是送给主子的,你们这批奴才秧子,想动一草一木可不成。这事儿要是让太太知道了,轻则受罚挨打,重则撵出去配小厮。(怒目看晴雯)到那个时候,恐怕晴雯姑娘你也跑不了包庇的罪名吧?

晴　雯　王大娘,为了几朵花,你竟把太太抬了出来,以势压人。我看你不许我们簪花斗草,不为别事,无非是好让你们这些管家奶奶按时按月,成堆论捆拿到外面去做买卖,换钱财。你那些鬼鬼祟祟的事儿也瞒不过我去,真是只许州官放火,不许百姓点灯。

王善保家的　(语塞、恼羞成怒)哈哈,好你个厉害的晴雯哪,反正无论如何,今儿也不能让你们把这些花拿走。〔走上前去,抢四个丫鬟手里的花草,狠狠用足踏碎。

　　〔芳官冲上前去。

芳　官　王大娘,你……

　　〔王善保家的也逼上前去。

王善保家的　芳官,你……你,你要造反哪!〔举手欲打。

晴　雯　王大娘!

众　王大娘,你要干什么?

王善保家的　好啊,你们,你们欺负人哪!

众　谁欺负你了?

王善保家的　这可真反了,反了!

　　〔林之孝家的上。

林之孝家的　哟,王妈妈,太太让我找你,你在这儿哪,怎么跟小孩子们怄起气来啦。

王善保家的　我说林妈妈,你看这群丫头片子,糟蹋了这么多好花草,这还了得吗?啊!

林之孝家的　王妈妈,今儿个清明,小孩子们掐几朵花,也是小事情,何必怄这么大气哪。太太找你哪,走吧!走吧!

王善保家的　嗯,好吧,今儿个我有事,咱们骑驴儿看唱本,走着瞧。哼!〔与林之孝家的同下。

　　　　　〔众丫鬟拾起地上的花草。
四　儿　这些花草就是我们做丫鬟的下场了。〔哭
晴　雯　不必哭了,倒不如将这些花草抛之于清泉流水,(音乐)免受人间侮辱,
　　　　岂不是好啊。
众　　　好!
晴　雯　我们大家抛呀。
众　　　是!〔收拾花草抛之于沁芳桥下。
众　　　(唱)水涌花漂,
　　　　　　　辞枝离叶去迢迢,
　　　　　　　嫩白娇红顷刻杳。
晴　雯　(唱)天涯虽渺,
　　　　　　　清泉犹胜陷尘嚣。
众　　　(唱)莫愁春易老,
　　　　　　　朵朵鲜花,
　　　　　　　盼来年,它又上枝头笑。
　　　　〔幕徐落。

第二场

时　间　春末夏初夜晚。
地　点　怡红院宝玉外书房。

　　　　〔袭人上。
袭　人　(念)如兰似桂称和顺,
　　　　　　　怡红院里第一人。
　　　　我花袭人,多蒙老太太另眼看待,又深得太太欢心,派我在怡红院中服
　　　　侍宝玉。指望他博取功名,我虽身为丫鬟么,也熬得个终身有靠。唉,
　　　　谁知他生性怪异,不喜务正,把为官作宦之人,骂作国贼禄蠹。仕途经
　　　　济,漠不关心,八股文章,恨之入骨,尽日和丫鬟们玩笑戏耍,长此以往

如何得了。思想起来,好不忧闷人也。

(唱)几载精心探索,

　　　　日后如何结果?

　　　　虽说是富贵家才有真安乐,

　　　　怎奈他心猿意马乱奔波,

　　　　我万转千回难劝说。

　　　　若不仗扶持深厚主恩多,

　　　　做丫鬟哪熬得个终身托。

〔麝月上。

麝　月　袭人姐姐,太太传话,明日早晨,老爷要亲自查问二爷的功课,叫他今晚好生读书,以备当面查考。

袭　人　知道了,你把众位姐妹唤来!

麝　月　是,众姐妹快来!

〔芳官、四儿、秋纹上,晴雯最后慢腾腾上。

众　　　何事?

袭　人　太太吩咐,明日老爷要查问二爷的功课,要他连夜攻读,以备查考。

晴　雯　袭人姐姐,读什么书呢?

袭　人　是老爷选定的四书五经、八股文章。

晴　雯　宝二爷不是最讨厌这些书么?

袭　人　唉,读了这些书,才能求取功名。麝月、秋纹,把四书五经抱来。

麝　月
秋　纹　是!〔下。

袭　人　芳官、四儿,熬好莲子参汤。

芳　官
四　儿　是!〔下。

袭　人　有请宝二爷!

〔宝玉上。

宝　玉　人爱吟诗方夜坐,花能耐冷待霜开。

麝　月
秋　纹　书到!

宝　玉　你们这是做什么呀？

袭　人　适才太太吩咐，明日老爷要查问你的功课，要你连夜攻读，以备查考。

宝　玉　哎呀呀呀，这么一大堆的书，一夜之间，要通通把它背熟，啊呀呀，怎么来得及呀，还是回房歇息去吧。

晴　雯　宝二爷，你呀，来得就去不的了。

袭　人　晴雯，休要打拦。你们且去准备了。

众　　　是！

袭　人　宝二爷，读了这些书才能博取功名，为官作宦。

宝　玉　富贵于我如浮云，何需功名利禄呢？

袭　人　宝二爷，你不好生读书，老爷怪罪下来，我袭人么，是担待不起的。

晴　雯　是呀，袭人姐姐也是交不了差的哟。

宝　玉　（无可奈何）唉，读书哟！（起音乐）叫我读书么，我就读书啊。〔鼓起，打呵欠。

袭　人　芳官、四儿，莲子参汤伺候！

芳　官
四　儿　是

宝　玉　唉，我一见这样的书，就心烦意乱，莲子参汤又有什么用哟。
〔芳官、四儿端上莲子参汤。

芳　官
四　儿　莲子参汤到！

宝　玉　芳官、四儿，天到这般时候，你们为何不去睡觉啊？

芳　官
四　儿　伺候二爷读书。

宝　玉　嗨，你们何必苦苦在此熬夜，和我一样受罪呢？〔挥手。
　　　　你们快快安歇去吧。

芳　官
四　儿　是！〔下。

袭　人　宝二爷，天色不早，你快些读书吧。

宝　玉　读书！"学而优则仕"，"学而优则仕"呀，"学而优则仕"！这简直是胡诌乱道。

袭　人	呵,二爷,你怎么生起气来了?
晴　雯	是呀,什么叫作"学而优则仕"?
宝　玉	唉,无非是读书是为了做官而已。
晴　雯	我倒明白了。
袭　人	啊,你又明白了什么?
晴　雯	做了官么,就免不了——
宝　玉	要祸国殃民。
晴　雯	成为——
宝　玉	国贼禄蠹!
袭　人	哎呀呀……你们这样咒骂圣贤之书,罪过呀,罪过!啊,宝二爷,你要规规矩矩、正正经经地往下念哪。
宝　玉	(无可奈何)念啊,念喏!"唯女子与小人为难养也","唯女子与小人为难养也",哼,真正岂有此理![起,将书扔在地上。
袭　人	啊呀,罪过呀,罪过!宝二爷,你怎么又生气了?[拾书。
晴　雯	宝二爷,我倒要问你,我们做女子的又难养些什么?
袭　人	是呀,讲来大家听听也好。
宝　玉	待我讲来。书上说道:"唯女子与小人为难养也,远则怨,近之则不逊",就是说,唯有女子和那下等之人最难相处,你若是疏远了她们,她们就怨恨于你;你若是太亲近了她们,她们就不尊敬于你,这岂不是荒谬之论吗?
袭　人	哎,好,好,好!
宝　玉	好些什么?
袭　人	宝二爷,平日我苦苦劝你,叫你少与那些丫鬟们厮混,你呀,全然不听。如今,你看,圣人也是这样言讲的呀。
晴　雯	啐,啐,啐,好不公平!好没道理!难道女子和我们当丫鬟的全是坏人不成?这样说法我心中不服。
宝　玉	着哇!依我看来,天地间,灵淑之气,偏偏钟于女儿之身,须眉浊物哪比得女孩儿清白灵秀。怎么这圣贤之书,竟如此诽谤女子,好不叫人气

恼。晴雯，快将帘栊打起，也好爽朗爽朗。

晴　雯　是！（打起窗帘，推窗望月，明朗月光立即照入室内。）宝二爷，你看，多好的月色呀！

　　　　〔宝玉走向窗前望月。

宝　玉　是呀，好一轮明月也！

　　　　〔袭人感觉无趣走开。

宝　玉　（唱）谁磨新镜如轮？

　　　　　　照耀乾坤。

　　　　　　转朱阁，低绣户，对愁人。

　　　　　　却缘何将我萧困？呻吟！

　　　　　　我欲乘风天际去，无垠！

　　　　　　丢尽这人间枷锁，浊世污尘。

　　　　〔行至书桌，随手抓书一本，凝思。

　　　　啊，晴雯，《西厢记》，哈哈哈，晴雯快来，好书！（吟调）彩云何在？月明如水浸楼台。哈哈哈！哎呀，这才真正是好文章哪。

晴　雯　这是好文章？

袭　人　是啊，宝二爷，可见圣贤之书，其中绝妙文章甚多，只怪你平日不读之故耳。

宝　玉　哈哈哈，你哪里晓得，我读的是《西厢记》。

袭　人　哦，《西厢记》。

宝　玉　来来来，待我讲讲，你听听哪！

袭　人　哦，这不是圣贤书，我不要听。〔鼓打三更。

晴　雯　我么，倒爱听这些书呢。宝二爷，你往下讲。

宝　玉　待我来讲。

袭　人　哎，宝二爷，你呀，还是读正经书吧。

宝　玉　唉，读正经书。

袭　人　宝二爷，你快些读书吧。

宝　玉　读书！

袭　人　读书！

宝　玉　"有大人之事，有小人之事……或劳心，或劳力，劳心者治人，劳力者治于人",这样的书,怎么不叫人困倦喏。
晴　雯　呀!
　　　　（唱）更细细,长夜迢迢,
　　　　　　　一个是步步逼,一个是声声苦,好难熬。
　　　　　　　想宝玉,怎得过今宵?
　　　　　　　过今宵,怎度明朝?
　　　　　　　怎能够解救他这场苦恼。
　　　　有了。芳官,你到外面去,把太湖石——〔示意芳官搬石头作响声,惊吓大家。
芳　官　我知道了。
晴　雯　去吧!〔芳官下,突然外面传来沉重的咕咚声。
芳　官　袭人姐姐快来!哎哟,（神色仓惶地跑上）吓死我了,吓死我了!
袭　人　何事惊慌?〔一时全场慌乱。
芳　官　我……刚出去,猛听见咕咚一声,像是一个人影,从太湖石上跳了下来。
宝　玉　待我出去看来。〔晴雯拦住。
晴　雯　宝二爷,啊,袭人姐姐,你去看来。
袭　人　我去看来,那还了得。……啊呀,芳官、四儿,你们都来呀。〔领众下。
晴　雯　宝二爷,你好傻哟!〔示意。
　　　　（唱）她说是咕咚咚,有人跳墙,
　　　　　　　你这厢战战兢兢,魂飞魄丧,
　　　　　　　这一吓非同小可呵!〔教宝玉装受惊状。
　　　　（接唱）禀告高堂,禀告高堂,
　　　　　　　还读什么经史,
　　　　　　　查什么八股文章。
宝　玉　哈哈,妙哇,就是这个主意。
晴　雯　（唱）她说是咕咚咚,有人跳墙——
宝　玉　（作惊吓状）吓得我战战兢兢魂飞魄丧。
　　　　〔袭人内声:"无有什么,大家不要害怕。"众上。
　　　　〔晴雯暗示宝玉作惊吓状。

袭　　人　宝二爷，啊，二爷是我，不要害怕，我去看了，是假山上掉下一块石头，不要害怕。

宝　　玉　哎呀，吓煞人也！

众　　　　宝二爷，宝二爷！

袭　　人　麝月，快去禀告老太太知道，秋纹禀告太太知道。

麝　　月
秋　　纹　是！〔下。

宝　　玉　吓煞人也！

袭　　人　宝二爷，这还了得，这还了得！

晴　　雯　袭人姐姐，宝二爷受惊得病，明日老爷考问功课，怎么办呢？

袭　　人　哎，你好不懂事哟！

　　　　　（唱）吓得他战战兢兢魂飞魄丧，
　　　　　　　　禀告高堂，禀告高堂。
　　　　　　　　还谈什么圣贤经史，
　　　　　　　　查什么八股文章。

　　　　　宝二爷，宝二爷！

　　　　　〔麝月内声："袭人姐姐，林大娘、周大娘前来看病。"

袭　　人　来了！〔迎。

　　　　　〔麝月、秋纹引林大娘、周大娘上。

周大娘　　怎么回事啊？

袭　　人　他惊吓着了！

林大娘　　快进去看看！

周大娘
林大娘　　宝玉，宝玉，这是怎么了？宝玉别害怕，吓不着！宝玉，宝玉！

林大娘　　老太太听说宝玉吓着了，很不放心，叫他好好休养，轻易不许出门哪。

袭　　人　是！

周大娘　　太太已命紧关大小园门，仔细搜查，并叫我送来安魂药，叫他服下，安静要紧。

袭　　人　遵命。（接药）芳官、四儿，冲药去吧。

芳　官 四　儿	是![下。
周大娘	宝玉,不要紧的,别怕,你们可要小心服侍二爷呀。
林大娘	宝玉要是有个好歹的,你们可担待不起呀。
袭　人	是,是!
周大娘 林大娘	走。
袭　人	麝月、秋纹,掌灯相送。
麝　月 秋　纹	是!
袭　人	二位大娘慢走。
林大娘	快回去服侍二爷吧。
袭　人	大娘慢走。[众下。
宝　玉	(忍不住地发出笑声)哈哈……
袭　人	啊?
	[晴雯急忙按住宝玉之口。
宝　玉	哎哟,我病了,快快搀我来。
袭　人	(冷笑)二爷,你病得好奇怪呀。
宝　玉	哎哟……
	[幕徐落。

第三场　撕　　扇

时　间	夏日午后。
地　点	怡红院,宝玉内房内。

　　[宝玉上。

宝　玉　嗯哼!

　　　　(吟)蝉鸣人静夏风凉,

行近书斋有墨香。

（向台左）晴雯，芳官……

〔袭人上。

袭　人　休说生来奴婢命，但能攻取主人心。

宝　玉　（向台右）芳官，晴……哦，袭人姐姐，你也在此地……

袭　人　宝二爷，你真读书也罢，假读书也罢，好歹在众人眼下做出个读书的样儿，也免得老爷生气。你这样出来进去，总是晴雯哪芳官，芳官哪晴雯，你……唉，怎么得了哦。

宝　玉　我叫晴雯磨墨，准备写字，又有什么不好呢？

袭　人　宝二爷，你……

〔四儿上。

四　儿　启禀二爷，老爷传话，贾雨村贾大爷来了，让二爷前去会客。

宝　玉　啊，又是陪什么客呀？

袭　人　知道了去吧！（四儿下）二爷，贾雨村贾大爷他既然来了，你还是陪客去吧。

宝　玉　什么大爷二爷的，我平生就恨这种趋炎附势的小人，我不去。

袭　人　有道是，主雅客来勤。

宝　玉　算了，算了！我不过是个俗中又俗的人，也当不起这个"雅"字，我也用不着去见贾雨村这样的国贼禄蠹。

袭　人　宝玉，你又来了，啊，麝月，把宝二爷的衣服拿来。

麝　月　是！〔下。

〔晴雯上。

晴　雯　宝二爷，你方才说要重写"绛云轩"三个字，叫我磨墨，如今墨已磨好，随我去写字吧。

宝　玉　好，好，好！

袭　人　且慢，宝二爷要去陪贾雨村贾大爷呢。

晴　雯　什么假雨村真雨村的，又是那个贪官，会他作甚！还是随我去写字吧。

袭　人　晴雯，老爷之命谁敢不从？

晴　雯　又是老爷之命。

袭　人　晴雯，你把老爷赏的那一把南海名扇取来。

晴　雯　扇儿么,桌案之上有的是。
袭　人　你晓得什么,人有高低,扇有贵贱,快些去吧,去吧!
晴　雯　知道了。
　　　　［麝月上。
麝　月　衣服到!
袭　人　啊,二爷,贾雨村贾大人是官场贵客,千万不要怠慢于他,来,来,来,我与你整衣束带。
　　　　［晴雯上,作身段。
宝　玉　哎,你这是做什么?
晴　雯　哼!去会见那些逢迎谄媚的小人,还要这样地整衣冠束带,还要么手拿一把台扇儿,喏,喏,喏,好一个高雅潇洒的主人哦。
宝　玉　(不快)哎,你休得取笑。
袭　人　晴雯,女孩儿家要放端重些,快把扇儿交与二爷。
晴　雯　喏,给你这名贵的扇儿,好去拜见那官场的贵客吧。
　　　　［晴雯顺手一丢,宝玉未接住,扇掉。
袭　人　哎呀,扇儿,啊呀,扇儿跌坏了!二爷你看扇儿跌坏了。啊,晴雯,你怎么把扇子跌坏了,二爷,你看,老爷赏的扇儿被他跌坏了,老爷知道哪个担待?
宝　玉　唉,蠢材,蠢材!似你这样粗心大意,日后自己当家立业,也是这样的吗?
晴　雯　怎么,我自己当家立业?哼,宝二爷,想我们当丫鬟的,呼之即来,挥之即去,还恐侍奉不周,哪想什么当家立业?宝二爷,我既是蠢材,若是嫌我不好,就打发了我们,自有那好的前来侍奉于你。好来好散!
袭　人　好了,好了,好妹妹,你就少说几句,原是我们的不是。
晴　雯　嗬!我们?好一个我们二字,我倒不知道你们是谁?别叫我替你害臊了,连个姑娘的身份还没有挣到呢,不过和我一样,是个做丫鬟的罢了,还好意思称得起我们我们的。
袭　人　好了,好了,好妹妹,你我姐妹自有分散之日,何必这样容不得人呢?二爷,你说是也不是!
晴　雯　是你容不得人,还是我容不得人?你们要多嫌于我,我就走!

宝　玉　晴雯，你也是人大心大，真的要走不成吗？

袭　人　哎哟，二爷，她要走，你也该去禀告太太知道。

晴　雯　分明是你要挑拨太太撵我出去，还说我自己要走！

袭　人　麝月、芳官、秋纹，快些来呀！

　　　　〔众上。

　众　　何事？

袭　人　二爷要撵晴雯出府，大家快快求情，哎快快求情吧。

　众　　宝二爷，千万不要撵晴雯姐姐出去！

宝　玉　嗨，岂有此理！起来，起来！我又何曾……这是从何说起！

袭　人　二爷，你不要生气，二爷不要生气。晴雯，快给二爷跪下，求二爷开恩。

晴　雯　我看你呀，休要假仁假义。既是我得罪了宝二爷，我自己承当，哪个要你来下跪求情。我看你呀，分明是引风吹火，借刀杀人。

袭　人　哎呀呀，好个不知好歹的丫头。

　　　　〔四儿上。

四　儿　二爷，老爷生气了。他说你要再不去，他就自己来了。

袭　人　宝二爷，老爷叫你，快去吧，去吧！

宝　玉　唉，岂能违抗严亲命，勉强去见作宦人。〔下。

袭　人　嗨，冤枉排难调和意。〔下。

晴　雯　哼，识破翻云覆雨心！嗨，晴雯哪晴雯，你好命苦也！

（唱）自幼儿离家姓字无，

　　　　被卖作赫赫高门奴下奴。

　　　　到处欺凌无处诉，

　　　　到处泥污，心高人更孤。

　　　　怪爹娘你生儿无媚骨，

　　　　学不了随人俯仰谄媚功夫。

自从老太太派我服侍宝玉，且喜他不摆主子威风，不要奴才奉承。

（接唱）

　　　　任情任性无拘束，

　　　　我只道你与我真诚相处，

　　　　为什么？忽一旦，物贵把人疏？唉！

　　　　毕竟是主和奴！
　　宝玉呀,宝玉,难道我晴雯,还不如这把扇儿贵重吗？
　　（接唱）
　　　　跌了一把扇儿的失误,
　　　　　就呼来喝去,色厉声粗。
　　　　　想我晴雯,铁铮铮,怎肯讨人怜,受屈辱！
　〔宝玉上。

宝　玉　哈哈……适才我去会见贾雨村,老爷命我当场赋诗,是我胡诌了几句,那贾雨村竟奉承不已,还把他自己的名扇儿相赠于我,哎呀呀,可笑呀可笑！待我说与晴雯知道,也好让他笑个痛快。晴雯,晴雯哪里？啊晴雯,晴雯,晴雯,晴雯哪！

晴　雯　哎,方才既要撵我出去,如今叫我做甚？

宝　玉　方才我不愿意去见贾雨村,一时烦躁,不该迁怒于你,我何曾有一丝儿想撵你之心哪。

晴　雯　既然无有撵我之心,又为何为了一把扇儿大发雷霆？哎,可见我们做丫鬟的,还不如你那一把扇儿贵重。

宝　玉　哎呀呀,跌了一把扇儿又算得了什么。啊晴雯,自古道,万物人为贵,我怎能重物轻人？何况那把扇儿算不了什么奇珍异宝。纵然就是奇珍异宝,也不该比人更贵重。喏,来,来,来,你来看,这又是一把扇儿,是贾雨村送我的,漫说是你把它跌了,就是剪了、撕了,也未尝不可。

晴　雯　这是那贪官贾雨村送你的扇子么？

宝　玉　正是！

晴　雯　可恨这些无耻的贪官,穿袍戴帽,作威作福,在人前还拿着一把扇儿,这么摇摇摆摆,假作斯文,我倒要将它撕个粉碎,撕掉它的假面皮、假斯文！

宝　玉　怎么你要撕？好,就让你撕个痛快！〔递晴雯扇。

晴　雯　待我来撕！
　　（唱）这是肮脏人送你的肮脏扇,
　　　　　我就撕掉它的假面皮！

宝　玉　假面皮！

晴　雯　假斯文！

宝　玉　假斯文！

晴　雯　我就嗤——嗤——嗤！〔撕扇。

宝　玉　啊？哈哈哈！

　　　　〔袭人手执一把扇儿上。

袭　人　（见状大惊）晴雯，你！

　　　　〔宝玉一把夺过袭人手中的扇儿交给晴雯。

晴　雯　我也把它嗤，嗤，嗤。〔撕扇。

　　　　〔宝玉、晴雯相视哈哈大笑不止。

宝　玉　正是：浊世千金容易得，同心一笑最难求。

宝　玉
晴　雯　啊，哈哈哈！〔同下。

　　　　〔袭人侧目而视。
　　　　〔幕落。

第四场　密　　谋

时　间　初冬一个夜晚。

地　点　王夫人房中。

　　　　〔王善保家的上。

王善保家的　啊哈！有仇不报非君子，狭路相逢你莫怨人！玉钏姑娘。

玉　钏　王大娘。

王善保家的　太太在屋里吗？

玉　钏　哎呀，王大娘，太太正在佛堂念经，这个时候，高声大气地来找太太，有什么事要回禀啊？

王善保家的　没事，我还来找太太？告诉你，太太命我在大观园里去查访一件私情勾引的坏事，现在回话来了。

玉　钏　出了什么坏事啦？王大娘，您查出来了吗？

王善保家的 查不出来，我还猜不出来么。反正这些犯家法闹乱子的事，都是丫鬟戏子干的呗。

玉　钏 那是谁干的呀？

王善保家的 谁干的？八成跑不了晴雯。

玉　钏 王大娘，我们都是苦命的丫鬟，不是亲眼看见的事，您可不要随口咬人。太太一生气，轻则受罚、挨打，重则丧了性命。我姐姐金钏，不就是太太一怒之下，打了她，撵了出去，投井自尽了吗？王大娘，得饶人处且饶人吧。

王善保家的 少说废话！

玉　钏 王大娘，你……

　　　　　［藕官上。

藕　官 太太来啦！

　　　　　［王夫人上，采云随上。

玉　钏

王善保家的 　太太！

王夫人 更深夜晚，你来此何事？

王善保家的 有话回禀太太！

王夫人 起来讲。

王善保家的 是！太太命我查访，是什么人把绣春囊带进了大观园的事。奴才今天暗中查访了一天，我看哪，准是那些丫鬟戏子们人大心邪私情勾引。

王夫人 哦，你可知道是哪一个？

王善保家的 现在还查不准，可是怡红院里的丫鬟……

王夫人 怎么，宝玉的丫鬟？

王善保家的 是啊。宝二爷的丫鬟，袭人、麝月，可都是老实人，唯独那个晴雯……嗯！还有一个芳官，哎哟可厉害……

王夫人 晴雯？玉钏？

玉　钏 太太！

王夫人 我来问你，有一日，一个丫鬟前来看你，我见她削肩膀，水蛇腰，眉眼神情，好像林姑娘一般，她见了我也不请安，扭身便走……可是晴雯？

王善保家的　对,对,对,就是晴雯!这大观园里的丫头,谁也没她脾气大,仗着她模样长得好,嘴又能说,动不动的,立起眼睛就骂人哪!我说太太,您还没看见她那打扮呢,今天穿红的,明天戴绿的,哎呀呀……妖妖窕窕……

王夫人　我来问你,那晴雯在怡红院中,可是贴身服侍宝玉之人?

王善保家的　哎哟,怎么不是哪!成天跟着宝二爷出来进去,连袭人还得让她三分,听说她发了脾气,把老爷赏给二爷的扇子都撕个粉碎,宝二爷还给她赔礼哪。

王夫人　竟敢如此猖狂?

王善保家的　太不像话了呗!

王夫人　我来问你,那个芳官可是那小戏子?

王善保家的　对,就是那个小戏子。仗着宝玉喜欢她,成天价穿着男孩子衣裳,喝酒撒娇,成心鼓捣,还动手跟人打架哪。

王夫人　真真惯得他们无法无天。

王善保家的　哎哟我说太太,您还不知道哪,有个小丫头四儿,她说,她跟宝二爷是同天生日,凡是一天生的,将来就配夫妻。

王夫人　没廉耻的东西!采云,唤袭人来见我。

　　〔采云下。

王夫人　玉钏!

玉　钏　太太!

王夫人　方才为何暗中落泪?

玉　钏　这……没有什么,刚才我劝王大娘,别为了一点小事,惹太太操心生气。

王夫人　胡说,奴才勾引主子,还是小事吗?

王善保家的　太太,玉钏说太太一生气,就是一条性命,她姐姐金钏就是挨了太太的打,投井死的。

王夫人　哦?好,玉钏,你且等待了!

　　〔袭人上。

袭　人　袭人与太太请安。

王夫人　袭人,我是怎样嘱咐于你,要你好生照看宝玉,劝他读书上进,你可还记得么?

袭　人　太太吩咐,时刻在心。

王夫人　既然如此,贴身服侍宝玉的为什么不是你呢?

袭　人　太太呀!

　　　　(唱)量饥饱,度寒温,
　　　　　　更衣叠被,贴身服侍,
　　　　　　丫鬟职分,——袭人。
　　　　　　无论寒冬暑夏,雨夜风晨,
　　　　　　侧着耳朵细听,提着神儿思忖,
　　　　　　战战兢兢,何曾敢一刻粗心。

王夫人　既然如此,那晴雯在院中所做何事?

袭　人　太太!

　　　　(唱)她心性儿聪明,模样儿俊,
　　　　　　粗活不需她问。
　　　　　　可是宝二爷,
　　　　　　月下花阴,闲游散闷,
　　　　　　怡红院里谁陪衬?
　　　　　　——晴雯!
　　　　　　我袭人自知愚蠢,到夜深人静,
　　　　　　还是她陪宝玉谈心。
　　　　　　我熬不过一天劳顿,
　　　　　　早就去悠悠梦困睡沉沉。

王夫人　你好糊涂!照你所说,哪里还有什么主子奴才之分。我年已半百,只有宝玉这一条命根子,倘被这些狐狸精勾引坏了,那还了得!

袭　人　太太不要生气,奴才有话——不敢讲!

王夫人　尔等退了。(众人下)你有话大胆讲来。

袭　人　是。太太,按奴才糊涂想法,太太不如变个法儿,将二爷搬出大观园,仍旧与老太太、太太同住……

王夫人　啊,怎么,难道宝玉和哪一个作了怪不成?

袭　人　太太呀,如今宝二爷年纪渐长,林姑娘、史姑娘、薛姑娘,都在青春之年,虽说是亲表姐妹,到底有个男女之分。何况那大观园中,丫鬟、戏子,浓妆艳抹，兴风作浪，似这等日夜厮混不休，倘若有人信口胡言，不知轻重，岂不玷辱了家门？哎，到那时，叫二爷他怎样去求功名仕进呢？

王夫人 还有什么？快快讲来！

袭　人 是，太太！

（唱）感主子恩深，

　　　我冒死把词陈。

　　　太太若不及早安排，

　　　到将来，怎对答老爷讯问？

　　　平日里，我回肠九转向谁论，

　　　只有那窗下孤灯，才知道为奴一片心。

王夫人 袭人，我的好孩儿，倒难为你如此费心。好，好，从此以后，我把宝玉交付于你，你要一力承担，我不会亏待于你。

袭　人 太太吩咐，奴才理应粉身碎骨。

王夫人 起来。人来！

〔王善保家的及众人上。

王夫人 王善保家的，唤众管家前来。

王善保家的 是。太太有令，传众位管家大娘上来。

〔众管家上。

众管家 参见太太。

王夫人 你们听了。

众管家 是。

王夫人 这些年来，大观园中，闹得妖风邪气，或是偷盗东西，或是私情勾引，最可恨那一班丫鬟戏子，妖形怪状，惹是生非，况宝玉和众位姑娘都住在这大观园中，似这等日夜厮混不休，你们这些管家难道全都不问不闻？

王善保家的 回禀太太，宝二爷和众位姑娘都住在大观园中，那些丫鬟戏子平日仗着二爷的威风，要不是太太亲自拿个主意，做奴才的得罪他们不起呀。

王夫人 唔，如今是该我自己拿主意的时候了。你们听着！

众管家 是。

王夫人 如今就拿我这里丢东西为由，把这大观园中挨门挨户，抄检一遍，有那

	偷盗东西,私藏钱财;有那人大心邪,私情勾引,不论是哪房使用丫鬟,一概按家法从严治罪,尔等可听明白了?
众管家	明白了。
王夫人	立即吩咐守门小厮、上夜婆子,把前门、后门、东西角门一齐上锁,不许任何人走动,不许宝玉和众位姑娘知道。王善保家的。
王善保家的	太太。
王夫人	命你为首,率领众婆子、媳妇,五鼓天明之前,先从怡红院抄起,把这大观园中妖风邪气,与我一扫而光。
王善保家的	是。
王夫人	准备去吧!(众应声欲下)转来,若有人走漏风声,私自放纵,休怪我伤了你们多年管家的老脸。去吧!
众管家	是!〔下。
	〔王夫人起立欲行,回头看见袭人、玉钏,止步。
王夫人	采云!
采 云	太太。
王夫人	明日传话与琏二奶奶,袭人的月银,每月加成二两。以后穿戴吃用,凡有赵姨娘、周姨娘的,袭人也有一份。
采 云	是。
袭 人	(叩头)谢太太恩典!
王夫人	去吧。
袭 人	是。〔下。
王夫人	玉钏,过来。
玉 钏	(吓得发抖)太太!
王夫人	好个大胆的丫头!适才王善保家的找我回话,你竟然敢从中阻拦。金钏一死,你心中不服,莫非也想找死不成?讲!
玉 钏	太太,我无别话可讲,只求太太明鉴,晴雯、芳官、四儿都是好人哪。
	〔王夫人大怒,扬手一掌,把玉钏打在地下。
王夫人	好人!我生平最恨奴才勾引主子,难道你想和他们串通一气不成?
采 云 藕 官	(一齐跪下)太太,饶了玉钏这一次吧。

王夫人　饶她！好叫她去与晴雯报信？看你二人之面,从轻发落。来！
〔两婆子上。
两婆子　太太。
王夫人　把玉钏关在后院黑屋之中,不到抄检完毕不许释放,押了下去！
两婆子　是！〔拉玉钏。
玉　钏　（大哭）太太……
〔采云、藕官跪地不起,哀求。
采　云
藕　官　太太。
王夫人　吓！〔怒目瞪视众人。
〔采云、藕官吓得坐到地上,二婆子拉玉钏。
〔幕落。

第五场　抄　　检

时　间　当晚。
地　点　怡红院。

〔四儿上。
四　儿　有请宝二爷。
〔宝玉、袭人上。
宝　玉　四儿,孔雀裘可曾补好？
四　儿　刚才宋妈妈说,有名的纺织匠,能干的绣匠、裁缝,都问遍了,没人认得此物,因此不能织补。
宝　玉　无人织补？袭人,你看这如何是好？
袭　人　二爷,明日不穿也罢。
宝　玉　哎,这孔雀裘乃是外国来的,老太太赐于我穿,明日是大老爷的寿诞,还要跟老太太一同前去,焉有不穿之理？如今被我烧坏了一块,怎奈织补不上,唉,这如何是好！这如何得了？

〔晴雯内声："休要着急！"上。

宝　玉　晴雯，你怎么又出来了？
晴　雯　不妨事。何物如此贵重，拿来我看。
宝　玉　哎，你有病在身，看它作甚。
晴　雯　宝二爷，你不要为难，快快拿来我看。
宝　玉　是。
晴　雯　呀，好一件孔雀裘，金碧辉煌，天衣无缝。这烧坏之处，用孔雀金线织补起来，只怕还混得过去。
袭　人　金线倒也现成，只是如何织补，就要看你的巧手了。
宝　玉　她是有病之人，怎能再加劳累呢？哎！
晴　雯　也罢！
　　　　（唱）非是我有神针，
　　　　　　他那里难过明晨。
　　　　　　哪有见燃眉不救？
　　　　　　顾不得病缠身。
　　　　袭人姐姐，把线盒拿来。
袭　人　使得。
宝　玉　使不得吧？你怎能再加劳累呢？
晴　雯　无妨！
　　　　（唱）昏沉沉头重足轻，
　　　　　　乱纷纷两眼金星，
　　　　　　怎么这小针儿重似千斤？〔鼓打一更。
袭　人　更深露重，宝二爷，你安歇了吧。
宝　玉　晴雯为我补裘，我如何去得？袭人姐姐，你先安歇去吧。
袭　人　是，宝二爷，你也早些安歇了吧。
晴　雯　啊，宝二爷，你也歇息去吧。
宝　玉　哎，你如此为我挣命，我怎能不陪伴于你？
晴　雯　哎呀呀，小祖宗，你只管去睡，把你白白的熬坏了，明早见不得人，那，那可怎么好哇？
宝　玉　我去睡，我去睡！

晴　雯　去吧！

宝　玉　如此你辛苦了。

晴　雯　无妨！

宝　玉　四儿，你要好生陪伴于他。〔下。

四　儿　是！

晴　雯　四儿，你也歇息去吧。

四　儿　二爷叫我陪伴姐姐。

晴　雯　少时我有事再来唤你，去吧，去吧！

　　　　〔四儿下，三更。

　　　　〔幕后合唱：

　　　　　"风凄露冷夜深沉，

　　　　　　促织儿声声催紧。

　　　　　　灯暗暗，眼昏昏——"

晴　雯　（唱）我定要针细巧，线均匀。

　　　　　用我心头血，

　　　　　补它火烧痕，

　　　　　有命来拼！

　　　　〔宝玉上。

宝　玉　（唱）寒宵寂寂悄无人，

　　　　　只见孤灯影。

　　　　　这一夜呵！

　　　　　熬苦了病晴雯，

　　　　　她喘吁吁，顾不得劳顿，

　　　　　汗淋淋也不教停针，

　　　　　这奋勇堪佩堪惊。

晴　雯　（唱）更深漏深，怎抵俺千针万针——

宝　玉　（唱）千针万针，都似你心真意真。

晴　雯　（唱）千针万针，看雀裘不见烧痕——

宝　玉　（唱）更深漏深，应谢你彻夜辛勤。

　　　　　待我谢天谢地，织补好了，哈哈，晴雯，你歇息吧，你歇息吧！

昆　曲

晴　雯　不妨事！

　　　　〔传来擂门声、喊人声："哈，袭人，快开门，开门！"

　　　　〔袭人上。

袭　人　来了，来了！四儿，四儿！

　　　　〔四儿上。

四　儿　来了，来了！

袭　人　快去开门！

四　儿　是！

　　　　〔王善保家的内声："看门的，关上院门，不许走动！"

　　　　〔众人内声："是！"

　　　　〔王善保家的上。

袭　人　王大娘，你到此何事？

宝　玉　是啊，王大娘。

王善保家的　宝二爷。

宝　玉　你们到此何事？

王善宝家的　二爷，您不知道，太太丢失了一件要紧的东西，大家胡乱猜疑，太太说怕是丫头们偷的，派我来查一查，请您到外书房稍坐片刻。

宝　玉　有这等事？晴雯，你在此好好歇息，我去去就来。

晴　雯　是。

　　　　〔宝玉下。

王善保家的　袭人姑娘，请你让各位姑娘把东西准备好，我们就要查看啦！

袭　人　是。（向内喊）麝月、秋纹、芳官、四儿，把你等衣箱打开，让众位大娘查看。

　　　　〔众内应："是！"

王善保家的　林妈妈那边请！随我来，带路！

袭　人　是！

　　　　〔内声："这是我麝月的。这是我秋纹的。请二位大娘查看。这是我芳官的。这是我四儿的。请大娘查看。"

王善保家的　袭人姑娘，得罪你啦！

袭　人　王大娘，说哪里话来，此乃太太差遣。

33

林之孝家的　这边全查过了,只有晴雯姑娘的东西,可还没动呢。

王善保家的　噢,怎么,莫不是晴雯姑娘不愿意太太派人抄检吗?

晴　雯　芳官、四儿,把箱子与我搬了出来。

芳　官
四　儿　是!

王善保家的　怎么不打开呀?

袭　人　啊,王大娘不要生气,晴雯有病,我与她打开。

晴　雯　且慢。(将箱子扔在地上)搜来!

王善保家的　哼……我说姑娘,你好大的气性儿啊。你们让查,我们就查一查,不让查,回禀太太去,干么气成这个样子啊?

晴　雯　从前也丢过东西,何曾这样搜查,如今到你王大娘手里,我们当丫鬟的都成了偷东西的贼了,这是什么道理?

王善保家的　我可没工夫跟你讲道理,我是太太派来的。

晴　雯　哼哼,你说你是太太派来的,我还是老太太派来的呢。太太那边的人我也都见过,就是不曾见过你这样有头有脸的管事奶奶。

王善保家的　哈哈,好哇!你竟敢骂起我来了,反了,你反了!

〔王夫人内声:"何人大胆?"

〔众内声:"太太到!"众上。

王善保家的　哼哼,太太来了!迎接太太。

袭　人　是。

〔王夫人上。

众　　参见太太。

王夫人　罢了。何人在此放肆?

王善保家的　回禀太太,我们奉了太太之命,前来抄检,别人倒也罢了,唯独这晴雯姑娘,大模大样的竟敢抗命,不许抄检。

王夫人　怎么,晴雯,你竟敢不让搜查,真真大胆!嗯,我自有道理。尔等可曾查出什么?

王善保家的　眼下还没查出什么。

王夫人　我来问你们,何人和宝玉生日相同?何人和宝玉生日相同?

袭　人　回太太,是四儿。

　　　　　［四儿跪。

四　　儿　太太。

王夫人　四儿,背地私谈同日生的就是夫妻的,可是你?好个没廉耻的东西!我只有一个宝玉,难道就让你们勾引坏了不成?

四　　儿　太太……

王夫人　你想嫁人,倒也容易。来!

王善保家的　有。

王夫人　把他交与官媒婆发卖。

王善保家的　是。

四　　儿　太太。太太我只说了一句笑话,又没犯罪犯法,为何将我发卖?

王夫人　勾引宝玉,就是犯罪。快快把她拉了出去。

两婆子　是。［拉四儿。

四　　儿　太太,众位奶奶呀,我娘病重,我只求回家见我娘一面。［哭。

王善保家的　算了,少废话,我们还有正经事呢。把她拉了下去。

婆　　子　是,走!

四　　儿　晴雯姐姐、芳官!

晴　　雯　四儿,有什么好求的,走吧!

　　　　　［四儿被拉下。

王夫人　芳官!唱戏的女孩儿,自然更是轻狂下贱,怎么你竟敢调唆宝玉兴风作浪,真真大胆!

芳　　官　我何曾调唆宝玉兴风作浪?

王夫人　你还敢犟嘴?把她撵出去赏与小厮为妻。

王善保家的　是。

芳　　官　且慢,想我芳官,自幼被你家买来学戏,并无有非礼之事,今日太太要我出去,我情愿削发为尼,青灯黄卷,了此一生。

王夫人　哼,佛门静地,也是你这下贱之辈进得去的?

芳　　官　怎么!太太不准?

王夫人　不准!

芳　　官　太太如若不准,芳官我就……［欲自尽。

王夫人　住手!好个厉害的丫头,我就成全于你,来!

林之孝家的 有。

王夫人 把她送到水月庵,叫她永世不出庵门。

林之孝家的 是,走吧!

　　　　〔林之孝家的押芳官下。

芳　官 晴雯姐姐,好好保重,我走了。

晴　雯 芳官,不要哭,你先走吧!

林之孝家的 走吧!

王夫人 晴雯。

晴　雯 太太。

王夫人 哼,好一个美人儿,如今倒像个病西施了。你平日花红柳绿,打扮得妖形怪状,横针不拿,竖线不拈,装出这副轻狂样儿,若不是有心勾引我的宝玉,你还有何居心?

晴　雯 启禀太太,晴雯平日穿着整齐,这几天有病在身,不及穿戴,并不是装作轻狂,也不曾私情勾引。

王夫人 好一张利口!我来问你,清明节日,簪花斗草,卖弄风骚,我这里丢失东西,你胆敢不让搜查,这桩桩件件都是违反家规,哪还像个奴才!

晴　雯 我们做丫鬟的,明明身心清白,偏偏要说成私情勾引,明明不偷不盗,偏偏要无故搜查。呋呋呋,我明白了,晴雯违反家规罪有千条,也无非是为了一件,就是"不像个奴才",太太你说是也不是?

王夫人 大胆!你这丫头作恶多端,还敢顶撞?刁奴欺主,家法难容,我看你呀,已是死到临头。

晴　雯 哦,死到临头!既是死到临头,我有话要问。

王夫人 不怕死,你就问。

晴　雯 晴雯有命一条,任凭发落。

王夫人 你问些什么?说!

晴　雯 听了!太太呀,王夫人!为了石呆子的家藏名扇,害得他家败人亡,这可是我们丫鬟所作?把尤二姐骗进府来,活活逼死,这可是我们丫鬟所为?还有那金钏被打,投井而亡,这桩桩件件,难道都是我晴雯的罪过不成?

王夫人 快快把她拉了出去。

众　　人　　是。

晴　　雯　　王夫人！

王夫人　　哼！

晴　　雯　　你扪心自问,到底是我们做丫鬟的作恶多端,还是你们做主子的伤天害理？

王夫人　　快快把她拉了出去！

众　　人　　是！

晴　　雯　　家法如此？

王夫人　　走！

晴　　雯　　天理何存？

王夫人　　快走！

晴　　雯　　走！〔下。

王善保家的　　回禀太太,听说晴雯得的可是女儿痨,这个病招起人来可厉害得很哪。

王夫人　　把她穿戴使用之物,一概烧毁。

王善保家的　　是！〔下。

王夫人　　袭人！

袭　　人　　太太。

王夫人　　从今以后,好生照看宝玉,若有半点差错,唯你是问。

袭　　人　　是！送太太。

　　　　　　〔宝玉上。

宝　　玉　　母亲,孩儿宝玉请安。

王夫人　　嗨！〔下。

宝　　玉　　啊,袭人,太太到此何事？

袭　　人　　太太把芳官、四儿打发出去了。

宝　　玉　　啊,晴雯,晴雯……袭人,晴雯呢？

袭　　人　　太太也命她出去了。

宝　　玉　　啊？哎,晴雯,晴雯！〔急下。

　　　　　　〔袭人看宝玉背影,转身徐下。

　　　　　　〔幕落。

第六场 永 诀

时　间　次日黄昏。
地　点　晴雯表嫂家中。

〔幕启时,夕阳斜影,室中一榻一几,空无一人。
〔晴雯内唱:"无穷怨恨填胸臆——"(白)"哎,苦哇!"上。

晴　雯　(唱)苦境撑持,
　　　　　　　心忿激,喉干渴,眼昏迷!
　　　　　　　纵然幸得回生起,
　　　　　　　又受摧残,倒不如早死去!
　　　　想我孤身少女,自幼供人驱使。如今又遭此狠毒摧残,这人世间,我还有何恋?
　　　　(唱)决然一死何辞,
　　　　　　　谁是我人海漂流一苇枝?
　　　　　　　只是我从来清白无邪意,
　　　　　　　偏一口咬定我狐媚把人迷。
　　　　　　　我怎甘心抱屈含冤平白死去!
　　　　任凭他们血口喷人,凭空诬陷,难道宝玉你,你也不知道我吗?
　　　　(唱)到如今我命临旦夕,
　　　　　　　悲愤满腔,茫茫四顾无人语。
　　　　　　　宝玉啊,我等你来一明心迹。
　　　　听外面响动,莫不是宝玉来了?宝玉,宝玉呀!
　　　　(唱)他为何行来步步迟,
　　　　　　　却原是寒风吹动窗棱纸。
　　　　　　　他为何行来忽又去,
　　　　　　　却原是日暮斜阳把树影移,
　　　　　　　咬牙关,支撑下去。

　　　　　　我还要忍死须臾。
　　　　　[宝玉内声："晴雯！"随藕官急上。
宝　玉　（唱）西风凄惨，正菊秀枫丹，
　　　　　　芙蓉吐艳秋池畔，
　　　　　　恨无情朝来霜重夜风寒，
　　　　　　一重重浸打得花容蔫。
　　　　　　细看来，不是芙蓉，
　　　　　　是含泪的晴雯面。
藕　官　宝二爷，别哭了，您快进去吧，我到外面去看看。［下。
宝　玉　啊呀，晴雯醒来，我是宝玉看你来了。
晴　雯　（唱）一息悠悠去又回——
宝　玉　晴雯，我是宝玉。
晴　雯　宝二爷！
　　　　（唱）定睛看，果然是你，莫不是梦中相会。
宝　玉　（唱）不是梦中，分明面对，
　　　　　　我不敢被人知，私来探望你，
　　　　　　猛见你瘦棱棱，形销骨立，
　　　　　　苦折磨你这般憔悴，
　　　　啊晴雯，自从你被撵之后，那怡红院中，好不凄凉人也！
　　　　　　难忘你，不劝我读圣贤书，去求官作吏；
　　　　　　难忘你，撕扇子，敢得罪贪官贵戚。
　　　　　　你为我潇湘夜访传消息；
　　　　　　你为我病中织补雀金呢。
　　　　　　最伤心，我半夜思茶，
　　　　　　叫一声晴雯！
　　　　　　只听得茜纱窗外，点点滴滴凄凉雨！
晴　雯　宝二爷，想我晴雯呵！
　　　　（唱）从小性情刚，
　　　　　　不知惜别意。
　　　　　　我与你数载相亲，

　　　　也不解缠绵情绪。
　　　　到今朝把肝肠碾碎,
　　　　才知道死别生离滋味,
　　　　你不过丫鬟队里存知己,
　　　　我何曾狐媚把人迷!
　　　　你那狠毒娘,她硬将人诬蔑,
　　　　难道你也不知我是无暇白璧?

宝　玉　（唱）分明你冰清玉洁,
　　　　分明你抱屈含冤。
　　　　只为你风流灵巧招人怨,
　　　　只为你唇枪舌剑刺奸谗。
　　　　那悍妇奸奴,我真欲杀!
　　　　钳恶口,剖心肝!

晴　雯　（唱）你贾府高门,势比天,
　　　　恶主豪奴气压山,
　　　　怎容我为奴不服奴卑贱,
　　　　怎容我无情撕破凶残面。
　　　　终难免,强加诬陷,
　　　　逼我命丧黄泉!

宝　玉　晴雯,想老太太向来是疼爱于我,待我求告于她,接你回去。
晴　雯　宝二爷,你还想接我回去么,难道你就忘了?
　　　　（唱）鸳鸯被逼,金钏儿沉冤井底,
　　　　芳官、四儿流落无踪迹,
　　　　还有那无辜被逐的入画,
　　　　坚贞一死的司棋,
　　　　苦丫鬟都和我同枝连理,
　　　　遭残害一样的命如虫蚁。
　　　　谁胆敢从石缝里冒出一个硬芽儿,
　　　　就活生生被他们拔去。

宝　玉　嗨。天哪天!

昆　曲

（唱）含恨问苍天，何太颟顸？
　　　为什么纯良刚正受摧残。
　　　为什么亲生父母好一似深仇大怨。
　　　为什么新苗嫩蕊遭踏践。
　　　为什么采云易散麝月难圆？

晴　雯　（唱）你只见大观园里风波险，
　　　你不见遍人间到处都阴惨，
　　　界限太森严——
　　　硬叫人生来分贵贱，
　　　硬把人贫富隔天渊，
　　　让那国贼禄蠹常荣显，
　　　让那豪门富户逞凶顽。
　　　淫威下，贫富良善，万万千千，
　　　啼号婉转，代代年年。
　　　盼不到云开雾散。
　　　在这荆天棘地，有数不尽的晴雯，
　　　无声死去，谁为她雪恨伸冤。

〔藕官、袭人上。

藕　官　宝二爷，袭人姐姐来了。
袭　人　宝二爷，我哪里也找你不着，原来你到这里来了。
宝　玉　我来探望晴雯，你来找我作甚？
袭　人　我么，也是来探望晴雯的。啊晴雯，这是我的衣服，你且披上吧。
晴　雯　哪个要穿你的衣服，快些拿走。
袭　人　宝二爷，老爷派人四处找你不着，正在生气，要是知道你来探望晴雯，那还了得！
宝　玉　这……
晴　雯　宝二爷，回去吧，这里本不是你该来的地方。
袭　人　是啊，这种地方岂是你来得的，快些回去吧。
宝　玉　晴雯，你在怡红院中最喜爱这芙蓉花，我特意折来一枝送你，你要好生将养，我再来看你。

袭　人　宝二爷回去吧,宝二爷回去吧。宝二爷!
宝　玉　哎!(下)
晴　雯　这芙蓉花么!
　　　　(唱)哪怕重重风又雨,
　　　　　　风雨重重更见红艳丽。
　　　　　　莫道秋深花少力,
　　　　　　挺身敢向寒霜拒,芙蓉花!
　　　　〔藕官仓惶跑上,见晴雯挣扎声断气绝,扶晴雯,晴雯倒身而死。
藕　官　晴雯姐姐,晴雯姐姐!〔伏晴雯身上痛哭。
　　　　〔幕后合唱:
　　　　　　"哪怕重重风又雨,
　　　　　　风雨重重更见红艳丽。
　　　　　　莫道秋深花少力,
　　　　　　挺身敢向寒霜拒!"
　　　　〔藕官徐徐起立,挺身举花凝视听歌声。
　　　　〔大幕徐落。

〔剧　终〕

选自王文章主编《兰苑集萃——五十年中国昆剧演出剧本选(第一卷)》(文化艺术出版社2000年版)。

妙玉与宝玉

陈西汀

人物表 妙玉 宝玉 惜春 焙茗 老嬷嬷 嬷嬷乙 丫鬟

第一场 乞红梅

〔漫天大雪，栊翠庵庵门紧闭，露出几枝出墙的红梅。
宝　玉　（内）焙茗。
焙　茗　（内）二爷。
宝　玉　（内）你看栊翠庵中，红梅怒放，好鲜艳也。
焙　茗　（内）您别只顾看红梅，当心脚底下滑倒哉。
宝　玉　（内）哈哈哈……
　　　　〔焙茗引宝玉上。
焙　茗　当心，当心。
宝　玉　（唱【赏花时】）
　　　　白雪红梅别样娇，
　　　　行近禅门不忍敲。
焙　茗　（插白）我说二爷，您不忍心敲门，可怎么把红梅弄到手，向姐儿们交账啊。
宝　玉　你看玉宇展红绡，
　　　　怎容得俗人轻到，
　　　　怕只许门外暗魂销。
焙　茗　二爷，这么大风雪，您立在门外，冻坏了身子，老爷太太，要拿我焙茗是问的。

宝　玉　不要紧,我再欣赏片刻。

焙　茗　好,您欣赏,您慢慢欣赏。——咳!我真闹不明白,向一个小尼姑讨两枝红梅花,偏要劳动他的大驾,可他还真来了,看起来,也有点轻骨头!

宝　玉　啊,你胡说什么?

焙　茗　奴才没说什么。

宝　玉　什么轻……骨头。

焙　茗　这……我说这天冷冻得我刮刮抖。好,二爷,我来敲门。

宝　玉　慢,让我自己来敲。

焙　茗　二爷,您这是啥个意思?

宝　玉　你那一双手,是不能碰这清净庙门的。

焙　茗　啊,二爷,奴才这双手,是伏侍二爷的,这庙门倒不能碰了。

宝　玉　不能碰。

焙　茗　好,二爷自己碰,奴才落得在一旁站着。

宝　玉　你要走开。

焙　茗　怎么,我站也不能站了。

宝　玉　妙玉师父见到你沾着她庙门的泥土,也会生气的。

焙　茗　我的妈,这么一说,她自己那一双脚,也不能踏到庵门外,沾着奴才沾过的泥土了!

宝　玉　这个……

焙　茗　您说奴才这个道理还站得住脚吗?

宝　玉　不要多话,免得被妙玉师父听见。

焙　茗　怎么,那妙玉的耳朵也是不能沾着奴才的声音的?

〔宝玉生气。

宝　玉　你今天是怎么了!

焙　茗　(赔笑)二爷,这栊翠庵的风景好,二爷开心,奴才也寻点小趣味。这么着,奴才躲到那山坡后头,二爷把红梅弄到手,奴才再出来迎二爷,您说好不好?

宝　玉　也好,你可不要探出头来。

焙　茗　瞧您,天气这么冷,奴才缩头还来不及呢。〔下。

［宝玉侧耳听，内传出木鱼声。

宝　　玉　听里面木鱼声响，想是妙公正在诵经，待我轻叩门环。

［老嬷嬷上。

老嬷嬷　（念）大雪阻人行，谁来叩佛门。何人敲门？

宝　　玉　哦，对不起，老嬷嬷，我是宝玉，特来拜见妙玉师父。

老嬷嬷　哎呀，宝二爷来了，——快快进来。

［宝玉立门外不动。

宝　　玉　不可，请嬷嬷先行通报，宝玉才能进去。

老嬷嬷　这可了不得了。——姑娘，宝二爷来了！［入内。

［木鱼声息。

宝　　玉　木鱼声息，她步出佛堂来了。

［宝玉恭立。

［妙玉上。

［老嬷嬷上。

老嬷嬷　宝二爷快请进来。

［妙玉站立，望宝玉微笑。

宝　　玉　宝玉拜见妙公。

［进门，关门，嬷嬷下。

妙　　玉　这般大雪，玉趾亲临，定有见教。

［目视红梅微笑。

宝　　玉　（亦笑）妙公乃是先知的菩萨，凡夫俗子，一念之微，也逃不出妙公慧眼，妙公啊！

（唱【么篇】）

只听说摩诘曾图雪里蕉，

却未见片片丹霞雪里烧。

她这里无意出墙梢，

惊动了你闺中交好，

她们呵！

乞一枚吟咏把寒消。

妙　　玉　（唱【前腔】）

　　　　她们要对酒围炉把韵敲?
宝　玉　是啊。
妙　玉　(唱)少一枝溢艳流丹傲雪苞。
宝　玉　是是是。
妙　玉　(唱)你这里玉趾便轻劳。
宝　玉　冒昧。
妙　玉　(唱)我却要打破砂锅问了,
　　　　她们因何不自己来讨?
　　　　偏叫你来折贵人腰。
宝　玉　这个……(背)众位姐妹,都说她的红梅,只有我能来讨得,只是这句话是不能对她实说的呀。——哎呀妙公啊!姐妹们都是女孩儿家,这大风雪中,是不便行走的呀。
妙　玉　此话是真?
宝　玉　与妙公说话,怎敢有假。
妙　玉　无假?
宝　玉　呃,无假。
妙　玉　既然无假,请回复她们,就说栊翠庵的红梅,是不许外人来讨的。
宝　玉　哎呀妙公!你今日若不肯惠赠一枝,叫宝玉怎样回去交令?
妙　玉　就照我适才的话讲。
宝　玉　不是哦。她们说自己都是凡俗之人,不敢轻辱禅门。故而差遣宝玉前来,冀得妙公垂鉴。
妙　玉　哦,她们都是俗人,你独不是!
宝　玉　呃,不是哦。只因宝玉平日,敬仰妙公,她们都说宝玉这一点虔诚,定能使妙公大发慈悲,一枝相赠。
妙　玉　(微笑)原来如此。
　　　　〔嬷嬷持红梅一枝上。
嬷　嬷　姑娘。
　　　　〔妙玉接过红梅。
宝　玉　这红梅……
嬷　嬷　姑娘早知宝二爷来意,命我剪取了一枝。

宝　玉　我早知道妙公是一位活菩萨！〔拜。

妙　玉　（唱【前腔】）

　　　　　　只为你不避风寒大雪飘，

　　　　　　酬答这玉骨冰心绝代娇。

　　　　　　好教你归去把差交，

　　　　　　有一事还要你向众人转告。

宝　玉　转告什么？快请吩咐。

妙　玉　要她们一份报答的礼物。

宝　玉　礼物，快快请讲。

妙　玉　请她们把吟好的红梅诗送我一看——

　　　　（唱）这便是报我以琼瑶。〔交红梅。

宝　玉　遵命，告辞。

妙　玉　宝玉转来！

宝　玉　妙公还有何赐教？

妙　玉　回头送诗的人，还要是那个讨红梅的！

宝　玉　送诗的人，还是那个讨红梅的，讨红梅的！——多谢，多谢！

　　　　〔宝玉出门。妙玉关门，望宝玉。

宝　玉　送诗的人，还是讨红梅的，哈哈哈……

　　　　〔宝玉滑跌，焙茗上一把扶住。

焙　茗　啊唷唷，我的小祖宗。

　　　　〔宝玉回头一望。妙玉门已关上。幕落。

第二场　评　　诗

〔夜幕降临，大雪未已。佛殿中，嬷嬷点燃佛灯，香烟缭绕。

〔炉火正旺，炉水欲沸。

嬷　嬷　姑娘，水开了，杯子拿来，加些热水。

　　　　〔妙玉手持一绿玉斗上。

嬷　嬷　院子里立了好半天，快喝些热的。——

47

妙　玉　嬷嬷,少时宝玉送诗前来,请他到这佛堂里坐。
嬷　嬷　晓得。
妙　玉　还有,再去剪下几枝红梅。
嬷　嬷　姑娘还要给哪个?
妙　玉　嬷嬷不要多问。
嬷　嬷　好,我不多问。〔下。
妙　玉　〔端起玉斗,仔细端详。呷了一口。
　　　　（唱【霜天晓角】）
　　　　　　无瑕碧玉,
　　　　　　茶香缕缕。
　　　　　　看窗外漫天飞絮,
　　　　　　有谁似我清癯?
　　　　（诗）旧家好梦忆姑苏,
　　　　　　冷月梅花淡欲无。
　　　　　　今日红梅雪中看,
　　　　　　客窗相伴一身孤。
　　　　〔远处敲门声。
　　　　〔嬷嬷上。
嬷　嬷　姑娘,宝二爷来了。
妙　玉　请进。
　　　　〔宝玉上。
宝　玉　妙公,宝玉送诗来了。
妙　玉　快快坐下。
　　　　〔嬷嬷为宝玉脱去蓑笠。下。
　　　　〔妙玉拿起自己所饮的绿玉斗,斟上一杯茶,递至宝玉面前。
妙　玉　寒夜客来茶当酒。请。
宝　玉　沉沉碧玉映清茶。多谢。
妙　玉　宝玉啊!
　　　　（唱【前腔】）
　　　　　　劳君贵步,

48

　　　　　　雪中再顾。
　　　　　　这一杯碧螺碧玉,
　　　　　　酬你青鸟传书。
宝　玉　(唱【前腔】)
　　　　　　倾杯如注,
　　　　　　清心涤腑。
　　　　　　请妙公细评诗句,
　　　　　　我自品茗围炉。
　　　　　〔妙玉看诗,宝玉赏杯。
宝　玉　啊,好一只香气袭人的绿玉斗!〔嗅。
　　　　　〔妙玉闻声,见状,突感不安。
妙　玉　宝玉!
宝　玉　妙公。
妙　玉　你且坐下,我有话问你。
宝　玉　宝玉洗耳恭听。
妙　玉　你把杯儿放下。
宝　玉　这玉杯香气袭人,请妙公容我一边饮茶,一边答话。〔又呷上一口。
　　　　　〔妙玉镇定心神。
妙　玉　我来问你,这诗中宝钗、黛玉、湘云、惜春全都齐备,单单少你一人,却为何故?
宝　玉　我……我今日未曾作诗。
妙　玉　佛家最忌的是一个谎字,你那一群姐妹,叫你前来乞取红梅,怎能不叫你吟诗!
宝　玉　呃……
妙　玉　你做诗的题目,我都能猜着。
宝　玉　什么题目?
妙　玉　不过是打趣你到栊翠庵乞取红梅!
宝　玉　这……
妙　玉　嗯?
宝　玉　妙公!你真是观音再世。我的诗题正是"访妙玉乞红梅"。

妙　玉　（佯怒）哼！好一群公侯小姐，竟在背后拿我取笑，看来你贾府这座家庙，并非清净之地，我错进来了。

宝　玉　哎呀妙公！只因众姐妹平日与妙公下棋、吟诗，知己忘形。今日一时兴至，命我吟咏红梅，绝无取笑之意，妙公不信，请看我这首拙作，可有一字取笑妙公。

妙　玉　待我看来。

宝　玉　敬请指正。

妙　玉　（念诗）酒未开樽句未裁。——起得平平。

宝　玉　是啊，起得太不精彩。

妙　玉　寻春问腊到蓬莱。——栊翠庵怎比得蓬莱仙岛。

宝　玉　人杰地灵，妙公居住，就是蓬莱。

妙　玉　你也学会奉承拍马了！

宝　玉　不不不，实事求是。

妙　玉　不求大士瓶中露，好乞嫦娥槛外梅。——嫦娥，大士，俗气得很。

宝　玉　是是是。一个人要脱去俗气好难哪！

妙　玉　入世冷挑红雪去，离尘香割紫云来。槎枒谁识诗肩瘦，衣上犹沾佛院苔。——院子里都是大雪，哪里还有青苔沾你的衣袖？

宝　玉　是是是。下雪么，早把青苔盖没了。

妙　玉　这些诗儿，暂且放在这里。

宝　玉　请妙公慢慢点评。

妙　玉　宝玉，你可知道，我为何教你送诗前来？

宝　玉　这倒不知啊。

妙　玉　我要送与你那姐妹们每人一枝红梅。

〔嬷嬷抱红梅上。

嬷　嬷　红梅来了。

宝　玉　宝玉为众姐妹拜谢妙公！

妙　玉　宝玉！

（唱【皂罗袍】）

寄语惜春黛玉，

道一枝相赠，聊供清娱。

　　　　要每朝浇润水盈壶，
　　　　那便是大士瓶中露。
　　　　好生爱护，
　　　　陪伴琴书，
　　　　芳华易度，
　　　　转眼空无，
　　　　莫教她随人叹息身无主。

宝　玉　（唱【前腔】）
　　　　多谢殷殷嘱咐，
　　　　声声字字，警我痴愚。
　　　　把慈悲心事告群姝，
　　　　愿红颜长向深闺驻。
　　　　寒风凄楚，
　　　　清磬木鱼，
　　　　乞花人去，
　　　　咫尺天隅，
　　　　铭记你今朝教诲把禅心悟。

［宝玉在唱中披氅、戴笠、取花，最后取绿玉斗一饮而尽下。嬷嬷随下。
［妙玉目送宝玉，回身取过绿玉斗，抚摩怅然。

妙　玉　（唱）乞花人去，
　　　　咫尺天隅，
　　　　寒风凄楚，
　　　　清磬木鱼。
　　　今夜啊！不诵经只诵他红梅句。
　　　［幕落。

第三场　观　弈

［雪霁天晴。

〔惜春客堂。

〔丫鬟拂拭棋盘,安排棋子。

〔红梅一枝,瓶中吐艳。丫鬟浇水。

〔惜春手持画稿,款步走上。

惜　春　（引）朱墨写梅花,

　　　　　　疏影多闲雅。

　　　　　　误入俗人家,

　　　　　　曲高愁和寡。

丫　鬟　小姐,红梅换过了水,棋盘棋子都洗过了。

惜　春　好,把这幅画儿挂起。

丫　鬟　是。

惜　春　丫鬟。

丫　鬟　在。

惜　春　少时妙玉师父,前来下棋,备好清茶侍候。

丫　鬟　晓得。

　　　　〔妙玉上。

妙　玉　（引）

　　　　　　风雪送年华,

　　　　　　地僻禅心暇。

　　　　　　闻说折来花,

　　　　　　入了闺中画。

　　　　惜春。

惜　春　妙玉姐姐,快快请进。

妙　玉　好一幅红梅斗雪图!

惜　春　见笑。

妙　玉　你的画儿又大大地长进了。

惜　春　与真梅相比,差得远了。

妙　玉　——哦,你倒是养护得好。

惜　春　宝玉哥哥,千叮咛,万嘱咐,说姐姐关照,好生爱护,怎敢疏忽。

妙　玉　红梅有幸,遇上你这个知己,我当为她谢你。

惜　春　不敢。
妙　玉　这些日来,画技长进,但不知棋艺如何?
惜　春　洁盘拭石,正要请教。
妙　玉　请。

〔妙玉、惜春对弈。丫鬟上茶。

〔宝玉上。

宝　玉　(引)晨起读南华,

　　　　　　焙茗来传话。

　　　　　　望见一袈裟。

　　　　　　拂过葡萄架。

　　　　清晨起来,翻读《庄子·秋水》一篇,忽然焙茗来报,惜春四妹门前,有袈裟一闪,我想四妹平日常与妙玉谈经论佛。这个穿袈裟的,除了妙玉,还有何人?咳!想妙玉天生孤傲,轻易不出庵门,难得一见。今日有此机缘,正好领略一番佛家妙相。(棋子声)棋子的声音,想是妙玉正与四妹下棋,待我隔帘一看。——果然是在下棋,不可惊动她们,待我悄悄进门。

〔宝玉悄悄进门,两人全然未觉。宝玉立于妙玉身后。

〔妙玉砰然一声,又下一子。

惜　春　呀!

(唱【绣带儿】)

　　　　这一角,顿时恶化,

　　　　叫人怎样"腾挈"?

　　　　只道你是菩萨心肠,

　　　　却谁知是好杀吴娃。

有了。

　　　　哈哈,

　　　　发现了妙手休惊怕,

　　　　只一着沿边立下。

妙　玉　(唱)你且慢心欢喜,

　　　　"倒脱靴"全部擒拿,

可还有起死回身妙法？

宝　玉　（唱【前腔】）

哎呀，

果然是佛法神通大，

未几着便分高下。

惜　春　如此说来，我输了。

宝　玉　输了，输了，哈哈哈……

〔两人惊起。

惜　春　宝哥哥，你是何时来的？

宝　玉　到此多时，未敢惊动妙公，请休见怪。——啊妙公，你轻易不出禅关！今日何幸，在此相见。

〔妙玉呆看宝玉，不语，宝玉怔住。

惜　春　宝哥哥快快坐下吃茶。

宝　玉　哦……

妙　玉　（唱）猛听说出禅关心乱如麻，

又只是如醉如痴如傻。

惜　春　堪夸，

大观园你才学当称霸，

不管是琴棋书画。

宝　玉　是是是。

恨不得幻作娇娃，

侍莲台常蒙点化。

妙　玉　告辞。

宝　玉　宝玉代四妹奉送一程。

〔妙玉径出，宝玉随下。惜春默送，意味深长一声轻叹。

（暗转）

〔大观园荒凉石径中，残雪未消。

〔妙玉上，宝玉随后。妙玉脚下一滑，宝玉趋前一扶，妙玉回头向宝玉一看，宝玉感到惶恐。

宝　玉　呃！宝玉不该以秽浊之手，污妙公清洁的袈裟。

妙　玉　劳你远送，便请回去。
宝　玉　这一带路径荒凉，宝玉再送几步，还有……
妙　玉　还有什么？
宝　玉　还有一言，未敢动问。
妙　玉　有话但讲。
宝　玉　是是是。请问妙公，琴棋书画，何以这般超尘绝俗？
妙　玉　这……身在尘俗之中，心在尘俗之外。
宝　玉　身在尘俗之中，心在尘俗之外。敢问妙公，你每日木鱼清磬，是否就是敲除人间的俗气？
妙　玉　木鱼清磬，若能敲除人间俗气，那些年老的僧尼，早就升天成佛了。
宝　玉　这……我明白了。此乃先天所授，非人力所能强求，宝玉将终身为一尘俗之人了。〔伤感。
妙　玉　你呀，若是尘俗之人，前日怎能乞得红梅，今日又怎能来送我！
宝　玉　（大喜）妙公，听妙公之言，莫非我这土木形骸，尚有一些灵心慧性么？
妙　玉　这个，我却不知。
宝　玉　妙公不知，我倒明白了。
妙　玉　愿闻高见。
宝　玉　佛门最讲缘分二字，妙公来到我的家庙，又不以俗物看待宝玉，这也是人生一段缘分耳！
　　　　〔妙玉听到缘分二字，紧张地向四周一看。
妙　玉　你，可以回去了吧。
宝　玉　哎呀妙公，宝玉每听妙公说话，便觉头脑清明。请妙公允许宝玉，再送一程，呃，还要请教。
妙　玉　还要请教。好，那旁有一石凳，你要问些什么，索性坐下来一齐问掉。
宝　玉　多谢妙公。——啊，妙公！敢请指教，妙公生在仕宦之家，何以动出家之念？
妙　玉　你问的这个？
宝　玉　是。
妙　玉　有两句话，只怕你听了，又要难过的。
宝　玉　我不难过，妙公请讲。

妙　玉　纵有千年铁门槛,终须一个土馒头!

宝　玉　土馒头!

妙　玉　土馒头。

宝　玉　这土馒头就是坟墓。这就是说一个人终究是要进入坟墓的,哈哈哈……我明白了,明白了。

妙　玉　明白了,回去吧。

宝　玉　妙公,还有一事相问。

妙　玉　还有什么不明白的?

宝　玉　闻听人言,一入空门,便无烦恼,此话真否?

妙　玉　若无烦恼,金刚何以怒目,菩萨也不必低眉!

宝　玉　这……是啊。若无烦恼,那金刚何必两眼圆睁,菩萨只是低着眉头什么也不看呢?他们也是有烦恼的。不过那如来佛一直在拈着花枝微笑,他是不会有烦恼的了?

妙　玉　你知道他笑的什么?

宝　玉　什么?

妙　玉　他是拿笑来排除烦恼!

宝　玉　哦!他的笑是排除烦恼!啊,妙公,如此说来,妙公你也有……

妙　玉　有什么?

宝　玉　呃呃呃……宝玉失言,妙公见谅。

妙　玉　你岂不知,太高人愈妒,过洁世同嫌;未进土馒头,烦恼谁能免!

宝　玉　宝玉何幸,得聆肺腑之言,拜谢,拜谢!

妙　玉　现在你总该回去了吧?

宝　玉　还有最后一事,要问妙公。

妙　玉　快些讲吧。

宝　玉　常听人言,这头上的发儿,名曰烦恼丝,所以出家人,定要把它削去。妙公看破红尘,何独留下这青丝一握?

妙　玉　这……

　　　　(唱【太师引】)

　　　　　　这痴人问出了痴心话,
　　　　　　倒叫我难以回答。

　　　　宝玉啊,你为何问出此言?
宝　玉　宝玉一片虔诚,妙公莫要责备。
妙　玉　(唱)不怪你出言唐突,
　　　　　　也知你心地无暇。
宝　玉　妙公知我,至感至感。
妙　玉　(唱)天赋我一握青丝发,
　　　　　　为什么将它割下?
　　　　　　有道是心里存真佛,酒肉可沾牙。
　　　　宝玉啊,难道你愿意看见一个头上光秃秃的妙玉么?
　　　　(唱)纵然是空门寂寂,
　　　　　　到底是女儿家。
宝　玉　我真的明白了。
　　　　(唱【三换头】)
　　　　　　你前生是仙宫俊娃,
　　　　　　小谪到人间度假。
　　　　　　美在女儿无价,
　　　　　　怎能少青丝一把。
　　　　　　却笑我冥顽呆傻。
　　　　　　冰雪心,肝胆话,
　　　　　　如承受甘霖喷洒。
妙　玉　(唱)
　　　　　　你才说遇合唯缘分,
　　　　　　我便也随缘说自家,
　　　　　　只是过耳之言,莫向旁人说起它!
　　　　〔宝玉望着妙玉叮咛的目光。
宝　玉　这……宝玉晓得,晓得,妙公放心就是。〔合十。
　　　　〔妙玉嗔笑下。
宝　玉　妙公,慢走,慢走……(伤感地)妙公去了!——唉,想我宝玉,活到今天,何曾有人对我讲过如此真情实话,这才是真正的知己!
　　　　(【尾声】)

谁说你是冷面娃，

热腾腾把宝玉来融化。

恨不得归去换袈裟，

立即相随去出家。

〔宝玉留连眺望，回坐到石凳上，误坐在妙玉适才的位置，急起，拂拭，坐到自己的位置上，再慢慢移近妙玉的位置，沉吟浮想。

〔焙茗上。

焙　茗　（冷冷地）二爷，当心石头上冷气，侵入您的屁股里去哉！

宝　玉　你……是几时来的！？

焙　茗　早就来了。

宝　玉　你听见我与妙玉师父的说话么？

焙　茗　听见。

宝　玉　啊！

焙　茗　不太清楚。

宝　玉　二爷关照你，我与妙公的说话，都是些过耳之言，不要与旁人提起！

焙　茗　晓得，晓得，二爷放心就是！〔合十。

宝　玉　你！

〔闭幕

第四场　魔　　侵

〔佛堂中，更深人静，炉烟袅袅，天外暗月空蒙，室内笼在朦胧烟雾中。

〔佛案木鱼旁，有一古镜，妙玉披洒着长发，对镜沉吟。——宝玉出现于身后，恭敬站立，欣赏委地长发。

〔妙玉忽然紧张恐惧，宝玉消失。妙玉握住长发，镇定心神，慢慢盘掠于头顶。

〔妙玉盘掠中，由快而慢，而停手沉吟。宝玉再次出现，伸手帮助她盘掠青丝。妙玉不觉如醉如痴，难于自持。偶然间，两手相触于发上，妙玉避席而起，宝玉再次消失。

〔妙玉振作一下精神,剔一下佛前灯花,看一看庄严佛像。行至窗前,开窗,望月,一阵冷风吹过,顿觉清爽。忽然噼啪一声,灯花爆蕊,室内闪烁不定。回身一望,灯上双头照耀。妙玉怦然心动,趋前欲剪灯花。剪刀在手,忽又停住,目注双花,宝玉又傍倚着自己微笑。

〔灯花明灭不定中,妙玉袈裟卸去,顿觉成为俗装妙玉,绝代佳人。溶溶月色,照映两人,相偎相倚。宝玉强拉妙玉求欢,妙玉佯怒佯嗔,宝玉恐惧赔罪。妙玉嫣然一笑,宝玉大喜趋抱,妙玉亦低头相就。两情融融,放纵于禅堂之内,进向禅堂深处。

〔灯花噼啪,佛灯大明。妙玉独自僵立在佛灯旁,惺忪着双眼,似乎尚未醒过,环顾室内,似有所寻(寻宝玉也)。下意识地看一看身上袈裟,下意识地抚摸着身上的衣裙,下意识地抚摸着自己的脸颊。突然,一阵心情骚动,疾步斗室。

(唱【新水令】)

　　恨冤家何事苦相缠,

　　好无端来干扰清幽佛殿。

　　红梅冰雪院,

　　错认武陵源,

　　两次三番,

　　把桃花比人面。

〔坐上蒲团,闭目入定。

〔宝玉又笑吟吟上。

宝　玉　(唱【步步娇】)

　　适才间佛意随人愿,

　　袈裟脱去真身现。

〔拉妙玉起立,挽手。

　　你是朵雪山莲,

　　玉骨琼肌,风流独擅,

　　我何福近神仙,多管是如来暗里牵红线!

妙　玉　(唱【折桂令】)

　　说什么得近神仙,

　　　　　破坏我儿女金身，
　　　　　摧折我火里香莲。
　　　　从今人后人前，羞惭怎掩，心荡魂迁。
　　　　算只有湘帘不卷，
　　　　忏悔中消度长年。
　　　　误我贞坚，
　　　　毁我诚虔；
　　　　你是个混世邪魔，引妙玉落深渊！〔哭。

宝　玉　哎呀！
　　　（唱【江儿水】）
　　　　　那厢她泪落如流霰，
　　　　　教人心倍怜。
　　　　　我此刻拿什么言语来相劝！
　　　　咳！不用彷徨，
　　　　　但把真情展。
　　　　妙公啊！
　　　　　既相亲莫再相埋怨，
　　　　　我为你轻拭鲛绡娟。
　　　　〔为妙玉拭泪。
　　　　　你是绝世婵娟，
　　　　　怎不遂人生心愿！
〔妙玉顺从地投入宝玉怀中。
〔忽然一阵暴风，吹灭佛前灯火，妙玉紧紧抱住宝玉。
〔灯暗，宝玉消失。
〔室外传来恐怖的怪笑。隐约中，显现无数魔影。
〔妙玉一声惨叫，嬷嬷急上。灯火复明，妙玉两眼直视，瘫坐在蒲团上。

嬷　嬷　姑娘，姑娘！哎呀，快来人哪！
　　　　〔嬷嬷乙、丙上。
嬷　嬷　姑娘不好了，快到府里报个信去。
嬷嬷乙　这，天还没亮，到府里找哪一个去！

嬷嬷丙 是啊。

嬷　嬷 姑娘平日与惜春姑娘最好,先到她那儿去。

嬷嬷乙 也好,我们走。〔下。

嬷　嬷 姑娘,你醒醒,你醒醒,这叫我怎么办哪!

〔取绿玉斗斟茶。

嬷　嬷 姑娘,你喝点儿茶。

〔妙玉紧闭牙关。

〔嬷嬷大哭。

嬷　嬷 姑娘,你好端端的怎么得了这怪病哪!

〔嬷嬷乙、丙引丫鬟、惜春上。

惜　春 妙玉姐姐,妙玉姐姐,哎呀!

(唱【雁儿落】)

才和你棋枰间争先后,

却怎便蒲团上风云变。

嬷嬷,是误把丹药来吞咽?

嬷　嬷 没有。

惜　春 (唱)还只是念经文人太倦?

嬷　嬷 早就上蒲团打坐了。

惜　春 (唱)难道是柳怪花妖现?

暗夜中偷偷侵佛院?

〔敲门声。

嬷　嬷 有人敲门。

嬷嬷乙 谁人敲门?

焙　茗 (内)宝二爷有事前来。

惜　春 宝玉哥哥来了!

〔嬷嬷乙开门。

嬷嬷乙 宝二爷。

〔宝玉立而不动,焙茗及数丫头陪着。

宝　玉 妙玉师父可有什么意外之事?

嬷　嬷 您快进来。

宝　玉　先告诉我,才好进去。

嬷　嬷　您不是知道了才来的?

宝　玉　我未曾知道什么,只是在睡梦中,见到妙玉师父是这样……特来看看。

惜　春　哥哥,你快进来。

宝　玉　啊,四妹在此。

〔宝玉进。

嬷　嬷　(哭)宝二爷,您救救我们姑娘。

宝　玉　啊,妙公,妙公,妙公啊……

（唱【绕绕令】)

　　　　雪径才相别,

　　　　禅床噤不言。

嬷嬷,她是怎样地得此急病那?

嬷　嬷　二爷,我哪知道啊!

宝　玉　(唱)却不道梦里惊心容颜变,

　　　　真的是病倒沉沉在佛殿前。

嬷　嬷　宝二爷,救救我们姑娘啊……

宝　玉　焙茗。

焙　茗　在这呢,二爷。

宝　玉　速速去请御医前来诊治。

焙　茗　是。〔下。

宝　玉　嬷嬷不要啼哭,你凑近她的耳边,就说,宝玉在此。

嬷　嬷　好,我来叫——姑娘,宝玉在此!

〔妙玉微有反应。

宝　玉　快,声音大一些。

嬷　嬷　宝玉在此!

〔妙玉反应。

宝　玉　再大一点。

嬷　嬷　宝二爷看你来了!

〔妙玉惊醒,睁开眼睛。宝玉恭立合十。

宝　玉　妙公,是我,是宝玉,看你来了。

〔妙玉慢慢支起，望着宝玉、惜春，若有所忆，忽而伤心饮泣。

宝　玉　醒过来了。
惜　春　快快扶起。
　　　　〔嬷嬷扶坐案边。
宝　玉　快快取热茶来。
嬷嬷乙　是。
妙　玉　（唱【收江南】）
　　　　　　猛听得一连声宝玉到身边，
　　　　　　好一似金针猛烈刺胸前。
　　　　　　为什么心旌摇荡身在半空悬，
　　　　　　待与他寒暄，
　　　　　　怕与他寒暄。
嬷嬷乙　姑娘喝茶。
　　　　〔妙玉接过绿玉斗，欲饮，看斗，手颤。
妙　玉　绿玉斗！
　　　　（唱）拼教它玉碎锁心猿！
　　　　〔摔斗，昏倒。
宝　玉　哎呀！
　　　　（唱【园林好】）
　　　　　　为什么见玉斗如狂似癫？
　　　　　　为什么摔玉斗怒火内燃？
　　　　　　这玉斗好生面善。〔拾起。
惜　春　这是她平日自己饮茶的玉斗！
宝　玉　啊！它曾把我唇沾，
　　　　　　它曾把我唇沾！
惜　春　这……哦！
　　　　（唱【减字沽美酒带太平令】）
　　　　　　入空门未断尘缘，
　　　　　　一时间定中生变。
　　　　　　她若要医延命延，

昆　曲

63

需自个向灵台猛施神箭!

宝　玉　妙公!

（【尾声】）

你安心养病红梅院,

碧玉清茶细吞咽。

嬷嬷,少时御医就要前来,你们慢慢将她扶至后堂,另换玉杯,沏上清茶,细细喂咽。她那头上青丝,好好梳拢,不可有一丝损害。你们要知道呵!（唱）她是玉洁梅清,

点点灵根,

都系在青丝——线!

〔嬷嬷扶起妙玉向内行。

宝　玉　妙公保重。

〔妙玉迷惘地转过身来,望着宝玉、惜春,似有所觉。一声惨笑,声泪俱下。昏昏沉沉,进入后堂。

〔空庭寂寂。

惜　春　哥哥,我们回去吧。

宝　玉　回去。这绿玉斗带回去,我们也留个纪念。

〔众丫鬟上围绕着惜春、宝玉,慢步空庭。一阵风扫残梅,丫鬟捡起地上落梅,递与惜春、宝玉。惜春、宝玉拈花内望,不禁凄然。

〔焙茗叫上。

焙　茗　二爷,二爷,医生待会儿就到,妙师父这个病,医生说了,它叫——

宝　玉　叫什么?

焙　茗　叫……叫,哦,叫走火入邪魔!

宝　玉　走火入邪魔!

焙　茗　是。

宝　玉　什么意思?

焙　茗　奴才问啦,医生说,走火嘛,就是这里头的火,钻……钻岔了道,像那鸟枪乱放,它……中了邪啦!

宝　玉　休得胡言!

焙　茗　二爷!这是医生说的,五个字,走火入邪魔!

宝　玉　快快出去！
焙　茗　这，是。——二爷也快走！〔下。
惜　春　哥哥，我们走吧。
宝　玉　走。
　　　　〔惜春等下。
　　　　〔宝玉一人独留，环顾四周。
宝　玉　如此凄凉，叫我怎生离去？
　　　　〔宝玉伤感徘徊，妙玉独自走出，蓦然相对。
宝　玉　啊，妙公，你……怎么出来了？
妙　玉　一天风露，怎敢枉顾！〔合十。
宝　玉　负疚之身，乞求宽恕！
妙　玉　红梅魂已断，来岁花何处？
宝　玉　纵无枝上花，也有魂相聚！
　　　　〔妙玉凄然一笑。
妙　玉　宝玉，你听！
宝　玉　听？
妙　玉　听见什么？
宝　玉　似有仙乐之声。
妙　玉　识此曲否？
宝　玉　似有鸾凤和鸣，又似杜鹃啼血！
妙　玉　此即红梅断魂之曲！
宝　玉　红梅断魂之曲？
妙　玉　入于君耳，铭于君心。
宝　玉　何人所奏？
妙　玉　妙玉心声！
宝　玉　——心声不灭，佛缘永存！
　　　　〔双双望空合十。
　　　　〔剧终。

剧本创作于1989年，1997年发表于《上海剧稿》。

红楼梦传奇(续)

郑孟津

第一场　招众嫌耽耽受笞挞

出场人物： 贾宝玉　林黛玉　薛宝钗　贾母　王夫人　王熙凤　袭人
时　　间： 夏末,宝玉受责后
音　　乐： 哀伤与愤慨交织

〔幕后飘出一派悠扬的歌声,二道幕启。八个穿茜衣舞者,八个穿淡黄色衣舞者,随乐节群舞上。

【银瓶坠井】银瓶坠井丝绳绝,千日风帆伤远别。茜罗剪断金钏儿折,撇得我雕栏独倚,泪流沏,直摧到杜鹃啼落桐荫月。宝玉啊,宝玉!我将奈何,我将奈何!一度思量,一度肝肠裂。

〔啪!啪!鞭挞声,疯狂的旋律淹没了一切,有一个白衣使者自群中出,独唱。

【江儿水】坚贞的蒙不洁,(鞭挞声,啪!)刚正的遭威逼。(啪!)丛生毒草长在庭院里,(啪!啪!)(幕后群接唱)幽兰玉蕙多枯萎。(啪啪!)馋狼饿虎竞吞噬,仁义道德挂嘴里。说什么世族簪缨,俱都是蠹虫禄鬼。怎比得场上诙谐,绿窗女婢,啊呀!天呀,玉堂金马人称羡,戚连禁苑真荣贵。有一日家门破败,招得个旁人笑耻。

〔幕启。袭人扶宝玉上,跌倒、起来,又跌倒、又起来。

宝　【添字江儿水】又一付凌云侠气,是俺风尘中知己。

宝　他们玩弄他,凌逼他,逼！逼得他飘零四海无容身地,落得流离颠沛。

袭　你要留神你的疮痛啊！

宝　金钏儿！金钏儿！

　　〔提到金钏儿,彼此相向号啕痛哭起来。

宝、袭　（接唱）生擦擦是谁害了你？只不过口快心直,生扭作弥天大罪！一句戏言成谶语,金簪掉在风井内。啊呀！金钏儿呀！（抽咽）你负屈含冤、含冤负屈赴流水,忍耻蒙羞吞恨死。这一场千秋冤狱,提着他时,宁不心儿碎！

　　〔袭人扶宝玉睡,袭人下,黛玉上,场上死一般寂静,站在床沿旁边吞声哭泣。

黛　你都改了吧！

宝　我是装给他们看的。

　　〔内："老太太,太太来啦！"黛玉欲下,宝玉拉住她的长袖。

宝　你为什么怕起他们来了？

　　〔黛玉指自己一双哭肿了的泪眼,摔开袖子急从后门下,贾母扶着鸳鸯和王夫人、王熙凤、薛宝钗、袭人等人上。

母　【出对子】牛心怪性,不学青云登上第,羞言月窟攀仙桂。若他从此能改过,也不枉了天恩祖德。

袭　（打招呼）二爷,老太太、太太来了！

　　〔宝玉欠身,王熙凤按住。

凤　别动！别动！

宝　哦,哦！

王　喂呀,儿呀……不争气的儿,倘若有个三长两短,教娘如何是好！（泣,向袭人）如今伤势如何？

袭　我把宝姑娘送来一粒治棒创的药丸,照方敷上,痛得好些了。

钗　这是我们铺里的伙计,从张家口带来的。才受伤时,用酒研开,敷上,散了淤血,纵然利害,也不致伤筋动骨。

母　宝丫头懂事。

凤　老太太,我们这妹妹,不只是懂事,而且端方稳重。

母　（点头）是的。（向袭人）林姑娘来过这里没有？

袭　来过了。

凤　林姑娘聪明伶俐,人品潇洒,我顶喜欢她!
母　如今的人儿太聪明了,心眼儿就多了,倒是稳重端方为是。
凤　老太太,宝妹妹也能说会道嘛!
母　哈哈哈! 就是你多嘴,不要惹你妹妹生气。
　　〔宝玉听了,满身不舒服。
宝　哎呀,我的头痛! 我的头痛!
　　〔众人慌忙围住宝玉。
凤　宝兄弟,你怎么啦? 告诉你姐姐。
宝　哎呀,我的头痛!
母　啊呀呀,这便怎么是好?
宝　不妨事,让我静静地躺一回就好了。
母　好好,我们大家走吧。
众　是!
母　宝玉!
宝　老太太!
母　你往后要勤读诗书,不要在外面惹花沾草,惹你老子生气!
宝　哎呀! 我的头痛了,我的头又痛了!
母　哦哦哦,你静静地躺上一躺,就会好的,我们大家走啊!
众　是!
　　〔将下,宝玉唤宝钗。
宝　宝姐姐!
母　(向凤)宝玉讲什么啊?
凤　宝兄弟叫宝妹妹呢。
母　(向宝钗)你宝兄弟叫你啊。
凤　你留下来吧。
母　宝丫头,你陪你宝兄弟谈谈,开导开导他,再不要惹他老爷生气。
钗　是!
袭　二爷说,送老太太、太太!
　　〔贾母扶鸳鸯和王夫人、王熙凤下。
袭　宝姑娘,您请坐。

钗　是。(顿一顿)宝兄弟！叫我有什么事啊？
宝　莺儿如有空闲,替我打几根穗子,回头我谢你。
钗　那有什么大不了啊,叫他来就是了。可不知要打什么花样儿？
宝　不管什么花样儿,每一样都打了一些。
　　［宝钗笑。
宝　笑什么？
袭　穗子的花样儿很多,怎么能都打,打些目前要用的吧！
钗　正是这个意思,要是照样都打,一年半载还打不了啊！痛得好了一些吗？
宝　谢谢姐姐送来的丸药,痛得好了一些。哦,哦！
钗　唉,宝兄弟！
　　【减字剔银灯】劝兄弟安心将息,也不要含羞带愧。
钗　不要说老太太、太太心疼,就是我们也心……［忙又咽住,不觉眼圈微红,双腮带赤,低头弄带,半晌,宝玉尴尬地咳嗽了一声。
　　我想,天下无不是之父母,大家都是为你好啊。(接唱)谁不想家声永继,只望你读书励志。
　　［听到说"读书",宝玉满身不舒服起来。
袭　上自老太太、太太,下至我们,哪一个不望你好,你就是不想读书,装个样儿也是好的,老爷听了也喜欢。今天落得如此下场,我们做下人的脸上也没有了光彩。
宝　……［不如意,渐见于脸色。
袭　就是不听话！宝姑娘,他还和一个戏子叫棋官的来来往往,怪不得老爷生那么大的气。
钗　(一震)自古贱不妨贵,下不凌上,宝兄弟啊！
　　【剔银灯】虽不望读书中进士,到底要随和守己。行止也得防嫌疑,只缘你是堂堂公府千金子。比不得,贩夫走卒,可三瓦两舍任情出入。
宝　我头痛,我头痛啊！
袭　打在屁股上为什么头痛？我知道你就不爱听正经话。
宝　嘿……嘿……！你们这些女道学先生,仔细我们这里脏了你们！
　　［宝钗不妨宝玉突然发脾气,感到一阵羞愧,呆呆地站起来,往前走,又回头。
钗　袭姑娘,要什么吃的,尽管到我们那里要去,不要惊动大厨房。

袭　谢谢姑娘关心我们，二爷，你宝姐姐走了。宝姑娘！你宝兄弟创痛不能送了，好好走呀！

〔宝钗下，袭人过来埋怨。

袭　唷，人家是未出闺门的女孩儿呢，脸皮嫩嫩的，经得起当面抢白？

宝　老天！老天！好好一个清净洁白的女子，也学钓名沽誉，入了禄蠹之流，我生不幸，闺阁之中亦染此风，真真是负天地钟灵毓秀之意了。

〔这一段道白中，黛玉暗上，立于房后花窗前。

袭　别又发痴了，刚才倘使是林姑娘，又不知道闹到什么地步了。

宝　林姑娘说过这样混账话没有？

袭　这是混账话？

宝　倘若林姑娘也说了这样混账话，我早就——

袭　怎么样啊？

宝　合她生疏了！

〔黛玉听至此，两肩抖动一下，眼泪直往下流，天渐渐地黑下来。幕落。

〔幕后合唱：【石榴花犯】背地里片语见真情，荡悠悠神魂暗骋。两下里都有难言隐，乱芳心彩蝶翻轻粉。我和你既是知音，为什么你有玉她有金，我却碌碌无凭证？叹人间美中不足今方信，怕只怕到头来，都成了雨后花幻中景。

第二场　感深情旧帕题新句

出场人物：林黛玉　紫鹃　晴雯

时　　间：夏末秋初

音　　乐：凄凉地

〔于前场【石榴花】曲终时幕启：潇湘馆。黛玉背坐小窗下，窗外翠竹参差，新月一弯。窗前横小琴桌，高几上放一炉香，烟云飘渺，晴雯携手帕上。

雯　【粉蝶儿】悄步儿移过花墙。

〔琴韵锵然。

雯　呀！猛听得小轩窗,写秋风琴声清亮。

雯　哎！真别扭,二爷叫我来看看林姑娘,我说白眉赤眼儿的,做什么去呢？还是送一件东西好搭话。他想了一想,给我送手帕——却是一条旧的手帕,我说不行,林姑娘看了要是生气,可不是我倒霉。他说,你放心,她自然知道,知道个"什么"？我想不送,他抵死逼我,没有办法,只好送过来。你瞧！

雯　（接唱）碧沉沉,月冷潇湘,俺这里携着这旧罗帕。

雯　我倒好笑,哈哈哈！（接唱）好一似递书送简的俏红娘。

雯　我说林姑娘,这不干我晴雯的事。（接唱）这都是你那宝哥哥弄的鬼花样。

雯　怎么办呢？进去,又不是,回来……哎！又不对,真真难死人了。

　　〔黛玉面朝小窗,背斜向台前。

黛　是哪个？

雯　（嗓子略高一点）是我！

黛　你是哪个？

雯　是晴雯。

黛　这么晚了,有什么事儿？

雯　宝二爷叫我送手帕来。

黛　必定是好的,叫他放着自己用吧,我这里有啊。

雯　不是新的,是一条家常用的——旧的！〔做一个鬼脸。

　　〔黛玉猛地回过头来,先是凝眸,既而忽有所会,把头回过去,照原姿态坐着。

黛　放下来吧！

雯　呃。（轻声）什么心眼儿,真是莫名其妙！

【添字扑灯蛾】我把旧鲛绡桌儿上轻轻放。满肚皮狐疑（手帕放在小桌上）暗暗想。猜不透是什么鬼名堂,这都是算不清拖泥带水纠纠缠缠糊涂账。惹得他小哥小娘,日日夜夜费思量。

雯　我的心眼也算是多的,就多不过他们。

　　〔晴雯下,黛玉回过头来,慢慢地站起来,慢慢地踱至小桌边,拿起旧罗帕,看着,看着,热泪夺眶而出。

黛　唉！（拭泪）看了这满幅泪痕,教人触目生悲,宝玉啊宝玉！这幽情蜜意,何时是了。既然彼此相知,为什么……唉！〔雪雁掌灯上,一室洞然,雪雁暗下。

　　〔黛玉研墨蘸笔在旧帕上题诗句,边写边吟。

黛　彩线难收面上珠,湘江旧迹已模糊。窗前亦有千竿竹,不识香痕积也无。

［紫鹃暗上,拿了披风披在黛玉背上。

鹃　夜深了,风露将下,姑娘歇息吧。

［黛玉凝坐不动……

鹃　姑娘,你要保重啊!

黛　唉!今年交秋比往年又差了一些,(咳了一声)咳嗽比往年也多了,看来我的身体也不行了。

鹃　姑娘!

黛　我父母双亡,孤身在此,况而一病缠绵,不知往后怎样结局?

［紫鹃一阵心酸。

黛　怎么哭了?

鹃　姑娘说得太伤心了。

黛　我平常爱哭,现在好像眼泪也少了?

鹃　眼泪怎么会少了,姑娘自己疑心罢了。我想,老太太待姑娘多好,还有宝玉——

黛　不要说了,我知道自己一生爱哭,哭得多了也无味。可是,你看我的身世!除了哭还有什么哪!

鹃　姑娘!［紫鹃抱着黛玉,哀哀欲绝。

黛、鹃　【北普天乐带北红绣鞋】滴不尽湘妃有泪洒湘江,还不完春愁秋恨前生账,问不得春花秋月为谁忙。睡不稳轻寒悄悄更漏长,捱不明凄凄惨惨、惨惨凄凄戚戚潇潇夜雨打在竹梢上。盼不到家乡渺渺,云树苍苍,冷不妨五更梦里见爹娘,止不住两泪汪汪。忘不了花容月貌天仙样,终不免花残月缺枉悲伤。丢不开翠绕珠围,放不下绣阁绮窗。说不得有朝一日,划破青天跳出了粉墙。

［二人下。幕落。

第三场　慧紫鹃情词试宝玉

出场人物：贾宝玉　林黛玉　紫鹃　雪雁　晴雯

时　　间：秋日
音乐基调：感慨挑逗

　　［幕启：沁芳亭畔、木樨花树下、石凳二三张，紫鹃手拿团扇儿上。
鹃　［新水令］昨宵辗转未成眠，听得她对孤灯短吁长叹。病恹恹篱下栖身多白眼，恨悠悠天涯有泪一身单。
鹃　我们姑娘长得十分秀气，这园里哪一个女孩儿都比不上她！唯有天上青女素娥仿佛一二。可是，真是的红颜多薄命，父母早亡，谁是知疼知热的，就我和她一时也离不开，我打心眼儿里和她好，她和宝……（两望）她和宝玉俩每常一阵风一阵雨的，摸不透是什么主意，我们这一个心里有话，口里说不出，整天在肚子里憋着，我都看在眼里。老天爷，求求你，成全了他们吧！
　　（接唱）吁哈女、女孩儿家羞答答，有口难言。每常间嫌花憎月，无非是怀人幽怨。
　　［宝玉上。
宝　【引】秋容淡，闲步到沁芳亭畔。
鹃　二爷。
宝　姑娘咳嗽可好些了？
鹃　好些了。
宝　阿弥陀佛，宁可好了吧。
鹃　你也念起佛来了！
宝　所谓"病急乱投医"了。（顺手向紫鹃肩上抹了一抹）穿得这样单寒，还在风口里站着，时光又不好，你要是再病了，就难了。
鹃　哎！从此我们只可说话，别动手动脚的，一年大二年小的，教人看了不尊重。
宝　呃！
鹃　那些个混账东西，背后说你，你总是不留神。
宝　……
鹃　姑娘吩咐啦，不教我们和你说笑话儿呢。
宝　啊！
鹃　这一向你不瞧瞧她，远你还恐远不及呢。
　　［宝玉痴坐在木樨花树下，亭畔石凳上。心中像浇了一盆冷水，紫鹃看他一

眼,用扇一遮,抿嘴一笑。下。雪雁上,看见宝玉坐在石凳上,瞅着山石出神,眼里含了一汪泪水,心中疑惑。

〔雪雁走近宝玉,笑。

雁　你在这里做什么呢?

宝　你为什么又来近我,难道你不是女孩儿吗?她即是防嫌,不许你们近我,你何苦又来找我啊?

雁　你讲什么?

宝　被人看见岂不又生口舌!

雁　你这是什么意思?

〔雪雁觉得奇怪,紫鹃从场门上。

鹃　你怎么这时候方来?姑娘找你呢!

雁　(摇手,又指宝玉,低声地)是谁给宝玉气受?你瞧,坐在那儿哭呢。

鹃　(轻声地)你先去,告诉姑娘说,我就来。

〔雪雁点头下,紫鹃走近宝玉。

鹃　我不过那么句话,为的是大家好,你坐在这风地里哭,弄出病来还了得!

宝　谁还赌气不成,为你讲得有理,一时感触,我自己伤心。(见紫鹃挨着身子坐)方才对面说话,你说还该远些,这一回为什么又挨近我啊?

鹃　我问你一桩事儿。

宝　(奇异)什么事啊?

鹃　这两个月,二奶奶怎么忽然想起来,替我们送燕窝?

宝　那是我在老太太跟前露了一点风声,说你们每日吃的姐姐家的燕窝,想是老太太对凤姐姐说过了。

鹃　喔!我正疑惑,原来是你说的,多谢你费心。

宝　要是妹妹吃惯了,吃了三二年咳嗽就好了。

鹃　在这儿吃惯了,明年回家去,哪儿来的这闲钱?

宝　(一惊)谁家去啊?

鹃　妹妹回苏州去。

宝　(笑)你又说白话了,苏州虽然是妹妹的原籍,因为没了姑父姑母,才接到我们家里来的,明年回去找谁啊,可见……

鹃　可见什么?

宝 可见你是撒谎的。

鹃 （冷笑）只有你贾家是士族,别人家都是一父一母,父母死了,再也没有人了么?
【驻马听】休得小看,休得小看,盐课老爷原贵显。少甚么盔缨头带,金印胸悬,怎难道只仗你姑表姻眷!

宝 你不要骗我,纵然妹妹家还有房族,也不一定前来接取。

鹃 （冷笑）当初老太太心疼她年纪小,故而接来住几年。至今已经到了出阁的时候了,自然要送还林家的。（接唱）就是林家败落得十分艰难,怎肯把亲枝叶丢在各门别院。

宝 老太太不肯放的,也是枉然。

鹃 嘿!老太太为什么不放她呢?有道是女生外向的,好是姑太太养的,又不是你们家正支正干,别说老太太没有留她之意,即使要留下,她自己也自然要回去的。老实告诉你,她的行期都定了呢!

宝 （支持不住）啊!

鹃 （接唱）我数,数行期只待来岁春天,日子非远。
〔宝玉颓然欲倒。

鹃 怎么样?不骗你吧。
〔宝玉摇头……

鹃 我全部告诉了你吧。

宝 你你你讲。〔整个身体都在摆动。

鹃 【雁儿落带得胜令】那夜晚茜窗前,俺姑娘款款言,从今后须防嫌,过了儿童竹马年。（夹白:她和你呀!）

鹃 你也大了,她也不算小!她须是将笄婵媛,你也是束发戴冠两下里小时物玩,往来诗简,椿椿件件都须归还。

宝 （头顶上响了一个焦雷）啊!

鹃 （接唱）她呵!把你的鲛绡帕彩云笺,收拾齐全,只待你前来查看。不要嫌我讲得活灵活现,这都是俺那姑娘亲口,亲口传言。休再要胡思乱想,与我早早打点!
〔宝玉茫然地坐在石凳上。袭人上。

袭 （向宝玉）老太太叫你呢,东找也找不到,西找也找不到,原来坐在这里!

宝　（茫然）……

鹃　他在这里问姑娘的病,我说了他不相信。

　　〔袭人搀起宝玉。

袭　我们走、走呀!

　　〔袭人、宝玉下,雪雁上。

雁　（向紫鹃）你怎么还在这里?

鹃　你瞧宝玉……哈哈!

雁　什么?你疯了。

鹃　宝玉他……

　　〔袭人满面泪痕,慌慌张张急上。

袭　（向紫鹃）你方才和我们宝玉说了什么话?你瞧瞧他去,你回老太太去,我也管不了!〔说了便哭。

雁　宝玉出了什么事?

袭　紫鹃姑奶奶不知说些什么,这一会他呀!

　　【扑灯蛾】（千念）气恹恹浑身打颤。直挺挺口角流涎,咧着嘴,瞪着眼。（重一句）

雁　他们是怎么说的?

袭　连李妈妈都说不中用了,在那儿哭,只怕这会儿都完了。

雁　姐姐,你说什么话啊?

鹃　我并没有说什么,不过是几句玩话,他当是真的。

袭　你不知道他?往往把玩话当做真话。

袭　（拉紫鹃）快去!快去!

雁　快去!

　　〔落幕,音乐起。

第四场　俏凤姐设谋瞒消息

出场人物： 贾宝玉　袭人　紫鹃　贾母　王夫人　王熙凤　鸳鸯　二小环　林之孝家的

时　　间：紧接上场
音　　乐：忧虑地

　　〔幕启，贾母上房。王夫人、王熙凤围住宝玉叫唤，鸳鸯、二小环侍立。
宝　【梅花酒】似剜肺摘心，似剜肺摘心。
众　宝玉！宝玉！
宝　（接唱）昏惨惨怨雨共愁云。
　　〔忽地感到惊怕。
母　宝玉！
王　宝玉，不妨事，不妨事。
凤　宝兄弟！宝兄弟没事儿。
宝　（接唱）步踉跄身如悬磐。
　　〔踉踉跄跄欲倒，众扶。
凤　宝兄弟！
母　凤丫头，扶他去睡吧！
宝　不、不，那旁有一条船。〔指什锦格子里一只小孩玩的小船。
众　那是你玩的小船儿。
宝　不、不，是接林妹妹来的！（接唱）眼模糊遥看门外一舟停，冲波巨鲤入苍冥！
　　〔扑过去，众急扶住。
母　不要怕，赶它出去。
众　赶出去。
宝　（接唱）呀，夺去了我的心上人。
宝　赶它出去，赶它出去呀！
　　〔贾母命鸳鸯拿出了那只小船。
宝　好了！好了！林妹妹再也不能回去了。
　　〔王夫人、王熙凤听见宝玉屡屡号哭"林妹妹去了"，十分关注。接着林之孝家的上。
孝　老太太、太太、二奶奶，我们大家都在外边问宝二爷可安宁？大家都惦记着呢！
母　林家的，你对他们说，宝玉比先前好得多了。

宝　（突然惊醒）啊，了不得，林家的人来了，要接林妹妹回去了！

　　【得胜令】呀！听得说林家来人了，蓦地里肉跳肚肠疼。耳边厢轰隆隆如雷震！

宝　轰了出去！

母　不要怕，不要怕，没有林家的人。

宝　她她她（指林之孝家的）。

凤　（以目示意）大娘先回去，叫他们不要费心，不要来了，难为他们想着。

孝　是！

宝　（接唱）腌身躯颤鬼鬼似火焚，俺这里轰！轰！

宝　轰了出去！

众　轰了出去！

　　〔林之孝家的尴尬地下。

宝　除了林妹妹，都不许姓林了！

母　是啊，吩咐下去，不管是谁，都不许姓林，你们也不要提"林"字儿。

众　（应）是！

宝　（大笑。接唱）俺不许天下乌鸦一般黑。轰！轰！

众　轰出去！

宝　（接唱）只须俺颦卿独姓林。

　　〔宝玉仍然昏沉沉。

母　鸳鸯，扶他到后房点上安息香。

鸳　是。

　　〔鸳鸯扶宝玉下，王夫人、王熙凤随下，凤复上。

凤　老太太！

母　这病来得好跷蹊。

凤　是啊，这病病得好奇怪，据袭人说，是因为紫鹃说了一句什么话，引出来的。

母　叫紫鹃来！

凤　已经命袭人唤她去了。

　　〔贾母点头。

　　〔袭人引紫鹃上。

袭　老太太！

母　紫鹃呢？

袭　来了。

母　叫她进来。

　　〔紫鹃进房。

鹃　老太太！二奶奶！

　　〔王熙凤不大理她。

母　你和宝玉讲了些什么话？

鹃　我没有讲什么话。

母　没有什么话？宝玉会病得这个样儿么！

　　〔紫鹃下跪。

母　讲！

鹃　老太太容禀！

　　【玉芙蓉】丫头怎敢得罪他？

母　为何突然病得这个样儿？

鹃　（接唱）只为一句不打紧闲磕牙。

母　一句话有这么大的利害？

鹃　（接唱）逗起他心猿意马。

母　唔！〔左右望，王、袭会意，轻步暗下。

鹃　（接唱）愁绪如乱麻。

母　你可知他为的什么啊？

鹃　（望了贾母一眼）我也讲不上。

母　可是这病来得好奇怪。

鹃　是！（接唱）看上去这病儿蹊蹊煞，

母　（点头）蹊蹊！

鹃　奇怪！

母　奇怪！

鹃　（胆怯地）老太太，您知道这蹊蹊在什么地方？

母　我怎样知道。

鹃　（自言自语）自古道"心病须用心药医"。

母　唔！（左右望）你讲什么？

鹃　我没有说什么。

母　他们两个从小行坐相随,一处长大,"好"是有的。

鹃　老太太呀!就这"好"字儿不好啊!(接唱)算将来,这"好"字儿正是"病"根芽。

母　住了!你这丫头年幼无知,不要胡扯,我也不怪罪于你,你到底和宝玉讲了一句什么话,快快说来!

鹃　老太太!(接唱)俺说道林姑娘南边去,谁料他软设设难禁架。

　　〔贾母失声惊叹。

母　啊呀呀,原来是一句玩话。

鹃　老太太,这倒不是玩话儿呢!

母　不是玩话儿是什么?

鹃　老太太,你是最神明的,宝二爷是你的亲孙儿,林姑娘是你的外孙女儿,我想你心里是多少的爱惜他们。

母　是呀!

　　〔紫鹃抿抿嘴唇,眼泪扑簌簌地流下来,望着贾母。

鹃　本来不是我们下人该说的,可我都看在眼里,老太太成全了他们吧!(接唱)望你个大慈悲,救苦救难积个善吧!

母　你小孩子家懂得什么,下去!

鹃　是。〔起来,摸不透贾母盘算的是什么。下。

母　唉!(始而混乱,继而肝火大动)岂有此理!人呢?

　　〔王熙凤在暗地里闻声而出。

凤　老太太!

母　你太太呢?

凤　在后房和宝玉在一起,我请去。

　　〔贾母点头。

　　〔王熙凤请王夫人上。鸳鸯、袭人随上。

王　老太太!

母　你坐下。(王坐)宝玉怎么样了?

王　还和先时一样。

母　有一桩事儿和你商量,我今年81岁的人了,你老爷又在外任,我所疼的只有宝玉,如今病得糊涂,必要冲冲喜才好。

王　老太太疼宝玉。(回头看了王熙凤一眼)赖升的算了命没有?

凤　赖升媳妇的,给宝玉算过命,已经回来了。

王　怎么讲?

凤　那算命先生说,要有一个金命的人冲冲喜,不然……

母　喔,这先生很灵验,前日说的亲事很妥当。

王　是的。姨太太说的,宝丫头的金锁,有个和尚说过,只等有玉的便是婚姻。

母　我想目前他们都长大了。等宝玉结了婚,给林丫头说个人家,我一辈子的心事也就完了。

凤　全靠老太太的福气!

〔袭人呆呆地站着听,忽然跪下来。

王　站起来禀与老太太。

母　什么事儿,你站起来讲!

〔袭人站起来,哭。

袭　把宝姑娘配给宝二爷是极好的事,可是(向王)太太想想,宝二爷和宝姑娘好?还是和林姑娘好呢?

王　……

凤　他们俩从小在一起,自然又好些。

袭　这些话奴才是不该说的,不但这一次因一句话病了。那年夏天他把我当做林姑娘讲了好些话,必得想个万全的主意才好。

母　我看她还不算糊涂,这个理儿我就不明白了。我们这种人家,别的事自然是没有的。这心病也是断断有不得的。如今都大了,懂得人事,就该分别些,才是做女孩子的本分。我才心疼她,若是这样,(顿)我的心也凉了。

袭　我们都是为着二爷,倘或在这上面出了岔儿,岂不更使老太太、太太担心事了。

母　这就为难了。

凤　我倒有个主意。

母　你讲!

〔王熙凤示意二小鬟,二小鬟下。

凤　(轻声)对宝玉说,只说要娶的是林姑娘。

母　这不是委屈宝丫头了么？若还传了出去,林丫头知道更不好哇!

凤　(轻声)这个话只说给宝玉听,前头一概不许提起。

母　(点头)……

〔贾母、王夫人下,鸳鸯、袭人下。

凤　(笑)这事儿总算大定了!

【玉环】风流泼辣,上下一把抓。接木移花,老太太相信咱。指着鹿儿当作马,假作真时真亦假。金玉良姻,是我来排下。李代桃僵,不能说实话!

〔落幕。一阵刺耳的结婚音乐,从空而降。

第五场　苦绛珠魂归离恨天

出场人物：林黛玉　紫鹃　雪雁　林之孝家的

时　　间：深秋

音　　乐：凄厉

〔幕启。潇湘馆黛玉卧房,雪雁急上。

雪　【扑灯蛾】(干念)杯弓蛇影,杯弓蛇影,噩耗传来,胆落心惊!奸谋肆逞,奸谋肆逞风嘶鹤唳,草木也不宁!草木也不宁!

雪　紫鹃姐姐!紫鹃姐姐!

〔紫鹃闻声上。

鹃　什么事儿慌张?

雪　姐姐,你听到了消息没有?

鹃　没有。

雪　宝二爷要结婚了。

鹃　和谁?

雪　宝姑娘!

鹃　啊!(站立不住,软瘫在一边,靠在窗沿上,半晌才说出话来)你,你听谁讲的。

雪　园里人都知道了,上头吩咐,不许我们这儿知道,喜事就在今天。

鹃　(气得眼泪直流)怪不得他们见了我们鬼鬼祟祟的,竟是这样阴险狠毒!我倒要看宝玉是什么个样子?我只不过说了一句谎话,就急病了。今日公然做出这件事来,可见天下男子之心,真真是冰寒雪冷,令人切齿!

〔忽闻院子里脚步声。

雪　姑娘回来了。

鹃　(摇手)你先去,不可露出风声!

〔雪雁急下,黛玉趔趔趄趄上,漠然地坐在床沿上,呆了一回,继而一口鲜血从嘴里冒出,昏倒。

鹃　姑娘!姑娘!

〔紫鹃一面为黛玉揉胸,一面涕泣不已。

〔幕后:【北集贤宾】舟沉釜破,弦崩琴裂。也是俺泼残生该绝,道不得十年旧侣,一旦竟成胡越。是俺自作的孽,还有何说?昔日娉婷,只剩下病骨支离也,淹淹待毙!说什么愁肠有千万结,早已是眼枯泪彻,蜡完灯灭。

鹃　姑娘!姑娘!

黛　(双目微开)你为什么哭呀?

鹃　姑娘那边回来,身上觉得不好,没了主意,所以哭了。

黛　(微笑)你以为我要死了吗?还不会死呢。

鹃　(苦劝)事情到了这个样儿,不得不说了。姑娘的心事我也知道,意外之事再也不会有的,姑娘不信,只看宝玉病得这样……

黛　唉!【逍遥乐】缘何把旧日深盟提起!俺好比西风秋日短,乱纷纷黄叶辞故枝。赤紧地春蚕到死,一寸柔丝怎禁得万转千回!再不想蘅芜院夜拟菊花题,再不想秋爽斋海棠雅集。再不想翠箔朱扉,高阳云簇,楚峡人归。

鹃　姑娘想开些,再说老太太、太太,园里哪一个不想姑娘好。

黛　(苦笑)【金菊香破】外祖母福深惜福多福气,外孙女红颜薄命薄似纸,祖和孙,难相比,说什么,亲嫡嫡。

黛　这园中之人大半是趋奉之辈。

(接唱)甜嘴儿黄蜂螫,佛爷心蝎子尾。

大人家风范知书识礼,笑面虎儿弄眼挤眉,反过脸,蛇神合牛鬼。

〔一阵气喘晕过去,紫鹃叫醒,安慰,略停,雪雁上。

雪　（低声）紫鹃姐姐！

　　〔紫鹃轻轻地步至台口。

鹃　什么事？

雪　林家大娘来了呢。

鹃　在哪儿？

雪　哪！在那儿站着。（向上场门轻喊）大娘！大娘！

　　〔林之孝家的上。

孝　姑娘！

鹃　大娘，什么事？

孝　（嗳嘘）刚才二奶奶和老太太商量了，那边要用姑娘使唤呢！

鹃　（气冲上来）林家奶奶，你先请吧，等人死了，我们自然是过去的，哪儿用……（觉得有些言重）况且我们在这里守着病人，身上也不干净。

孝　（有些不乐意）紫鹃姑娘，这些闲话倒不要紧。我却怎么去回老太太、二奶奶呢？

　　〔紫鹃一时答不上话，呆望着雪雁，抽抽咽咽。

鹃　人到了这个地步，也放一手儿。

孝　这些话怎么能告诉二奶奶呢？姑娘！

鹃　随你的便吧！〔不动身。

　　〔林之孝家的看了这幅形景，心里也有些软下来了。

孝　不是我逼着你们，上头差遣，事不由己。我们都是做下人的，能放松的事儿，没有不行个方便之理。这是二奶奶想出来的……必须用着你们的人……我瞧雪姑娘，你去一趟吧！

　　〔雪雁不肯去，林之孝家的半哄半劝。

鹃　雪雁妹妹，事到如今，只好你去一趟。

雁　（半晌）我去看看姑娘。

　　〔雪雁至黛玉床前——两个幼年时的伴侣，眼前遇到的是一场生死诀别。把黛玉衾被端正一番，蹑步至台前，回头见她姑娘骨瘦如柴，抱着紫鹃失声痛哭。林之孝家的在一旁不住地伤心落泪，边引雪雁下，紫鹃一人闭上眼睛坐在椅子上抽噎。场上死一般的寂静，沉寂了片刻，黛玉忽然醒来。

黛　雪雁呢？

鹃　是我要她干点事儿去了,姑娘!

黛　我躺着不受用,扶我起来。

鹃　姑娘身体不好,起来又要抖擞着了。

黛　(闭目摇头)……我要坐起来呀。(紫鹃扶黛玉坐起,黛玉又喘。黛玉指着另一个箱子,两眼直瞪,喘成一团)有字的!

黛　我的诗稿……

〔紫鹃故意拿错了别的,送到黛玉手里。

鹃　姑娘歇会儿吧!何苦又劳神,等好了再瞧吧。

黛　拿过来吧。

〔紫鹃没法,拿出数卷诗稿,递到黛玉手里,黛玉接过狠命地撕。

〔紫鹃知道她是恨宝玉。

鹃　姑娘又何苦自己生气!

〔天渐黑。

黛　点灯!(紫鹃点上灯)笼上火盆。

〔紫鹃以为黛玉畏冷。

鹃　姑娘多盖一件吧,那炭气你耽不住。

〔黛玉摇头,紫鹃把火盆拿上来。

黛　挪近一些。

〔紫鹃把火盆拿上来。

黛　挪近一些。

〔紫鹃把火盆挪近,黛玉拿着诗稿。

黛　天那天!我林黛玉这般年纪,竟做了北邙乡女!〔黛玉翻检诗稿。

(唱)【后庭花】这的是罗衾不耐秋风力,飒飒秋窗风雨夕。这的是孤标傲世偕谁隐?一样花开为底迟?这的是闲苔院落门空掩,茜裙偷傍桃花立。这的是瓦砾明珠一例抛,五美吟成有余悲。这的是深闺怨女拭啼痕,月窟仙人缝缟袂。这的是春将归去,花落人亡两不知!

〔一时旧愁新恨涌上心头,吐血。

黛　【上京马】可怜俺十年窗稿断肠句,只落得他日秋坟鬼唱诗。

〔黛玉发狠又撕,眼睛直瞪着大窗。

黛　(接唱)鲛绡一幅千行泪,提着它时背上似芒刺。

〔一下将手帕、诗稿丢进火盆,紫鹃欲抢时,已烈焰腾起。

鹃　姑娘!

黛　(接唱)谁知一把天魔火,情根烧断作灰飞!

〔黛玉瞑然倒下,半响。

黛　妹妹,你是我最知心的,虽然是老太太派你来护持我,这几年我就拿你当亲妹妹……我不中用了。

鹃　(一阵心酸)姑娘你不能,你还年轻。

【醋葫芦】一病缠绵七八载,举目高堂风木悲。望江南一雁横秋水,千里有家归不得。

鹃　姑娘啊!你几年来竟未能好好地睡一晚!(接唱)听多少栊翠庵黄昏钟磬,捱多少稻香村半夜寒鸣鸡。你的苦我都深知。

鹃　姑娘,你看在紫鹃的份上吧!还请好好地将息!

〔突然传来了喜庆牌子的吹奏声,像千万根乱箭钻进垂死者的心灵。

黛　啊!

〔紫鹃赶忙关闭窗闭户,企图挡住这些射进来的刺耳的旋律,黛玉挣扎,再次昏过去。

鹃　姑娘!姑娘!

黛　【浪里来煞】万支箭把我的心钻,千把刀把肚肠刺!我如今只求早早死,省得苦苦受凌逼。哎呀紫鹃呀!他日个寒夜潇湘闻鬼哭,便是姑娘归来日。

鹃　……

黛　你如想着平日之情。(接唱)等到来岁杏花时,浊酒一杯,纸钱一陌,叫一声姑娘,我就领你的情谊!

鹃　姑娘!

黛　原指望我们两个总在一处,不想我……(又喘了一回)妹妹!我在这里并没有亲人,我的身子是干净的,你好歹叫他们送我回去!

【醋葫芦】人道我嫉世孤高傲骨奇,我更爱冰清玉莹骨是水做的。须知道白生生质本洁来还洁去,休教我哭悠悠做了北里望乡鬼。这就是绝命词,嘱咐你。

〔黛玉晕绝,紫鹃哭叫。

〔幕后唱:【浪里来煞】重门深闭,幽明咫尺,露冷鹃啼,月愁花泣,芳魂一缕随着那一弄儿晚风吹失!

黛 （尖叫）宝玉！宝玉！你……好！！！

［黛玉溘然长逝，留下这一句"绝命词"震荡了整个大观园，久久不绝。

［接着传来晓寺钟声，观众仿佛看见了太虚幻境，大荒山青梗峰下，片石晶莹，白玉雕栏围着一丛绛珠仙草，在春风中摇摆。

众 （唱）【枉凝眉】一个是阆苑仙葩，一个是美玉无瑕。一个是镜中月，一个是水中花，一个折磨死，一个奔天涯。若说是今生有奇缘，为什么心事终成虚话，若说是今生没有奇缘，为什么？为什么？偏偏地又遇着他，为什么？为什么？偏偏地又遇着他。

选自高福民、周秦主编《中国昆曲论坛·2005》（苏州大学出版社 2006 年版）。

黛 玉 葬 花

吴新雷

（小旦扮林黛玉，肩荷花锄，锄上悬花囊，手持花帚上）

【歌引】花谢花飞飞满天，红消香断有谁怜？游丝软系飘香榭，落絮轻沾扑绣帘！

我林黛玉，本贯姑苏人氏，不幸父母双亡，老祖宗怜我孤零，接来金陵，名列十二钗之中，在大观园内与众姊妹作伴读书，更有宝玉哥哥时相看顾，引为同调。只是寄人篱下，不知将来作何归结？昨夜一阵风雨，今朝起来，但见园内花落尘泥，不免触目增悲，为此备下锄帚，意欲收拾花片，埋入净土，以表怜惜南国芳华之寸心也。

【步步娇】破春眠心惦花儿睡，偷掩残红泪。步香闺，出潇湘。手把花锄，纱囊悄坠，愁踏的乱红堆，怨风雨刮得我心儿碎！

行行已到沁芳桥边，对此无主落花，无情流水，好不伤感人也！我想这花瓣是最洁净的，若被尘泥污染，何等可惜。我不免打扫起来，使她"质本洁来还洁去，不教污淖陷渠沟"。（打扫介）

【皂罗袍】怕她梦雨暗云踏碎，泪花儿只弹向离恨天飞。这些时拾翠精神，变做了伤春症候。薄命红颜，异乡孤影；残红满径，蝶怨蜂愁，不由的春风一阵扫成堆！

扫红已毕，何处可以埋葬？（转身四望介）这一边是宝玉哥哥的怡红院，那一边是宝钗姐姐的蘅芜苑；这一边是惜春妹妹的蓼风轩，那一边是唱曲排戏的梨香院。（再看介）呀，那山坡下太湖石畔，有一答儿净土，正可埋葬！（趋前锄土埋花介）

【好姐姐】惜芳菲，闺中知有谁？我待和香泥砌垒。恐葬花人去，再无人料理花飞。埋香冢，潇湘为甚自憔悴！好梦谁将牡丹摧！

正是:"独把花锄泪暗洒,洒上空枝见血痕!"唉,想起日前到怡红院找宝玉,眼见宝钗姐姐先已进去,待我后来敲门,里面却装聋不应。我独立空庭,心里冷了半截,不知宝玉是何主意?我无依无靠,只得自叹薄命,可不凄惶人也。(泣下)

(小生扮宝玉,手执书卷上)小生贾宝玉,与林妹妹同心已久,自谓今生得一知己,可以无憾。不料凤嫂子在老祖宗面前一再称扬宝钗姐姐,惹得林妹妹多心起来,跟我若近若远,忽喜忽恼。我欲将爱慕之心向她吐露,又碍于礼法,难于出口,好难消遣也。今逢暮春季气,花神即将退位,因此到园中赏景送神。来此已是沁芳闸,春风扑面,落红成阵。我想名花与美人是一般的,皆天地灵秀所钟,岂能随人践踏。让我兜去桥边,在水面漂流去吧。(以书兜落花介)(黛玉上介)宝哥哥,你在这里做什么?(宝玉回头见黛玉)妹妹来得正好,我怕落花被踏,把她兜着掠在水里。(黛玉)掠在水里不好,只一流出去,遇着脏的臭的地方,依旧把她糟蹋了。那山坡下我有一个花冢,如今把落花扫起,装在绢袋里,拿去埋葬便是了。(宝玉)好、好,待我放下书来帮你。(黛玉)什么书?拿来我看!(小生慌介)不过是"四书五经"罢了。(黛玉)你别在我跟前弄鬼,趁早给我看看。(宝玉)我也不瞒你说,近日梨香院芳官、藕官她们排演《西厢记》和《牡丹亭》,我便索性叫茗烟到外头买来《西厢》《牡丹》的曲本一观,那《牡丹亭》写的是杜丽娘和柳梦梅梦中相会的故事,真是锦心绣口的才人手笔,我递与妹妹看去。你却不可告诉别人。(递书介)。(黛玉接书,坐在闸栏上看介)(宝玉旁白)据我看来,林妹妹正和杜丽娘一般。你看她两弯似蹙非蹙笼烟眉,一双似喜非喜含情目,闲情似娇花照水,行动似弱柳扶风,只恨我宝玉不能似柳梦梅呵!

【山坡羊】画不出潇湘春睡,描不就颦卿风味,则见她娇喘微微,洒春风,一点一点桃花泪。惜分飞,美人儿伤憔悴。应是玉天仙坠,唤作丽娘也配。想人在香闺,对菱花,照眉翠。芳菲,是潇湘第一妃。徘徊,眷东风何处归!

(内传笙箫弦笛声,幕后唱"原来姹紫嫣红开遍")(宝玉唤黛玉听介)林妹妹,你听她笛韵悠扬,歌声婉转,正是梨香院演习《牡丹亭》了。你听"良辰美景奈何天",这"奈何天"三字,亏他想得出来!(黛玉)接下来"赏心乐事谁家院",这"谁家院"三字,更是说得迷离了!(宝玉)妹妹,这些曲文你怎么都熟读了?(黛玉)你说你会一目十行,难道我不会过目成诵么?(宝玉)妹妹既然赏识,我与你寻声前去梨香院。(双下)(大花神红衣插花上)吾乃掌管荣府大观园花神是也,因感黛玉惜花葬花之美意，欲成全她和宝玉的"木石前盟"，只是碍于管家婆王熙凤"金玉良缘"之言，宝、黛的前盟难圆。吾神留意众芳，怜香惜玉，赶在春归退位之际，使她俩精魂入梦，倾诉肺腑，互吐真情，以称快于一时也。（众花神簇拥宝、黛梦游而上）

【山桃红】（生旦同唱）则听这秦楼彩凤，何处琼箫，那答儿芳魂绕，认相思路遥。只仗着花儿飘，飞过了红墙怎高，一样的为兄妹乐意饶！

（宝玉面对黛玉）这《牡丹亭》曲本写得异样幽情，最奇妙的是《惊梦》一出，字字句句，都是对着今日园内你我两人的情景。（黛玉）为何？（宝玉）这戏中说的如花美眷，梦中姻缘，不是如同你我结对成双吗？（黛玉羞介）宝哥哥，为何这样唐突？（宝玉）不是呵，我对你是真心，岂敢唐突？（黛玉）听凤嫂子讲，你跟宝姐姐是什么"金玉良缘"，我孤零无依，无人为我主张，只怕你我之间难成连理啊！（伤心落泪介）（宝玉为黛玉试泪介）妹妹，别听凤辣子贫嘴烂舌的胡言乱语。曾听空空道人说，我是女娲补天留下的一块灵石，你是石边的绛珠仙草，你我早已结成"木石前盟"，我心里是有你的呀，你只管放心。（黛玉）你既然这样说，为什么我前宵到怡红院来，你不叫人开门！（宝玉）呀、呀、呀！我要是那样，立刻就死了，（黛玉）你不要说死道活的，想必是晴雯、袭人懒得起动，闹出纠葛了。但你亦该教训教训，倘或什么宝姑娘、贝姑娘来了不开门，得罪了有金有银的人，事情岂不大哉？（宝玉）你不要冤屈我，我的心上人只有你一个呀！我平日心里有这话，只是口里说不出来，今儿我大胆说出，便死也甘心！妹妹，你只管放心，听我学着《牡丹亭》里的曲文，哼给你听。（宝玉模仿《牡丹亭》中柳梦梅演唱：妹妹啊，咱一片真情，爱煞你哩："则为你如花美眷，似水流年，是答儿闲寻遍，在幽闺自怜！"正在情意缠绵之时，小丑扮茗烟突然冲上舞台）我茗烟，急受老爷之命，为寻二爷来到园中，怎奈百寻不着，不知往那里去了？呀！原来和林姑娘在此祭送花神。（大喊大叫）二爷、二爷，老爷传话，应天府贾雨村大爷来了，要你前去拜见，说什么科举功名、仕途经济的事体。（宝玉闻言如被焦雷轰顶一般，猛然扑倒，众花神也被吓退。宝玉梦醒，慌忙地随茗烟下场）（黛玉急唤宝玉）（黛玉如梦初醒，痴坐石上，花锄、花帚散在一旁）咳，刚才宝哥哥对我的一番肺腑之言，使我心坎里顿然明亮，平日里我怎么闻所未闻，难道是在梦中说话吗？（四顾无人，知是梦呓）呀，原来是"白日梦"呵，我真个是痴迷了！

【枉凝眉】（幕后衬托性群唱）一个是阆苑仙葩，一个是美玉无瑕。若说没奇缘,今生偏又遇着他;若说有奇缘,如何心事又成虚话。(旦)我这里枉嗟呀,空劳牵挂;他那里水中月,镜中花。想眼中能有多少泪珠儿,怎经得秋流到冬,春流到夏!

(贴旦扮紫鹃上)春风吹梦到红尘,水流花谢两无情。我紫鹃,为寻林姑娘到此。(寻得黛玉介)小姐,你为何一人在此痴想?(幕内仍然传来《游园惊梦》的乐声)(紫鹃)可是听梨香院她们唱戏入了迷呵?却不要被冷风吹坏了身子。(黛玉)紫鹃,你那里知道我的心事呵!你既来了,我便和你回潇湘馆去吧!(紫鹃取帛扶黛玉介)(黛玉泪介)(紫鹃吃惊介)姑娘,你到底为着何来?(黛玉又独自转身,台边出现花冢)(黛玉悲叹介)唉!

[尾声]侬今葬花人笑痴,他年葬侬知是谁?一朝春尽红颜老,花落人亡两不知!

正是:流水落花春去也,天上人间!(幕下)

吴新雷据曹雪芹《红楼梦》小说和朱凤森《十二钗传奇》改编。

桂 剧

唐景崧

选自戏曲剧本集《看棋亭杂剧》,清光绪年间由唐景崧整理、改编或撰写。又称《棋亭新剧》,凡四十种,清光绪年间曾由桂林三经堂汇刻发行。1982年杨荫亭将其中的十六种校订整理成《看棋亭杂剧十六种》(广西戏剧研究室1982年编印)。

晴雯补裘

人物

晴雯　贾母　贾宝玉　鸳鸯　麝月　琥珀

［晴雯上。
晴　雯　（念引）命薄如云,只赢得青衣一领。
　　（转念诗白）
　　　　　　转眼韶华十五余,
　　　　　　飘萍断梗一身孤。
　　　　　　怡红院里秋光冷,
　　　　　　凉夜添香伴读书。
　　（白）奴家晴雯,幼失怙恃,辗转流离。自入贾府为奴之后,蒙老太太爱惜奴家,赏与宝二爷使唤。哪知宝二爷性情温柔,万般爱惜与我。人非草木,谁不知情。想奴家是薄命之人,受他这般看待,怎叫人消受得起也!
　　（唱）可怜我似落红随风飘荡,
　　　　　怎禁得宝二爷惜玉怜香。
　　　　　还未出烦恼坑又堕情网,
　　　　　我这里相思债怎样去偿?
　　（白）看天色已晚,缘何不见二爷回来?（出外倚门望）怎的还不见回来呀!
贾宝玉　（内叫）走哇。［上。
　　　　　［麝月随上。
贾宝玉　（唱）花姐姐回家去叫人挂念,

抬头看又只见月挂霜天。

（白）那旁敢莫是花……？

麝　月　是花姐姐吗？
晴　雯　二爷，花什么？
贾宝玉　啊，那旁的花真好看呀！
晴　雯　啊，花好！〔风陡起，打寒颤。
贾宝玉　晴雯姐姐，外面风大，吹着了，又是一场大病。
麝　月　对了，你在外面吹了风，生起病来，不又要使二爷挂心吗？
贾宝玉　快进去吧。
　　　　〔三人进房，贾宝玉坐床上，晴雯坐熏笼旁烤火，麝月侍立一旁。
　　　　〔宝玉望晴雯，晴雯不理。
贾宝玉　晴雯姐姐，麝月姐姐，（打哈欠）我要睡了。
　　　　〔麝月不动，眼望晴雯。
晴　雯　好妹妹，我刚才被那阵狂风，吹得心如刀刺，坐在这熏笼之旁，才觉得好些。妹妹，劳你一劳吧。
　　　　〔麝月依然不动。
晴　雯　（起身）好妹妹，袭人回了家，二少爷身旁无人侍奉，这要辛苦妹妹了。
　　　　〔走"俏步"由马门下。
　　　　〔麝月为贾宝玉铺床，服侍宝玉睡下。自己亦睡下。
　　　　〔起二更。
贾宝玉　（在帐中）花姐姐，花姐姐。麝月姐姐，麝月姐姐。
　　　　〔麝月抬头一看，又睡下。
　　　　〔晴雯穿衣持烛上。
晴　雯　（打寒颤）麝月妹妹，麝月妹妹，二爷呼唤你，你也该醒啦。
　　　　〔麝月装不醒，翻身，又装睡着。
　　　　〔贾宝玉揭开帐子，伸首望。
　　　　〔晴雯打寒颤，烛落地，昏倒。
贾宝玉　（急起，往扶晴雯）呀！晴雯姐姐，你怎么样？被风吹着了，又是一场大病呀！
麝　月　咳，咳！（起）是呀，风吹着了，又是一场病呀。

贾宝玉　你怎么样？麝月姐姐，快去请医生来看罢。

晴　雯　二爷呀！

　　　　（唱）二爷不必高声嚷，
　　　　　　些小感冒料无妨。
　　　　　　夜静更深将人唤，
　　　　　　旁人道我太轻狂。
　　　　　　回转身来向后往，
　　　　（白）二爷呀，（接唱）
　　　　　　切莫要怜奴病自把神伤。〔下。

麝　月　二爷，晴雯姐姐又病了，赶快请医生来给她看病罢。

贾宝玉　（无精打采）唔！你还说这个！〔下。

　　　　〔麝月随下。

　　　　〔鸳鸯、琥珀二丫鬟扶贾母上。

贾　母　（念引）富贵欢愉，到老来偏怜儿女。

　　　　（转念诗白）
　　　　　　老来有味是清闲，
　　　　　　是把衷情祝告天。
　　　　　　满屋黄金岂足贵，
　　　　　　平安欢乐即神仙。

　　　　（白）老身，贾门史氏。先夫早亡，所生二子，长子贾赦，次子贾政。今日孙儿宝玉，要赴他舅父府中拜寿，不免叫得他来，嘱咐几句。鸳鸯，看二爷在哪里，叫他前来。

鸳　鸯　有请宝二爷。

　　　　〔宝玉上。

贾宝玉　（念）夜来愁细细，朝起思茫茫。

　　　　（白）见过老祖宗。

贾　母　罢了，一旁坐下。

贾宝玉　老祖宗叫孙儿过来何事？

贾　母　你今日去你舅父府中拜寿，酒要少饮，早些回来。

贾宝玉　遵命。（起身出）好冷的天呀。

贾　　母　　转来。

贾宝玉　　转来何事？

贾　　母　　鸳鸯，把昨天那件孔雀裘的大氅拿来给他罢。

　　　　　　〔鸳鸯下。取孔雀裘上，给宝玉披好。

贾　　母　　这件大氅，是俄罗斯国来的，乃是孔雀毛捻线织成，能避风雨。你穿在身上要小心一些，不要弄脏了，早去早回，去吧。〔领琥珀下。

贾宝玉　　（上前扯鸳鸯衣）鸳鸯姐姐，你看我穿这衣裳合不合身呀？

　　　　　　〔鸳鸯回头，甩手，咬嘴，急随贾母下。

贾宝玉　　唔！鸳鸯姐姐她总不理我啊！哎。无烦恼，自寻烦恼；这烦恼，皆因自讨呀！

　　　　　　（唱）我痴想女儿们温柔和顺，
　　　　　　　　　到将来将眼泪葬我此身。
　　　　　　　　　今日里悟情缘各自分定，
　　　　　　　　　不由得悲切切暗自伤神。〔下。

　　　　　　〔麝月扶晴雯上。

晴　　雯　　（唱）昨夜晚西北风狂吹一阵，
　　　　　　　　　吹得我神颠倒心冷如冰。
　　　　　　　　　恼凤姐太无情把人蹂躏，
　　　　　　　　　全不惜薄命女孤苦伶仃。
　　　　　　　　　眼儿花人如醉身难立稳。

麝　　月　　（扶晴雯斜坐）姐姐，你坐着吧。

晴　　雯　　（接唱）病恹恹魂渺渺寒梦沉沉。

麝　　月　　姐姐，你觉得怎样？

晴　　雯　　我头痛骨酸，难受得很。

麝　　月　　我们还有西洋膏药，待我给你贴上两个。

晴　　雯　　那就有劳妹妹了。

麝　　月　　（将膏药给晴雯贴上）病得蓬头鬼一样，如今贴了这膏药，倒越更俏了。

晴　　雯　　唉！我病得这个样儿，你还拿我来开玩笑吗？〔流泪。

贾宝玉　　（内叫）走哇。〔上。

(唱)只为席前偶不慎，
　　单单烧坏雀裘襟。
(白)老太太要我加意小心，不要弄脏这件衣服，谁知席前不慎，偏偏把衣服烧破。四处找人，都没有人知道织补，叫我好不愁烦！如今回到怡红院，且到晴雯房中看看她的病体如何，晴雯姐姐，(边叫门边进)你的病可好一些？

晴　雯　我好些了。

贾宝玉　(坐)哎……

晴　雯　二爷为何愁烦？

贾宝玉　今天老太太给我这件大氅，要我加意小心，谁知席前不慎偏偏烧了一块。四处找人，都没有人知道织补。你叫我怎不发愁？

麝　月　不穿它就是了。

贾宝玉　你哪里知道，明天是正日子，若不穿它，老太太问起来，怎么说呀？

晴　雯　什么宝贵东西？待我看一看。

贾宝玉　(将氅递与晴雯)你看。

晴　雯　(细看)原来是孔雀金线织成的。照它这线纹织补，又有什么为难。

贾宝玉　晴雯姐姐，还补得好吗？

晴　雯　我们有孔雀金线，照着织补也就得了。

麝　月　这织补只有你才会，那就非请你不可了。

贾宝玉　你在病中，怎么能劳动你呢？

晴　雯　哎！为你的事，就是拚死也要做的。

麝　月　为了二爷的事，她拚死都要做的啦。

晴　雯　麝月妹妹，劳动你将针线盒、熨斗拿来，我们早些做好，免得二爷烦恼。

麝　月　(取针线、熨斗)拿来了。

晴　雯　二爷，你去睡吧。

贾宝玉　你带病为我织衣，我怎能不陪着你呀。

麝　月　二爷不去睡，倒叫晴雯姐姐不好替你补衣，你还是去睡罢。

贾宝玉　那我去睡了。〔虚下。躲在帐后。

晴　雯　(唱)猛抬头只觉得眼花缭乱，
　　纤纤手却为何骨软如绵。

　　　　　没奈何强支持穿针引线,
　　　　　这都是补我的前世孽缘!
　　　　　梳翠羽管教他光生四面,
　　　　　绾金绒好待我织锦不偏;
　　　　　执花剪分清了经纬不乱,
　　　　　度花针仔细把里面来缠;
　　　　　撑竹弓补花样光彩灿烂,
　　　　　用火斗熨皱痕锦绣斑斓。
　　　　　一行行一点点花遭泪溅,
　　　　　一丝丝一缕缕线把愁牵。
　　　[昏倒椅上。

贾宝玉　(由帐后走出)晴雯姐姐,你怎么样?怎么样了?我去倒杯茶来你吃。
　　　(倒茶递与晴雯)晴雯姐姐,你吃点茶。

晴　雯　(接茶,略呷一口,递与麝月)麝月妹妹,你吃茶罢。

麝　月　(不接)二爷倒与你吃得,我哪有这福气。
　　　[晴雯将茶递与宝玉。

贾宝玉　(将茶递与麝月)麝月姐姐,你吃茶。
　　　[麝月避开,不理。

贾宝玉　你不吃,我来吃。[自饮。

晴　雯　夜静更深,你还不去睡吗?

贾宝玉　你有病,我要陪着你。

晴　雯　哎,你真淘气呀!
　　　(唱)尊声二爷休挂念,
　　　　　今晚须要听奴言。
　　　　　我补裘你莫把殷勤来献,
　　　　　夜深何必苦缠绵!
　　　　　倘被旁人来看见,
　　　　　他必说晴雯长晴雯短——情长情短有牵连。
　　　　　柔情软话低声劝,
　　　(白)二爷呀!(接唱)

　　　　　　你去睡了我心安然。
　　　　（白）你去睡,待我安心补完,我也就好睡了。
贾宝玉　你这样病着为我补衣,我哪能安心睡呀!
晴　雯　唔,二爷呀,你平日说的是怜,讲的是爱,今日我这一句话你都不肯听,还说什么怜我爱我?〔流泪。
贾宝玉　晴雯姐姐,你莫难过,我去睡就是了。
麝　月　对啦,要你去睡,你就去睡,为什么定要晴雯姐姐伤心?快去睡罢!
贾宝玉　嘘!〔虚下,躲在帐后。
晴　雯　麝月妹妹,你去看他睡了没有。
麝　月　(走几步即转身)他睡了。
晴　雯　好妹妹,请你与我牵起线来。
麝　月　我熬不住了,你快点做罢。〔牵线。
晴　雯　(唱)长夜灯昏风似剪,
　　　　　　强打精神把针拈。
　　　　　　补裘了却心中愿,
　　　　　　不觉心中似油煎!
　　　　（白）哎哟!〔吐血。
贾宝玉　(急出)晴雯姐姐,怎么样,怎么样呀?
晴　雯　(唱)霎时间气上涌神魂飘散,
　　　　　　又只见活冤家站在面前。
　　　　（白）哎,你,你又来了。(接唱)
　　　　　　可怜我负韶华气高心短,
　　　　　　可怜我如飞絮傍水和烟;
　　　　　　可怜我十五载春愁秋怨,
　　　　　　可怜我一夜里骨碎心寒。
　　　　　　猛然见旧衣襟血花点点,
　　　　　　我的,我的……
贾宝玉　我的,我的……
麝　月　咳咳!
晴　雯　天呀!(接唱)

怕的是衣如旧人要长眠。

（白）苦呀！

贾宝玉　扶她去睡罢。〔与麝月扶晴雯下。

〔剧终。

芙 蓉 诔

人物

晴雯　贾宝玉　王夫人　王熙凤　袭人　老妈　丫鬟　嫂子　婆子　仙女　警幻仙姑

〔贾宝玉上。

贾宝玉　(念)终日闲无事,缠绵儿女情。
　　　　(转念诗白)
　　　　　　生来心性忒温存,
　　　　　　富贵人家少小身,
　　　　　　案上诗书随意读,
　　　　　　无聊情绪大观园。

(白)小生贾宝玉。前日太太不知如何,忽叫琏二嫂搜查园中,将三妹妹的丫鬟司琪撵了出去。唉,可怜这司琪不知犯了何事!我也无计救她,唯有心中伤感。近日晴雯又病在床上,接二连三,不如人意,真叫我无可奈何也!

(唱)大观园忽然间风波不定,
　　　各房中遍搜查所谓何情?
　　　司琪女赶出门可怜可悯,
　　　我房中又不幸病倒晴雯。
　　　这几日我愁怀一言难尽,
　　　无奈何坐房中哪有精神。

(白)且慢。晴雯今日不知病体如何,我且到她房中看看。〔走圆场。
〔晴雯房中。晴雯穿短袄,包头睡帐中。

103

〔贾宝玉进房,把帐子挂起。

贾宝玉　晴雯姐姐,你今日病势如何?

晴　雯　我这病一天重过一天,一连五日水米不沾,如何是好?

贾宝玉　你且安心养病,多服几剂药,想也就可好的。

袭　人　(上。念)几多心腹事,难对别人言。

　　　　(白)奴乃袭人。刚才小丫鬟来报,太太要到二爷房中,不知何事。我且说与二爷得知。二爷快来!

贾宝玉　(出问)叫我何事?

袭　人　太太就要来了,我就接去。

〔王夫人、王熙凤、老妈、丫鬟同上。

贾宝玉　请太太安,请二嫂子安。

〔王夫人怒而不理,进房坐下。王熙凤、老妈、丫鬟等亦进房侍立。

王夫人　袭人,你们房中晴雯丫头,叫她出来。

袭　人　回太太,晴雯抱病在床。

王夫人　她病了也要出来。(向老妈、丫鬟)你们把她拉了出来。

〔老妈、丫鬟等应声从床上把晴雯扶起。晴雯跪见王夫人。

王夫人　你这丫头,现在病中,还打扮得娇娇滴滴,可见不是个好东西。(向老妈)快叫她嫂子进来。

〔老妈向内传话。

〔贾宝玉惊慌,袭人示意他冷静。

晴　雯　(散发)不好了!

　　　　(唱)忽听到叫我嫂情知有变,
　　　　　　心坎内涌热血好似油煎。
　　　　　　对苍天我跪下泪流满面,
　　　　　　我晴雯哪一事对不住天?
　　　　　　问太太奴何事今朝被遣?
　　　　　　说明了纵死也瞑目黄泉。

　　　　(白)请问太太,晴雯服侍二爷,不敢苟且。今日身犯何罪,劳太太生气?

王夫人　你这小贱人,你的不好,自己岂不知道,还来问我!

王熙凤　太太要开发你,自有道理。你这丫头还要多嘴!等你嫂子进来,领你出

　　　　去，就是太太的恩典了。
晴　雯　二奶奶最是明白的人，晴雯有何错处？
王熙凤　事到如今，还有何说，想要留你是万万不能了。
晴　雯　晴雯并不求留。只要情真罪确，此番出去，死也无怨。
王熙凤　你真是伶牙俐齿，你吃亏就是你这张嘴！
老　妈　太太在此，你敢如此多嘴。你现在是撵出去的人，不比在二爷跟前那样娇贵了。你再说话，我便打你。
晴　雯　（叹气）罢了！
　　　　（唱）听婆子这番言十分难忍，
　　　　　　一个个欺辱我跌落之人。
　　　　　　暗回头望一望那人形影……（望贾宝玉。接唱）
　　　　　　他站在那一旁不敢开声。
　　　　　　可怜我病恹恹气喘不定……
　　　　（咳嗽、喘气。接唱）
　　　　　　人将死又何必苦怨生嗔！
　　　　　　罢罢罢咬牙关权且耐忍，
　　　　　　听他们发放我出这园门。
　　　　〔晴雯嫂子上。
嫂　子　（念）忽听夫人叫，必有好事到。
　　　　（白）请太太安。
王夫人　晴雯这丫头交与你带了出去，不准再进府来。
嫂　子　遵命。（扶起晴雯）起来起来，你这不中用的东西，随我出去吧！
　　　　〔晴雯望着贾宝玉流泪，被嫂子拉了下去。
王夫人　（对宝玉）你好生读书，小心你老子查你的功课！〔下。
　　　　〔王熙凤、老妈、丫鬟随下。
贾宝玉　唉！
　　　　（唱）怡红院霎时间天昏地暗，
　　　　　　好叫人空着急有口难言。
　　　　　　叹晴雯已五天不食茶饭，
　　　　　　怎当得这苦处出了花园。

　　　　我倒在交椅上泪流满面，
　　　　我心中好一似万箭齐穿！
袭　　人　二爷，你休要着急。想太太是一时生气，开发她去。且等太太气消了，再想法儿要她进来。
贾宝玉　她病得这样，哪能再受次委屈，怕是不能再见她了。但我房内丫头正多，何以单单撵她，真叫人不解！
袭　　人　想她生得好，且又伶俐，太太防她不能安静，所以撵去。
贾宝玉　难道美人都是不安静的？这也罢了，怎么我们私下的顽话也被太太知道了，这是何人走漏风声？
袭　　人　你没什么忌讳，一时高兴，随口乱说，怎么人家不知道！
贾宝玉　怎么人家的事太太都知道，却不挑到你头上来？
袭　　人　呀！
　　　（唱）听他言来心暗想，
　　　　背过身来自思量。
　　　　二爷疑心奴身上，
　　　　语言埋怨要参详。
　　　　只为晴雯好模样，
　　　　口头伶俐把人伤，
　　　　因此夫人心内想，
　　　　防她勾坏小儿郎。
　　　　他都疑在奴身上，
　　　　二爷呆呆痛心肠。
　　　　走上前去实话讲，
　　　　尊声二爷听端详：
　　　　晴雯撵出虽冤枉，
　　　　太太生气实难当。
　　　　待把计儿慢慢想，
　　　　她且养病又何妨。
　　　　有朝太太听奴讲，
　　　　管叫你心中没人转回房。

贾宝玉　听你这话也有点道理,但我还有一事与你商量。

袭　人　二爷请讲。

贾宝玉　她的衣服首饰是瞒上不瞒下的。请你悄悄送还她去,再私下拿些钱送给她看病。

袭　人　哈哈,你看的我太小气了,这话还等你说?

贾宝玉　如此你去办来。

袭　人　是。〔下。

贾宝玉　我想晴雯出去,凶多吉少。她家离园门不远,待我今晚寻一婆子,悄悄带我出去,见她一面,算是服侍我一场,从此就永诀了!

（唱）这女子在园中何等娇养,
　　好一似一盆花忽弃路旁。
　　到晚来开园门暗暗前往,
　　到她家见一面了我心肠。

（白）现在已上灯了,我悄悄走到角门,再作道理。〔走圆场。

〔婆子提灯上。

婆　子　今晚查夜轮到我当班。已定更了,看园门关好没有。

贾宝玉　老奶奶,烦你带我到晴雯家少坐片刻,即便回来。

婆　子　二爷,我哪敢带你出去,上头知道,我就没有饭吃了。

贾宝玉　你带我去,我身边有几两银子酬谢与你。

婆　子　（接银笑）二爷,须要快去快回。

贾宝玉　快去快回,绝不耽搁。

婆　子　（开门。对内）你们看好门,我与宝二爷出去有事,立刻回来。你们莫对人说,小心看门。（领贾宝玉走圆场）这就是晴雯家了。

贾宝玉　这样小的房子,如何住得!

婆　子　谁能有你家那样的房子!

贾宝玉　她家门还未闭。奶奶你在外看着,待我进去。（进门）晴雯姐姐,你在哪里?（见晴雯卧床上,走近）晴雯姐姐,宝玉来了。

晴　雯　（醒。唱）
　　这一阵不由人神魂不定,
　　朦胧里忽听得唤我几声。

　　　　　我这里睁开眼手扶漆枕，
　　　　（白）二爷，你何以到此？
贾宝玉　悄悄出了园门，特来看你。
晴　雯　（流泪）二爷呀！（接唱）
　　　　　你到此叫晴雯又喜又惊！
　　　　　我只道从今后不能相近，
　　　　　谁料你悄悄地出了园门。
　　　　　见一面好叫我死无怨恨，
　　　　　到如今来看我还有谁人？
　　　　　叫二爷你看我恹恹重病，
　　　　　一丝气恐难以挨到天明！
贾宝玉　（与晴雯拭泪）你且莫哭。你有何话，快快交代与我。
晴　雯　事到如今，有何话说。我口干得很，不能倒茶，请二爷倒杯茶来我吃。
贾宝玉　（找寻）茶在哪里？
晴　雯　（指桌子）那罐子内便是茶了。
贾宝玉　（取手巾拭茶盅。倒茶后先尝了一口，再送与晴雯）为何这茶没有一点茶味？
晴　雯　（叹气）哪比得我们家里的茶，这就算是茶了。（喝茶）当日在府中有好茶也不想吃，这杯茶像是甘露一般。有劳二爷了。
贾宝玉　（接杯放下）你此时觉得身子如何？
晴　雯　不过挨过一刻算一刻，大约我真要走了！只是一件，我死也不甘心。我与二爷并没有私情勾引，怎么一口咬定说我是狐狸精？我白白担了虚名，我有一句后悔的话：早知如此……［咳嗽不止。
贾宝玉　（为晴雯捶背）你且慢慢地说。你这两手冰冷，还戴着这冷手镯，我且替你取下，好了再戴。［取镯自戴。
晴　雯　（咬断指甲交与宝玉）我这指甲，是我身上之物，二爷收藏以为纪念。
贾宝玉　（接指甲）我紧紧收在荷包里面。
晴　雯　（脱下小袄与宝玉穿上；宝玉也脱下大衫与晴雯披上）二爷，你扶我坐坐，我有数言，与二爷诀别了！
　　　　（唱）自幼儿进府中朝夕亲近，

　　　　　蒙二爷看待我格外垂青；
　　　　　不嫌奴是贱人丫头下等，
　　　　　论恩情好比那兄妹还亲。
　　　　　撕扇子博一笑撒娇解闷，
　　　　　孔雀裘到五更带病穿针；
　　　　　爱逞强爱骂人是奴本性，
　　　　　因此上得罪了同辈多人。
　　　　　造谣言说二爷被奴勾引，
　　　　　把奴来比狐狸说是妖精。
　　　　　可怜我在园中一身重病，
　　　　　到头来糊涂涂撵出府门。
　　　　　我纵然犯了罪也须查问，
　　　　　似这等冤枉事哪得甘心！
　　　　　今日里出园来病上加病，
　　　　　我嫂子不懂事举目无亲。
　　　　　蒙二爷记念我前来看问，
　　　　　叹今生断不能报答恩情。
　　　　　哭一声叫一声我的二爷你仔细来听，
　　　　　再相逢除非是梦里来寻！
贾宝玉　（接唱）
　　　　　听你言哭断我肝肠几寸？
　　　　　拉着手叫一声薄命晴雯，
　　　　　你虽然出府来还要耐忍，
　　　　　但愿你身子好指日回春。
　　　　　再设法求太太将你唤进，
　　　　　切不可太伤心枉送残生。
　　　　　千言语万言语总说不尽，
　　　〔打二更。

贾宝玉　（接唱）
　　　　　只听得醮楼上更鼓连声。

　　　　　我不能久在此恐防漏信，
　　　　（哭白）晴雯姐姐！
晴　雯　（同哭）我的二爷！（接唱）
　　　　　请二爷舍了罢快回园门。
　　　　（白）这地方不是你久坐的。你来看我这遭，就死了也不枉担虚名了！
　　　　请二爷早回去罢。（接唱）
　　　　　请二爷早回府恐人查问，
　　　　　你房中还有个吃醋的袭人。
　　　　　雯时间只觉得神魂不定，
　　　　　头顶上好一似飞去三魂！
　　　　（白）二爷，你扶我睡下，你回去罢。
　　　　〔贾宝玉扶晴雯睡下。
　　　　〔嫂子上。
嫂　子　早听的宝玉是最有趣的，今天何以来到我家？待我会他一会。（进，拉宝玉）二爷我好容易遇着了。
　　　　〔贾宝玉惊。
　　　　〔婆子上。
婆　子　天不早了，二爷回去了罢。
　　　　〔嫂子急下。
贾宝玉　我就回去了。晴雯，宝玉回去了，你好生养病啊！
　　　　（唱）在帐前低唤她昏迷不醒，
　　　　　看起来这病情重到十分。
　　　　　非生离即死别缘分已尽，
　　　　　没奈何忍着泪回转园门。〔回头。
　　　　（白）晴雯姐姐，我回去了！〔三回头。
　　　　〔婆子拉宝玉同下。
　　　　〔仙女上。
仙　女　吾乃警幻仙姑坐下侍女是也。今奉仙姑之命，前来迎接芙蓉花神晴雯归位。时刻已到，立即起行。（走圆场）奉警幻仙姑之命，迎花神归位。请花神更换衣冠。

晴　雯　（更衣）烦问仙姑,迎我前往何处?
仙　女　迎花神到太虚幻境。
晴　雯　我要到贾府大观园与宝二爷一别,再归幻境。
仙　女　遵命。摆驾前往。〔引晴雯下。
　　　　〔贾宝玉上。
贾宝玉　（念）无限伤心事,归来泪暗流。
　　　　（白）小生贾宝玉,自打从晴雯家里回来,幸喜无人知觉。此时神志昏昏,难以合眼。袭人姐哪里?
袭　人　（应声上）来了。二爷,夜将三更,请安睡罢。（扶宝玉睡下）闹了一天,我也安睡去了。〔下。
　　　　〔仙女引晴雯上。
仙　人　来此已是怡红院。
晴　雯　你且在外面侍候。
仙　女　遵命。〔下。
晴　雯　看这怡红院,光景依然,我却不是前番人了!二爷在哪里?〔揭帐。
贾宝玉　（惊起）哎呀,你缘何又进来了?你身上如此打扮,十分好看。你要向远方而去?
晴　雯　我本芙蓉花神,今蒙警幻仙姑召我归位,特来告别。
贾宝玉　原来你成了神了。你在生大家恨你,昨日逼你出府,受尽委屈,哪知你是一位花神,真叫人欢喜不尽。
晴　雯　仙姑有命,不敢久留,就此告别二爷了。
贾宝玉　你既成神,不敢久留,就请你起驾。
晴　雯　起驾了。〔下。
　　　　〔贾宝玉复睡。
袭　人　（上）天已大明,请二爷起来读书去罢。（揭帐）二爷起来。
贾宝玉　（唱）昨夜晚见晴雯喜之不尽!
　　　　　　　睡来不觉天已明。
　　　　（白）昨夜一梦,真是古怪。梦见晴雯到来,说她本是芙蓉花神,今日归位。此刻想她早已去世了!
袭　人　做梦何足为凭,况且她一个丫头,怎能成神,这是你思念她,故有此梦。

贾宝玉　你哪曾知道！晴雯生得聪明秀丽,她在府中受尽委屈,今日成神,也就扬眉吐气了！

〔小丫头上。

小丫头　禀二爷,刚才看园门的婆子来说,昨夜五更,晴雯姐姐已过世了！

贾宝玉　(哭)真的去世了！

袭　人　她既成神,你还想她做什么！

贾宝玉　我要做篇祭文,在那芙蓉花前祭她一祭。人已死了,你们也不必在此嫉妒她了。

袭　人　二爷太多心了,谁嫉妒她？况且她是花神,更不敢得罪她了。

贾宝玉　如此,待我写来。

〔袭人磨墨。

贾宝玉　(唱)想晴雯她本是聪明绝顶,
　　　　　　合住在芙蓉城锦绣乾坤。
　　　　　　论人才压过了名花万本,
　　　　　　做一篇长祭文一表寸心。
　　　　　　叫袭人你与我预备祭品,

袭　人　香烛祭品已有,二爷向何处去祭？

贾宝玉　(接唱)
　　　　　　就此到芙蓉前祭奠花神。

袭　人　如此,同去罢。

〔二人同下。

〔警幻仙姑与仙女上。

警　幻　(念引)儿女情长,到此方知尽渺茫。
　　　　(转念诗白)
　　　　　　怨绿啼红事,
　　　　　　由来总是空,
　　　　　　家家春梦好,
　　　　　　怕听五更钟。
　　　　(白)吾乃警幻仙姑是也。今有芙蓉花神归位,特召来见,左右宣晴雯进来。

仙　女　　晴雯进见。
晴　雯　　（内）来了。
　　　　　（唱）忽听得一声叫晴雯进见,（上。接唱）
　　　　　　　整凤冠和玉带缓步金莲。
　　　　　　　看此间好一似金銮宝殿,
　　　　　　　见仙姑坐上面好不威严。
　　　　　（白）晴雯叩见仙姑。
警　幻　　你本芙蓉花神。念你与宝玉本无私情,仍是干净女子,特召归位,执掌芙蓉。今日宝玉在大观园祭你,准你前去享受,以了尘缘,从今以后,不得再到人间了。
晴　雯　　领旨。〔下。
警　幻　　回宫。〔领仙女下。
　　　　　〔贾宝玉、袭人上。
贾宝玉　　来此已是芙蓉花前,就在落花地上,摆设香烛祭品,岂不是好。
袭　人　　待我焚香点烛,摆设祭品。
贾宝玉　　（取出祭文,跪。唱）
　　　　　　　贾宝玉跪花前珠泪滚滚,
　　　　　　　祝一声芙蓉神驾鹤来临。
　　　　　　　你生前虽然是红颜薄命,
　　　　　　　到如今成了神花国称尊,
　　　　　　　一炷香一杯酒你要来领,
　　　　　（哭白）晴雯姐姐,我的花神呀!
　　　　　〔晴雯上。
贾宝玉　　（接唱）
　　　　　　　半空中只听得箫管清音。
　　　　　〔晴雯上桌站立。
贾宝玉　　（接唱）
　　　　　　　莫不是你有灵果然感应,
　　　　　　　来到我怡红院看看凡人?
　　　　　　　我哭罢将祭文一炬烧尽,

　　　　　叹今生缘已断可有来生？
　　　　〔站起奠酒,烧祭文。
晴　雯　（下桌）二爷哭我祭我,真是有情。可惜幽冥路隔,不能通话。真是劝君莫结同心结,一结同心解不开。摆驾去也。〔下。
袭　人　祭奠已毕,我们回房去吧。
贾宝玉　正是茜纱窗下公子多情,黄土尘中女儿薄命。我这篇芙蓉诔,想也要流传千古了！〔与袭人同下。
　　　　〔剧终。

绛珠归天

人物

林黛玉　紫鹃　傻大姐　袭人　贾宝玉　雪雁　贾母　贾琏　王太医
平儿　李纨　林奶奶　老妈　丫鬟　仙女

〔林黛玉上。紫鹃随上。

林黛玉　（念引）镇日情怀，坐潇湘不能自在。

（转念诗白）

怨绿啼红地，

工愁善病身，

几多心腹事，

欲语更无人。

（白）奴乃林黛玉。自从宝玉病后，奴在潇湘馆中，却也十分记念。今日身体略略好些，不免到外祖母房中与外祖母请安，兼看宝玉病体如何。紫鹃，我们到老太太那边走一走罢。

紫　鹃　奴婢奉陪。

林黛玉　前面引路。

（唱）终日里在房中怏怏愁闷，

叫紫鹃扶着我步出闺房。

你看着潇湘馆花落满径，

见此景不由人暗地伤心。

紫　鹃　园中的落花，是时常有的。姑娘，你何必伤心起来。

林黛玉　哎，紫鹃，你哪里知道呀！

（唱）叹红颜也与这花儿同命，

　　　　一阵风一阵雨难免凋零。
　　　　（白）哎呀！我的手帕忘记带来,你快快回房取来给我。我慢慢走着,等你转来。

紫　　鹃　姑娘慢慢行走,奴婢即去即来。〔下。
林黛玉　快去快来。来此已是沁芳桥了,我且坐在这里,等候紫鹃。
　　　　〔傻大姐哭上。
傻大姐　珍珠姐,你打我一巴掌,我哪里出得气呀！〔哭。
林黛玉　那边有人啼哭,不知是什么人,待我看来。原来是个大丫鬟,不知是哪个房中的,待我问个明白。丫鬟,你叫什么名字？
傻大姐　我叫傻大姐。林姑娘,你怎么不认识我呢？
林黛玉　你为何在此啼哭？
傻大姐　就为宝二爷娶宝姑娘的事呀！
林黛玉　（吃惊。背场）哎呀！宝玉呀宝玉,你怎么要娶薛宝钗？若是真的,你就对我不住了！（转身）丫鬟,你跟我来,我有话问你。〔坐。
傻大姐　林姑娘,你有什么要问？
林黛玉　那宝二爷要娶宝姑娘可是真的？
傻大姐　怎么不真,还是老太太与二奶奶商量办的,是真的呀！
林黛玉　宝二爷尚在病中,怎么能娶亲呢？
傻大姐　就是要与宝二爷冲喜。我对袭人说了一声,她就叫珍珠打我。你说气也不气呀！
林黛玉　莫哭了,快些走吧,免得又要挨打。
傻大姐　我不哭了,唔……〔哭下。
林黛玉　呀！〔昏迷倒地。
　　　　〔紫鹃上,扶起林黛玉。
紫　　鹃　姑娘,你怎么样了呀？姑娘,姑娘！
　　　　〔林黛玉茫然不语,无目的地乱走。
紫　　鹃　姑娘,你怎么乱走？你到底想往哪里去？
林黛玉　我问宝玉去。
紫　　鹃　姑娘,你好像失了神一样的,这是什么缘故？
林黛玉　哦,原来如此！〔又走。

紫　　鹃	姑娘,你要往哪里去?
林黛玉	我问宝玉去！我问宝玉去！〔走。
紫　　鹃	慢慢走,我来扶你。(扶林走圆场)姑娘,到了,到了。
林黛玉	不要你扶,我自己进去。〔甩脱紫鹃。
袭　　人	(上)原来是林姑娘来了。请坐。
林黛玉	(笑)宝二爷在家么?
袭　　人	宝二爷在家。

〔紫鹃在林背后做手势。

〔林黛玉直入宝玉卧房。

〔贾宝玉睡帐内。袭人急忙挂起帐子。

林黛玉	宝玉,宝玉!
袭　　人	二爷,林姑娘来了。
贾宝玉	她来了么?(坐起)哈哈哈……
林黛玉	(相对痴笑)哈哈哈……

〔袭人、紫鹃惊慌不已。

林黛玉	宝玉,你为何病了?
贾宝玉	我就是为妹妹病了!

〔二人又相对痴笑。

袭　　人	我看姑娘出来久了,况且姑娘病体未愈,还是扶她回去歇息罢。
紫　　鹃	是。姑娘病体才好,我们还是回去歇息吧。
林黛玉	好,好,我也该回去了!〔望宝玉笑,恋恋不舍,又似乎是哭。
紫　　鹃	姑娘回去,走罢。〔搀扶黛玉。
袭　　人	好生搀扶姑娘。
紫　　鹃	姑娘走慢些。〔扶黛玉下。
袭　　人	二爷睡下罢。(扶宝玉睡下,放好帐子)我看他二人一样的痴呆,一般的不省人事。这便如何是好呀! (唱)他二人一样的迷了本性, 　　都只为宝姑娘这段婚姻。 　　这事儿看起来有些不稳, 　　好叫我在左右难以为情。〔下。

〔紫鹃扶黛玉上。

紫　鹃　姑娘,你放明白些。

〔林黛玉昏迷不语。

紫　鹃　姑娘,你放明白些呀!(走圆场)姑娘,你放明白些呀,阿弥陀佛,算是走到家了,雪雁姐姐快来!

雪　雁　(上)来了。〔扶黛玉进房。

〔林黛玉口吐鲜血。

〔紫鹃、雪雁慌了手足。

〔林黛玉又吐鲜血。

紫　鹃
雪　雁　(惊哭)姑娘呀!姑娘呀!

林黛玉　我要漱口。

〔紫鹃、雪雁赶忙伺候。

林黛玉　你们哭些什么?

紫　鹃　只因姑娘从老太太那边回来,神色有些不好,吓得我们没有主意,所以啼哭起来。

林黛玉　哎,我哪里就会死哩!你们扶我到床上去吧。(坐床上)你们也出去歇息歇息吧。

紫　鹃
雪　雁　姑娘好好歇息。〔下。

林黛玉　方才那傻大姐说,宝玉已和宝钗姐姐成了姻缘,想我林黛玉还活在人间则甚!不如早早一死,还了这场孽债罢了!

　　(唱)他自从失了玉昏迷不醒,
　　　　哪知道暗地里结了姻缘。
　　　　可怜我无父母红颜薄命,
　　　　寄住在舅父家本是闲人。
　　　　半年来我已是浑身大病,
　　　　倒不如断情根及早归阴。

〔打二更。紫鹃、雪雁上。

紫　鹃 雪　雁	姑娘,你怎么还不睡呀?
林黛玉	我是睡不着的了。我这病只好挨一刻算一刻呀!
紫　鹃	姑娘呀!(唱)

　　　　　半年来你身上天天不爽,

雪　雁　(接唱)

　　　　　何苦的听他们言短语长。

紫　鹃　(接唱)

　　　　　宝二爷他病得精神恍惚,

雪　雁　(接唱)

　　　　　哪能够与薛家匹配鸾凤?

紫　鹃　(接唱)

　　　　　林姑娘最聪明试思试想,

雪　雁　(接唱)

　　　　　还需要自保重莫把身伤。

　　　　〔打三更。

林黛玉　谯楼已打三更,你们快去歇息吧。

紫　鹃
雪　雁　姑娘也睡了吧。〔下。

林黛玉　方才紫鹃和雪雁的话,却也有理。宝玉病得那样,焉能与宝姐姐成亲?那傻大姐的话,恐怕还是假的,我林黛玉岂不是空着急了吗?

　　　(唱)听丫鬟说的话心中暗想,

　　　　　那宝玉在病中怎配鸾凤?

　　　　　看起来这事儿还未绝望,

　　　　　半忧愁半欢喜左右思量。

　　　　〔打四更。紫鹃、雪雁同上。

紫　鹃　姑娘,谯楼打了四更,夜已深了,姑娘还未安睡,这样独自坐着,自言自语,不怕受寒吗?

林黛玉　我睡不着呀!头上昏昏的,有些怕冷。紫鹃,你取块帕子给我包在头上。

　　　　〔紫鹃给林黛玉包头。

[打五更,鸡叫。

紫　鹃　姑娘,天已亮了。姑娘一夜未睡,还是歇息一下罢。[扶黛玉睡。掩帐。

[二丫鬟引老妈扶贾母上。

老　妈　大姐快开门,老太太来了。

紫　鹃　(开门)这样大早的,老太太就来了?

老　妈　是来了。[扶贾母入内坐下。

紫　鹃
雪　雁　请老太太安。

贾　母　林姑娘怎么样了?

紫　鹃
雪　雁　姑娘一夜未睡,刚刚才睡着。

贾　母　待我看看。

紫　鹃
雪　雁　(挂起帐子,扶林黛玉坐起)姑娘,老太太来了。

贾　母　哎!孙女呀!

　　　　(唱)又不知是何故你病成这样,
　　　　　　好叫我年迈人没有主张。
　　　　　　自那年你母亲扬州丧命,
　　　　　　接你到府中来住在潇湘。
　　　　　　你虽然身体弱精神不爽,
　　　　　　为什么这一病倒在牙床上?
　　　　　　劝甥女你不必胡思乱想,
　　　　　　我总是疼爱你你要思量。

[贾琏上。

贾　琏　(念)府中事太忙,急步到潇湘。

　　　　(白)大姐哪里?

紫　鹃　(出外)原来是琏二爷到了。有礼。老太太在此。

贾　琏　烦大姐禀告老太太,说王太医请到了。

紫　鹃　请二爷稍候。(进房)禀老太太,琏二爷请得王太医来了。

贾　母　请他进来。

紫　鹃　是。(放下帐子。出外)琏二爷,老太太吩咐,请王太医进来。
贾　琏　有请王太医。
　　　　[王太医上。
王太医　在哪里?
贾　琏　请随我来。[领王太医进房。
王太医　请老太太的安。
贾　母　罢了。我孙女病情十分沉重,请太医仔细看脉。
王太医　遵命。
　　　　[紫鹃、雪雁扶黛玉坐起来。
王太医　(看脉)小姐这病,郁气伤肝,须服养肝止血的药,方可痊愈。不妨预备冲一冲喜罢。
贾　母　琏儿,带太医外面开方。
贾　琏　请随我来。
王太医　老太太,告辞了。[随贾琏下。
贾　母　你们好生服侍姑娘。我那边今天有事,要回去了。
　　　　[丫鬟、老妈扶贾母下。
紫　鹃
雪　雁　送老太太。
林黛玉　雪雁,你开箱子取那块帕子来。
　　　　[雪雁取一手帕给林黛玉。
林黛玉　不是这块,是那块有字的!
紫　鹃　想是要宝二爷题了诗那一块,你快取来吧。
　　　　[雪雁换手帕。
　　　　[林黛玉看手帕。欲撕碎,无奈力不从心。
紫　鹃　姑娘,你何苦这样生气。
林黛玉　(流泪)快弄个火盆来。
紫　鹃　姑娘怕冷,就再穿件衣服罢。
　　　　[林黛玉摇手。
　　　　[紫鹃取火盆置于榻前。
林黛玉　紫鹃,取我所做的诗稿来。

〔紫鹃取诗稿给林黛玉。

〔林黛玉看诗稿。

紫　　鹃　姑娘,看诗稿又要费神。不要看罢,还是歇息的好。

林黛玉　（手执诗稿）哎,罢了!

（唱）这诗帕有那人题诗数首,
　　　想起了当年事两下情投。
　　　不料他另结了鸾交凤友,
　　　把从前亲密意付与东流。
　　　难道是他有病不能开口?
　　　难道是他有病不能自由?
　　　这是他亲笔写墨迹依旧,
　　　看罢了不由人珠泪双流。

（白）哎,这件东西是留不得的了!〔将诗帕投入火盆。

紫　　鹃　姑娘何必如此。那上面有宝二爷写的字迹,烧去可惜了!

林黛玉　哎,还说什么可惜呀!〔翻看诗稿。

（唱）这诗稿虽不是锦心绣口,
　　　却也是女孩儿闺阁风流。
　　　愿来生做一个文章魁首,
　　　愿来生莫再做仕女班头。
　　　恨只恨辜负了青春闺秀,
　　　从今后风月事一笔勾销。

（白）哎,这诗稿也是留不得的了!〔把诗稿也投入火盆。

紫　　鹃　（急抢,已来不及了）哎呀,可惜了! 姑娘,你何苦这样生气,好好歇着罢。

林黛玉　（哭泣）紫鹃、雪雁,我此刻心中十分难受,想要与你们永别了!

紫　　鹃
雪　　雁　姑娘,你要保重些!

〔林黛玉喘气。

紫　　鹃
雪　　雁　姑娘,你要明白些呀!〔扶林黛玉睡下,掩帐子。

紫　鹃	姑娘这样光景,恐怕难过今天。贾府中并无一人来看,如何是好?哦,我想起一个人来了。雪雁姐姐,你快去请大奶奶来。
雪　雁	我即刻就去。你看着姑娘,要留心一些。〔下。
紫　鹃	(揭帐)姑娘,此刻觉得怎么样了?
林黛玉	紫鹃,快扶我起来。

〔紫鹃扶林黛玉坐起。

林黛玉	紫鹃,我与你虽是主仆,情同姐妹。本想与你常在一处,如今是不能够了!我的身子是干净的,我死之后,你要送我的灵柩回去。
紫　鹃	姑娘说哪里话来。愿姑娘遇难呈祥。
林黛玉	紫鹃,我们不能在一起了,我要与你分别了!〔变色,瞪眼,突往后倒。
紫　鹃	(惊慌。哭叫)姑娘!姑娘!你心中要放明白些呀!

〔李纨、雪雁上,进房。

李　纨	(见状,惊)姑娘这样病重,这怎么办呀?林妹妹,我来了,我来看你呀!蠢丫头,还不放她下去睡好。

〔紫鹃放林黛玉睡好。掩帐。
〔平儿、林奶奶上。

平　儿	怎么这样静悄悄的?(与林奶奶进房)原来大奶奶在此。林姑娘怎么样了?
李　纨	不中用了!

〔平儿揭帐看。

林奶奶	二奶奶叫我过来,要借紫鹃大姐一用。
紫　鹃	林奶奶,你先请罢。等着人死了,我们自然是要出去的。况且我守着病人,身上也不洁净。林姑娘她还有气,时常要叫我的,我是去不得的。
林奶奶	紫鹃大姐,你这话倒言得有理。可是我不好回二奶奶的话呢。
平　儿	就叫雪雁姑娘去罢。〔向李纨耳语。
李　纨	那就叫雪雁姑娘去罢。
林奶奶	使得?
平　儿	使得。
林奶奶	雪雁姑娘,我们去吧。〔拉雪雁同下。
紫　鹃	(揭帐)姑娘,姑娘,你怎么样了?

林黛玉　你扶我起来。

紫　鹃　（挂帐,扶林黛玉坐起）姑娘,大奶奶在这里。

林黛玉　哪个大奶奶?

李　纨　是我。妹妹,你不认得我了吗?

林黛玉　（长叹）唉……我是不中用了呀!

　　　　（唱）这一段恶姻缘前生注下,
　　　　　　恨只恨无父母来靠人家。
　　　　　　只道是他有情定然不假,
　　　　　　两下里愿做个恩爱结发。
　　　　　　虽然是深闺内有时戏耍,
　　　　　　我二人好比那白玉无瑕。
　　　　　　谁知道事有变另谐婚嫁,
　　　　　　千般怜万般爱水月镜花。
　　　　　　这一场冤孽债从今丢下,
　　　　　　且到那太虚境仔细详查。

　　　　［喘气,咳,变眼神。

紫　鹃　（惊叫）姑娘呀,你心中明白些!大奶奶在这里。

李　纨　妹妹,我在这里,你放明白些。

林黛玉　（瞪眼,翻白。大叫）宝玉你好!［往后倒,气绝。

紫　鹃　（哭）姑娘!姑娘!

李　纨　（哭）妹妹!妹妹!快将她放下。妹妹呀!

紫　鹃　姑娘呀!

李　纨　妹妹呀!

　　　　（唱）我哭哭了一声林妹妹!

紫　鹃　（跪）姑娘呀!

　　　　（唱）我叫叫了一声林姑娘呀!

李　纨　（接唱）
　　　　　　你有才又有貌聪明绝顶,

紫　鹃　（接唱）
　　　　　　可怜你自幼儿失了双亲。

李　纨　（接唱）
　　　　你向来身体弱多愁多病,
紫　鹃　（接唱）
　　　　主仆们霎时间两下离分!
李　纨　（接唱）
　　　　不料你是一个红颜薄命,
紫　鹃　（接唱）
　　　　到今日来看你还有谁人?
李　纨　（接唱）
　　　　大观园起诗社何等高兴,
　　　　（哭白)我的妹妹呀!
紫　鹃　我的姑娘呀!（哭。接唱)
　　　　潇湘馆只落得冷冷清清。
李　纨　人死不能复生,你快去那边报与老太太知道,命人来收殓姑娘便了。正是(念)香魂一缕随风散,
紫　鹃　（接念)愁绪三更入梦遥。
　　　　〔二人同下。
　　　　〔仙女上。
仙　女　（揭帐)请潇湘妃子归位。
　　　　〔林黛玉冠带出帐。抹泪,喜笑着与仙女见礼,随仙女下。
　　　　〔剧终。

中 乡 魁

人物

贾宝玉　贾兰　王夫人　薛宝钗　李纨　袭人　丫鬟　李贵　贾政　李升　众家人　报子　船家　电差　僧人　道人

〔贾宝玉、贾兰上。

贾宝玉　（念引）未了尘缘，

贾　兰　（接念）求功名叔侄奋勉。

贾宝玉　（诗白）坐在豪门十九年，

贾　兰　（接念）一家意气各翩翩。

贾宝玉　（接念）人生欲报亲恩重，

贾　兰　（接念）得志秋风放榜天。

贾宝玉　小生贾宝玉。

贾　兰　小生贾兰。叔叔，我们今日要进内城，以便应考，须到太太跟前禀告去。

贾宝玉　这个自然。侄儿随我来。

（唱）自幼儿在家中繁华看厌。

贾　兰　（接唱）

说不尽两府中锦簇花团。

贾宝玉　（接唱）

读诗书都望我科名如愿，

贾　兰　（接唱）

叔侄们同应试莫让人先。

〔二人下。

〔王夫人、李纨、薛宝钗、袭人、丫鬟等同上。

王夫人 （念）儿孙同应试，父母最关心。

（诗白）

享受荣华渐老来，

兰孙桂子满庭阶。

秋风吹送龙门去，

此是儿曹第一回。

（白）老身王氏，配夫贾政。我老爷前去金陵祭扫坟墓，至今未回。今乃大比之年，二子宝玉，孙子兰儿，明日进考场。（对宝钗）宝玉的一应考具检齐没有？

薛宝钗 考具均已检齐。

王夫人 宫裁媳妇，兰哥儿的考具呢？

李 纨 早已检齐。

王夫人 袭人，宝玉从未离开你们，这回初次出门，你须一一留心检点。

袭 人 知道。

〔贾宝玉、贾兰上。

贾宝玉 孩儿给母亲请安。

贾 兰 孙儿给祖母请安。

王夫人 你二人来了。听说你们考具均已检齐。这是你们初次出门，须要小心。宝玉、兰儿，听我道来。

（唱）你叔侄今日里同赴试院，

年纪轻还需要细听我言。

在家中并未曾一天远离，

服侍人有媳妇还有丫鬟。

今日里入场去自家照管，

冷和暖须保重切莫等闲。

早回来也免得大家记念，

我心中许多事难以明言。

贾宝玉 （跪。唱）

上前来跪至在母亲前面，

为儿的今日里却有话言。

儿长成十九岁光阴似箭，
在膝前承父母恩大如天。
今日里与侄儿同入试院，
博一个榜上名父母欣然。

（白）父母在上，听儿禀告：母亲生儿一世，儿无以报答，只有用心应试，搏个榜上有名，了却父母的心愿。

王夫人　你有这份孝心，却也难得。只是我儿此去，我总总放心不下。〔拭泪。

李　纨　哥儿们应考，乃是喜事，太太不必伤心。袭人，扶你宝二爷起来。

〔袭人扶起贾宝玉。

贾宝玉　（向李纨作揖）大嫂子，我和兰哥儿是必定中的，日后兰哥儿还大有出息，大嫂子还要穿戴凤冠霞帔哩。

李　纨　但愿应了叔叔的话。天不早了，你们可以去了。

〔贾宝玉向薛宝钗作揖，薛还礼。

李　纨　怎么夫妻家也行起礼来了。

贾宝玉　姐姐，我要走了。你好生听我的喜讯。

薛宝钗　（拭泪）是时候了。你不必唠唠叨叨，快些走罢。

贾宝玉　你不必催我，我知道该走了。

（唱）十九年在人间繁华享遍，
裙钗里脂粉中无限缠绵。
今日里出门去我别有心愿，
从今后贾宝玉摆脱了尘缘。〔仰天大笑。

（白）走了！走了！〔下。

〔贾兰随下。

王夫人　他叔侄去了，你们各自回房去罢。

众　人　是。〔齐下。

〔李贵上。

李　贵　（念）龙门三级浪，平地一声雷。
（白）我，贾府家人李贵便是。服侍少爷们过考进城，住在小寓。刚才打听龙门上业已点名，快请少爷们前去。少爷们快去应名领卷。

〔贾宝玉、贾兰上。

桂　剧

贾宝玉　（念）明知过眼原如梦，
贾　兰　（念）怎奈当场欲上天。
贾宝玉　如何这样早就点名了？
贾　兰　李贵，你多叫几个人来侍候前去。
李　贵　你们多来几个人。
　　　　〔三个家人上。
众家人　少爷，我们拿着考篮到龙门口，再交与少爷。
贾宝玉　快走罢。〔与贾兰下。
　　　　〔李贵领众家人下。
　　　　〔船家划船；李升、贾政乘船上。
贾　政　（念引）身受国恩，难消受满门贵盛。
　　　　（诗白）
　　　　　　才向金陵扫墓回，
　　　　　　秋风江上一帆开。
　　　　　　家中多少忧心事，
　　　　　　唯望阳春去后来。
　　　　（白）下官贾政，蒙朝廷厚惠，祖宗遗泽，备员中外，报称毫无，本年回金陵祭墓，现已事毕，转回京都。正是八月时候，二子宝玉，孙子兰儿，想正入场。遥望家中，不觉归心似箭也。
　　　　（唱）两府中享富贵皇恩不浅，
　　　　　　可惜了繁华景渐不如前。
　　　　　　回金陵祭祖坟离京已远，
　　　　　　想起了家中事不觉安然，
　　　　　　槐花黄桂花香大开试院，
　　　　　　儿孙辈同应考得失望天，
　　　　　　我坐在这舟中秋风拂面，
　　　　　　恨不得转眼间便到家园。〔下。
　　　　〔李升、船家随下。
　　　　〔贾兰提着考篮匆忙上。
贾　兰　哎呀，不好！刚才与叔叔一同交卷，出了龙门，被人一挤，叔叔就不见了。

〔李贵与众家人上。

李　贵　兰哥儿,你出来了,二爷呢?

贾　兰　我与叔叔同出龙门,一挤就不见了。你们快分头找去。

〔李贵接考篮,众家人四边寻找。

众家人　四处找遍,不见宝二爷的影子,如何是好!

李　贵　我且同兰哥回去,你们几个各处去找。真是古怪事了!

众家人　是!我们再找去。〔同下。

贾　兰　(哭)李贵,我们叔侄同来,今天我一个人独自回去,如何见得祖母呀!

　　　　(唱)这件事不由人泪流满面,

　　　　　　看起来真古怪心下茫然。

　　　　　　虽然是在龙门被人撞散,

　　　　　　论情理总在这贡院门前。

　　　　　　因何故众家人遍寻不见?

　　　　　　我回家见祖母有口难言。

　　　　　　叫一声二叔叔你来无转,

　　　　　　我只得忍住泪独自回还。

李　贵　兰哥儿,你也不必着急,太太也怪你不得。已经耽搁一天,我们早些回去罢。〔与贾兰同下。

〔王夫人、李纨、薛宝钗、袭人同上。

王夫人　(念)考试三场毕,儿孙尚未回。

　　　　(白)现在考试已毕,宝玉叔侄何以不见回来?丫鬟,你到外边问李贵与众家人,看回来没有。

〔贾兰上。

丫　鬟　兰哥儿回来了。

〔贾兰哭着进房。

王夫人　兰儿,你这是怎么了?

贾　兰　叔叔不见了!

王夫人　(惊)你叔叔何以不见了?

贾　兰　考到第三场,我与叔叔一同交卷,一同走出龙门,可是被众人一挤,叔叔就不见了，四下找寻也毫无踪影。

王夫人　（哭）我的儿呀！

　　　　（唱）哭一声我的儿因何失去？

李　纨　（接唱）

　　　　　　这件事太古怪好不生疑。

薛宝钗　（接唱）

　　　　　　他本来生成是性情怪异！

　　　　（白）唉，我的二爷呀！

王夫人　我的儿呀！

李　纨　我的宝玉兄弟呀！

袭　人　我的二爷呀！

王夫人　（接唱）

　　　　　　满房内哭得个好不伤悲。
　　　　　　没奈何叫家人四面寻去，
　　　　　　从今后只怕是膝下无儿。

李　纨　太太不用着急，且请歇息歇息。

王夫人　明知也是枉然，怎奈心中十分难受，你们回房去罢。〔与各人分头下。
　　　　〔报子上。

报　子　人人想做官，个个望中举。我，报子便是。贾府中有人中了，可得一注大大的喜钱，赶忙抢个头报。来此已是贾府，待我进去。门上哪位在？

李　贵　（上）哪个？

报　子　（拿出报条）恭喜恭喜！

李　贵　（接报条。念）捷报贾宝玉中第七名举人。宝二爷高中了！你明日来取喜钱。

报　子　是。〔下。

李　贵　太太大喜！太太大喜！
　　　　〔王夫人、李纨、薛宝钗、袭人同上。

王夫人　外面报喜，想是宝玉找着了。

李　贵　恭喜太太，宝二爷中了第七名举人！

李纨等 恭喜太太。

〔李贵下。

王夫人 中是中了,可是人不见了!

（唱）这孩儿生成是聪明伶俐,
十九岁中乡魁金榜名题。
倘若是儿在家何等欢喜,
到而今人不见何处寻觅?
悲切切想这事十分怪异,
看大家含着泪愁锁双眉。

〔李贵复上,呈报条。

李 贵 恭喜太太,兰哥儿又中了。

王夫人 （念报条）捷报贾兰中第一百三十名举人。宫裁媳妇,恭喜你了。

李 纨 这是托太太的福气。

王夫人 你儿子中了,你回房去告知兰哥儿罢。

李 纨 宝兄弟榜上有名,天下断没有走失的举人。请太太宽心,宝兄弟必会找回来的。

王夫人 宝玉若不失去,叔侄同科何等高兴。我的儿你到底往何处去了?且叫人打一电报到金陵,禀与老爷知道。〔偕李纨下。

薛宝钗 袭人,我们也回房去罢。（与袭人走圆场,入房）袭人,你看二爷这番举动,甚是古怪,若论中了举人,断没有找不到的;若是入了空门,那就难找着了!〔哭。

袭 人 奶奶怎知他入了空门?

薛宝钗 二爷生时,带下一块宝玉,这就是古怪的事。自从林妹妹死后,看他的言语情形,好像看破红尘一样。前次出门,声声说要走了,大家都不留心,我就疑他别有意思了。

（唱）我与他结婚姻为时不久,
他待我倒也是性情温柔。
他自从林妹妹潇湘死后,
那一种疯癫相定有来由。
莫不是将世间繁华看透,

　　　　　他情愿入空门自在悠游？
　　　　　抛下我红颜妇空房独守，
　　　　　可怜你服侍他枉费机谋！
袭　人　呀！
　　　（唱）听奶奶这言语叫人难受，
　　　　　宝二爷恐怕是定不回头。
　　　　　想起他与我们怄气时候，
　　　　　总说要做和尚把行来修。
　　　　　到如今他真把红尘看透，
　　　　　应乡试出门去便把身抽。
　　　　　我与他虽然是风流暗有，
　　　　　但未曾走明路还是丫头。
　　　　　我若是念恩情空房独守，
　　　　　又防人笑话我难免含羞。
　　　　　我若是另嫁人改偕佳偶，
　　　　　舍不得他待我那种温柔。
　　　　　背地里自伤心语难出口，
　　　　　哭得我肝肠断痛在心头。
　　　（白）奶奶，事到如今，无可奈何，只好慢慢再探听二爷消息罢了。
薛宝钗　你我歇息去罢。〔与袭人下。
　　　〔船家划船；贾政、李升乘船上。
贾　政　（念）在家千日好，出外一时难。
　　　（白）你看这船走了一月有余，离京尚远。今日天气甚寒，风急不好行船，需要停泊在此。但不知此处是何地名。李升，你问过船家。
船　家　这是毗陵驿。
李　升　大人说风色不好，叫你停船在此。
船　家　是，就停。〔停船。下。
　　　〔送电报差人上。
电　差　这样绝路，免劳照顾。我奉了金陵电报局吩咐，说贾府来一电报与贾大人，谁知贾大人不在金陵，叫我星夜追赶，但不知贾大人的船走到何处

	去了。且慢,你看这里停着一只官船,莫非就是贾大人的船?待我问个明白。这船是贾大人的么?
船　家	是贾大人的。
电　差	被我找着了。(上船)金陵有电报,送与贾大人的。
船　家	李二爷,有电报来了。
李　升	何处电报?
电　差	北京电报,是打到金陵的。
李　升	(接电报)收到了。
电　差	我回去了。〔下。
李　升	(进舱)老爷,北京有电报来了。
贾　政	译来我看。
李　升	(译电报)恭喜老爷,宝二爷高中了。
贾　政	(看电报)宝玉中了第七名。哈哈。宝玉中了!谢过天地祖宗。下面还有话,一并译来。
李　升	(译)恭喜老爷,兰哥儿也中了。
贾　政	(看电报)兰儿中了一百三十名。(大笑)他叔侄同科中举,真是幸事。下面有话,速速译来。
李　升	(译)请老爷细看。
贾　政	(看)宝玉出场就不见了,四下找寻,毫无踪迹。(大惊)呀,宝玉何以不见了?真真怪事,怪事呀!
	(唱)他叔侄同中举何等侥幸,
	谁知道宝玉儿失去难寻。
	这件事好叫我惊疑不定,
	哪一个敢留我贾府的人?
	他年纪十九岁生来娇嫩,
	难道是迷了路不能回程?
	这件事好奇怪叫人难信,
	电报上却又是写得分明。
	没奈何靠着这船窗纳闷,
	抬眼望但只见大雪纷纷。

（白）李升，命人乘驿马飞报金陵。

李　升　是。（吩咐二家人拿旗急下）老爷不必着急，天下没有走失的举人，此刻已经找着也未可知。下雪了，小的到后舱烧个火盆来。〔下。

〔贾宝玉僧衣僧帽，与一僧一道同上。

贾　政　（惊）呀，这不是宝玉吗？怎么到此？

〔贾宝玉向贾政三叩首。之后与僧道走圆场。

贾　政　怎么就走了？待我赶去。

〔贾宝玉与僧道在前，贾政在后，走圆场几圈。然后贾宝玉与僧道扬长而去。

〔李升急上。

李　升　老爷怎么独自上岸，追赶何人？

贾　政　（喘气）刚才看见宝玉和尚打扮，向我叩了三个头，转身就走。我急忙赶来，转过山坡就不见了。

李　升　小的也看见那三个人。老爷在后追赶，转过山坡那三个人就不见了。如果是我家宝二爷，怎么是和尚打扮？恐怕老爷看花了眼。

贾　政　我亲眼看见的，实在是宝玉。唉，这事我明白了！

李　升　老爷且请回船。

贾　政　（回船。叹息）唉！宝玉呀！
　　　　（唱）你生下口含玉古今少见，
　　　　　　看起来有来历才下尘凡。
　　　　　　自幼儿在家中顽皮懒散，
　　　　　　论聪明子弟中让你当先。
　　　　　　你何曾用工夫苦读书卷，
　　　　　　一应考却中举榜上名传。
　　　　　　想你是在红尘有些不愿，
　　　　　　今日里果然是成佛升天。
　　　　　　但只是在我家昙花一现，
　　　　　　哄骗了为父的一十九年。
　　　　　　我如今发苍苍百年过半，
　　　　　　不见儿在膝下能不凄然！

　　　　　他到底去何方逍遥闲散，
　　　　　为什么三叩首来到船边？
　　　　　看起来从今后永难相见，
　　　　　因此上父子们一了前缘。
　　　　　罢罢罢我眼中分明看见，
　　　　　为父的思念你也是枉然！
李　升　老爷不必伤心，宝二爷如今成佛，也是好事。天色已晚，赶紧回去罢。
贾　政　唉，也只得回去了！开船罢。
李　升　船家，开船！
　　　　〔船家应声上。划船，与贾政、李升同下。
　　　　〔剧终。

福州戏时调

福州集新堂铅印本,《中国俗曲总目稿》收录。

晴 雯 补 裘

　　(袭人、晴雯、麝月扫雪,同唱昆腔)鹅毛碎剪裁,乱絮随风排。粉妆成万里亭阁楼台,花飞六出为银界。扫遍琼瑶玉砌,恁飘来瑞霭。一霎时遥望,认是平儿来。

　　(宝玉同晴雯烤火唱昆腔)寂静兰房尘不到,顿觉风尤烈,怕冻的前朝雪。【二排】烧炉香,宝鼎热,悠然竹韵潇潇洒,花影横斜,风动绣帘揭恰又早,松梢初挂楼头月。

　　(晴雯病唱)未言泪双行,讵料奴家一病瘦如花。多蒙他,爱惜奴,温语细查。相思债未偿耶,何日得消奴孽障,好把情怀付与浪沙。

　　(晴雯强病唱)猛抬头,不觉得眼花,缭乱。纤纤手,为什么,骨软如绵?莫奈何,强支撑穿针引线。这都是的,补我前世孽缘。梳翠羽,管教它,有条不紊。绾金绒,好待我,补绣无瑕。拈金剪,分清了,经纬头绪。引针度,仔细把,里面来缝。撑竹弓,铺花样,光生灿烂。也难辨,是新纹,摺皱无痕。一行行,一点点,花遭泪溅。一丝丝,一缕缕,线把愁牵。

　　(晴雯催宝玉睡唱)尊一声,宝二爷,奴言细听:你今不必伴奴补裘,倘若有人来瞥见,他必道晴雯长晴雯短,晴长晴短有牵连。柔声软语低低劝。二爷吓,你快些去睡奴心安。长夜灯光风似剪,强定精神把针拈,补裘了奴的心愿,倏尔胸前气上攻。

　　(晴雯补裘唱)可怜奴一病恹恹,陷落那苦海情夫。咳!负韶华春愁秋怨,到今生莫赎前愆。把裘来缝补,又恐血花沾。情未了,恨先添,身飘泊,如云烟,眼见得,旧衣襟,泪痕斑剥。

　　血点霑霑,我的天吓,望只望,早占勿药,长侍君前。怕只怕,衣如旧,人要长眠,见鞍思马,睹物怀人。

粤 戏

广州以文堂机器板印行,《中国俗曲总目稿》收录。

黛玉还魂

（林黛玉装病容，两丫鬟扶上，唱【中板】）孤凄命薄常流泪，染成重恙在身其；丫鬟奉扶绣房里，不知何日把病离。（埋位，白）奴家林黛玉，自幼父母双亡，来到京中，投倚贾府度日，多蒙史太君深情义重，安置住在大观园中潇湘馆内，每日与各家姊妹们吟诗饮酒，四时欢畅，这也少言。唯有宝玉与我二人最相敬爱，心下已有意。丝罗未得传题红叶，现今许久不见他过来谈笑，闻他已聘定薛宝钗姐姐。一定奴的姻缘决难成就，虚嗟红颜薄命，暗里悲伤。因此染成病恙，服药无灵，想是泉路茫茫难逃大限，好不令人嗟叹可。

（唱【慢板】）林黛玉坐绣房含愁悲泪，思想起那宝玉好不凄其。曾记得自幼儿同欢畅聚，设一个吟诗社真个欢娱。奴本待属意他共谐连理，有谁知被谗言镜破钗离。可恨着王熙凤献谗进媚，她说道表姐弟难效于飞。因此上老婆婆不作主意，把宝钗配宝玉共赋结褵。

【中板】因此上染成了一病不起，每日里对花月自己踟蹰。年少人怎经得思春病蒂，无奈何吟几句葬花诗词。越伤情难下笔吟成文字，焚纸稿抛笔墨抚断琴丝。想人生谁没有知心伴侣，唯有我林黛玉独自悲啼。大观园好一比愁城之地，潇湘馆又好似苦海之湄，想起来不由人心中如醉。（吐血介）哎。（鬟白）小姐保重。

【滚板】霎时间呕吐得魄散魂离，看将奴此病难以得愈。（又吐血介）头又重心又疼，不能支持，叫丫鬟你紧记奴奴言语：我死后必须要备办丧仪，倘若是宝二爷前来吊纸，你对他说奴家难以面辞。说罢了伤心话鲜血又起，（又吐血介）哎呀！（丫鬟白）小姐保重。（林唱）那三魂渺渺荡荡要把阳辞。（林死介，入衣，鬟白）不好了！（唱）一见小姐去了世，不由于我泪悲啼。（白）且住，小姐丧命如何是好，不免报与太君知道便了，哎，罢了，小姐呀呀！

（入集。梅香企洞地锦。贾母上，唱【中板】）年迈人终日里愁眉不放，都只为那孙儿们挂在心肠。将身儿坐至在后堂之上,(埋位坐下,唱)那心惊和肉跳所为哪行?(白)老身史氏,配夫贾邮,官封荣国公,不幸早丧,我儿贾政袭了父爵,一家叨沐皇恩同享荣华,这也少言。这几天心惊肉跳不知有甚缘故,丫鬟打听着。(鬟白)知道。(紫鹃上,白)忙将小姐事报与太君知。(入门介,白)太君在上,奴婢拜揖。(史白)罢了,站立。(鹃白)领命。(史白)吓,紫鹃不在潇湘馆中服侍尔家姑娘,慌忙到此何事?(鹃白)老太君不好了,我家姑娘丧命去了。(史白)怎么?那林黛玉丧命去了。(唱)不好了,听说孙女把命丧,不由老身痛心肠。(白)哎,紫鹃呀,尔今出去传我主意,吩咐管家们备办丧仪,须从丰厚,快些而去。(鹃白)领命。(入集,史白)丫鬟。(鬟白)在。(史白)少待宝二爷到来,你们千祈不要提起林姑娘之事,以免他又一番悲泪。(鬟白)知道。

(地锦,宝玉上)将身来在祖堂上,见了婆婆问金安。婆婆在上,孙儿拜揖。(史白)罢了,坐下。(宝白)告坐,请问婆婆,这几天不知林妹妹病势如何?婆婆必知一二。(史白)孙儿呀,我想林黛玉身体已经好了,孙儿不用挂虑。(宝白)告禀婆婆,孙儿这几日因有事情,许久未到潇湘,待孙儿今日到园中问候林妹妹一声,然后再回来与婆婆坐谈。(史白)且慢,我想林黛玉乃是久病之人,怕与人家谈论,孙儿不要前去也罢。(宝白)婆婆呀,我想林妹妹只厌与别人搭话,唯是孙儿吗?她是最喜欢与我谈笑讲话惯的,但去不妨。丫鬟带路前往。(史白)且慢,孙儿不用着急,坐在一旁听为婆一言可。(唱)宝孙儿坐至在一旁之上,且听着为婆的细说端详。林黛玉她本是久病重恙,最不喜与人家说短长。尔若是到潇湘来把病探,入恐怕触动她苦痛肝肠。倒不如转怡红静养为上,待等她身全愈才叙情长。(宝唱)老婆婆说的话虽则稳当,但只是小孙儿心中不安。外厢人满府中纷纷传声,都说是林妹妹病入膏肓。今日里必须要潇湘而往,以免得终日里长挂愁肠。(史白)孙儿呀,想为婆决不喜欢尔去,尔要去吗?改日再去也罢。(宝白)婆婆呀,我想林妹妹已经身亡,孙儿早已知道。婆婆不用瞒着我,待孙儿前往潇湘祭奠,表表心肠才是。(史白)这个嘛。(关目介)料也瞒不过,哎,宝孙儿前往祭奠,婆婆与同去就是。(宝白)孙儿遵命。丫鬟。(鬟白)在。(宝白)预备香烛祭礼,引路潇湘。(丫鬟捧香烛,史、宝同起身,宝唱)丫鬟带路潇湘往,祭奠妹妹表心肠。

(同带占入衣。小笛,黛玉鬼魂,内【扭板】唱)身飘飘如鸿毛随风散荡,(【慢板】)好一似雪花儿四处飞扬。想当初大观园何等欢畅,到后来只落得梦幻黄粱。

奴本是绛珠宫仙草下降,为还恩报雨露落下尘凡。恨只恨王凤姐谗言进上,说什么表姊妹不结鸳鸯。致累得奴香魂惨遭夭丧,但不知何日里超脱慈航。此一番欲转回离恨天上,证明了这因果心内方安。(【二流】)悲悲切切随风儿虚空而见,见过了警幻仙细叩衷肠。(入衣,二童子执长幡,引南极仙翁上,【二流】)水中月镜中花风流孽障,有声色叹无缘暗里悲伤。见几个并蒂莲妇随夫唱,尽都是冤业缘聚首联床。吾自从奉王敕把姻缘部掌,管人间谐秦晋红叶一庄。赴过了蟠桃会回山而往。(白)童儿们驾起云头回山。(童白)领法旨。(冲头。黛玉鬼魂由衣便出,撞上。童白)有鬼魂挡路。(仙翁唱)又听得有鬼魂挡住路傍。(白)何方冤鬼敢挡吾神去路?(黛白)奴乃林黛玉鬼魂是也,只因年少为怀虑宝玉,惨遭夭丧。心中不服,一灵不昧,欲返离恨天宫,详问因果。不意误冲大仙鹤驾,伏为恕罪。(月老白)尔既是欲转离恨天宫,见警幻仙女详问因果,比如谓着何来?有甚因果?今日刚遇吾神,把尔平生所恨历历细表出来,待吾神与尔做主就是。(黛白)上仙既发慈悲,不嫌絮烦,请按下云头,待鬼魂一言告禀可。(【扫板】)未开言不由我泪如雨降,(【慢板】,黛唱)遵一声上仙爷细听端详。遭不幸自幼儿双亲早丧,因此上,到贾府共聚情长。实指望遇良人终身有靠,有谁知在中途两下分张。眼泪儿终日里流成血样,致染得一病恙命丧黄粱。今日里欲想返离恨天上,问明了这因果方遂心肠。假姻缘决不得同欢聚畅,既有才而有貌不得久长。望仙翁还须要慈悲开放,超度我跳出了苦海茫茫。(月老【二流】)听她言不由我心中自想,可怜着少才女一命辞阳。她本是离恨宫仙葩下降,还恩泪故而的终日悲伤。打开了姻缘簿从头视看,(拈簿打开看介,白)是了。(唱)薛宝钗配宝玉注定是鸾凰。(白)林黛玉听着,才吾神把姻缘簿查看,宝玉与尔无并头之缘,空教为他流泪,今日凑巧遇着出家人,都是有些因果。算尔一场造化,待吾神执笔将姻缘簿添上,把还魂草赐尔还阳,与宝玉配合丝罗,复聚情长,了此一段因果,显出家人一片方便婆心可。(将仙草交黛手,锦囊一个交童儿,唱)叫黛玉上前来听吾旨降,带此宝转还阳复聚情长。叫童儿尔把她灵魂带返,传柬帖与贾母照柬行藏。(黛唱)接过了那仙宝郑重收上,不由得林黛玉喜动心肠。拜别了上仙翁复转世上,但愿得上仙爷圣寿无疆。(月老白)去罢。(童黛同入衣,月老唱)见黛玉那鬼魂复转世上,出家人行方便又待何妨。在人间做一次救苦救难,西天上又添了功德一桩。叫童儿驾云头回山而往,了因果却尘凡复转天堂。

(入衣,中开大帐挂孝堂旁,开小帐挂潇湘馆,鬓上,白)奴家紫鹃,闻得老太君与宝二爷前来祭奠小姐，不免在此打扫孝堂，听便了。（皆场，内场小笛，【二黄扫板】）含着悲忍着泪潇湘而往。（上，【慢板】）不由得贾宝玉苦痛心肠，想当初姊妹们何等欢畅？今日里我在阳台尔命丧，悲悲切切切悲悲，悲切切切切悲悲，两泪汪汪。（史唱）劝孙儿尔不要悲伤苦坏，万事儿放欢心且要开怀。此一番到潇湘祭奠而往，切不可过哀痛哭断肝肠。（宝唱）老婆婆说的话孙儿遵着，不过是拜祭奠略表心肠。叫丫鬟捧香烛潇湘而往，呀！（入门介）见灵牌不由人珠泪悲伤。（鹃白）太君二爷驾到，奴婢拜揖。（史、宝同白）罢了，一旁站立。（鹃白）从命。祭礼可曾齐备？（鬟白）齐备多时。（宝白）焚香伺候。（宝唱【二流】）叫紫鹃尔与我将祭礼摆上，哭一声林妹妹来格来尝。但愿尔有灵圣同携我往，以免我独一人好不惨伤。但愿得贤妹妹早升天上，但愿得贤妹妹早上西方。哭妹妹哭得我心神尽丧，一霎时头昏花倒在孝堂。（史白）不好了，孙儿哭得昏迷在地，紫鹃快些取姜汤伺候。（鹃白）从命。

（入集，取姜汤介。童子执拂尘带舍林黛玉鬼魂由集便出场上，往大帐内一推，人飞柬帖在地，童儿白）林黛玉苏醒，吾神去也。（入衣。林帐内邦子【扫板】）适才间得仙宝救转阳世中，那三魂和七魄复转身其。睁开了那二目来观仔细，又只见他二人同是昏迷。（鹃上唱）手拿着姜汤儿进堂而去，又只见鬼魂现魄散魂离。（白）呀哎敝咯，老太君有鬼呀，有鬼呀！（史白）为何大惊小怪？（鹃白）老太君不可了，姑娘鬼魂出现了。（林白）紫鹃不用慌张，婆婆不用思疑，奴家得遇仙人救活还阳，奴家是人唔系鬼呀！（史、鹃同开目介，史白）既然如此，紫鹃快将姜汤灌醒宝二爷，大家相会。（鹃白）从命。（拿姜汤灌宝，宝醒介，白）哎呀！（唱）昔才间哭得我神魂不醒，（开目介）转眼来又只见贤妹坐起。（白）贤妹呀，尔莫非有灵有圣来携带我吗？（史白）孙儿哪里知道，黛玉得仙人救活还阳，孙儿不用悲泪，目前相会也罢。（宝唱）听说罢不由我心放大启，问一声贤妹妹怎转阳时？（林唱）宝二哥不知道听奴言启，那月老仙宝一力扶持。（史唱）孙女儿今日里复转阳世，还须要把情由一桩桩一件件说与婆知，不用伤悲。（林白）婆婆听道，（史白）坐下慢慢讲。（林唱【慢板】）林黛玉坐潇湘把情由说起，尊一声老婆婆与表兄细听言词：奴自从葬花时染成病体，有服药总毋灵日夜支离。精不补血不养膏肓难治，因此上魂魄散便把阳辞。身亡后那灵魂一灵不昧，随风儿四处飘好不凄其。有谁知遇着了仙翁南极，赐仙草命仙童带转阳世。奴还生这都是全凭神庇，好一比花逢春复发新枝。奴是人不是鬼，是人非鬼活在这里。老婆婆与表兄尔们的,一个个何用慌张,不必思疑。叫紫鹃,尔与我把孝帷撤去,将孝堂牌收。(【中板】唱)从今后奴主仆同欢畅,共乐雍熙。摆香桌拿金炉名香上炷,待奴家来裣衽参拜神祇。(鹃白)从命。(点香烛介,林白)将身儿跪至在尘埃之地,叩谢那老仙翁和神圣恩深护庇保佑扶持。(史唱)听罢孙女说端的,不由老身放愁眉。从今不要多悲泪,欢欢和喜度崇时。(宝唱)贤妹今朝还阳世,好叫愚兄喜笑眉。怡红摆下酒和席,要与贤妹共醉题。(鹃白)姑娘幸喜还阳世,花谢重开月再辉。多得黄天眼不闭,大家同享寿耆颐。(史唱)紫鹃说话真有理,不由老身笑开眉。尔们随我祖堂去,(开介,白)哦,吓,(唱)又见柬帖在阶堤。(白)且住,那厢有柬帖在地,紫鹃捡起与我。(鹃执起呈上,史接持,白)待我看来。(开目读柬介)云:月老仙翁降下调姻缘簿,内定红丝,黛玉还魂配宝玉。双凤团圆莫思疑,双凤团圆莫思疑。哦,少待那月老为媒天缘作合,仙人之命不可不依,还魂配合千古奇闻。待老身做主,明日命人拣选黄道吉日,令他二人洞房花烛则可。(唱)叫孙儿尔二人听我言启,那仙翁送红柬指示婚仪。待为婆择吉日同欢畅聚,姊妹们配合共赋结褵。(宝唱)婆婆言语孙遵意,仙人之命不敢辞。(林唱)姻缘本是由天注,任教婆婆作主持。(鹃唱)姑娘二爷谐连理,但愿白发两齐眉。(史唱)尔们说话真有理,不由老身悦心期。尔们随我出堂里。(同白)哎呀,好!(同唱)一家人呀!搔手焚香答谢神祇呀。(撤科同入衣)

黛 玉 葬 花

首卷　宝 玉 怨 婚

（鬏随正小生上，生唱）每日芸窗攻书史,一心只望姓名题。他朝若得凌霄志,（埋位）富贵荣华任设施。

（白）小生贾宝玉,姐姐元春蒙圣上喜爱,封为执掌凤藻宫之职,后来有旨接我家大小前去居住,这也少言。我想表妹林黛玉自小在我家中,与小生十分有缘,昨日表妹闻得小生聘下薛门之女,因此染成一病。林表妹呀林表妹,想我今生不能与你共结丝罗,至死方休也罢。

（【慢板】唱）贾宝玉在怡红院自思自想,思想起从前事自觉悲伤。自幼儿与表妹同在家上,你爱我我爱你恩爱情长。常说道我两人鸳鸯一样,又谁知今日里遇着风狂。因此上染下了沉疴重病令人可叹,思想起到如今影只形单。

（【中板】）叫呀,袭人。你与我扫床下帐,眼睁睁这病儿没有良方,见祖母,你说道孙儿不孝求她原谅,见双亲,怨孩儿不能问候金安。说话间一霎时精神飘荡,不由人睡昏昏倒在牙床。呀！

（鬏白）相公苏醒,相公醒来呀。（做手,长锣,白）不好了,你看相公病成这个样子,不若待奴禀过老爷夫人知道便罢。（下,正旦随末上）

（末唱）幸喜得我娇儿蒙皇宠爱,封为了凤藻宫喜笑开怀。到如今我一家并无挂碍,昨日里与孩儿聘下裙钗。又闻得我的儿染病难解,一定是为黛玉如此痴呆。将身儿坐至在大堂之外,（埋位）这畜生那情性果是偏歪。

（白）老夫贾政。（正旦白）老身王氏。（末白）夫人呀,想孩儿为着林黛玉病成如此光景,因此老夫与他聘下亲事,但不知近日病体如何呢？（正旦白）老爷呀,畜生口口声声说道,若不与林表妹订下丝罗,除非是到阎王殿上,方能罢休呀。（鬏上白）启禀老爷夫人,不好了。（同白）何事？（鬏白）奴婢在书房服侍相公,先时见他自言自语,后来提起林小姐珠泪双流,倒在床中昏迷不醒,特地到来报知老爷夫人做主。(末白)不好了。

(【快板】)听说罢我的儿病势模样,(旦唱)不由得年迈人没有主张。(末唱)叫袭人你与我怡红院上,(旦唱)到院中看一看我的儿郎。(末、旦、鬟完台。末唱)我这里揭罗帏把儿观看,(旦唱)只见他睡沉沉春梦未还。(同白)我儿苏醒,我儿苏醒。(【扫板】,生唱)适才间游到了太虚幻境。(同白)我儿苏醒。(生白)哎,(唱)猛抬头又只见年迈双亲。想孩儿染下了如此病症,恕朝夕又不能问候安宁。看起来我此生定难寿命,待来生犬马报养育深恩。一阵阵我心中好比油滚,(【叹板】)眼昏花身无主支持不能。(睡下,末白)儿你保重才是,哎,你看我儿为着了表妹,病成如此苦况,不免见过母亲再作道理。(旦白)倒是老爷说得有理。(末白)随我来。(同下。正花旦上)

(【中慢板】)想当初奴父亲一命早丧,到后来托养在外婆家上度此韶光。有幸得爱奴身好比掌珠模样,与表兄情意合胶漆同堂。奴只道一定是与他和谐偕伉,又谁知父母命难自主张。耳闻得聘下了薛门之女同谐和唱,又闻得贾表兄染病牙床。但不知奴为他病同一样,但不知奴为他茶饭不尝。到今时好一比鸳鸯逐浪,你在东我在西各散一方。恨只恨那祖母不把情缘思想,潇湘馆怡红院同病在床。耳边厢又听得风雨声帘前大放,一点点一滴滴恼煞肝肠。无奈何推纱窗用目观看,(风雨声,长锣鼓。白)哎。(唱)又只见满园中百花凋残。想花木尚有那不测景象,与奴命同一派模样凄凉。只可惜那残红随风飘荡,倒不如待奴来埋葬花王呀。

(白)奴家林黛玉是也。只因父亲早丧,后来母亲将奴寄在外婆家中居住,与那表兄宝玉情投意合,实只望与他结为夫妻。谁知闻他昨日与他聘下薛家宝钗,又闻得他染成一病不知真假。到如今园内百花霎时之间被风雨吹折,如奴残命一样,待奴将花埋葬。哎,奴家条命如此,有谁为奴收拾残躯呀?(长锣鼓。白)这也讲不得了。(【快板】)将身趱到园中上,埋葬群芳吊花王。(下。帮末内【扫板】)恨春光易飘零增人惆怅呀,(上,【慢板】)你来年满园中百卉苍凉。必定是昨日里风雨大降,至令得那残红片片飞扬。叹人生好一比花木一样,偶遇着风雨降遭害无常。想老汉耿性情慨当义慷,因此上看破了不娶妻房。贤孝子娇娇女今生难望,死后来又好比大梦一场。多感得贾老爷慈悲海量,叫老汉在此处看守园墙。(白)老汉刘元乃本处人氏,自幼看破世情,妻儿两字全不挂心,多感贾老爷怜我年纪老迈,叫老汉在此打扫园中,谁知昨日风雨大降,百卉尽遭凋零,待我把残红前来扫埋便了。

（唱）我这里用手儿把残红扫上，思想起百花名细叹一番。百花中有许多名字难讲，常言道那牡丹富贵花王。有瑞香和海棠美人模样，黄花与松菊尤傲秋霜。芍药花与茶薇令人思想，金菊园到如今万古名扬。五柳宅陶先生性情逸荡，看将来前古人也有怜惜心肠。叹罢了百花儿用手扫上，（长锣鼓，扫花，唱）又只见那蚨蝶一双双一对对一双一对立乱飞扬呀。（下。邦子内【扫板】小生）贾宝玉寂无寥神魂不定。（上，【慢板】）皆因是，前几天，大观园内食得沉沉大醉，失却通灵。行不安坐不宁心迷意乱，为着了林妹妹珠泪淋淋。她的身常带着多愁多病，至今我每日里总不安宁。她有情我有义可算得三生有幸，怎知道琏二嫂与我错配姻缘呀。（【慢中板】）为妹妹累得我茶饭不进，为妹妹累得我如醉如痴，变作了疯癫。倘若是我爹妈不把姻缘来定，我宝玉必要去削发参禅。宝姐姐虽则是美貌娇姿，一个温柔清净，怎比得林表妹玉质婷婷？闻得她为着我身遭大病，我今日又不能问候安宁。倘若是知道我举步难行，她就原情恕免，不知道反怪我是个无义无情。叫袭人搀扶我怡红坐定呀，呀呀，又听得纱窗外雨打竹声。【中板】对此景令人情可恨，怎知道我的好姻缘，却被王凤姐错头错路拆散，我鸾凤难成。看将来她是一个薄命多情，我是一个怜香福浅。累得我满腹相思无人可诉，与她同病相连。问苍天，为甚么不把人方便？从今后，我这里穿得罗衣，餐得珍馐百味，总不安宁。相思两地情难免，此恨绵绵长挂心。豪餐巨觥如梦见，空留明月对人圆。有日里跳出烟花景，呀，脱烦恼入空门与佛有缘。（白）在此嗟叹也是无用，于今闻得表妹有病，待我入潇湘馆探望于她也罢。（作入，白）林表妹安在？（内白）是哪一个？（生白）是我，开门。（鬟上，做手开门，生白）丫鬟，表姑娘往哪里去呀？（鬟白）表姑娘心中烦闷，只见昨晚风雨大降，百花尽遭狂荡，因此，表姑娘怜惜凋残，后来拿着锄犁，前到园中埋葬百花去了。（生白）原来如此，待我前往看看，怎样正做得。

（唱）看来表妹愁怨唱，将花埋葬表心肠。三步挪作两步往，看她怎样把花葬。（下，二王，旦内【扫板】）心儿里怨恨着精神惨伤，（重句，上，【慢板】）思想起从前事珠泪两行。想当初我表兄妹何等欢畅，都只为被旁人论短道长。因此上将奴来迁离万丈，他在怡红院，奴在潇湘馆，远隔一方。奴只道我今生一定与他谐伉，又谁知外祖母另结鸳鸯，聘下了薛门女，令我神魂俱丧。又闻得贾表兄有病在床，但不知奴为他心中怎样？奴今生拼定了孤凤寡凰，来至在花园内金莲慢趣。(半完白,白)又只见,那牡丹真果是富贵花王,白莲花称君子其名不枉。茶蘼花春睡足伴住海棠,芍药红他俏貌谁人不想。鸡爪兰如珠样分外清香,绕回栏穿过了莲池而往。呀,呀呀。

二卷 宝黛埋花

(半完台,唱)那金鱼一对对不愿分张,有蜻蜓来戏水好比浮萍模样。白莲下交加颈一对鸳鸯,自古道人不如鸟圣贤有讲,你来看蚨蝶儿恩爱情长。观不尽百花开令人赞赏,只可惜那风雨朵朵吹残。常言道薄命红颜如花打散,又可怜重叠叠满地铺张。叫紫鹃拾起了园中花草,就将来葬在了此处园墙。叹一声美貌花容遭风命丧,真乃是水流花谢渺渺茫茫。看罢了那残红满腔惆怅,想人生如花木大梦一场。

(白)你看满园百花遭风狂荡,奴今日将你埋葬,但不知奴死后有谁可怜?唉,正是触景伤情,待奴埋葬残红罢了。(过场,做手埋花,白)且住,如今花也埋好,院公过来,将清酒摆上,待奴祭奠也。(院白)从命。

(【扫板】,旦唱)手携着清酒儿,把花神敬上。(重句)哎,(【慢板】)尊一声花神爷细听端详。奴今日与百花皆同一样,你霎时遇风雨尽遭凶狠。好一比奴今日有话难讲,但不知到后来谁把奴葬。初杯酒甚馨香愿你前来鉴享,只可惜狂风雨无情义怨恨东皇。但只愿上苍天把眼开放,到春来那百花再发当堂。二杯酒敬花王今日奴把花葬,但不知到后日谁祭奴家坟堂。你须是被风雨尽遭狂荡,待来春发枝叶百卉胜芳。三杯酒怨前生不知作何孽障,到如今奴好比落在奈何桥梁。每日里带着病无时心放,但只愿遂衷情才放愁肠。奠罢了三杯酒把身抽上,把身抽上。

(生上,白)表妹不必如此惨伤,待我来帮你埋葬百花也罢。(旦唱)猛抬头见表兄站立一旁。(白)我道是谁?原来表兄到此,我估你今日有嫦娥配,不来见我了。又闻你身子有病,为何又来到此处呀?(生白)表妹不要错怪,站立园中听我一言可。

(【慢板】,生唱)站立在花园中把话来讲,尊一声贤表妹细听端详。非是我愚表兄无义之汉,皆因是由父母立意主张。想小生染了病时常挂望,因为着贤表妹难放心肠。我两人若不能和谐俪伉,到阴司相逢着共结鸾凰。

(黛唱)奴这里把言说衷情说上,今日里奴定是命丧黄粱。闻说道你聘下嫦娥偕伉，又遇着风雨下把花凋残。因此上触景情多添惆怅，将花埋葬表吓奴的一点心肠。岂知得贾表兄来得凑巧相撞，到今时与你相会一场，但不知何日里再叙倾谈。

（生唱）虽则是聘下了和谐偕伉，闻说道累得我身染重病难以下床。因此上略好些前来窥望，潇湘馆不逢娇面心内着忙。到后来问丫鬟把话来讲，才知你把花埋葬祭奠花王。

（黛白）我两人在此，恐妨被旁人知道有些不便。（生白）表妹呀，若不与你结为夫妻，至死方休也罢。（长锣鼓，各做手，一冲连。生唱）舍不得贤表妹回头再讲。呀，哪，呀，哪，呀。（同唱）罢了，我的贤表兄／表妹呀。（旦唱）无奈何出园门回转绣房。含着悲忍着泪同步而往，劝表兄放开心再作商量。

（黛下，生唱）将身转回怡红院上，不知何日才遂心肠。（下，总生上，【中板】）自小生来性古怪，修行两字不信怀。后遇异人来受戒，身登仙界列蓬莱。只为绛珠有灾害，神瑛与她共投胎。两人原本有宿债，如今有病在身来。绛珠应该归仙界，恐妨神瑛梦痴呆。特来点化凡心态，情由欲海本无涯。参透自然无挂碍，待等神瑛结和谐。虽则前生多恩爱，说明宿恨待他莫记心怀。

（白）贫道甄士人，当初不信修行之事，后蒙异人指点，得成仙道。在于南华山上修真，霎时之间想起绛珠与神瑛，应该了此宿因，特此前往点化于他便了。

（唱）炎凉世态早参透，不将荣辱作喜忧。物色空空在无有，造化天然不外求。灵机一点谁能守？七情六欲世难收。任他人科场行走，任他人垄断贪求。任他人沙场战斗，任他人割据鸿沟。任他人如花似柳，任他人爱谈风流。任他人去寻佳偶，怎比得修道日无忧。伐毛洗髓除灾垢，才到瑶池得自由。夜来参观星与斗，日坐蒲团乐休游。世人奔波劳碌走，只为名利在心头。争冲百计难成就，才空志短锁眉梢。万般谋虑无乖巧，终归积怨又生愁。说甚么宰相披裘锦绣，说甚么将与帅坐镇王侯。那江山和社稷从前皆有。古今来帝王州，功名好比浮云走，富贵犹如海市蜃楼。闹热场转眼化为乌有，人生岂可强追求。只要知机宁耐守，何须作恶逞奸谋。贪心淫欲多殃咎，刻薄成家不久留。一朝大梦无常后，死归黄土葬荒坵。一路行来俯仰首，（白）哦，（唱）又只见凡夫逐去留。市井纷纷来往走，村庄烟火暂浓稠。日落西山惊鸟兽，江海上渔翁把钓收。农人耕罢回家走，牧童吹笛倒骑牛。唯有青山依然旧，绿波春水似添愁。堪叹人生悲欢有，为名为利苦缪绸。说罢言词抽身走，见了他来指点细剖因由哪呀。

（鬟随老旦上，老旦唱）年迈人在堂前愁眉锁态，思想起我孙儿满腹愁怀。那宝玉与黛玉性情古怪，他两人染了病怎样安排。为着了恩爱事结缘不解，怎奈是每日里病在心怀。到如今配下了薛门女界，他闻得好一比雨折风歪。我也曾将言语两三劝戒，看将来这亲事又怕难以和谐。（埋位，白）老身史太君只因外孙女林黛玉与孙儿宝玉两人情投意合，于今黛玉闻得宝玉聘下薛家之女，他两人同染一病，危在旦夕，倒不如叫孩儿媳妇出来商量，岂不是好。丫鬟，（介）请老爷夫人出堂。（鬟照白。正旦、总生同上。白）孩儿/媳妇拜揖。（老旦白）一旁坐下。（总生白）不知母亲呼唤有何教导？（老旦白）于今外孙与孙儿全染一病，危在旦夕。况且迎亲之日已近，孙儿病成如此，叫你出来，这便怎样？（总白）昨日孩儿前往怡红院，看见畜生在于病中，口口声声说道林姑娘在哪里？若不与结为夫妻，除死也罢这样讲。（老旦白）不好了，（【快板】）孙儿情性无变改，这都是前生结下祸胎。低下头来心自猜，（白）有了。（唱）伪言黛玉结和谐。（白）倒不如瞒过他，薛宝钗是林黛玉成其亲事便了。（同下）

（鬟扶黛玉上，【中板】）想奴奴遭不幸双亲去世，上无兄下无弟飘泊无依。若不是外祖母将奴怜惜，薄命女难免得飞絮沾泥。虽然是在此间锦衣玉食，怎奈我心中病有药难医。叫紫鹃扶着我潇湘馆去，见百花真令我触起愁思。可怜弱草栖尘寄，幽兰却被雪霜欺。花开花落无心理，怀人愁对月华移。纱窗外，碎滴是蔷薇雨，动人愁绪倍惨凄。奴好比浮萍一朵归何处，身中病患怎支持？怕只怕柔丝难久系，一抔净土葬娥眉。辜负才华空绝世，这就是林黛玉结果归期。（【快板】）奴今葬花人笑痴，他年葬奴知是谁？试看春残花渐替，便是红颜老死时。一朝春尽红颜去，花落人亡两不知。（【叹板】）放开大步走如飞，不觉来到是门楣。叫紫鹃拿着了罗帕诗句，用火焚化不可迟。说话之间我心血涌起，怕只怕我一命不久归西。（【扫板】）霎时间，身飘飘魂归何处？三魂渺渺转归时。（鬟白）小姐保重才好。（转【西皮】，黛唱）想起吖，呀，哑，吖吖，奴泪哑，吓，呀珠吖，呀，哑似，恨不得哑，呀，吖哪吖，哑，哑，一时间插翅，吓，哑，吖南归。（鹃唱）林姑吖，呀，哑娘休呀，伤心哑，吓，呀悲吖，呀，哑泪还须要哑，呀，吖，哪，吖，哑，哑来保重不可吓，哑，吖凄其。（黛唱）奴薄吖，呀，哑命那呀，双亲哑，吓，呀先，呀，哑死，留下奴哑，呀，吖，哪，吖，哑，哑孤一人无地吓，哑，呀可依。（鹃唱）这都吖，呀，哑是那呀，命宫哑，吓，呀已吖，呀，哑注，何须要哑，呀，吖，哪，吖，哑，哑在此来哭哭吓，哑，吖啼啼。（黛唱）怕只吖，呀，哑怕贾呀宝玉哑，吖，呀此吖，呀，哑子，真果是哑,呀,吖,哪,吖,哑,哑无情义把奴吓,哑,吖抛离把奴吓,哑,吖抛离,抛离,抛离。

三卷　宝玉哭灵

（转【二流】）料奴奴这一命不久辞世,留下你两人真果是无依。霎时间一阵阵心血又涌起,怕只怕我一命就在须臾。（【扫板】）这一阵气得我三魂无主,呀,呀,呀,（反线,黛唱）病沉沉眼昏花睁开矇眬眼儿。见紫鹃和雪雁在我床前站立,晕红了双凤眼无语无词。触起了心里事我就抚今追昔,你两人休要啼哭听我言词。叹人生如春梦轻尘可比,看将来花花世界话总不虚。想奴奴原本是姑苏人氏,娘先丧爹继亡留下弱女零丁孤苦,真是无地可依。主仆们来投到外婆家里,到今日才有个风花雪月诗酒琴棋。姊妹们一个个彼此好比相依连理,行酒令打灯谜词场诗社,真果是满腹珠玑。奴平生,最可怜大观园里这的残红满地,是奴奴埋香冢,可算古今称奇。深恨着那宝玉真果无情无义,他不该送罗帕令我惹下愁思。痴心人自不然常存细腻,说甚么金,说甚么玉,说金说玉话带支离。想起了宝哥哥洞房之日,有谁人知道我病在潇湘馆魄散魂飞。着将来,称甚么哥哥,叫甚么妹妹,全然不是。我今日好一比灯残花谢,有谁怜惜我这个孤儿。恨奴奴又不能身生两翅,与花魂和鸟魄花魂鸟魄尽处高飞。从今后与你们情缘已止,再想起有一句话付托你知。倘若是我一命不测去世,求他们携白骨带我南归。说不尽伤心语心血涌起,（【叹板】）思双亲和祖母珠泪如飞。将身跪在尘埃地,恕孙儿未报够劳便把阳辞。说不尽双眼儿好一比云遮月色,呀,呀,呀,呀。（长锣鼓,鬟白）保重。（做手,黛唱）三魂渺渺返太虚。（黛死,鹃唱）一见姑娘命去世,不则紫鹃痛伤悲。将身离了潇湘馆地,进后堂把事儿对太君说知。（白）李夫人快来。（旦内白）哦。（上,【中板】唱）适才绣房来坐起,丫鬟叫我为何如。步出房中来观视,速将来历说因依。（鹃白）不好了,如今林姑娘死了。（旦白）黛玉死了,这也难讲,即速埋葬于她就是。

（各下。宝玉上,【叹板】唱）听说着林表妹命归泉下,不由得我宝玉珠泪如麻。急忙忙来到了潇湘馆下,寻着了紫鹃姐细问根芽。（【中板】）进花园又只见百花如画,梧桐落苍苔上满地黄花。静悄悄无一人珠帘半挂,粉墙边凤尾竹枝斜插窗纱。外便芭蕉风吹雨打,鱼池边只剩得数种残花。到帘前惊动了这个鹦鹉说话,它说道紫鹃姐快些倒茶。这几天为甚么不见大驾,不到来潇湘馆探望于她。(紫鹃上,宝唱)见紫鹃忍不住珠泪来洒,你快些把从头细说因了。

(鹃白)相公你又听了。(唱)自那日在潇湘把病得下,霎时间吐鲜血憔悴如花。(宝唱)既然是林黛玉鲜血吐下,就该要请太医调治于她。(鹃唱)回馆来她那里粒米不下,三日内不开目泪落如麻。(宝唱)听说着林妹妹粒米不下,我心上好一比风打落花。(鹃唱)发狠心全把那诗词焚化,那时节烧去了诗稿罗帕。【慢中板】临终时尚不忍把你抛下,叫一声宝哥哥才梦走仙槎。这都是我姑娘临终说话,我紫鹃并未有半句浮夸。(宝唱)听说着林妹妹临终时话,真令我贾宝玉魄散天涯。看将来非是我把你丢下,婚姻事权操在一双爹妈。林妹妹我与你婚姻已假,望贤妹在阴司鉴察稽查。明此心除非是死了才罢,若不是辞父母削发出家。(鹃唱)我紫鹃上前来把言来话,尊一声宝二爷细听根芽。枉你是读书人痴迷不化,说甚么辞父母削发出家。(宝唱)舍不得林表妹心中牵挂,忍不住珠泪儿湿罗纱。可怜她正青春早归泉下,可怜她貌如玉土内葬埋。打灯谜行酒令才广学大,读诗书说经典谁可比她。人死了好一比灯残雪化,看将来林表妹福薄命差。将身儿来到了那潇湘馆下,只见得残花儿月影下斜呀。(下)

(二王,老旦,【扫板】)听说罢外孙女阴司而往,(正旦、老旦同上。【滚板】,老旦唱)不由得年迈人珠泪两行。【慢板】想当初你父亲中年天丧,到后来你母亲将你托在为婆膝下安藏。又谁知你与表兄胶漆一样,岂料得外厢人论短道长。自古道男女有别家庭主讲,怎知道各怀私恨难放心肠。到今日与薛门结为俪伉,你闻得口吐鲜血把命辞阳。又不是我为婆不解放你心上,怎奈你每日里抱病在床。(正旦唱)劝太君切莫要珠泪大放,万事儿且丢开莫怪心肠。自古道生与死皇天注上,冥冥中注生死造化应当。到如今林姑娘命该天丧,纵然是悲啼日夜难转回阳。(老旦唱)听此言虽则是天公注上,怎奈是年迈人难放愁肠。叫丫鬟。(鬟白)在。(唱)你与我带路灵前之往呀,(半完台,【二流】)来至在灵前上珠泪汪汪。叫丫鬟将祭品灵前安放,更与我点双烛与共炷上。(鬟白)从命。(老旦白)哎,我的外孙女呀,并非是为婆不解其意,你在九泉,切莫把为婆埋怨也罢。(做手,老旦倒地,正旦白)太君苏醒,太君苏醒。【扫板】,老旦唱)年迈人哭得我神魂飘荡,呀,呀,呀,呀。【快板】)猛抬头见灵位珠泪两行。但不知外孙女前生作何孽账,到今时青春年少命丧黄粱。呀,呀,那,那,那罢了我的外孙女呀,呀,呀,呀,呀。(正旦白)太君呀,不要在此啼哭,人既死了,哭也无用的了。(老旦白)倒是说得有理,丫鬟带路转回便了。(唱)看来此事真难讲,两人同病各一方。于今

外孙女把命丧,但不知我孙儿此病怎样行藏。含悲忍泪把路来赶,未知何日得放愁肠呀。(同下)

(邦子【扫板】,宝上唱)为表妹煞得我神魂不守,(【慢板】)恹恹一病去仍留。呀,呀。(【中板】)春蚕已死丝还有,银烛成灰泪未收。好姻缘难成就,结相思使我恨悠悠。一场春呀梦空回首,呀,呀,都只为缘悭两字冷落衿裯。呀,呀。(【慢板】)意中人却被王凤姐换柳移花化为乌有,日相思使我夜难眠。珠沉玉碎累得我日夕担愁,从今后休提起一对风流佳偶。十余载枉绸缪怎知道人亡花落,使我一笔全勾。叹人生如春梦早早看透,一心心进禅门早把道呀修。(【中板】)我今日不愿缓带轻裘,不愿良田万亩,又不想玉堂金马,不想掷戟封侯。美娇妻如渡客舟,贤孝子又是眼前愁。意中人别红尘后,恩爱番成付东流。杳渺香踪我愿魂随左右,他日里瞻宫月殿任我遨游。呀呀呀。(【催板】)闷对怡红思凤友,园林散步解烦忧。举步儿往前走,花底回廊曲径幽。苍松孤木参天秀,梧桐叶落雁悲秋。对影临池人比黄花瘦,楼台上一片白云浮。往日里兄妹们问柳寻花都是同携玉手,谁怜今日单身只影好似在世蜉蝣。从今后难望园林同酌酒,再难望风清玉白,我与你共把诗酹。转过一湾来到潇湘门口,呀呀呀呀。

四卷　离恨天诉苦

(【叹板】)又见亡灵泪双流,问妹妹你芳容往何方而走?使尔兄神魂欲断一病难瘳。我与你姻缘陌路都是因遭谗口,除非是梦魂相会,共你再咏河洲。越想越思我真真难抵受,从此仙凡远隔欲见无由。呀,(【快板】)哭罢了亡灵三叩首,玉容一别再难留。负娇姿,情义厚,从前事付落水东流。但愿你灵魂西方走,愿你骑鹤上扬州,含情拜别怎能罢手,待我来到阴司与你绸缪。(长锣鼓,做手,倒地,鬘白)相公苏醒,相公醒来,不好了,如今相公昏迷在地,不免禀告太君夫人也罢。(下。【扫板】,生唱)那三魂和七魄悠悠飘荡呀,(上,白)哎!(【慢板】)都只为林表妹命丧黄粱。我也曾有话儿虽死难讲,到如今阎君殿再作商量。又只见一路上阴风惨象,有许多那冤鬼头披发散,睡在勒床。这都是在生时良心尽丧,因此上到今日天降灾殃。迈步儿来至在奈何桥上,并不见林表妹所为那行。抬头看只见冤鬼来往,呀,(长锣鼓,贾上,生白)哎!(唱)倒不如往前去再作商量。呀!(下,武生、判官同上,【中板】)在生为善安乐享,作恶定然受灾殃。莫道皇天无罚赏,漏网难逃报应昭彰。富贵荣华天注上,寿夭穷通命里详。迈步坐在殿前之上,(埋位)大小鬼役好威扬。(白)吾乃头殿阎君秦广王是也,掌执人间生死第一册,闲暇无事坐在殿中,大小鬼役(介)打听着。(众白)哦。(宝玉上,唱)一步行来一步往,只见一所大府堂。两旁小鬼虎狼样,中央坐的甚轩昂。看来必定阎君相,待我连忙趱此方。(众白)好生大胆,此处是阎君所在,乱闯进来甚么缘故?(宝白)既是阎君所在,正要见他问个明白,烦你通传。(众白)如此你且站立。(介)启禀阎君,外面有一个游魂乱闯进来,说道要见阎君这等讲。(武白)有此叫他进来。(众白)阎君叫你进去。(宝白)哦。(唱)忽听阎君宣传往,低下头来自思量。迈开大步殿前上,只见阎君坐中央。走向前来把礼上,(武白)好生大胆,见了阎君还不跪下,在此装模作样该当何罪?(宝唱)阎君还要听其详。(白)阎君不要动怒,待我细诉便了。【扫板】都只为林表妹把命来丧,呀。【慢板】尊一声阎君他细听端详。想当初我表兄妹同在我家奉养,你爱我我爱你恩爱情长。只估道年纪长和谐结伉,又谁知老祖慈另聘娇娘。她说道亲上加亲非礼所尚,因此上各怀私恨同病在床。到后来又闻得表妹命丧,左思想右思量难遂心肠。闷恹恹我心中如此刀割一样,又谁知我一命又丧阴方。望阎君打开了注册簿有无名上,我表妹原姓林黛玉姑娘。(武唱)听罢了却原来有此孽障,叫判官开册簿细看其详。(判唱)承命把册来观看,一字字一行行细看端详。并不见两人名字真难讲,莫非是这灵根出在上苍。低下头来忙忙思想,猛然间醒起了机关。不忘回头便对阎君讲,两人根基出自上苍。倒不如叫小鬼带回阳上,莫与他们论道短长。(武白)原来如此,游魂听着,你表妹虽死如生,今把册簿观看,并无名字,小鬼过来,将他带往离恨天相会便了。(众白)哦。(众拉宝下,武判同下,【中慢板】,黛玉上唱)想当初我也曾投生下凡,受尽了冤和劫苦楚难挨。痴心人尚把那冤家牵挂,可恨他无情义另抱琵琶。姊妹们一个个彼此相亲同爱耍,琴棋诗酒开放心花。到如今在离恨天宫中居下,从今后再不望锦上添花富贵荣华。叫仙女伴着我大灵殿下,呀,呀,我今日心血潮所为姻娅。呀,呀。(众拉生上,生白)表妹在上,小生拜揖。(黛白)表哥不在阳间与薛小姐快乐,至此何干呀?(宝白)贤表妹不必动怒,坐列堂前听我苦诉也。【慢板】,宝唱)林妹妹休得要怒气大发,待愚兄把言语细说根芽。想当初我与你同欢共耍,又谁知遭不幸夫我就命丧阴衙。一爱你秉性情聪明肖雅,二爱你容貌好美玉无瑕。三爱你伶俐女温柔说话,四爱你这笔墨实在堪嘉。五爱你口吐言悬河倒挂,六爱你素淡妆不要繁华。七爱你尽晓得琴棋诗画,八爱你十指尖刺绣描花。九爱你姊妹们不居人下,十爱你青丝髻映坠乌鸦。你好比天仙女把凡来下,美娇姿好一比上苑奇花。秦凤楼你如何一人早驾,至累我贾宝玉珠泪如麻。呀,呀!

(黛唱)见冤家不由人神昏气哑,奴当初无倚靠投到你家。那阵时奴是个伶仃孤寡,幼弱女蒙你嚛大众嘻嗄。实只望彼此相见同爱玩耍,日同餐夜同宿倚到白发韶华。又谁知称甚么哥哥叫甚么妹妹全都是假,全不念姑表情真乃切齿咬牙。临终时奴这里尚有心肠牵挂,叫一声宝哥哥才梦走天涯。恭喜你娶新婚鹊桥高架,况且是亲上加亲岳母又是姨妈。宝姑娘生得是风流肖雅,又何用吱嘀喳哪啐语如麻。非是奴在此间胡言乱语,奴是个痴心女,你是个薄情郎,真果是半点不差。呀!(宝唱)林妹妹休得要把我来骂,待愚兄将衷情再说因了。想当初在花园已把婚姻定下,实只望夫妻们共享荣华。又谁知身染病转回房下,遇不幸林妹妹又命丧阴衙。想小生闻此言实在心肠吓怕,无奈何别双亲削发出家。可怜我二双亲尚有满头白发,可怜我年少人不爱繁华。我为你把文章全然不挂,我为你每日里不思饭茶。劝妹妹休担愁切莫牵挂,休怪我是一个王魁不差。望妹妹放宽心恕饶我罢,今日里恨不得剖开了这副心肠,待你看过于它。(黛【快板】)任你说出天花语,奴奴一概总不知。劝人快快走回去,稍若迟延拿住你个癞痢和尚来划皮。斩你和尚头,切你和尚耳,割你和尚肉,剥你和尚皮,叫齐人拿住你,千刀万斩碎剐凌迟。这时方能遂心意,遂心意。问你知丑唔知,你又快快蹓尸。(宝【快板】)妹妹真果无道理,宗宗件件总不依。声声说我无情义,发誓心转这面皮。我为你不辞跋涉劳千里,我为你削发出家到此嚛。我本是真心来待你,当初事情你要问吓自己。呀,呀!

(甄士人上,白)宝玉魂游听者,你与黛玉前生根由,你乃是神瑛,黛玉乃是绛珠,二人原本在瑶池所生,后来石与草有怜爱之意,故此将你两人降下凡尘,了此夙愿。虽则情投意合,但不能结为夫妇。于今绛珠已归仙界,不必追恨,速速转回阳间,待等寿数已满,自有相会。快些起来,随我回去也罢。(甄士人甩尘拂引宝玉下。黛白)你看冤家已去,奴与他缘分已尽,况且已归仙籍,又岂何再落凡尘,复种情根,他今既去,我且下去修道便了。(下。正面开大帐,甄引宝玉,埋帐,甄下。史、贾、王、鬟随,同上)

(唱)三人一同把路赶,来在房中看端详。站立床边用目看,见他沉睡春梦未还。(白)我儿苏醒。(【扫板】,宝唱)适才闲游到了太虚幻境,(【中板】)醒来了好一比大梦一场。坐至在牙床上用目观看,又只见老双亲和祖母站在一旁。

（贾唱）见我儿霎时神清气爽,不由得年迈人喜笑扬。一定皇天把眼放,才得娇儿脱灾殃。（生唱）都只为林表妹心中妄想,险些儿我一命丧在阴方。（王唱）我儿知透这等讲,世间岂无女娇娘。（史唱）不是苍天把眼放,怎得孙儿转还阳。（贾唱）夫妻年迈六旬上,（王唱）几无儿子继灯香。（史唱）孙儿奋志当勇往,（宝唱）一举成名慰高堂。（贾唱）从今后,（王唱）消灾账。（史唱）办礼物,（二人同唱）娶娇娘。（贾唱）人又强,（史唱）丁又旺。（同唱）好呀,一家人呀,一家人团圆哑,喜呀,喜庆满呀,满堂共乐韶光。哪哑呀吖呀哪哑呀呀呀呀。

晴雯补裘

首　卷

　　（企洞正旦、袭人同上，正旦唱）全家食禄天恩广，世承公爵在朝堂。金莲移步府堂上，（埋位）富贵荣华乐安康。

　　（白）老身王氏，老爷贾政，世沐皇朝恩宠，袭封荣国公之爵，随朝伴驾。这也少言，我想孩儿宝玉，终日在于怡红院中，虽然他赋性聪明，但恐把诗书荒废，今日闲暇无事，不免唤他出堂，吩咐一番，叫他勤功学习便了。（白）袭人，请二公子出堂。（人白）二爷有请。（生白）来也。

　　（生上，唱）静坐院中无别干，忽闻相请唤声扬。（白）小生贾宝玉，母亲吩咐须速上前。母亲在上，孩儿拜揖。（王白）罢了，坐下。（生白）谢坐。请问母亲传唤孩儿上堂，有何教道？（王白）非为别事，想我们世禄之家，必须书香相继，为娘恐尔在怡红院中，朝夕只图安逸，不肯苦志芸窗。因此唤尔出堂，吩咐于尔，务必奋力诗书，以期世承儒业，永继家声才好。（生白）母亲说得有理，孩儿如今务必要学到博通今古，学贯天人便了。（王白）我儿志气轩昂，坐在一旁，听为娘一言可。（王唱）我儿终日书窗上，必须勤苦习文章。他日成名才学广，簪缨奕世壮门墙。（生唱）娘亲吩咐当遵仰，牢牢谨记在肝肠。从此必须勤雪案，传家诗礼继书香。（人唱）二爷本是经纶广，他年一定伴君王。子随父职人钦仰，科甲连登万古扬。（王唱）他们说话真通畅，不由老身放下心肠。此番趱到书房上，用心勤学莫贪玩。（生白）孩儿从命，母亲请便。（王氏下，老院拈书上，唱）我这里承主命不敢怠慢，一路上捧书束步趱程忙。转身儿，来至了荣国府上。（院白）门房内，哪位在，有事相烦？（人唱）在府堂又忽听门前声响，但不知传呼声所为哪行。趱出了府门前抬头观看，只见有老管家年迈苍苍。手捧着书帖儿一旁而站，想必是奉主命来下书函。我走上前把话讲，尊一声老管家听端详。你今至此因何干？必须要把来由一宗宗、一件件，一宗一件细说其详。自有主张呀。（院唱）蒙下问我这里躬身向前,尊一声丫鬟姐请听言扬。我乃是奉薛府差来公干,都只为我家爷宴设琼浆。邀请你贵二爷赏临光降,有柬帖相烦你传进中堂。多感恩光呀。(交书帖与人接了,人唱)听他言却原来薛家府上,都只为送书柬到我门墙。叫管家请在此一旁而站,且待我来与你传进府堂。接着了书帖转回堂往,(完白,王氏出)见夫人忙呈递禀告言章。薛管家今还在门前之上,请夫人来定夺指示行藏。(将书递与王接了,王唱)打开了书柬儿用目观看,原来是那薛府开宴华堂。特邀请我孩儿光临舒畅,但不知儿心下作何主张。(将书递与生接了,生唱)薛大哥既是来相邀宴赏,必须要到他家拜领心肠。叫袭人传管家进来府上,且待我吩咐他回复家堂。(人唱)承主命复转出门前而往,见管家依然是站立一旁。奴这里赶上前把礼恭让,请管家相随我同进府堂。(完台。书院唱)多蒙你把书帖先传内向,又感得带领我同进门墙。低下头步进了府堂之上,(同完台,入门)见夫人和公子忙问金安。(生唱)老管家且站在一旁听讲,蒙大哥邀请我赴宴霞觞。你如今且回去将言禀上,届期日我定必欢叙华堂。(院唱)蒙二爷相许我下垂光降,不由得我老汉喜笑眉扬。拜别了老夫人出门而往呀,(一拜出门)转回了薛府去拜复端详。(院下。王白)你看老院已去,儿呀,你既然应承于他明日前往赴席,必须早把衣冠打点总是。(生白)孩儿从命,母亲请便。(王氏下。生白)袭人过来,与我转回怡红院而去可。(人白)从命。(生唱)少年公子多欢畅,焉能久困在家堂。袭人带路回院往,(完台,埋位)潇洒风流过日长。(落更。生白)袭人,你看今夜月白风清,二爷不能成寐,不知作何消遣,以度此良宵呢?(人白)二爷尊意,想怎么样玩法,就待奴婢相陪于你便是。(生白)哎,想你不会识字,又唔会吟诗,二爷心中不甚喜爱于你,见你全无乐趣,快些与我唤晴雯出来也罢。(人白)唶吔,做乜你咁心多唧,有奴在此陪得你好好,今又想叫晴雯出来,真真识错你啫。(生白)叱,想我身为一个爵主爷,三妻二妾乃是常事,难道是一味荣食到底么?蠢才!(人白)虽则如此,方才闻说晴雯,感冒风寒,于今已经睡去,何必惊动于她。有我在此与你玩耍便是。(生白)臭丫头,二爷不甚悦意于你,何必阻拦。快些与我叫晴雯出来也罢。(人白)哎,世唔估你咁心多记,我偏要唔叫。(生白)吓,主人叫你都唔从吗?你真可恶荒唐,霎㿭打过你才得。(人白)叫咯叫咯,咁就叫系唎,使乜打啫。晴雯哪里?(旦内白)来也。(生白)与我下去。(人白)系咯,我无眼睇你,估我咁夫个女咁识世芴。(下。旦上,【中板】唱)适才间在绣房间拈针指,奴本待把花样别出新奇。耳边厢又听得传呼声至,急抽身忙趋步不敢待迟。

（白）奴家晴雯,方才在后房刺绣,忽闻传唤,须速上前可。（唱）想奴奴自幼儿生来伶俐,纵然是为奴婢也有便宜。况且是花容美貌有谁能比？怡红院众姐妹算我居奇。无事儿与二爷吟诗写字,那琴棋与描绣件件全齐。因此上他爱奴情高大义,屡想着与我来结合佳期。怎奈我倚着了倾城国色,心又怕袭人姐妒忌嫌疑。故如今不从他共谐连理,弄得他颠和倒如醉如痴。适才间呼唤奴不知何事,又恐怕他要我共效齐眉,无奈趱金莲怡红院去,（半白）走上前施一礼细问言词。（白）二爷万福。（生白）罢了,坐下。（旦白）告坐。请问二爷,呼唤奴婢出来,有何使合？（生白）二非为别的,只因良夜迢迢无可消遣,知你平日雅好诗词,故此唤下进来,和你谈论一番。（旦白）奴婢赋性庸愚,怎晓吟诗之事,还望二爷指教。（生白）你如今不须谦让,坐在一旁且听我来问你可。（【慢板】）叫晴雯且坐在一旁之地,听我来把毛诗细问端的。这赋诗原来是所因何意？开创的究竟是出自何时？（旦唱）蒙二爷询问我诗中故事,且待我把根原细说因依。这风诗自周朝文王而起,首二南终鲁颂三百文词。（生唱）那二南首关雎是何用意？你可晓这诗中内里玄机？（旦唱）这关雎是淑女配谐君子,故此间有辗转反侧求之。（生唱）婚姻事既然是人伦之始,又何以有《摽梅》这几章诗。（旦唱）这《摽梅》是女子坚贞自矢,常恐怕这婚姻有失愆期。（生白）哦。（唱）听她言真果是深明诗义,可算得绝聪明贤淑娇姿。（白）好呀,今与晴雯谈论毛诗,句句投机,正中我满怀情事,殊堪快畅。晴雯,我今和你好有一比。（旦白）好比何来？（生白）你好比窈窕淑女,我好比君子好逑。（旦白）二爷哪里话来,想奴婢福薄,怎比得淑女这个好意,让与袭人姐就是了。（生白）吁,想二爷常常喜爱于你,何必推辞？趁此良宵和你成其佳偶也罢。（旦白）咿吔我唔做得记,袭人姐快来。（人白）来也。（上唱）适才间被二爷赶出院里,今又闻呼唤我所为何如？（白）贤妹你两人讲得好好,叫我出来何事？（旦白）非为别事,二爷叫你出来消夜话。（人白）系,敢就待我摆酒。（当场摆酒,各埋位。人、旦同白）二爷请。（生白）袭人、晴雯请饮酒。（生唱）今日谈诗真快意,晴雯你果然巧儿机。乘势开筵来畅志,放开怀量饮金卮。（人唱）堂前酒泛葡萄美,就把金杯各执持。此杯薄酒非敬意,为奴略表寸心思。（敬酒与生饮了。生唱）袭人你做事唔会意,爵主爷的事情你知道唔知？（人白）咿,我点知道你㗎？（旦白）多蒙指教诗中义,须将美酒敬酬之。忙把大盏来擎起,（大盏杯酬位,中间开大帐,旦唱）望祈尽量莫推辞。（递大盏与生接了,生唱)只见晴雯把酒递,不由小生笑开眉。感她一片深情意,纵然一醉又何如!(做手饮酒,大家相劝,生然后饮尽作醉状,生执旦手白)晴雯,二爷如今饮得沉沉大醉,你须陪我打睡也罢。(旦白)我唔做得,你有袭人姐姐相陪就是。(人白)系咯,有我陪你就做得嗲,使乜又要晴雯唧?(生白)多事,我唔使你陪,你快去煲茶也罢。(人白)我唔去,你叫晴雯去啰。(旦白)系咯,待我去煲茶就是。(欲出门,生扯住,白)我不许你去,我要袭人去。(人白)眼白白轻个重个,你话抵唔抵呀?(生白)快些去。(人白)去咯,哎,你话个的男人几心多哩,敢就一壶酒分两份人饮咯前世。(下。生白)待我闩了门才做得。(闩门。白)如今不怕你飞上天去咯。晴雯,你家二爷,心中喜爱于你,快些与我这个罢。(旦白)这个甚么?(生白)那个。(旦白)怎么那个?(生白)话明就谙锌,快的应承啰。(旦白)哎,二爷呀,这宗事情,只怕你母亲知道有些不便,二来袭人姐是你前交,又怕被她怨恨,请二爷收回承命也罢。(生白)二爷喜爱,谁敢违抗?我今要动手。(旦白)哎,我唔呀。(生一截两截,旦将烛灭了,开门走出。白)好彩咯,甩身咯。(袭人拈茶入门,生抚住白)记重唔得到你。(玩入大帐,散更。生【首板】)锦帐中好一场云情雨意,(起身)只道是到天台巧会仙姬。(拨开大帐,一见是袭人,白)哎吔,原来又是你吗?(人白)不是我,是哪个?(生白)哎,我估系晴雯唧,想小生满心欢喜与她成其美事,谁想你们用移花接木之计,欺骗小生,如此可恶,令人可恼,快些与我去罢。

二　卷

(人白)嗄,你自己扯我进来的,与我何干,何须着恼?走就走啫。(下。生白)哎,方才只道与晴雯共谐欢好,谁想又中了她金蝉脱壳之计,这便如何是好?(做手想计)有了,想我有一孔雀彩裘,偶因被火烧伤一点,她已知我今日必要穿往薛家赴宴,不免携着此裘前往叫她缝补,借此就可与她成其美举的了。着,就是这个主意,待我开箱取裘可。(拈裘在手,唱)就把雀裘来取起,只因被火损珍奇。必须妙手工针黹,补回原物不差移。将身步出院门地,(出门)往我晴雯莫待迟。(下。袭人上,白)不好了,方才却被二爷喜爱晴雯,将奴冷落,被她夺宠,难道是眼睁睁罢手不成?(做想计)有了。不免趲进府堂,在王夫人跟前,搬倒是非,将他两人拆散。等你咪咁热才做得。(入。仝同老院王夫人上,唱)世袭国公恩罔替,长女皇宫作贵妃。老爷伴驾朝堂里呀,(埋位)家事全凭我主持。

（白）老身王氏，老爷贾政，世袭荣国公之职，随朝伴驾为官，府中各事，全凭老身管理。不免坐在府堂且听家人禀事可。（唱）将身坐在府堂里，听受家人事禀知。（袭人上，白）夫人在上，奴婢叩头。（王白）罢了，起来。为何这等慌忙到此？（人白）告禀夫人，只因晴雯近日性情妖媚，在怡红院中，常常与二爷耍弄，引得二爷志乱魂迷，无心观看书史，因此特来禀知，请夫人定夺。（王白）是吗？我儿在怡红院中，常常与晴雯耍弄，哎，我想这等娇媚之人，留她在于院里，终与我儿无益，不免拿了家法，前往院中，将她贬逐出门便了。（唱）只为晴雯人娇媚，恐她有损我孩儿。手拿家法出门里呀，（出门）趋向怡红院内移。（下）

（旦上，【中板】唱）日上已高三丈地，窗外流莺报晓啼。金莲移步绣房里，（埋位）且开鹅镜画娥眉。（生拈裘上，唱）急忙趋进后房里，寻我晴雯补破衣。（入，旦起位，白）二爷到来请坐。（生白）有坐。（旦白）请问二爷，手捧彩裘，到来何干？（生白）非为别的，只因这孔雀彩裘，前日被烛火烧伤一点，今要穿往薛家赴宴，知你针黹精妙，故此携来，叫你与我缝补此裘。（旦白）原来二爷到来叫奴补裘。奴婢这几天精神困倦，手段生疏，不能从命，二爷恕罪。（生白）有此来得这等凑巧，明日爵主爷要前往赴宴，遇你有病，此裘不能穿了，如此奈何？（旦白）既是二爷赶紧要穿，奴婢安敢违抗，你且放下，待奴抖擞精神与你缝补就是。（接转裘在手，打开位，白）好呀，果然好件彩裘可。（【慢板】）打开了孔雀裘周围观视，又只见这光彩夺目珍奇。再看那袖尖儿微遭烧毁，必须要用精工细补缝之。（做手补裘。生唱）看晴雯那十指如斯纤利，未举手早知她工艺精微。（旦唱）我就把五色丝分排布置，一针针一度度配搭匀施。（生唱）只见她度金针丝丝密细，这心灵和手段巧夺仙姬。（旦唱）请二爷休得要过张夸美，供服役是为奴分所当宜。（眼色作困倦之意。生唱）转眼儿那破绽全无痕迹，这雀裘依然是还似初时。（埋位，与旦捶骨。旦白）二爷呀。（唱）我这里把破损补回周致，停下了针与线忙把身移。（起身）请二爷且穿着将身一试，看一看长与短可合时宜。（生白）有费精神了。（旦白）岂敢。（与生穿起雀裘，生眼色欢喜。旦困倦埋台扑下，生与旦捶骨。王夫人与丫鬟拈家法上，【快板】唱）可恨晴雯生娇媚，蛊惑吾儿懒读书。丫鬟带路院门里呀，（完台，入门）将她贬逐不容迟。（见生与旦坐埋，大怒白）诛了大胆你个臭丫头，终日在此逗妖献媚。迷恋我儿无心观看读书，真合老身可恼也。（唱）可恨贱人不知耻，专工狐媚惑吾儿。就将家法忙拿起，把她重责痛鞭答。(打旦一回,旦跪下,唱)夫人且把宽饶恕,从今不敢乱胡为。(王唱)贱婢作事好放肆,断难赦罪免刑施。(又打旦一回,生拦住,唱)母亲不要生怒气,请将她恕也何如?(白)娘亲不须动怒,孩儿只为孔雀裘烂了,因此到来,叫她与孩儿补好,明日赴宴。并非别情,母亲还要将她饶恕才是。(王白)叫你今上前回护着她,隐然私情可见,留她在此,终是无益,莫若将她赶出荒郊也罢。(旦白)怎么讲,要将奴赶出荒郊而去?夫人呀,想奴婢自从至此怡红院中服侍二爷,并无罪过,如今要将奴赶出,这是何解?(王白)臭丫头,你终日巧妆卖俏,与我儿常常耍弄,并肩而坐,有失官门体统。还说无过么,贱人!(生白)娘亲呀,我想晴雯是个博古通今的才女,并非淫贱之流,孩儿至此不过叫她补裘,见她精神困倦,故而贴近她的身旁,母亲勿要错疑,将她难为才好。(王白)畜生,想老身方才的目看见,你两人此行为无私显然有私,还复有何抵赖?留她在此定然诱坏于你。老院过来,将这贱人赶去也罢。(旦白)且慢,夫人呀,你今不要如此执意端在一旁,且听奴婢哀告可。(做手埋怨生累她之意,上前哀求主人宽恕,唱)万望宽宏饶一次,生生长感沐恩施。(生唱)我们内里无私意,母亲不要错差疑。(王唱)你今休要求宽恕,断难容你在于斯。(白)贱人呀贱人,今念在你苦苦求情,不将你来鞭逐,莫若命老院前往叫你嫂子到来,带领回去也罢。老院过来,快些前往她家,叫她嫂嫂到来,不可有误。(院白)老奴从命。(下。王白)晴雯我一心本待将你逐出荒郊,念在你苦苦求情,今且从宽办理,叫你嫂子到来,带领你回家而去就罢了。我儿此后须当奋志攻书,不宜疏懒,且听为娘吩咐可。(唱)此后芸窗须奋志,不可荒疏过日时。(老院带梁氏上,完台,【快板】)忽闻贾府传呼至,好似流星趱步移。(白)奴家梁氏,方才正在家中,忽闻贾府传呼,不知何事,待奴家进去。(同入门,跪下白)夫人在上,小妇人叩头。(王白)罢了,起来。(梁白)从命,请问夫人传唤何事?(王白)非为别的,只因你的小姑晴雯,当初自到我家,本亦无甚过处,唯是近来专与我儿贪图耍乐,诱得他心荒志怠,无意攻书,只得叫你到来,带她转回家去。(梁白)既然如此,这也难讲,怎奈我们家道清贫,焉能长养得她过日?还望夫人明见。(王白)这也难怪,只待老身把银子一百两与你,带回家去就是。(梁白)又来多谢夫人了。(王白)好说了,梁大嫂,今有银子在此,你可快些带她回去便了。(梁白)从命。(接银在手)姑娘呀,你今就此随着为嫂回家而去也罢。(旦白)怎么讲,叫奴随你回家而去。哎,二爷呀,今我要回家而去,你有什么的离情说话,嘱咐于奴几句呀?(生白)

晴雯呀,想我与你,五年相聚,劳你服役辛勤,安忍一旦分离?但愿你回家之后,姑嫂相依,切勿以我为念,听小生吩咐可。(唱)你今回转家庭里,须要宽心莫皱眉。休为小生劳念记,姑嫂相亲过时期。(旦唱)二爷吩咐奴当记,一旦分离泪满衣。唯是五年恩与义,教奴怎不挂怀思?(梁唱)姑娘且放宽心事,休伤离恨锁愁眉。这是夫人为主意,随奴回去莫伤悲。(王唱)你们休把私情记,再若流连我不依。快随嫂子回家去,府门趯出莫延迟。(做手催旦快去。生白)哎。(唱)母亲苦苦来相逼,难容于你再言辞,从此相思分两地呀,(白)哎,罢了,晴雯呀,(旦白)二爷。(同唱)那呀呀,罢了,我的知心二爷/晴雯呀。(二人□埋,王氏一见,二人急忙离开,同唱)要相逢呀,除非是呀,再世为期呀。(对哭一回,生做手私交金□过旦,做手分别。王指生下,梁带旦出门下。帮集上唱)家道清贫无别事,世操农业不更移。将身坐在家堂里,(埋位)安分随缘过日时。(白)在下张廷翰,世业为农。当初父母生下我兄妹二人,只因家计贫难,将妹子晴雯卖与贾府为婢,幸喜自在优游,甚为所得。方才王夫人命人来唤我妻,前往她府中,不知所因何事,不免静坐草堂,听候妻子回来可。(唱)贾府传呼因甚事?只待妻回便得知。(梁氏、旦完白上。梁氏唱)姑娘随我家庭里,(旦唱)见了哥哥说端的。(同入门一拜,白)哥哥/官人有礼。(廷白)罢了,坐下。(梁、旦白)告坐。(廷白)请问贤妹回来,是何缘故?(旦白)哎,苦呀!(梁白)哎,你莫要提起她咯,提起好嚣肺咯。(廷白)有甚么委曲事情,说过为兄知道,与你分忧就是。(旦白)既然如此,哥哥请坐一旁,且听愚妹剖诉呀。【慢板】老哥哥安坐在草堂之里,且听着为小妹剖诉言词。今日里归家来非因别事,都只为王夫人家法严持。(廷唱)听她言殊令我好生骇异,为甚不容你府上依栖。这期间究竟是所因何事,你必须把来由细说我知。(旦唱)奴奉侍宝二爷称心如意,有谁知老夫人顿起猜疑。(梁唱)因此上特传我进她府第,带姑娘回家转不准容迟。(廷唱)这事儿原来是祸由此起,你不该与二爷暗结情私。王夫人正家规本应严治,故被她逐回转苦受寒微。(旦唱)提起了这情字果然屈气,我两人原本是清正无私。(梁唱)你虽然与二爷全无实事,但外边这形踪殊属堪疑。(廷唱)既如此你就该诉明底细,或者能免拘逐不至回归。(旦唱)奴也曾三番两次苦求饶恕,奈夫人性偏执不肯从依。【中板】势必要我离了怡红院地,恐耽误她孩儿懒读诗书。真令我抱虚名满胸冤气,思想起不由人苦叹悲啼。意惨情凄呀!

三　　卷

（廷白）哦。（唱）劝贤妹必须要放开心事，休更把离别恨苦挂愁眉。（白）贤妹不要如此悲泪，今既王夫人疑你与他少爷有私，把你逐回母家，且当静守深闺，待为兄与你妙选才郎，以完你终身大事就是。（旦白）哎，我唔嫁记咯。（梁白）吓，男婚女嫁，人道之常，姑娘何必固执呀。（廷白）我妻说得有理，贤妹还要放下愁容，待迟日自然与你择配。坐在草堂且听为兄一言可。（唱）你今回转香闺里，须把愁怀尽撇离。为兄与你留心意，从容择配结连枝。（旦唱）愚妹一心甘废弃，终身不嫁守孤帏。（梁唱）姑娘休要心偏滞，女嫁男婚自古宜。（廷唱）前事尽丢休念记，且安心意待于归。（旦唱）哥哥不要言婚事，提起奴心倍惨凄。怒火冲肝鲜血至呀，（吐血）忽然神思觉昏迷。（廷白）贤妹不要如此，还须保重身体才是。贤妻可扶她进绣房安息，再作道理。（梁白）从命。（扶旦下，卸番出。廷白）不好了，你看贤妹被贾府迫逐归家，愤气伤心染成一病，如何是好？不免前往大街，访寻医师回来与她调治也罢。贤妻过来，你须小心伺候姑娘，待为丈夫前去请求良医回来与她调理，听我吩咐可。（唱）只因贤妹回家里，恹恹成病在床帏。往请医师来诊视呀，（出门）频向街头赶步移。（梁埋位，唱）只见官人出门去，不由奴家慢详思。（白）且住，我想姑娘此病乃是相思之症，古道妙药难医心里病，纵然请得卢医扁鹊到来，也是无用。如今除非得宝二爷至此，与她相会一面，那病自然安好。这便怎处？（作想）有了，莫若趁此今晚月明夜静，趱往怡红院中，报与二爷知道，叫他私自独行至此，探望我家姑娘一回可。（唱）密请二爷来到此，方能医得病相思。

（下，落更。生【首板】）恨不能与晴雯长依一处，【滚花】教人终日锁双眉。可怜五载相投契，哪堪一旦两分飞。将身步出院堂里，（完白）静坐思量暗自悲。想先时她和我知心识意，一身上全任她料理维持，满心中只道能长亲奉侍。有谁知一旦间横起灾非，我与她虽亵狎未谐连理，怎奈是老萱堂盛怒难违。多亏她相待我情真义致，除此外无别人合我心思。（转【中板】）到如今遭凌迫转回家里，不知她安乐否挨寒抵饥。可怜她清白身枉遭冤气呀，（埋位）思想起不由我满腹含悲呀。（白）小生贾宝玉，只因前者与晴雯许多恩爱，她今被逐回家，不知别后如何，思想起来好生悬念也。（【慢板】）想当初在怡红何等风韵，数年间聚交游万种深情。虽然她是奴婢与我常常陪伴，看将来情投意合胜过他人。我一举和一动她就常怀谨慎,枕席上又何曾两地相分。虽则是怜香惜玉常亲倚凭,巫山下只可恨未有行云。她容貌好一比林妹妹想近,笑容面樱桃口柳色如新。那秋波瞧一转真正令人肉紧,她性情多偏见常怒生嗔。我只愿费千金令其一哂,她也曾撕纸扇共表情真。因此上我两人誓同衾枕,好一对美鸳鸯昼夜不分。实只望夫妻们有缘有分,怎知道福无重至祸不单行。(转【中板】)但不知是谁人谗言一禀,说道我与晴雯私贪雨云。老亲娘闻此言心怀不忿,将晴雯赶出外不许回身。眼睁睁这件事令人挂恨,又无端起风浪拆我鸾群。往日里在怡红你言我问,到于今在怡红对景无心。越思想不由人心头乱滚呀,可怜她弱质女受此苦辛呀。

(梁上,唱)为姑娘染着了相思病体,只得要请二爷来作良医。趱步儿不觉得怡红院至,(完白)我这里忙举手连叩双扉。(白)二爷开门,开门呀。(生白)哦。(唱)猛然间又忽闻响声彻耳,敲铜环连叫唤开放院门。闻听她音原来是佳人声气,为甚么寅夜里叩我柴扉。所为哪的?(梁唱)尊一声宝二爷非因别事,都只为白昼里恐畏人知。故此间待夜深方能到此,请开门我进去禀告因依。(生唱)听她言真果是好生奇异,为甚么这女子如此侥俙。你必须把来由说明根底,以免得我这里满腹狐疑。(梁唱)奴本是你知心晴雯嫂子,只为她回去后症染相思。故此间暗地里到求医治,速把门来开放切勿延迟。(生唱)她原来是为着晴雯有事,昏夜里故独自赶至于斯。我如今就把那门儿来启呀,(做手开门,梁入门)请大嫂把原由细说我知。(白)请问大嫂深夜到来是何缘故?(梁白)告禀二爷,只因我家姑娘自从归家之后,沾了相思之症,病势延缠,服药求神诸般罔效,如今除非请二爷私自潜行到我家中,与她相会,方能痊愈。(生白)原来如此,小生也因与她别后,常怀挂念不安,屡欲私行把她探望,又恐母亲知道难免一番罪责,这便怎处?(梁白)二爷既欲有心探她,莫若如今趁此夜静更深,无人知觉,悄悄和你前往到我家中,岂不是好?(生白)咃,好,果然高见,就烦你带路由后门而去可。(唱)只为晴雯遭逐弃,不能亲近共依栖。雁札鱼书难付寄,空叹无缘自惨凄。(梁唱)姑娘也为伤离意,至成一病染相思。只因服药难调治,故来奉请作良医。(生唱)为她重病难痊愈,只得私行会故知。潜身步出后门里,(完台)往探晴雯免挂思。(梁、生同下。袭人上,见梁氏带了生出门,袭人白)不好了。你看那晴雯的嫂嫂带着我家二爷,遮遮掩掩由后门而出,要往哪里而去呢?哦,我明白了,想必他怕人知觉,却自私行,去探晴雯。待他回来,才来试弄于他可。(唱)待他回

转书房里,试弄于他把计施。(下)

(旦内【首板】)都只为与二爷相好分两地呀,(装病身上,【慢板】)因此上成了病困苦难支。想当初自从进怡红院里,一相见就与我亲切难离。历五年无日不欢谐乐趣,我只道这终身永可相依。有谁知王夫人心生疑忌,想必是有小人嫁祸招非。故把我逐出门挽留无计,遭冤枉积成了妙药难医。病恹恹坐在了绣房之里,(埋位)思想起不由人珠泪如飞呀。(白)奴家晴雯,只因与二爷隔别归家,忧思成病,如今弱息如丝,不知何时方愈可。(唱)满腹的愁与恨长嗟叹气,这身体觉困倦难以支持。(埋正面大帐睡下,梁氏与生上,梁白)来到自己门口,二爷请进。待奴煲茶伺候。(同白)快的几番来啰嗻。(梁白)晓得咯。(梁下,生唱【中板】)意中人被逐回家去,偷弹珠泪暗神驰。如今私行前往探视,兔踪狐迹都是怕人知。过东篱,穿花底,悄着了步儿走如飞。素来出入左随右侍,今日里背地偷去独踌躇。慌忙间不觉就是藏娇之地,(完白)步一步一步步进入堂里。行近了榻前就把罗帐挂起呀,(白)唉,心伤咯,(唱)只见她恹恹一息气如丝。凑贴她枕边声细细问一声,我的晴雯姐呀,你可曾病体脱离呀。(旦【首板】)在病中微闻得唤依名字呀。【慢中板】见公子坐床前把我扶持。数年来承恩宠有加无已,恨谗人雌黄信口就惹出是非。早知道虚名担此日,悔不如把实事了当时。最伤心是情缘成祸水,扣阍无路诉谁知。唇干舌燥呀,难以启齿呀,(生唱)桌上细斟茶一卮。冷热难分先尝试,殷勤奉过姐娇姿。姐呀,纵有千万愁怀须莫记,切不可为着离恨减玉肌。来日与你辨明委曲事,自然水落石出在后期。倘若是姐你无缘,我又真真命鄙,但只愿同归一路,免你九泉之下独自悲啼呀。(旦唱)想依此一病都是料难痊愈,辜负了贤公子你万种情痴。一缕柔肠寸寸碎,五年恩义负水湄。回首怡红如梦里,汉关重入更无期。此后杜鹃啼血如浓泪,夜台谁诵鹧鸪词。玉手轻将金扣脱,退下了一件红绫贴肉衣。指甲两根更来咬折,君呀,你见物犹如见侍儿。讲到了此言,好比心如刀切呀,(生唱)接来信物不胜悲。从今后难望在怡红同嬉戏,再难望风清月白我与你共耍诗棋。我想那人世中遭逢会遇,莫非由天数定难以改移。

四　　卷

(旦唱)既然是万事儿尽由天注,又何不在当初相识无期。恨只恨五年中不谐并蒂,一旦间遭冤气各别东西。(生唱)当日里我两人这般情义,一心要定与你鱼水相依。怎奈是这良缘前生未注定,有情义无缘分难结连枝。(旦唱)这都是奴命宫生来否滞,故不能与爵主奉侍房帏。因此上虽蒙你留神注意,有谁知变出了横祸天飞。(生唱)你如今还须要放开心事,红颜女多薄命古于斯。从此后更不可满怀愁思,这病恙方才能日渐消除。(旦唱)恨只恨我两人并无实事,空担着这虚情枉受思疑。老夫人不相容从严处治,那冤气怎叫我心服甘输。(生唱)这事情既往了不消提起,纵由你恼恨煞也难设施。还须要知自爱保全身体,以免得那灾病苦扰缠痴。(旦唱)蒙二爷独自行到来探视,真令我感不尽高恩厚施。从此后料应无相会日子,思想起不由我魄散魂飞。(生白)哦。(唱)今儿你病成了这般神色,那一把骨如柴瘦减香肌。任他是铁石人到来此地,见此景也难免感动酸悲。(旦唱)犹幸得再与你相逢此次,这前恩想必是尽在今时。但愿你从此后自珍贵体,(白)哎,罢了,二爷。(生白)晴雯。(同唱)切不可再为我苦挂襟期呀。(二人□□大哭,生与旦抹泪,又与她擦鼻。梁氏卸出,被鼻涕打着。梁氏白)哎,你看他两人哭得如此悲切伤心,这些眼泪鼻涕一阵阵流来,好似水大一样好彩,我扎得马步实唧唔系,就要被它冲倒啰前世。(散更。梁白)二爷呀,你看天也明亮,请回怡红院而去也罢。(生、旦同白)哦,天也明亮,要回怡红院而去。(生白)晴雯呀,你今须要保重终身,莫以离别为念,或者皇天庇佑,和你再有重逢也未可知。(旦白)二爷呀,奴婢早知到今日有被人思疑之祸,悔不当初与你暗结丝罗,纵然夫人见罪也甘受无辞也。(生白)你当初过于珍重,讲不得了,站着一旁,听我吩咐叮。(转【邦子】唱)当初往事休提,保重终身莫惨凄。(旦唱)可怜今日相分袂,不知再会在何时。(梁唱)须当两下坚留意,缺月重圆也未知。(生唱)从此相思分两地,教人怎不苦悲啼。依依不舍缠绵意,(白)哎,罢了,晴雯,(旦白)二爷。(同唱)留下了痴情事,何日开眉。(二人对住大哭。梁氏催他分别。生下,旦架下。袭人上唱)女子们那心肠谁不妒忌,一碗饭点舍得让过人食。两条匙铃铃声古之常理,(埋位)心怕着郎宠薄姐妹分肥。(白)奴婢袭人,自幼爹娘将奴卖与贾府,多蒙王夫人派奴在此怡红院中,侍奉二爷习读书诗,却因二爷喜爱晴雯,是奴心中妒忌,也曾在王夫人跟前送些小口,将她贬逐归家,割断二爷的恩爱,这也休言。闻得二爷昨夜私自前往探望于她,不见回来,在此伺候可。(唱)准备香茶来奉侍,等候二爷转归期。(生入门,袭人起位见礼。人白)二爷回来,请坐。(生白)罢了,站立。(人白)从命。请问二爷,昨宵往哪里来去呀?(生白)这个嘛,不错,昨宵多蒙书友款留宴饮而回呀。(人白)呵,二爷休要瞒我,一定往探晴雯是真。(生白)是吗？你今有此所料,袭人呀,这宗事情,被你猜中,你还要与我遮瞒才是。(人白)哈哈哈,二爷呀,看你与晴雯妹子如此情重,你还想她回来唔想哩？(生白)哎,小生自与晴雯别后,无日不思,怎奈娘亲今已责贬她归家,也是枉想。(人白)二爷呀,奴有一计在此,可叫晴雯立刻回来与二爷聚会,比如事情成就,唔知你点样心事,又怕你得水上田唔谢天咯前世。(生白)是吗？袭人你有妙计,能使晴雯再复回来与俺相聚？袭人你若能成全美举,那时节你与晴雯两人同事小生,不分彼此就是。(人白)若不失言,奴婢有计。(生白)比如计将安在？(人白)启上二爷,为今之计,二爷你假装病恙,待奴婢出堂禀知老太君,料然到来看望于你,那时你吐露真情,定必从心所欲的了。(生白)呃,也好,你今果然高见,依计而行,快些与我改装。(人白)知道。(正面开大帐,生当场改病装完。生白)袭人呀,俺今承你指教,快些出堂行事,听我一言可。(人白)奴婢从命。(生唱)今幸芳卿绝妙计,出堂禀报赚萱慈。若得晴雯回院里,芙蓉金菊两相依。(人唱)二爷真乃多情义,佳人才子两相宜。催着步儿出门去,(出门,生做手吩咐一番,人唱)堂前禀达弄关机呀。(下。生唱)俺今设下瞒天计,假装病恙把慈欺。(埋正面大帐睡,卸下,企洞丫鬟太君上,唱)我儿伴驾朝堂上,官居极品爵封王。满门食禄心欢畅,(埋位,王氏跟上一拜坐下,太君唱)荣华富贵乐安康。(白)老身史太君。(王白)妾身王氏。(太君白)吓,媳妇想我孩儿贾政,现在朝堂伴驾,官居极品,今幸宝玉孙儿长成,媳妇还要与他招选佳偶才是。(王白)告禀婆婆,媳妇曾与你家孙儿访寻佳偶,容当对老爷说知,自然成就的了。(太君白)媳妇之言是也,丫鬟同候着。(鬟白)奴婢从命。(人上,白)拜见老太君、夫人,有礼。(太君与夫人同白)罢了,站立。(人白)从命。(太君白)不在怡红院中侍奉孙儿,出堂何干？(人白)启禀二位太君夫人,我家二爷昨宵不知何故,霎时之间沾了重病,因此出堂禀知。(太君、王氏同白)怎么讲？宝玉孙儿/孩儿沾了重病？(太君白)媳妇呀,我家孙儿不知沾了甚么病恙,和你趱到院中看望于他才是。(王白)媳妇从命。(太君白)如此说,丫鬟带路。(鬟、人同白)从命。(入。完台。入门。正面挂大帐,生卸出,埋帐睡下,太君、王氏同白)孙儿/我儿睡在牙床,唤醒他来,问个详细便了。孙儿/我儿醒来呀。(生【扫板】)朦胧间乍听得人声喧嚷呀,(开帐一望,白)哦。(唱)只见二位老年行。(白)婆婆娘亲驾到,恕孙儿沾病床帏不能见礼呀。(太白、王白)不用了。(太白)孙儿呀,适才闻你身沾病恙,因此与你母亲到来看望于你。(生白)多谢婆婆有心了,想你孙儿不幸沾此重病,料难济事,又恐怕辜负了爹娘养育之恩,只待来生方能报答呀。(王白)儿呀,你今何出此言,看你不过身沾微恙,待为娘请一位名医回来,调治就好了。(太白)媳妇说得有理,孙儿且免愁烦,比如你为着何事?对为婆说知不妨。(生白)婆婆呀,孙儿此乃心腹之病,纵有妙药难医,有口难言呀。(太白)宝玉,我的孙儿呀,想你父亲三代单传,今幸孙儿长成,愿你光前格后,纵有心腹疑难之事,不妨对为婆说知,与你做主就是。(生白)吓,婆婆要孙儿剖诉衷情,与我做主分忧。(作暗喜之意,白)既承婆婆拷问,请坐一旁,容当陈诉呀。(太白、王白)孙/我儿慢慢讲。(生【慢板】)无奈何就把那衷情说上,尊一声老太君细听其详。事由起与晴雯题诗和唱,怡红院侍奉我恩爱情长。但不知是何人逸言乱讲,平白地捏晴雯越礼乖张。俺娘亲责贬她转回家上,当此际好一比浪打鸳鸯。(转【中板】)因此上小孩儿沾些病恙,须防着这残命不得久长。无晴雯凤腿龙肝食也不想,无晴雯珍被牙床睡也不安。俺今把肺腑情照直而讲,饶恕着小孙儿素性疏狂。还望包藏呀。(太白)哦。(唱)听说罢不由人心中明亮,却原来思念着侍女红妆。(白)媳妇呀,孙儿思念晴雯故沾此病,莫若命她回来与孙儿相聚,或者病体脱离岂不是好?(王白)婆婆主意,媳妇从命。(太白)这样才是,宝玉孙儿呀,你今不用愁烦,待为婆立刻命人迎接晴雯回府,与你聚会,心意如何?(生白)若得如此,孙儿之愿也。(太白)这等说,老院过来,立刻赶到晴雯家下,叫她回来侍奉爵主爷,不可误。(院白)老奴从命。(下,太白)老院已去,媳妇、孙儿坐在房帏,听老身道来可。(王白、生白)从命。(太唱)男婚女嫁常言讲,伤春情重,暗凄凉。何况孙儿年少壮,如他心愿也何妨?(王唱)婆婆嘱咐当遵仰,只为花娇引蝶狂。若得娇儿离病恙,一任晴雯伴驾旁。(生唱)听说娘亲把话讲,登时喜色上眉梁。(老院带晴雯上,入门一拜白)太君、夫人,有礼。(太白、王白)罢了,站立。(旦白)从命。太君、夫人传唤有何指示?(太白)哪里知道,只因孩儿思念于你故而成病,因此唤你回来侍奉。(旦白)入来如此,待奴上前与二爷相见便了。二爷呀二爷,奴婢如今回来侍奉于你,从今且免愁烦呀。(生白)你,你,你,系边个呀?(旦白)奴婢系晴雯呀,二爷。(生白)吓,晴雯你回来了。(旦白)是奴婢回来了。(生白)如此说一身安乐晒咯,病都好了。(作精神之意。人白)晴雯呀,二爷见了你就精神爽利,百病俱除。体你重惨过灵丹圣药呀!(旦白)咘,我本来系甘草命啰。(太白)甘草能和百味,站着一旁,听老身一言可。(唱)年迈人把言来说上,小孙儿一旁听端详。用心勤心诗书看,早图上进步朝堂。(王唱)子承父业人钦仰,不枉书香后代郎。(生唱)尊颜且把宽心放,手扳丹桂有何难?(人唱)二爷才学居人上,他年金榜显名扬。(旦唱)富贵一门多欢畅,老少平安福寿长。(太唱)晴雯说话真会讲,不由老身喜笑扬。但愿天从人意想呀,(众白)好呀。(大撒科,同唱)儿孙们呀,一代代呀,身受封王呀。

(完)

此书字画玲珑,更加圈点顿读,令读者一目了然。与别家真有云泥之隔。而且加插私探晴雯个一段唱情,最为醒脑,诸君采买祈留意焉。①

---

① 此段为广州以文堂的宣传语,一并呈上,以飨读者。

黄梅戏

红 楼 梦

陈西汀

人物　宝　玉　黛　玉　宝　钗　王熙凤　贾　母　王夫人　蒋玉菡
　　　贾　政　长史官　紫　鹃　袭　人　鸳　鸯　迎　春　探　春
　　　惜　春　焙　茗　众丫鬟　众小厮　扮戏师父

第一场　梦　回

〔风雪茫茫,天地一色。
〔幕前曲:
　　茫茫风雪一孤僧,
　　行行止止复行行。
　　红楼不见当年影,
　　寂寞空门掩泪痕。
〔在幕前曲中,宝玉僧服,慢慢走向前台。

宝　玉　(唱)十九年前宝玉生,
　　　　　　如狂似傻度光阴。
　　　　　　蓦然间远别重逢故人到,
　　　　　　她便是世外仙姝寂寞林。
〔内声:"林姑娘的轿子到了。"

宝　玉　林妹妹到了。
〔贾母内声:"外孙女儿。"
〔黛玉内声:"外祖母。"
〔贾母内声:"我的心肝宝贝。"
〔传来哭声。

宝　玉　老祖宗和林妹妹见面了,哭了。

〔王熙凤内声:"我说老祖宗,今天林妹妹到来,是个大喜的日子,应该欢欢喜喜的才是。让我找宝玉去。宝玉,快来见你林妹妹!"

宝　玉　琏二嫂叫我,我来了。

〔幕启。贾母、王夫人、王熙凤、迎春、探春、惜春、黛玉就座。众丫鬟侍立。

宝　玉　那时我才这般大。我边走边说:听说来了林妹妹,身边又多了一妹妹。

王熙凤　还不快进来,都等着你呢!

〔留着虚拟的宝玉位置。

宝　玉　给老祖宗请安,给母亲请安。

贾　母　还不见过你林妹妹!

宝　玉　林妹妹……这个妹妹,我好像见过的。

黛　玉　我好像也在哪里见过他。

王夫人　你又胡说,你怎么会见过。

宝　玉　见过,见过。林妹妹,你说,我们是不是见过的?

黛　玉　这……

宝　玉　瞧,林妹妹也说是见过的,我们是远别重逢的旧相识。

贾　母　好,这样好,往后更能互相和睦。

宝　玉　妹妹,你可曾读过书?

黛　玉　读的不多。

宝　玉　可会作诗?

黛　玉　略懂些平仄。

宝　玉　好极了,我们又多了一个会作诗的妹妹。

贾　母　看你那得意的样子,回头当心你老子考你的四书。

众　人　哈哈哈……

宝　玉　林妹妹,你也考过四书吗?

〔黛玉微笑点头。

宝　玉　那你有玉没有?

黛　玉　那玉乃是稀罕之物,岂能人人都有?

宝　玉　妹妹没有玉。哎,那我也不要这劳什子!〔摘下佩玉摔地上。

［众人急拾。

贾　母　孽障！你何苦摔这命根子！

宝　玉　大家都没有，就是我有，可知它不是好东西。［唏嘘流泪。

［黛玉默然泪下。

王熙凤　宝兄弟，快快挂上。

宝　玉　我不挂。

王熙凤　好兄弟，你看林妹妹都哭了，还不赶快戴上——告诉林妹妹，没有摔坏。

宝　玉　林妹妹，这劳什子没有摔坏。

［黛玉破涕为笑。

王熙凤　笑了，笑了。

［众人同笑。

贾　母　这样才好。紫鹃、鸳鸯，你们去把宝玉住的碧纱幮腾出来，给黛玉住。

紫　鹃
鸳　鸯　是。

宝　玉　老祖宗，我住哪儿？

贾　母　你么，同我住在套间暖阁里。

宝　玉　我不到暖阁，我要陪林妹妹。

贾　母　不行，不行，你林妹妹经不起你的吵闹。

宝　玉　老祖宗，我是照应林妹妹，怎么会吵闹林妹妹？

贾　母　早上你林妹妹未曾起床，不许你闹。

宝　玉　不闹。

贾　母　晚上你林妹妹要睡觉，不许你打搅。

宝　玉　不打搅。

贾　母　午后，你林妹妹午睡。

宝　玉　我也午睡。

贾　母　不许你惹林妹妹生气。

宝　玉　怎么会呢！

贾　母　好吃好玩的东西，要分给你林妹妹。

宝　玉　好吃的妹妹先吃，好玩的妹妹先玩。

179

贾　母　好，就这样定了。

——幕落

第二场　喜　庆

〔幕间曲：

　　碧纱幮，绿盈盈，

　　妹妹哥哥一步亲。

　　形不离，影不分，

　　不知身外有旁人。

　　蘅芜院，送花神，庆生辰，

　　一场意外恼人心。

〔幕启。大观园沁芳桥一侧，花花树树，系满彩丝——四月二十六，芒种节。此日众花皆谢，花神退位。人们摆设各色礼物，祭饯花神。

〔朝阳初上，花露未晞。饯花神的仪式开始。

〔迎春、探春、惜春、宝钗、王熙凤、晴雯、袭人、鸳鸯、众多丫鬟引贾母、王夫人上。宝钗扶着贾母。

王熙凤　老祖宗，前面就是宝钗妹妹住的蘅芜院，按照您的吩咐，今年送花神就从这里开始。

贾　母　宝钗啊，今天是你的生日，又唱戏文又摆宴，还在蘅芜院前送花神，你说热闹不热闹啊？

宝　钗　多谢老祖宗，宝钗真不敢当。

贾　母　真懂事啊！一个春天又过去了，这大观园花事虽盛，还是扭不过季节。我们上了年岁的，也看不到几次花了。

王熙凤　哎呀老祖宗，您说什么呀，您是长生不老的老寿星。您看那是哪个来着？

贾　母　是黛玉吧？

王熙凤　你们看，老祖宗的眼力比我们年轻人还好些呢！

贾　母　黛玉快来。

〔黛玉上。

黛　玉　老祖宗。

贾　母　黛玉啊,这众姐妹里数你写的诗最好。今天是个好日子,你该写上一首诗给你宝姐姐庆贺生日,也送送花神,叫你宝姐姐高兴,也叫花神明年不要磨磨蹭蹭的,早点来到大观园。

〔众人欢笑。

王熙凤　咦,宝兄弟呢?

贾　母　莫不是又给他父亲抓去背四书了吧?

袭　人　禀老祖宗,宝二爷在那边看戏呢。

贾　母　叫他快到这里来,你就说我们在宝钗这边送花神。

袭　人　是。〔下。

贾　母　凤丫头,玩起来吧。

王熙凤　好。老祖宗发话,祭花神啰!

众　人　祭花神啰!

　　　　（唱）祭花神,送花神,
　　　　　　　劳累花神又一春。
　　　　　　　一年春去春花尽,
　　　　　　　大观园里送君行。

　　　　（七嘴八舌）我先送!我先送……

王熙凤　莫闹莫闹,该请长辈先送。

王夫人　（唱）正月迎春花早开,

迎　春　（唱）迎春 我/你 先请迎春花神到前排。
王夫人

探　春　（唱）探春惜春深深拜,
惜　春

　　　　　　水仙花/丁香花 二花君明年请早来。

众　人　该我们送啰!

　　　　（唱）鸳鸯姐你送什么花?

鸳　鸯　我送玉簪花。

众　人　（唱）紫鹃和雪雁送的什么花?

紫鹃
雪雁　（唱）我俩送的是杜鹃、玉兰花。

袭　人　（唱）袭人送桃花，

金　钏　（唱）金钏送杏花。

晴　雯　（唱）我送芙蓉花，

麝　月　（唱）我送樱桃花。

王熙凤　（唱）王熙凤送的是——得儿……呀得儿喂呀……喂上喂——送的是凌霄花。

众　人　（一齐欢舞）送花神娘娘！

贾　母　明年你要早点来啊，要不然，我们这马屁可就白拍了啊！

众　人　哈哈哈……

贾　母　啊，凤丫头，现在什么花都送了，还少一朵牡丹花，谁有资格送啊？

王熙凤　那是花王，谁有资格，得由老祖宗发话呀。

贾　母　你是想叫我选你吧？你是辣子花，改不了啦。

　　　　〔众人笑。

贾　母　我倒是选中了一个人，要论稳重和平，待人接物，这个人比你们都强得多。

王熙凤　哟！原来我们老祖宗也是喜新厌旧啊！

　　　　〔众人笑。

贾　母　这个人真像牡丹花，富贵而不骄人，清香而不刺人，还有……

王熙凤　还有，我替您说了吧。一肚子学问却从不外露，天生标致却从不打扮；见人一笑，礼貌当先；遇事从容，乖巧持重；生成富态之相，主一生福寿双全。这么个十全十美的佳人，就等哪个有福的哥儿来消受了。

焙　茗　宝二爷。

众　人　啊！

焙　茗　（急改口）我是说宝二爷来了。

　　　　〔众人大笑。

贾　母　宝玉，快来。

　　　　〔宝玉上。

宝　玉　老祖宗，那边的戏文唱得太好了，那个演《牡丹亭》的小旦演得真是尽善尽美。
贾　母　（笑）不要说你那《牡丹亭》了，我们在这里送花王牡丹。你猜猜，我们选的是哪个？
宝　玉　这倒有趣，让我猜猜。
王熙凤　是嫂子我吧？
众　人　她是辣子花。〔欢笑。
宝　玉　花王肯定是宝姐姐。
众　人　猜对了，猜对了。
贾　母　就派你做一件事，摘一朵牡丹花献给你宝姐姐。
宝　玉　是。
　　　　〔黛玉立在远处假山上看着。宝玉为宝钗插花。
众　人　（唱）宝姑娘应送那国色天香富贵花王牡丹花。
宝　钗　（唱）谁能胜得过瑶池王母蟠桃花。〔率众人拜贾母。
贾　母　哈哈哈……多懂事的孩子啊！黛玉，快来，写一首诗给你宝姐姐。
　　　　〔众人发现黛玉已不在。
宝　钗　林妹妹呢？林妹妹到哪儿去了？
王夫人　是啊，刚才还在这里呢。
宝　钗　我到潇湘馆找她去。
宝　玉　我也去。
贾　母　好，快去！我们先去入席，等你们来吃酒。
焙　茗　噢，送花神娘娘的人们吃酒去啰！
　　　　〔众人下。剩下宝玉、宝钗两人。
宝　钗　你们两个成天在一起玩，今天怎么把她丢了！我到这边，你到那边，我们分头去找吧。
宝　玉　好，我和你一齐去找。〔与宝钗同下。
　　　　〔黛玉从隐身的地方走出，目送宝玉、宝钗。
黛　玉　（唱）眼前情境惊我心，
　　　　　　　黛玉何处可立身？
　　　　　　　花在风中颤，
　　　　　　　月在雾中昏。

183

>   宝姐姐做人多乖巧,
>   上下一片赞扬声。
>   她是牡丹天富贵,
>   送罢花神过生辰。
>   我是潇湘一枝竹,
>   只向西风掩泪痕。

他们在找我,要我去喝酒看戏。我与宝姐姐并肩坐着,让她们在暗中嘲笑吗?我,我病了,我回去!

〔传来宝玉叫"林妹妹"的声音。

黛　玉　宝玉叫我……是宝玉一个人,没有宝姐姐……对,我有宝玉,别人没有。我去找他……可适才他把那朵牡丹花插在她的头上,琏二嫂和老祖宗又说了那些奇怪的话,将来他……唉,我见了他说什么呢?

〔宝玉边喊边上,见黛玉又惊又喜。

宝　玉　啊呀林妹妹,你让我找得好苦!你一个人躲在这里是作诗吗?哦,生病了吗?(按黛玉额,被黛玉拨开)对了,你是清净惯了的,受不得这闹哄哄的日子,我送你回去歇息……啊呀,我已叫焙茗去约那个唱《牡丹花》的小旦来会会,马上就到,这……

黛　玉　好,你们谈吧,我走了。

〔黛玉径下。

宝　玉　林妹妹!林妹妹……

〔焙茗上。

焙　茗　二爷,那个演小旦的叫来了。

宝　玉　要说"请"。

焙　茗　哦,请来了。

〔蒋玉菡扮未完成的林冲上。

焙　茗　这就是宝二爷。

蒋玉菡　久闻宝二爷大名,幸会幸会。

宝　玉　不必客气。怎么,你就是刚才扮演杜丽娘的小旦?

蒋玉菡　下一出是《林冲夜奔》,我演林冲,正在改装。

宝　玉　怎么,你还能演《林冲夜奔》?

蒋玉菡　怎么,二爷不信?

宝　玉　这……

蒋玉菡　二爷,请看。

　　　　(唱)数尽更筹,
　　　　　　听残银漏。
　　　　　　逃秦寇,
　　　　　　好叫俺,
　　　　　　有国难投,
　　　　　　哪搭儿,相求救!

　　　　二爷指教!

宝　玉　真是不可思议,方才还柔情似水,一下子竟成了落落男儿。

蒋玉菡　二爷,这其实正是我们这一行的苦恼。叫唱什么,就唱什么。

　　　　〔扮戏师父上。

扮戏师父　玉菡,该扮戏了。

蒋玉菡　宝二爷,告辞。

宝　玉　请稍等。能不能请扮戏师父到这儿来扮,你一面上妆,我们一面讲话。

蒋玉菡　在这……也好。

　　　　〔扮戏师父与焙茗急忙张罗。

宝　玉　同是一个身子,既能悟透女儿情,又能唤来壮士胆,这才是至美至圣的好男儿!

　　　　〔蒋玉菡穿服装。

宝　玉　这是什么衣服,竹子做的?

蒋玉菡　隔汗的竹衫。

宝　玉　焙茗,明天叫人照这个样子给二爷也做一件,穿在里面,隔隔汗气。哎,这叫什么衣服?

蒋玉菡　箭衣。

宝　玉　射箭穿的?这是什么?

扮戏师父　丝绦。

宝　玉　丝绦?哎,你们戏班还收人不收人?唉,只恨我今生今世投错了胎!对了,看我糊涂了,还没有请教尊姓大名。

蒋玉菡　姓蒋,名玉菡。

宝　玉　听说贵班中,有一个叫琪官的,如今名驰天下,我独无缘一见,如今他在哪里?

扮戏师父　那琪官就是玉菡的艺名。

宝　玉　哎呀,幸会幸会。没想到一代名家,就是眼前……这,我知道,《水浒传》里唱过,这叫范阳笠儿。

〔扮戏师父、焙茗下。

蒋玉菡　宝二爷,这些年,玉菡闯荡江湖,见过的王公贵族、名门公子实在不少,却从未见过宝二爷这样礼贤下士的,实在令我钦佩。

宝　玉　你看得起我,那我们就做一个知己好友吧。

蒋玉菡　你我?

宝　玉　玉菡!

蒋玉菡　宝二爷!

〔两人互揖。

宝　玉　哈哈哈!玉菡,我以后要常到忠顺王府看你。

蒋玉菡　宝二爷,你我既为知己,有一件事,不能不告诉你,玉菡即日就要离开忠顺王府了。

宝　玉　为什么?

蒋玉菡　唉!

（唱）长年王府同囚禁,
　　　　绝艺空怀在一身。
　　　　玉食锦衣充玩物,
　　　　男儿七尺怎甘心!
　　　　我不羡九重天上霓裳舞,
　　　　只想做瓦舍勾栏唱曲人。
　　　　因此上紫坛堡下头田舍,
　　　　便要学林冲唱夜奔。

宝　玉　玉菡,这我就更佩服你了!

蒋玉菡　不过,未走之前,还当为二爷再歌唱几曲,以酬知己。

宝　玉　一代名家,就此销声匿迹?

蒋玉菡　不,换一个飘飘洒洒的自由人。告辞。

　　　　［蒋玉菡下。

宝　玉　我就来看你演出。

　　　　［蒋玉菡下。

宝　玉　换一个飘飘洒洒的自由人。他往后不再演戏了。哎呀,我得先去看看林妹妹。

　　　　［宝钗上。

宝　钗　宝兄弟,你怎么还在这里?宴会就要开始,老祖宗正在找你,快些走吧!

宝　玉　宝姐姐,我要去看看林妹妹。

宝　钗　她呀,累了,我刚伺候她睡下,你不要再去打搅她。

宝　玉　真谢谢宝姐姐。

宝　钗　请吧!

　　　　［宝玉、宝钗下。

　　　　　　　　　　　　　　　　　　　　——幕落

第三场　共　　读

　　　　［幕间曲:
　　　　　　落雾浓云锁在心,
　　　　　　林妹妹终日闷沉沉。
　　　　　　昨夜三更探宝玉,
　　　　　　偏又逢丫鬟误会不开门。
　　　　　　宝玉今晨看妹妹,
　　　　　　妹妹也报以闭门羹,
　　　　　　请看这雨雨晴晴一对人。

　　　　［幕启。沁芳桥侧。宝玉手执《西厢》,徘徊花间,且走且吟。

宝　玉　"……我是个多愁多病身,怎当你倾国倾城貌……"［下。

　　　　［黛玉荷花锄上。

黛　玉　(唱)花谢花飞花满天,
　　　　　　红消香谢有谁怜?
　　　　　　花开易见落难寻,
　　　　　　阶前愁煞葬花人。

　　　　　一年三百六十日，
　　　　　风刀霜剑严相逼。
　　　　　侬今葬花人笑痴，
　　　　　它今葬侬知是谁？
　　　　　一朝春尽红颜老，
　　　　　花落人亡两不知。
　　　〔宝玉在黛玉身后叹息。
黛　玉　（回顾）啐，我当是谁，原来是……
宝　玉　妹妹，慢走！今天早晨我去敲你的门你不开，又不惹我。我只说一句话，从今撂开手。
黛　玉　一句话，你就说吧。
宝　玉　两句，可以吗？
　　　〔黛玉回头就走。
宝　玉　唉！既有今日，何必当初！
黛　玉　……当初怎么样，今日怎么样？
宝　玉　（唱）当初是两颗心似一颗心，
　　　　　碧纱幮终日两相亲。
　　　　　一起作诗一起玩，
　　　　　天天相伴到三更。
　　　　　妹妹体弱身多病，
　　　　　病在你身似我身。
　　　　　妹妹思亲常落泪，
　　　　　愁在你心似我心。
　　　　　我是家中不肖子，
　　　　　只有你是我知音。
　　　　　只说此情终不变，
　　　　　谁知忽地变仇人。
　　　　　我今晨前去看妹妹，
　　　　　你不言不语不开门。
　　　　　我站在窗前求妹妹，

　　　　　万唤千呼不应声。
　　　　　我有错,你说明,
　　　　　打我骂我也甘心。
　　　　　不明不白疏远我,
　　　　　我死也是一冤魂。
　　　　　更何况这是作践你自己,
　　　　　看你容颜瘦几分!
　　　　[黛玉泣不成声。
宝　玉　看你又哭了。[为黛玉拭泪,黛玉已不拒绝。
黛　玉　(唱)多谢你来为我关心,
　　　　　我死我瘦鸿毛轻。
　　　　　赤条条,人一个,
　　　　　死了随地化烟尘。
宝　玉　(唱)妹妹你出言叫我太伤心,
　　　　　全不知我也是个可怜人。
　　　　　我也无嫡亲兄弟和姐妹,
　　　　　有两个全都是隔母生。
　　　　　你是赤条条人一个,
　　　　　我心中孤独胜过你三分。
　　　　　为什么常泪淋?
　　　　　为什么不放心?
黛　玉　我有什么不放心,我不明白你的话。
宝　玉　(唱)你不放心,才多心;
　　　　　多了心,病缠身。
　　　　　我恨不得撕破胸膛掏出心,
　　　　　让妹妹细细看分明!
黛　玉　那我问你,那日祭花神,大家冷落我,你为什么也不惹我?
宝　玉　我不惹你?我还跟宝姐姐一起找过你呢!
黛　玉　找到了为什么丢下我,去和一个戏子扯闲话?
宝　玉　好妹妹,你知道那个戏子的底细吗?他就是名震京师的一代名优琪官,做忠顺王府的玩物不甘心……

黛　玉　不甘心，还待在那里干什么？

宝　玉　我就是和他商量这个事，他现在已经偷偷离开忠顺王府了。

黛　玉　（惊）你啊竟背着我做了这样事，要是东窗事发，看你如何是好？

宝　玉　好妹妹，你放心，这件事除了我跟他，我就只告诉你一个人。

黛　玉　那我再问你，昨日晚上我去怡红院，你和宝姐姐在说话。我敲门，你为什么叫丫头不开门？

宝　玉　哪有此事？要是我叫丫头不开门，我立刻就死！

黛　玉　不是有意就算了，又何必说死说活来怄人。（想想，笑了）我想这必是你的丫头懒得动，哀声丧气也是有的。

宝　玉　我一定回去教训她们。

黛　玉　是得教训教训，今天得罪了我事小，要是明儿宝姑娘来，贝姑娘来，也得罪了，那事情岂不大了！〔抿嘴而笑。

宝　玉　（活跃起来）好哇！你昨晚吃了我一小杯闭门羹，今天早上就回敬我一大碗，看我不收拾你！〔呵手追黛玉。

〔黛玉避让，突然发现花丛中一本书。

黛　玉　……书！（伸手去收拾，被宝玉抢过）那是什么书，躲躲藏藏的，给我看看。

宝　玉　不过是父亲叫我读的四书五经，随身带着，没有什么好看的。

黛　玉　哼，你会随身带一本四书五经？刚才说得好好的，现在又在我跟前弄鬼了不是！

宝　玉　好妹妹，给你看，我是不怕的，只是不能给第二个人晓得。这真是一本好书啊，你要是看了，连饭都不想吃的。

〔黛玉夺过他手中的《西厢记》。

黛　玉　《西厢记》！

宝　玉　林妹妹，这才是绝世的好文字，是我叫焙茗偷偷从外面弄来的。唉！我真不明白，为什么要把这样的好书禁掉不让看，却偏偏要去背那些讨厌的书。林妹妹，这里面，有两句，我特别喜欢。你看——"我是个多愁多病身，怎当你倾国倾城貌"？

黛　玉　（嗔恼）你！好，你弄这些淫词艳句欺负我，我告诉舅舅去！

〔宝玉急拦。

宝　玉　好妹妹，不能去！我错了，我是随口念出的。若是有心欺负你，回头我跌在桥底下，变成大王八！

黛　玉　呸！原来是"苗而不莠"，一个"银样蜡枪头"！

宝　玉　好啊，原来你早就读过它了，我也告诉你舅舅去！

　　〔黛玉急拦。

黛　玉　哎！（想到是假）好，你去！

宝　玉　你好坏！……我说妹妹，我们还是一齐来读吧。

　　（唱）让我们共读千秋绝妙文，

　　　　　写透了人间儿女心。

　　　　　人生不读《西厢记》，

　　　　　枉在世上走一程。

　　妹妹，你最爱哪一出？

黛　玉　呶！

　　（唱）碧玉天，黄花地，

　　　　　北雁南飞西风紧。

　　　　　霜林醉，离人泪，

　　　　　鸡声惊断草桥魂。

宝　玉　是"长亭""惊梦"。

黛　玉　相传王实甫写到这里，呕血而死。

宝　玉　确是呕心沥血之作。

黛　玉　不过能够欣赏这种文字的人又有几个！

宝　玉　妹妹，只要有我们两个人，也就够了。不过，妹妹，这里头的墙头写得也特别精彩。你看两个人隔墙吟诗，隔墙弹琴，最后张生索性来个跳墙！

　　〔一跃，几乎摔倒。

黛　玉　（唱）你少发疯魔病，

　　　　　好诗要细细吟。

　　　　　你想过没有？

　　　　　为什么人要把墙跳？

　　　　　为什么诗要隔墙吟？

宝　玉　这还不明白？

　　　　（唱）只为有墙才有跳，
　　　　　　　没有墙哪有跳墙人？

　　　　哈哈哈……

　　　　〔两人共读。焙茗急上。

焙　茗　二爷，二爷，不好了。老爷叫您去！

宝　玉　什么事？

焙　茗　忠顺王府里来了人，要找二爷问蒋玉菡的事。老爷气得一脸青。

宝　玉
黛　玉　啊！

宝　玉　事情说来还真来了，看来今天的一顿打是逃不了的了。妹妹保重，我，去了。

黛　玉　宝玉，那书……

　　　　〔宝玉将《西厢记》交黛玉。

宝　玉　妹妹收好，待我挨过屁股再一起看。〔下。

——幕落

第四场　被　答

　　　　〔幕间曲：
　　　　　　不读书早已怒在心，
　　　　　　竟又游荡结优伶。
　　　　　　新账老账一齐清，
　　　　　　老头子棍棒好无情。

　　　　〔幕启。客厅。
　　　　〔长史官正坐，贾政陪坐。
　　　　〔焙茗上。

焙　茗　宝二爷到了。

贾　政　叫他进来。

　　　　〔宝玉上。

宝　玉　参见父亲、公公。

贾　政	该死的奴才,做了什么无法无天的事,你讲!
宝　玉	我不知做了什么错事。
贾　政	你可曾结交过忠顺王府里一个名叫琪官的戏子?
宝　玉	那琪官曾到我府演过戏,有些认得。
长史官	公子把他引逗到哪儿去乐去啦?
宝　玉	公公,哪有这等事情!
长史官	忠顺王爷大发雷霆啦,慢说公子阁下,就是令尊大人也吃罪不起。公子不要掩饰,若是隐藏在家,就将他放出;若知道他的下落,就说了出来。本官少受辛苦,令尊大人也少受麻烦!
宝　玉	实在不知,恐系误传。
长史官	(冷笑)嘿嘿……琪官与公子,一齐出入茶楼酒肆,京城之中,十人有九人知道,公子何必隐瞒?
贾　政	奴才,你还不快快讲来!
长史官	只因尊府不比别家,忠顺王爷才命下官来见令尊大人,转谕公子放回琪官。公子不要错打了主意!
宝　玉	那琪官愿不愿在王府唱戏,是他自己的事情,与宝玉无干。宝玉倒要请问大人,那琪官是否是卖给了王爷?
长史官	这……那倒没有。
宝　玉	既然没有卖给王爷,他为什么不能离开王府,有他自己的住所?
长史官	一个戏子,侍候王爷,是他的造化;不辞而别,就是私自逃走!
宝　玉	他住到城东紫坛堡自己的家中,怎么叫逃走!
长史官	哦!他逃到城东紫坛堡?好,老大人,令公子已道出琪官下落,下官就此告辞。
贾　政	还望公公在王爷面前好言解释。
长史官	那是当然。
贾　政	送大人。
长史官	不消。[下。
贾　政	拿绳子来……拿大棍子来……前后门关上……与我着实的打!
小　厮	……
贾　政	打!

小 厮　是。〔将棍高高举起,轻轻落下。
贾 政　滚开!(踢开小厮,夺过大棍,打得宝玉满地滚叫)打死你这畜生!(一边打一边骂)打死你这贾门败子!免得你将来杀父弑君!(扔下棍子)拿绳子来,将这畜生勒死!
　　　　〔内声:"老祖宗到。"
焙 茗　禀老爷,老太太到!
　　　　〔贾母内声:"贾政,你把我一齐勒死!"
　　　　〔贾政扔下绳子,伏倒在地。
　　　　〔暗转。
　　　　〔复明。宝玉卧室。
　　　　〔宝玉卧榻上,袭人侍侧。宝钗在榻旁,轻声呼唤。
宝 钗　宝玉。
宝 玉　(轻声答应)宝姐姐……
宝 钗　(唱)安心静卧养精神,
　　　　　　　莫怪姨夫下狠心。
　　　　　　　交友必须看身份,
　　　　　　　戏子岂是你结交的人!
　　　　〔宝玉转过身去。
宝 钗　(接唱)吃一堑来长一智,
　　　　　　　从今往后要收心。
　　　　　　　好读诗书勤发愤,
　　　　　　　早登金榜上青云。
　　　　　　　仕途经济大学问,
　　　　　　　不用功夫学不成。
　　　　　　　扬声名,显父母,
　　　　　　　登廊庙,耀门庭。
　　　　　　　男儿在世头一件,
　　　　　　　做个贤孝好儿孙。
　　　　　　　老祖宗,父母亲,
　　　　　　　多盼你立志早成人!

　　　　　　记住姨夫今日的棍,
　　　　　　切不可好了疮疤忘了疼!
　　　　〔宝玉一动不动,毫无反应。
宝　钗　宝玉……
袭　人　二爷,宝姑娘和你说话。
　　　　〔宝玉不理,宝钗尴尬。
袭　人　……二爷他,他睡着了。
宝　钗　……好,由他睡吧,我回头再来看他。
袭　人　谢谢姑娘。
　　　　〔宝钗无趣地下,袭人随下。
宝　玉　(支起,气恼长叹)混账话!

　　　　　　　　　　　　　　　　——幕落

第五场　立　盟

　　　　〔幕间曲:
　　　　　　一顿棍打在宝玉身,
　　　　　　一时间议论乱纷纷。
　　　　　　不少人说忠说孝来规劝,
　　　　　　这其中宝钗劝说最殷勤。
　　　　　　宝玉啊,如何看待这顿棍,
　　　　　　请将心事告知音。
　　　　〔幕启。潇湘馆。黛玉卧室。案上有书、帕。炉香袅袅。
　　　　〔黛玉正午睡。风过处,窗外翠竹萧萧作响。
　　　　〔宝玉拄杖上,紫鹃搀扶。
紫　鹃　二爷。
　　　　〔宝玉示意紫鹃低声说话。
紫　鹃　多少天了,总算睡着了。
　　　　(唱)难得她沉沉入梦乡,
　　　　　　只怕是梦里也悲伤。
　　　　　　二爷身上挨了打,

　　　　她却心头受着伤。
　　　　也不知有多少眼泪流不尽，
　　　　手绢儿天天湿几方。

宝　玉　我知道了。紫鹃，你歇着去吧，我来陪她。
　　　　〔紫鹃悄悄下。
　　　　〔风动竹声。

宝　玉　萧萧翠竹，一片清凉，还是林妹妹这里好啊！（轻轻走到书案前，翻看案上诗稿）这是林妹妹的诗稿。……这是手帕，是那日晚上，林妹妹前去看我，两眼哭得像桃子一样。我把这方手帕给她拭泪，她竟在上面题了诗句：
　　　　（念）眼空蓄泪泪空垂，
　　　　　　　暗洒闲抛却为谁？
　　　　为谁？为的是我啊？
　　　　（念）尺幅鲛绡劳解赠，
　　　　　　　教人焉得不伤悲？
　　　　妹妹，你不避嫌疑，题诗帕上，万一被人看见，岂不又生出是非！〔想把诗帕藏到黛玉枕边。
　　　　〔黛玉惊醒坐起。

黛　玉　你几时来的？紫鹃她们都到哪里去了？
宝　玉　不要惊动她们，让我在这里陪妹妹静坐片刻。这些天，我被她们烦够了！
　　　　〔两人对坐，相视有顷。

宝　玉　你，瘦了。
黛　玉　你也……〔拭泪。
　　　　（唱）哥哥伤痛可全好？
宝　玉　（唱）还有些肿痛未全消。
黛　玉　（唱）这两天妹妹未去看你。
宝　玉　（唱）你流眼泪我坐牢。
黛　玉　（唱）想不到舅舅下此毒手，
宝　玉　好啊，妹妹。

(唱)感谢他抡起棍一条。

黛　玉　哥哥这话什么意思?
宝　玉　妹妹,这一顿棍子,打得我明白了许多事情。我原想一天一天长大成人,要做什么,就做什么;要和谁好,就和谁好;随心所欲,自由自在。谁知道——

(唱)我竟像笼里一猢狲,
　　由人摆布过光阴。
　　戏子不能交朋友,
　　读书不能自己寻。
　　随着年龄渐长大,
　　规矩跟着上了身。
　　挨打挨骂不去说,
　　谁都能来训几声。
　　如今是上自父母下袭人,
　　把我困在正当心。
　　我和他们那,
　　已不是血肉亲,
　　断绝了父子情。
　　四野积寒冰,
　　冰寒冷透心。
　　风惨惨,月沉沉,
　　雾重重,夜昏昏。
　　林妹妹呀,
　　我成了黑夜独行人!
　　你摸摸哥哥这颗心,
　　它为谁跳动一声声?

黛　玉　哥哥。

(唱)我看见了,你的心,
　　也听到,它的声。
　　只一事,不分明,

　　　　　要向哥哥问一声。
宝　玉　妹妹请问。
黛　玉　(唱)有一人与你最相亲,
宝　玉　你说的宝姐姐?
黛　玉　(唱)她有何言语表真情?
宝　玉　嘿嘿嘿……她用什么言语来表达真情吗? 有啊!
　　　　(唱)她要我发愤读书收住心,
　　　　　早日里平步上青云。
　　　　　她要我,与那些,国贼禄鬼多来往,
　　　　　做一个耀祖光宗贤子孙。
　　　　　她要我永远记住这顿棍,
　　　　　记住那望子成龙父母心。
　　　　　正经话,她说尽,
　　　　　她是这正经人中头一名!
　　　　〔愤然对着香炉坐下,闭目不语。
黛　玉　(唱)事情到此已分明,
　　　　　这世间只剩下孤零两个人。
　　　　　同此命,同此心,
　　　　　该此刻结一个死生盟!
　　　　〔音乐。
　　　　〔黛玉缓步近榻,盘膝打坐,双手合十。
黛　玉　宝玉,我来问你,你此刻若有所思,若有所悟。现在我便问你一句话,你如何回答?
　　　　〔宝玉双手合十。
宝　玉　你且讲来。
黛　玉　宝姐姐和你好怎么样? 不和你好怎么样? 你和她好,她偏不和你好怎么样? 你不和她好,她偏要和你好怎么样?
宝　玉　(沉吟,忽然大笑)哈哈哈……任凭弱水三千,我只取一瓢饮。
黛　玉　水流得这样急,要夺你的瓢儿,怎么办?
宝　玉　葫芦的根子扎在心上,大水夺不走瓢儿。

黛　玉	水儿突然停住不流了,珍珠沉没到水底,再也没有消息,你便怎样?
宝　玉	那就让我的心,也像水一样停止了流动。春花不开,春鸟不鸣,永远像现在这个样子!〔盘膝,合十,低眉。
黛　玉	佛门无谎语!
宝　玉	有如三宝!

　　〔两颗心融化在一起,在默默相对中,完成了盟誓。
　　〔灯光在悠远的乐声中暗去。

——幕落

第六场　密　　谋

　　〔幕间曲:
　　　　圈儿越缩越变小,
　　　　书斋划地变成牢。
　　　　忧思怒恼迷心窍,
　　　　看她们怎把病来疗?
　　〔幕启。夜晚,贾母房中,幽暗灯光下,贾母、王夫人坐。
　　〔王熙凤上。

王熙凤	老祖宗,找我来有什么事吗?
贾　母	(命令丫头们)你们出去,不叫你们不要进来。

　　〔丫鬟们退下。

王熙凤	(背)有什么大事?
贾　母	凤丫头,你走近些。
王熙凤	老祖宗。
贾　母	凤丫头,今天和太太找你来,有件事要跟你商量。
王熙凤	老祖宗,有什么事,您只管吩咐。
贾　母	唉!你想必知道,宝玉近来的病况。
王熙凤	知道。
贾　母	(唱)只怪他父亲管教严, 　　　不许他胡闹与贪玩。 　　　这不许来那不许,

　　　　　如今逐渐变疯癫。
　　　　　叫他吃饭就吃饭，
　　　　　不和他说话不开言。
　　　　　这样下去怎么办？
　　　　　你可有灵药与仙丹？
王熙凤　（背）要我开药方子！
王夫人　总怪他父亲管教太严，成天关在书房，动不动就要骂，天长地久，闷成这个样子。
贾　母　前几天我已跟他父亲说过，他是任性惯了的，不能操之过急。这几天，虽然没有逼他念书，只是不见好转。
王熙凤　大凡生病，总有个病源，只要把病源找出来，什么病都会好的。看来，宝兄弟的病源还没有找准啊。
贾　母　那你倒说说，那宝玉除了他父亲管束太严，还有其他什么病源吗？
王熙凤　这……
贾　母　你快点讲。
王熙凤　我看宝玉兄弟该成婚了。
贾　母　成婚？
王熙凤　是的。
贾　母　凤丫头，你跟我想到一块去了。
王夫人　那你说说，娶哪一个姑娘为好？
贾　母　是啊，哪一个姑娘为好啊？
王熙凤　你们就是要我开这个药方子？
贾　母　是啊。
王熙凤　（背）老祖宗最疼爱林姑娘，宝兄弟最喜欢林姑娘，为什么还要问这个那个，这明明是选上了另一个人——她了！好哇，她有学问，有人缘，精明能干，不露声色，又是太太的嫡嫡亲亲的姨侄女，过得门来，里外一把抓，到了那时，我搁在哪儿呢？
贾　母　凤丫头，你想好了吗？
王熙凤　哎呀老祖宗，我想了半天，这是明摆着的，还能有第二个人吗？
贾　母　你说明白些。

王熙凤　您干什么一定要我说呢？
贾　母　你最明白我的心事。
王熙凤　当然是您最疼爱的那一个。
贾　母　哪一个？
王熙凤　不过就是您那心肝宝贝、外孙女、林妹妹！
贾　母　这……你倒说说，宝玉的病源，怎么就出在林丫头身上？
王熙凤　老祖宗！

　　（唱）他们是一处玩来一处长，
　　　　　天生一对地一双。
　　　　　只因近来岁数大，
　　　　　反倒把心事暗埋藏。
　　　　　没有人出头为他们来做主，
　　　　　郁在心头结在肠。
　　　　　郁结在心成了病，
　　　　　神仙也难用药方。
　　　　　只要洞房爆竹一声响，
　　　　　轰散乌云见太阳。
　　　　　不但宝玉病全好，
　　　　　林妹妹也不再泪汪汪。
　　　　　这就叫心病还须心药治，
　　　　　老祖宗怀里现成方。

　　〔贾母呆看王熙凤，有顷。

贾　母　凤丫头，你可曾听说，有一个金玉姻缘的话儿吗？
王熙凤　您说的是有一个金锁子的宝钗妹妹？
贾　母　是的。
王熙凤　（背）我早知道看上了那个厉害人！
贾　母　黛玉这丫头是我的心肝宝贝，她聪明灵秀，没有一些俗气；学问品格，又在众姐妹之上，只是过于孤傲，心计也多了些，身体又比较虚弱，不像个有福有寿的样子，不如宝丫头有涵养，能持家，和平稳重。那天替她过生日，你不是也称赞过她吗？

王熙凤　哎呀,我说老祖宗,您记性真好,还记得那天过生日的事情。到底是您见得深,看得远,想的做的就是和我们不一样。宝妹妹真像您说的一等人才,哪像我们这样的草包。况且又是太太的嫡亲姨侄女,跟宝兄弟也是相亲相好的。这没有什么好商量的,就这么办了。不过……

贾　母　什么?你讲啊。

王熙凤　林妹妹正病着,万一听到这个消息,出了什么意外,比方说一下子昏厥过去,回不来,那不也对不起我那死去的姑妈吗?

贾　母　这……我也为此担心。不过,像我们这种人家,做女孩子的,是不准有这种心病的!

王熙凤　是。不过老祖宗,林妹妹那儿暂且不去管她。可我们为的是给宝兄弟治病,谁都知道宝兄弟最喜爱林妹妹,要是他知道娶的不是林妹妹,大闹起来,病势加重,万一出了乱子,那就铸成大错,无法挽回了。况且让宝钗妹妹冒这么大的风险,也对不起姨太太。……(想以姐妹之情,打动王夫人)您说是吗?

王夫人　你也说得有理。

贾　母　依你之见?

王熙凤　娶林妹妹三全其美,娶宝妹妹只怕三败俱伤啊!

〔贾母一阵激烈思想斗争之后,决然地。

贾　母　咳!我意已决,娶宝丫头!林丫头不能主持家政,此乃第一桩大事。为着喜事大日,平安为主,凤丫头,你悄悄进行就是。

王熙凤　悄悄进行?明白了。只是宝玉那儿,总得有个办法才好。

〔贾母露有不耐烦之态。

贾　母　这有什么法子!只要把他哄过花烛那一天,揭了盖头上了床,一切的事,就都成过去了。

王熙凤　(不知是惊愕还是奉承)是!

——幕落

第七场　生　离

〔幕间曲:

花烛之前是林妹妹,

花烛之夜是宝姑娘。

洞房高烛照红妆,

遥映着葬花人在天涯望。

〔幕启。沁芳桥头,葬花处。夕阳已下,斜月半弯,浮云淡淡。

〔紫鹃内声:"姑娘,不要往前走了。"

〔紫鹃扶黛玉上,黛玉一阵咳嗽。

紫　鹃　姑娘,沁芳桥边,风寒水冷,您还是回去吧。

黛　玉　紫鹃那!

(唱)我多时不到此桥头,

辜负年光又一秋。

花花树树都依旧,

树树花花总带愁。

紫　鹃　当心垂柳碰着您。

黛　玉　(唱)它秋来更觉腰肢瘦。

紫　鹃　这一带都是花树,姑娘,您看这些小坟儿,都是您葬她们的花塚呢。

黛　玉　(唱)果是我亲手筑起小香丘。〔哭。

紫　鹃　姑娘,太晚了,这秋风您经受不住,我们还是早点回去吧。

黛　玉　紫鹃那,难道我还能常来这桥头吗?

紫　鹃　您这是怎么说……

黛　玉　(唱)好几天潇湘馆不见人来走,

这般冷落有缘由。

宝玉他一日不见我似三秋,

为什么银汉深深隔女牛?

紫　鹃　是啊,宝二爷这些个天怎么也不过来?

黛　玉　想必是他病得重了。偏偏我也病成这个样,不能去看他。宝玉不来,潇湘馆成了人迹不到的破庙。你还没有觉得吗,我已是多余的人了?

(唱)我已十成猜八九,

有一桩大事在筹谋。

瞒着你也瞒着我,

不让有一丝消息过鸿沟。

紫　鹃　有什么事要这样瞒着我们哪？
黛　玉　不要问了,慢慢扶我上桥。
紫　鹃　桥上风大,您就在这儿望望吧。
黛　玉　我要站上桥头,喊一声宝玉。
紫　鹃　姑娘……〔哭。
　　　　〔黛玉奋力登桥,一阵咳嗽。
　　　　〔远处传来喜乐声。
黛　玉　紫鹃,你听,这是什么声音？
紫　鹃　鼓乐之声,奇怪,府里有什么喜事？
　　　　〔黛玉猛地推开紫鹃,跌跌撞撞,走上桥头。
　　　　〔鼓乐声起。
黛　玉　紫鹃,你看,宝玉、宝钗……〔吐血。
　　　　〔紫鹃大惊。
紫　鹃　血！姑娘！姑娘！……雪雁……你们快来人那！
　　　　〔黛玉从昏迷中,似见宝玉、宝钗的婚仪队伍从眼前经过。她竭尽平生之力喊出一声:"宝玉！"宝玉大惊,指着宝钗喊叫:"你不是林妹妹！"狂奔叫喊:"林妹妹！林妹妹……"
　　　　〔黛玉眼看宝玉被人强拽远去,终于力竭倒下。

——幕落

第八场　死　别

〔幕间曲：
　　林妹妹魂归离恨天,
　　独留个宝玉在人间。
　　新房中不想别的事,
　　只想那天盟誓言。
　　茫茫大雪萧萧竹,
　　潇湘馆今日悼婵娟。
〔幕启。潇湘馆。大雪,天地一色。
〔黛玉灵柩前,紫鹃上香。

〔袭人上。
袭　人　紫鹃妹妹，老太太她们看林姑娘的灵柩来了。
紫　鹃　宝二爷没来？
袭　人　来了，在后头。老爷也来了。
　　　　〔贾母、贾政、王夫人、王熙凤、迎春、探春、惜春一律御雪装束上。
贾　母　黛玉，外孙女儿，我们送你来了。
众　人　……林姑娘……〔哭。
贾　母　（唱）你母亲在我前头走，
　　　　　　　可怜你也在我先亡。
　　　　　　　人间荣华未曾享，
　　　　　　　叫我越老越悲伤。
王夫人　（唱）清香一炷你来餐，
迎春等　（唱）再不能诗社中，同咏桃花共海棠。
王熙凤　林妹妹……
　　　　（唱）对灵柩止不住心感伤，
　　　　　　　惭愧的泪水滴胸膛。
　　　　　　　今日我流的是真情泪，
　　　　　　　愿把它，一滴一滴，滴向九泉你的身旁。
　　　　　　　喂呀，林妹妹呀。
　　　　〔内声："二爷、二奶奶到！"
　　　　〔宝钗扶宝玉上。宝玉神情木然。
　　　　〔贾母示紫鹃出迎。
紫　鹃　二爷！
　　　　〔宝玉木然走近灵柩，凝视有顷，抚摩灵柩开始抽泣，终而放声大哭。
宝　玉　林妹妹……
　　　　（唱）大雪严寒棺内冷，
　　　　　　　妹妹体弱怎能禁！
　　　　　　　哥哥与你加衣服，
　　　　　　　哥哥与你把袖温。
　　　　　　　你与哥哥隔一板，

　　　　　难道真是隔幽冥？
　　　　　妹妹呀，我要把灵柩来砸碎，
　　　　　扶起妹妹看个清：
　　　　　看妹妹眼中还有多少泪？
　　　　　看妹妹双眉是否（还）带愁颦？
　　　　　看妹妹心头堆着多少恨？
　　　　　请妹妹狠把哥哥骂几声，恨压在心头闷死人！
宝　钗　（委屈大哭）林妹妹……
贾　母　快把他们两人拉起来。
王熙凤　宝兄弟，薛大妹妹，快不要哭了，人死不能复生。
宝　玉　我的好姐姐呀！
　　　　（唱）既知道人死不能再复生，
　　　　　为什么送妹妹往死路上行！
　　　　　妹妹你，目不瞑哪……〔顿足号啕。
　　　〔哭声感染众人，各怀心事，呼喊黛玉，一片哭声——宝钗委屈，凤姐违心，贾母、王夫人心灵受谴责，迎春、探春、惜春诗友情深，紫鹃数年相伴，丫鬟们各有无名的悲哀，一时汇成眼泪的海洋。只有贾政默然站立。
　　　〔内伴唱声："人死不能再复生，为什么送她往死路上行！"
　　　〔贾母急加阻止。
贾　母　好了，好了。你们都站好，向林丫头一拜，表一表情意。
　　　〔哀乐。众人向灵柩一拜。
贾　母　宝玉，大家来哭你林妹妹一场，也算对得起她了。我们回去吧！
　　　〔宝玉向贾母、贾政、王夫人、王熙凤、众姐妹、宝钗各一拜。
宝　玉　奶奶、父亲、母亲、姐姐、妹妹、宝姐姐！谢谢你们答应我，把林妹妹灵柩留着，等我来祭奠一番。林妹妹的灵柩，明天就要抬去安葬了，孩儿最后一次，请求奶奶、父亲、母亲应允孩儿一人在此，多守一会！孩儿是家中不肖之人，累全家为我操心。如今，孩儿一切都明白了，打从今日起，孩儿不再叫奶奶、父亲、母亲生气了，奶奶、父亲、母亲需要保重，姐姐、妹妹、宝姐姐，都请原谅我了……〔伏地不起。

〔众人面面相觑,望着贾母、贾政。
〔贾政点头。贾母扶起宝玉,心头涌起一阵无名的悲哀,不禁老泪纵横,抚摩宝玉。

贾　母　紫鹃、丫鬟们,你们要好生照应二爷,让他早点回去。
宝　钗　我陪你在这里。
宝　玉　(坚决地)不,姐姐也回去吧!
宝　钗　(无奈)那你早一点回来。
宝　玉　(深情地)是,姐姐保重。
　　　　〔哀乐。
　　　　〔众人徐徐退出,宝玉躬身相送。众人下。
　　　　〔宝玉环视屋内一周。
宝　玉　(安静地)紫鹃妹妹,她们都已走了,请你把林妹妹临终的情形告诉我。
紫　鹃　这……
宝　玉　我知道妹妹你心中也恨着我,我不说了,请你也原谅我吧!
紫　鹃　二爷!〔哭。
　　　　(唱)二爷何必把往事问,
　　　　　　说起来只有更伤心。
　　　　　　姑娘临死眼微睁,
　　　　　　哭无眼泪话无声。
　　　　　　拿起诗帕和诗稿,
　　　　　　向火盆一掷化烟腾。
　　　　　　眼睛一闭将身倒……
宝　玉　一句话也没有留下吗?
紫　鹃　有四个字。
　　　　(唱)宝玉宝玉……绝命声……
　　　　〔宝玉随着紫鹃的哭声哽咽欲绝。
紫　鹃　二爷不要过于伤心。
宝　玉　妹妹请自去安歇,请大家不要来惊动我!
　　　　〔紫鹃下。

宝　玉　林妹妹,这房里又只剩下我们两个人了。
　　　　(唱)人全去,空房静,
　　　　　　听哥哥细语话衷情。
　　　　　　今天是哥哥离家日,
　　　　　　哥哥来带你一同行。
　　　　　　妹妹为我死,
　　　　　　我为妹妹生。
　　　　　　形骸虽隔断,
　　　　　　隔不断精神。
　　　　　　一齐离苦海,
　　　　　　一道出围城。
　　　　　　哥哥我,茫茫人海随缘化,
　　　　　　妹妹也,萧萧野寺听钟鸣。
　　　　　　没人厌,没人憎,
　　　　　　真解脱,六根清。
　　　　妹妹,哥哥各事都已了结,那个最好的朋友蒋玉菡,昨天也来见了面,道了别,此刻真是无牵无挂的了。妹妹,哥哥的话,你都听见了吧?
　　　　(唱)弱水三千一瓢饮,
　　　　　　谨将玉碎报珠沉。
　　　　〔取下通灵宝玉置于覆盖灵柩的布下。
　　　　(接唱)让她们见玉心明白,
　　　　　　　木石情缘不可分。
　　　　该走了。妹妹,你看那——
　　　　(接唱)白茫茫大地真干净……
　　　　〔最后抚棺一恸,徐步出门,向着白茫茫的天地中走去。
　　　　〔灯暗。远处传来钟声三响。
　　　　〔灯渐复明。景同第一场。
　　　　〔宝玉僧装,长眺于风雪荒原。
　　　　〔内伴唱声:"白茫茫,真干净,风雪里,一孤僧。红楼不见当年影,翠竹长留梦里痕;一曲悲歌木石盟。"

〔大幕徐降。

——剧终

剧本创作于1991年。1992年由安徽省黄梅戏剧院排演。马兰、黄新德、吴亚玲等主演。曾获多项奖项。《剧本》1992年发表。

越 剧

红　楼　梦

徐　进

人物表

贾宝玉——贾政的儿子
林黛玉——宝玉的姑表妹
薛宝钗——宝玉的姨表姐
紫　鹃——黛玉最亲密的婢女
贾　母——宝玉的祖母
贾　政——宝玉的父亲
王夫人——宝玉的母亲
王熙凤——宝玉的二嫂子
袭　人——宝玉的婢女
晴　雯——宝玉的婢女
傻丫头——贾母的婢女
雪　雁——黛玉的婢女
长府官——忠顺亲王府长府官
薛姨妈——宝钗的母亲
焙　茗——宝玉的书僮
周妈妈——贾府女管事
莺　儿——宝钗的婢女
珍　珠——贾母的婢女
绣　鸾——王夫人婢女
喜娘
老婆子

仆人数人

第一场 黛玉进府

〔残冬时节。贾母正房内室。丫鬟珍珠和紫鹃等着远道而来的贾母的外孙女林黛玉,她俩正张望着。

珍　珠　林姑娘来了没有?

紫　鹃　还没有来呢。

珍　珠　还没有来!

紫　鹃　(戏弄地)嗳,姐姐你快来看,林姑娘来了!

珍　珠　啊!

紫　鹃　来,来,来,快来看呀。

珍　珠　在哪里呀?

紫　鹃　喏。〔大笑。

珍　珠　死丫头,看我不打你!

紫　鹃　好姐姐,你就饶了我吧。(稍停,忽远见林黛玉真的来了)哎呀,姐姐你快来看呀,林姑娘真的来了呢!你们快来看呀,林姑娘来了!

　　　　〔内声:"林姑娘来了!"

　　　　〔傻丫头的声音:"老太太,林姑娘来了。"

　　　　〔林黛玉由老婆子扶着,从一排玻璃窗后走过,只听周妈妈说"林姑娘走好","林姑娘请进来"。后面跟着林黛玉从家里带来的一个小丫鬟雪雁。

　　　　〔幕后合唱:

　　　　　　乳燕离却旧时窠,

　　　　　　孤女投奔外祖母。

　　　　〔林黛玉入室,老婆子为她脱去披风。室内时钟声鸣,她好奇地注视了一下。

林黛玉　(自语)外祖母家确与别家不同。

　　　　〔幕后合唱:

　　　　　　记住了不可多说一句话,

　　　　　　不可多走一步路。

紫鹃、珍珠 （笑迎）林姑娘，刚才老太太还挂念呢，可巧就来了。（又争着打起帘子）老太太，林姑娘来了。

〔傻丫头扶着鬓发如银的贾母从内走出，鸳鸯扶着王夫人随着出来。

贾　母 我的外孙女来了。我的外孙女在哪里？……（看到林黛玉，悲喜交集地哭唤）外孙女儿！

林黛玉 外祖母！

贾　母 我的心肝宝贝！……

〔众人陪着拭泪。林黛玉扶贾母坐了，按礼拜见了贾母。

〔贾母拉着黛玉坐在自己身边。

贾　母 （唱）可怜你年幼失亲娘，

　　　　　孤苦伶仃实堪伤，

　　　　　又无兄弟共姐妹，

　　　　　似一枝寒梅独自放。

　　　　　今日里接来橘花倚松栽

　　　　　从今后，在白头外婆怀里藏。

王夫人 是啊！

〔贾母指着王夫人。

贾　母 这是你二舅母，快去见过。

〔林黛玉跪拜。

林黛玉 拜见舅母。

〔王夫人扶起。

王夫人 不消了，外甥女儿，快起来，这旁坐下。

〔贾母细视林黛玉。

贾　母 外孙女儿，看你身体单薄，若不胜衣，却是为何？

王夫人 是呀。

林黛玉 外孙女自小多病，从会吃饭时起，便吃药到如今了。

王夫人 常服何药？如何不治好了？

林黛玉 经过多少名医，总未见效，如今正吃人参养荣丸。

贾　母 正巧，我这里正配丸药呢，叫他们多配一料就是了。

〔丫鬟们献上茶果，在严肃的气氛里，忽听外面有笑语声："啊呀！林姑娘来了,真的来了,我来迟了,来迟了。"随着笑语声,进来了王熙凤,林黛玉忙起身迎接。

王熙凤　老祖宗,我来迟了。
　　　　(唱)昨日楼头喜鹊噪,
　　　　　　今朝庭前贵客到。

贾　母　(笑语)你不认得她,她是我们这里有名的一个"泼辣货",南京人所谓"辣子",你只叫她"凤辣子"就是了。
　　　　〔王夫人笑着告诉林黛玉。

王夫人　她就是你琏二嫂子,学名唤作王熙凤。

林黛玉　见过二嫂子。
　　　　〔王熙凤忙上前携林黛玉手,仔细地上下打量。

王熙凤　啊呀!好一个妹妹。
　　　　(唱)休怪我一双凤眼痴痴瞧,
　　　　　　似这般美丽的人儿天下少!
　　　　　　哪像个老祖宗膝前外孙女,
　　　　　　分明是玉天仙离了蓬莱岛。
　　　　　　怪不得我家老祖宗,
　　　　　　在人前背后常夸耀。
　　　　　　咳,只是我妹妹好命苦,
　　　　　　姑妈偏就去世早。〔故作掩袖伤感。

贾　母　嗳!
　　　　(唱)我一天愁云方才消,
　　　　　　你何必又招我烦恼。
　　　　〔王熙凤忙转悲为喜。

王熙凤　哎呀正是!我一见了妹妹,一心都在她身上,又是喜欢,又是伤心,竟忘了老祖宗了。老祖宗,喏,该打!该打!(接着,十分体贴地对林黛玉说)妹妹,坐下,妹妹,你如今来到这里——
　　　　(唱)休当作粉蝶儿寄居在花丛,
　　　　　　这家中就是你家中,
　　　　　　要吃要用把嘴唇动,

　　　　　　受委屈告诉我王熙凤。
林黛玉　多谢嫂子费心。
　　　　　〔王熙凤问周妈妈。
王熙凤　林姑娘的东西可搬进来了?
周妈妈　都搬进来了。
王熙凤　你们赶早打扫屋子,让林姑娘带来的人歇息去。
老婆子　见过老太太、太太。
王夫人　起来。
周妈妈　妈妈、姑娘随我来。〔领老婆子、雪雁下。
　　　　　〔贾母看了雪雁一眼。
贾　母　黛玉带来的这个小丫头太稚嫩了,把我身边的那个……(环视众丫鬟后,看到紫鹃)那个紫鹃给了黛玉,好使唤。
王夫人　老太太想得周到。
紫　鹃　见过林姑娘。
　　　　　〔王夫人向王熙凤。
王夫人　凤丫头,你也该拿几个缎子来,给你妹妹裁衣裳啊!
王熙凤　我猜想妹妹这两日必到,我已经预备好了,等太太回去过了目,好送来。
　　　　　〔王夫人含笑点头。
王夫人　唔!
王熙凤　老祖宗,林妹妹的屋子,我也预备了……
贾　母　这个倒不必了,就让她暂时住在这里,和我靠得近一些。等过了残冬,到了明年春天再另作安置吧!
王熙凤　哎呀!啧啧啧……林妹妹一来,老祖宗就离不开她了。
　　　　　〔贾母笑向林黛玉。
贾　母　你听听她这张嘴。(稍停)怎么,宝玉到家庙去还愿,这时候还不回来,也让他和妹妹见个礼。
王夫人　绣鸾,你去看看宝二爷回来了没有。
绣　鸾　是,太太。〔下。
　　　　　〔王夫人向林黛玉。
王夫人　外甥女儿,我有句话要告诉你,我家里的三个姐妹倒都极好,以后可一处念书,学做针线,只是我有一件不放心,就是我那个宝玉……

〔一个丫鬟来报:"宝二爷回来了!"

〔贾宝玉手里挥舞着一串佛珠,从玻璃窗后走过,上场。

贾宝玉　(向贾母请安)老祖宗安。(又向王夫人)太太安。

贾　母　(笑语)宝玉,家里来了客人,还不快过来见你林妹妹。

王夫人　快去见过林妹妹。

〔贾宝玉注视林黛玉。

贾　母　是啊!

贾宝玉　林妹妹。

〔贾宝玉与林黛玉互相打量。

贾宝玉　(唱)天上掉下个林妹妹,

　　　　　　似一朵轻云刚出岫。

林黛玉　(唱)只道他腹内草莽人轻浮,

　　　　　　却原来骨格清奇非俗流。

贾宝玉　(唱)闲静犹似花照水,

　　　　　　行动好比风拂柳。

林黛玉　(唱)眉梢眼角藏秀气,

　　　　　　声音笑貌露温柔。

贾宝玉　(唱)眼前分明外来客,

　　　　　　心底却似旧时友。〔满脸含笑。

　　　　这个妹妹,我好像曾见过的。

贾　母　(笑)又胡说了,你何曾见过。

贾宝玉　虽没见过,却看着面善,心里倒像是认识的一般。

贾　母　好,好。(拉双方手)这样,以后在一起就和睦了,坐下,坐下。

贾宝玉　妹妹,你读过书吗?

林黛玉　读过一年书,认得几个字。

〔贾宝玉走向林黛玉身边。

贾宝玉　妹妹尊名?

林黛玉　名唤黛玉。

贾宝玉　表字呢?

越　剧

林黛玉　　无字。

贾宝玉　　（笑）无字,好,我送妹妹一字,唤作"颦颦"甚妙!

王熙凤　　（插嘴）什么叫"颦颦"呀!

贾宝玉　　《古今人物通考》上说,西方有石名黛,可作画眉之墨,妹妹眉间若蹙,取这个字,岂不甚美?

王熙凤　　（笑）只怕又是杜撰的!

贾宝玉　　除了四书,杜撰的也太多呢。

贾　母　　真聪明。

贾宝玉　　妹妹,你可有玉没有?

林黛玉　　我没有玉。你那块玉也是件稀罕之物,岂能人人都有?

　　　　　［贾宝玉摘下身上佩戴的那块玉,狠命地向地上摔去。

贾宝玉　　什么稀罕东西,人的高下不识,还说灵不灵呢,我也不要这个!

　　　　　［丫鬟们慌了,急去拾玉,交给王熙凤。

王夫人　　宝玉,你……

　　　　　［贾母急得搂住了宝玉。

贾　母　　孽障!你生气,要打骂人容易,何苦去摔你那命根子呵!

贾宝玉　　（哭了起来）家里姐姐妹妹都没有,只有我有,我说没趣;今天来了这个神仙似的妹妹也没有。可知这不是个好东西!

王熙凤　　宝兄弟,快戴上。

　　　　　［贾宝玉挥手拒绝。

王夫人　　宝玉,宝玉,当心你爹知道。快戴上。

　　　　　［王熙凤温柔地替贾宝玉戴上了玉。

王熙凤　　宝兄弟,老祖宗不是常说的吗?这富贵家业就指望着你这个命根子呢!

——幕落

第二场　识　金　锁

　　　　　［第二年的春天,在林黛玉室内。
　　　　　［周妈妈捧着个小锦匣儿叫着"林姑娘"上。雪雁随上。

雪　雁　　周妈妈。

周妈妈　　你们姑娘呢?

雪　雁　　出去散步了，妈妈有什么事么？

〔周妈妈从匣中取出两支宫花。

周妈妈　　这是宫里头做的堆纱花，薛姨太太叫我给姑娘们戴，这是送林姑娘的两支，你收下了，告诉你们姑娘吧。

〔雪雁接过花。

雪　雁　　周妈妈，是不是新来的那位薛姨太太送的么？

周妈妈　　是啊，去年冬天，来了你们家姑娘，如今又来了薛姨太太这家亲戚，家里可热闹了。哦，小丫头，你可曾见过薛姨太太身边的那位姑娘么？

雪　雁　　你说的是那位新来的宝姑娘么？

周妈妈　　是宝姑娘啊。

雪　雁　　我还没有见过呢！

周妈妈　　可生得好人品哩！

雪　雁　　（问得天真幼稚）长得比我家姑娘还好么？

周妈妈　　（笑）都是天仙美女一般，也说不上谁好谁差，只是那宝姑娘家里是有产有业的名门大族，舅舅在京里做官，真是好福分！哎呀，我这个人一说就唠叨了，我走了，还要去别的姑娘那里送呢！

雪　雁　　妈妈坐一会。

周妈妈　　不用了。〔下。

雪　雁　　（看着宫花，自语）来了个宝姑娘……家里有产有业的……是呀，人家可不比我们姑娘这样无依无靠投奔来的！……我家姑娘怎么还不回来，我找找她去。〔下。

〔一会儿，只听外面有贾宝玉与薛宝钗的声音。

贾宝玉　　（内声）宝姐姐请！

薛宝钗　　（内声）宝兄弟请！

〔贾宝玉、薛宝钗、莺儿同上。

薛宝钗　　（唱）老太太跟前请罢安，
　　　　　　　　把林家妹妹来探望。

贾宝玉　　林妹妹，林妹妹，宝姐姐来看你了。……〔笑对薛宝钗。
　　　　　（唱）这正是上庙不见土地神，

薛宝钗　　（唱）略等片刻又何妨。

〔贾宝玉与薛宝钗同坐榻上,相对笑视,半晌。

薛宝钗　宝兄弟,你颈上挂的那块玉,虽曾听说,却未曾细细地赏鉴过,今天倒要见识一下。〔挪近身子。

　　　〔贾宝玉凑了过去,摘下玉,递与薛宝钗。

薛宝钗　(欣赏着,念着玉上刻的字)"莫失莫忘,仙寿恒昌。"(复一句。回头笑向莺儿)你也看得发呆做什么?

莺　儿　(笑)我听这两句话倒像和姑娘金项圈上的两句话是一对呢!

贾宝玉　好姐姐,你金项圈上也有几个字,我也赏鉴赏鉴。

薛宝钗　你不要听她,没有什么字。

贾宝玉　(央求)好姐姐,你怎么看了我的,却不让人看你的呢?

薛宝钗　我这个没有什么好看的,只是上面也有两句吉利话罢了。〔摘下金锁,递与贾宝玉。

　　　〔林黛玉暗上。

贾宝玉　(也念着上面刻的字)"不离不弃,芳龄永继。"这两句话,真像和我的是一对呢。(递还,忽闻薛宝钗身上香气)姐姐的衣裳熏得好香啊!

薛宝钗　我最怕熏香,好好的衣裳为什么要熏呢?

贾宝玉　那是什么香呢?

薛宝钗　(想一想)哦,想是我早起吃了"冷香丸"的香气。

贾宝玉　冷香丸?那么好闻,给我一丸尝尝吧!

薛宝钗　(笑)又混闹了,药怎么能瞎吃呢。

贾宝玉　这香气好闻来。

薛宝钗　怎么林妹妹到这般时候还没有回来?宝兄弟,我不等她了,我改日再来望她。

贾宝玉　(也起身)也好,我送宝姐姐出去。

　　　〔贾宝玉和薛宝钗同下,莺儿随下。林黛玉目送他们。
　　　〔林黛玉默然地,懒散地和衣斜卧榻上,合上了眼。半晌,贾宝玉复上,悄步行至榻边。

贾宝玉　林妹妹,方才宝姐姐来看过你呢,你到哪里去了?……(林黛玉没理他,故意把手帕遮住脸)怎么睡着了。(推林黛玉)嗳,嗳,嗳,早饭刚刚吃好又睡觉了。

221

林黛玉 （开眼）你吵我做什么？

贾宝玉 好妹妹！你看呀！

（唱）春色如锦不去赏，
　　　合起眼皮入睡乡，
　　　饭后贪眠易积食，
　　　来！我替你解闷寻欢畅。〔拉林黛玉起来。

林黛玉 你到别处去玩嘛。

贾宝玉 我上哪里去？我看见他们怪腻的。

林黛玉 （笑了）你既愿在这里——

（唱）就老老实实端正坐，
　　　休像那蜜糖粘在人身上。

贾宝玉 好，我也躺着吧！

林黛玉 你就躺着吧。

贾宝玉 没有枕头啊，我们两个合用一个枕头吧！。

林黛玉 啐！外面屋子里有的是枕头。

贾宝玉 我不要，外面枕头都是肮脏的老婆子们用的。

林黛玉 （指点其额）啊，真真是我命中的魔星！〔就把自己的枕头给了他，自己又换了一个。

〔贾宝玉与林黛玉对着脸儿躺下。

〔林黛玉见贾宝玉脸腮上有一块红迹，于是拉他坐起来，抚之细看。

林黛玉 咦！你脸上又是谁的指甲划破了？

〔贾宝玉笑，躲开。

贾宝玉 不是，方才擦了点胭脂膏。〔用手抚脸。

〔林黛玉用自己的手绢替贾宝玉揩去。

林黛玉 你又在做这些事了，要是传到舅舅耳朵里，大家都不得安心了。

〔贾宝玉拉住林黛玉衣袖，闻香。

贾宝玉 好香，这香气奇怪，又不是香饼子的香，也不是香袋儿的香，这是什么香呀？

林黛玉 （冷笑）难道我有什么奇香不成？好，就算我有奇香，我问你，你可有暖香没有？

贾宝玉　什么暖香?

林黛玉　(点头笑叹)蠢才!蠢才!你有"玉",人家就有"金"来配你;人家有"冷香",你就没有"暖香"去配她!

贾宝玉　好,我说一句,你就拉上这么许多,今天不给你个厉害……〔将手呵了两口,来林黛玉膈肢下乱挠。

〔林黛玉一面躲开,一面笑得喘不过气来……

〔林黛玉笑着逃下,贾宝玉追下。

——幕落

第三场　读《西厢》

〔某年春天三月中旬,大观园的沁芳桥畔。远处楼阁峥嵘,树木葱蔚,青溪泻玉,山石穿云,大观园全景在望。这一天的早饭后,贾宝玉怀兜落花,走至沁芳桥上,把花瓣抖落在流水中,看着落花随流水漂去。他下桥,欲再收拾残英时,忽然看见了彩蝶在花丛飞舞,于是他天真地,蹑着足尖去捉蝴蝶,他扑了个空,立起来时,小厮焙茗悄悄上,抱住宝玉。

贾宝玉　谁呀?

〔焙茗大笑。

贾宝玉　你到这里来做什么?

焙　茗　二爷,你叫人家找得好苦呀!

贾宝玉　做什么?

焙　茗　你上次叫我弄的书,我给你拿来了。

贾宝玉　好,拿来。(接过书来看)《西厢记》。

焙　茗　二爷,对不对呀?

贾宝玉　(高兴地)对,对。

焙　茗　二爷,昨日你在老爷面前做了诗,人人都说你那些诗做得好,亏得老爷也喜欢了,二爷昨日得了彩头,该赏赏我们了吧?

贾宝玉　(心已在书上,随口说)好,明天赏你一吊钱。

焙　茗　谁没有见过一吊钱,二爷,把这象牙雕刻的,赏给我吧!

〔焙茗不容分说,将贾宝玉身上佩物都解了去。

焙　茗　这个荷包也赏给我了吧。〔解荷包。

〔贾宝玉夺住。

贾宝玉 嗳,别的你都拿去,这荷包是林妹妹送给我的,谁也不准拿!

〔焙茗一溜烟地跑了。贾宝玉珍藏好了荷包,拿着《西厢记》悄然四顾后,知道这儿没旁人了,于是坐在假山石上,展开《西厢》来读。他全神贯注地读着,看到神妙处,禁不住手舞足蹈地笑起来。忽听袭人叫着:"宝二爷!宝二爷!"宝玉自语:"袭人来了。"他忙躲了起来。袭人上,一路叫着寻过去了,宝玉又出来看《西厢》。

贾宝玉 像这样的好书,老爷却不许我读,我今日偏要背地里读它一个爽快呵!
(唱)书斋读遍经与史,
　　　难得《西厢》绝妙词,
　　　羡张生,琴心能使鸳鸯解,
　　　慕鸳鸯,深情更比张生痴。
　　　唉!叹宝玉身不由己困在此,
　　　但愿得,今晚梦游普救寺。

〔贾宝玉正看得出神,这时,只听背后有人说道:"你在这里做什么?"贾宝玉吓了一跳,急把书藏好。一回头,见是林黛玉。

林黛玉 咦,你在这里做什么?哦,原来躲在这里用功。(故作讽嘲)这一来呀,可要"蟾宫折桂"了呢!

贾宝玉 你取笑我做什么?你又不是不知道我最讨厌那些诳功名、混饭吃的八股文章,你还提这些呢!

林黛玉 不是那些书,那又是什么书呢?不要在我面前弄鬼了,趁早给我看看。

贾宝玉 妹妹,我在这里看这个书,除了花鸟以外,别无一人知道,给你看我是不怕的,好歹不要告诉人。(兴奋地)真是好文章!你要是看了,连饭也不想吃呢。〔故意逗她,不给看,林黛玉生了气,贾宝玉连忙把书递过去。
〔林黛玉接过书。

林黛玉 (念)《西厢记》。

〔于是林黛玉坐下来,从头看起,越看越爱。贾宝玉侧依在她身边共看,一会儿又立在她身后。林黛玉看得出神。

贾宝玉 (笑)好妹妹,真是好文章!你说好不好?

〔林黛玉笑着点头。贾宝玉情不自禁地学作书中张生之态,轻摇折扇,

　　　　　　走向林黛玉。

贾宝玉　妹妹！
　　　　（唱）我是个多愁多病身，
　　　　　　你就是那倾国倾城的貌！
　　　　〔林黛玉面红耳赤带怒含嗔的站起来指着贾宝玉。

林黛玉　（唱）该死的胡说八道，
　　　　　　弄出这淫词艳曲来调笑，
　　　　　　混账话儿欺侮人，
　　　　　　我可要舅舅面前将你告。
　　　　〔林黛玉转身欲走，贾宝玉急了，忙上前拦住。

贾宝玉　好妹妹，
　　　　（唱）我无非过目成诵顺口念，
　　　　　　好妹妹，千万饶我这一遭，
　　　　　　我若有心欺侮你，
　　　　　　好，明朝让我跌在池子里，
　　　　　　让癞头鬼把我吞吃掉。
　　　　〔林黛玉噗嗤一笑。

林黛玉　（唱）那张生，一封书敢于退贼寇，
　　　　　　那莺莺，八行笺人约黄昏后，
　　　　　　那红娘，三寸舌降伏老夫人，
　　　　　　那惠明，五千兵馅做肉馒头。
　　　　　　我以为你也胆如斗，
　　　　　　呸，原来是个银样镴枪头！

贾宝玉　（笑）你说说，你这个呢？好，我也告诉去。
　　　　〔林黛玉拉住贾宝玉。

林黛玉　你说你能过目成诵，难道我就不能一目十行！（又故意推他）你去呀，你去呀！

贾宝玉　好了，好了，我们不谈这个了。好妹妹，我们俩坐下谈别的好吗？
　　　　〔贾宝玉袖藏了《西厢记》，与林黛玉坐在石上。

贾宝玉　妹妹，我上回到你房里来，看见你又在做针线了，好妹妹，明天你替我做

个香袋,好不好?
林黛玉　那可要看我高兴不高兴。
贾宝玉　你送我香袋,我也送你件东西。(摸出一个茯苓香串儿来)这是北静王送我的,是皇上赐下来的呢。
　　　　〔林黛玉站起来拿过香串轻蔑地掷在地上。
林黛玉　什么臭男人拿过的,我可不要这东西!
　　　　〔贾宝玉只得拾起来收好了。
贾宝玉　你不要这东西,我可要你的香袋。要,我要香袋。
林黛玉　你要一个香袋那很容易,横竖今后有人会替你做了,人家比我又会做,又会写,又有什么金的玉的……
贾宝玉　你又来了!(忙上前凑近她,悄悄地说)你这个人,难道连"亲不间疏,后不僭先"也不知道?第一件,我们是姑舅姐妹,宝姐姐是两姨姐妹,论亲戚,也比你远。第二件,你先来,我们两个一桌吃、一床睡,从小一起长大,她是才来的,岂有个为了她而疏远你的呢?
林黛玉　啐!我难道叫你疏远她?那我成了什么人了呢?(双手按心)我为的是我的心。
贾宝玉　我也为的是我的心。你难道就知道你的心,不知道我的心不成?
　　　　〔林黛玉低头不语,在山石上坐下,贾宝玉也跟着坐下。
林黛玉　天气分明冷了一些,你穿的这样单薄,回头冷了,怕又要伤风了。
贾宝玉　看你自己也穿的这样单薄。
　　　　〔贾宝玉把《西厢》递给林黛玉,两人又共读起来。

——幕落

第四场　"不肖"种种

〔怡红院。时届初夏。贾宝玉正被逼读八股文,晴雯出,见他摇头晃脑之状,不禁掩口而笑。

贾宝玉　(念)"事君以忠,事父以孝。圣人云:忠孝人之本也,事君不可以不忠,事父不可以不孝也。
　　　　　三纲五常乃人立身之太经,为人臣子,不可以不知,是以忠臣出于孝子之门也。"

〔晴雯忍不住笑出声来。

贾宝玉　人家在苦恼,你还笑呢!(弃书)唉!
　　　　(唱)每日里送往迎来把客陪,
　　　　　　焚香叩头祭祖先,
　　　　　　垂手恭敬听教诲,
　　　　　　味同嚼蜡读圣贤,
　　　　　　这功名钓禄的臭文章,
　　　　　　读得我头晕目眩实可厌!
晴　雯　孙悟空套上了紧箍咒,没法子,再读一会吧,我替你打扇子。〔为贾宝玉打扇。
贾宝玉　咳!八股八股,把人害苦呵!(心不在焉地读了两行,看晴雯)呀,晴雯,晴雯,看你的眉毛,是谁替你画成这个样子?
晴　雯　我自己画的。
贾宝玉　画得一点不美,我来替你改画一下。
晴　雯　小祖宗,读书要紧呢!
贾宝玉　让我解解闷吧!
晴　雯　好,就让你画。(取画眉笔等物,让贾宝玉替她画眉,正欲画时)二爷,你画便画,可千万不要把我的眉毛画得和林姑娘一样。
贾宝玉　那是为什么?
晴　雯　太太不喜欢。
贾宝玉　哦……
晴　雯　有一天,太太到园中来,见了我就虎着脸,皱着眉头问袭人,她说:
　　　　(唱)眉尖若蹙,眼波如水,
　　　　　　眉眼好像林妹妹,
　　　　　　水蛇腰,削肩膀,
　　　　　　这一个丫头她是谁?
贾宝玉　不要管她!
晴　雯　二爷,你若画得我晴雯呵,
　　　　(唱)眉眼更像那林姑娘,
　　　　　　岂不是,碍了太太的眼,添了晴雯的罪!

贾宝玉　真奇怪！难道眉眼生得好看一点，也就会得罪人了么？我偏要画得像林妹妹一样。

〔袭人捧着个果盒上。

贾宝玉　（笑问袭人）

（唱）你看我画得美不美？

袭　人　（不满地）

（唱）去问你家的林妹妹！

晴　雯　（正收拾画眉笔等物，闻言，讥讽）唷！

（唱）是谁家，香醋辣椒一起炒，

我闻到酸辣辣的一股辣椒味！

〔袭人放下果盒，赶去打晴雯。

袭　人　看我不撕了你这张嘴！

〔晴雯笑着逃下。

贾宝玉　（笑）满屋里就是她会磨牙齿。

〔袭人止步，向贾宝玉。

袭　人　这是二爷宠着她的缘故。二爷呀！

（唱）常言道，热心人总爱多张嘴

休怪我要把二爷劝一回，

你怎可凤凰混在乌鸦队，

主子替奴婢去画眉，

你放下正经书不念，

老爷知道定责备。

二爷，就是退一万步说，

纵然你不是真心爱读书，

也应该装出个读书样子来。

贾宝玉　又是读书！〔愤然坐下，胡乱翻书，又不耐烦地挥扇。

袭　人　看天时热了，来，脱下一件衣服吧。（替贾宝玉换衣，忽发现他身上一条鲜艳的汗巾）咦，这条汗巾是哪里来的？我怎么从来没有见过？说啊，二爷，是哪里来的？

〔贾宝玉急掩藏汗巾，晴雯复上。

贾宝玉　这……是个朋友送我的。
袭　人　是什么朋友？竟送这样的东西？
贾宝玉　哎呀，你就少管一些好不好？
袭　人　(摇头叹息)咳！你又不知结交上什么三教九流的人物了。〔收拾换下的衣服，入内。
　　　　〔晴雯走向贾宝玉。
晴　雯　好鲜艳的一条汗巾！不知我家二爷又做了些什么瞒着人的事了，若有些风风雨雨，被上头知道又免不得把红萝卜算在蜡烛账上，叫我们做奴婢的晦气！
贾宝玉　你怕什么，我做的全是正经事，又没去为非作歹。不瞒你说，忠顺亲王府里有个唱戏的戏子名叫琪官，这条汗巾，是他送我留作纪念之物。
晴　雯　唱戏的戏子？……
贾宝玉　(唱)那琪官，从小爹娘双亡故，
　　　　　　　十一岁，卖到戏班学歌舞，
　　　　　　　十三岁，一入侯门深如海，
　　　　　　　进了忠顺亲王府。
　　　　　　　到如今，他名满天下艺超群，
　　　　　　　谁能知台下泪比台上多！
　　　　　　　他是侍曲陪酒心不甘，
　　　　　　　心不甘给人当作王爷奴。
　　　　　　　我有缘相识豪侠友，
　　　　　　　又蒙他赠我汗巾"茜香罗"。
　　　　〔袭人由内出，听到贾宝玉和晴雯的谈话，不觉大惊。
袭　人　哎呀，二爷竟和戏子结交朋友，做这种事情！二爷呀，
　　　　(唱)平日里，你不分，上下贵贱，
　　　　　　　与下人，共奴婢，平起平坐，
　　　　　　　今日里，又与戏子结朋友，
　　　　　　　岂不防品行名声被玷污！
　　　　　　　若被老爷来知晓，

　　　　　　　　家法如何饶得过。
　　　　　〔晴雯听不入耳，挺身而出。
晴　雯　唷，与戏子交个朋友，这难道就犯了什么大罪了么？人家唱戏的难道命
　　　　里注定就比别人低一头，贱一些？
　　　　　〔窗外出现了薛宝钗。
晴　雯　（唱）皇帝也有草鞋亲，
　　　　　　　　与戏子往来有什么错？
　　　　　〔薛宝钗上。贾宝玉与晴雯回头发现薛宝钗怔怔地听着，不觉一呆。
薛宝钗　宝兄弟。
袭　人　是宝姑娘来了，宝姑娘请坐。
薛宝钗　怎么，不欢迎客人么？
贾宝玉　宝姐姐，来，来，宝姐姐请坐。
薛宝钗　你们刚才讲得这样热闹，在谈讲些什么？
袭　人　宝姑娘，你看，他竟和戏子结交了朋友。
薛宝钗　戏子？……
袭　人　那还得了么！
薛宝钗　是啊，宝兄弟要是真和戏子结交，那倒是叫人担心呢……
贾宝玉　宝姐姐，不要听这些话。哦，我新近作了几首诗，请你看看。
　　　　　〔焙茗上。
焙　茗　二爷，老爷吩咐我来传话。说贾雨村老爷明日一早要来拜访，老爷要二
　　　　爷准备准备，明日好会客。
贾宝玉　又是会客！
焙　茗　（无可奈何地）这是老爷吩咐的嘛。〔下。
贾宝玉　宝姐姐，老爷每逢接待宾客，总要我也陪着，你说这为的是什么呢？
薛宝钗　（摇着扇子，笑着）自然你能迎宾接客，所以才叫你呢。
贾宝玉　我不过是个俗中又俗的俗人罢了，并不愿与这些"禄蠹"们来往。
袭　人　宝姑娘，你听听，他就是这个改不了。世界上哪有个不愿和做官的人往
　　　　来，却愿和戏子交朋友的道理！
薛宝钗　这倒真要改一改才好，宝兄弟，
　　　　　（唱）常言道，"主雅客来勤"，

> 谁不想高朋到盈门,
> 如今你尚未入仕林,
> 也该会会做官的人,
> 谈讲些仕途经济好学问,
> 学会些处世做人真本领,
> 正应该百尺竿头求上进,
> 怎能够不务正业薄功名。

〔贾宝玉大为逆耳,把对薛宝钗的美感都消失了。

贾宝玉 宝姐姐,老太太要玩骨牌,正没人,你去玩骨牌去吧。

〔薛宝钗羞红了脸。

薛宝钗 (笑)我难道是专陪人家玩骨牌的么?

袭　人 (忙劝解)姑娘不要理他这些,上回史大姑娘也劝过他一回,他也不管人家脸上过不去,咳了一声,提起脚来就走了。人家劝他上进,他总是骂人家什么"禄蠹",你想怎么怨得老爷不生气呢。

薛宝钗 (只好笑了笑)我走了。

袭　人 宝姑娘再坐一会吧!

薛宝钗 不用了,我看看姨娘去。

袭　人 宝姑娘走好。〔使手势要贾宝玉送薛宝钗,贾宝玉不理。

〔袭人送走薛宝钗后,又回来。林黛玉上,闻声止步不前。

袭　人 宝姑娘真是心地宽大,有涵养。幸而是宝姑娘,要是换了林姑娘,又不知会怎么样呢!提起这些来,宝姑娘真叫人敬重,可是你倒和人家生分了。

贾宝玉 林姑娘从来没说过这些混账话。

袭　人 这难道是混账话吗?

贾宝玉 真想不到琼楼闺阁之中,也会染上了这种风气!〔拂袖而入。

〔袭人取书随下。

〔林黛玉听了这话,不觉又惊又喜,又悲又叹。

〔幕后合唱:

> 万两黄金容易得,
> 人间知己最难求,

　　　　　背地闻说知心话,
　　　　　但愿知心到白头。

　　　　　　　　　　　　　　　——幕落

第五场　答宝玉

　　　　〔荣国府厅上。贾政正在训贾宝玉。

贾　政　好端端的,你垂头丧气做什么?方才贾雨村来了,要见你,等你半天才出来,既出来了,又无慷慨潇洒的谈吐,显得委委琐琐的!
　　　　(唱)陪贵客你做委琐状,
　　　　　　陪丫头你倒脸生光。
　　　　　　自古道:世事洞明皆学问,
　　　　　　人情练达即文章,
　　　　　　可叹你,人情世故俱不学,
　　　　　　仕途经济撇一旁,
　　　　　　只怕是庸材难以成栋梁,
　　　　　　于家于国都无望,
　　　　　　近日来是谁跟着你上学?
　　　　〔焙茗忙进来请安。

焙　茗　就是小的焙茗。

贾　政　他到底读了些什么书?一定是读些流言混话在肚子里,学了些精致的淘气!嘿,等我空了,先剥了你的皮,再和这不上进的算账!
　　　　〔焙茗吓得忙跪地。

焙　茗　是,是。

贾　政　还在这里做什么!还不下去读书。
　　　　〔贾宝玉如逢大赦,和焙茗急奔下。
　　　　〔仆人上。

仆　人　禀老爷,忠顺亲王府里有人来见老爷。

贾　政　吩咐有请!
　　　　〔忠顺亲王府长府官上。

贾　政　不知大人驾到,有失远迎,望请恕罪。

长府官 岂敢,岂敢。

贾　政 大人请。

长府官 请。

　　〔贾政与忠顺亲王府长府官又彼此见礼,入座。

　　〔仆人献上茶。

贾　政 大人请坐。

长府官 请坐。

贾　政 请问大人……

长府官 下官奉王命而来,有一事相烦,请老先生做主。

贾　政 望大人宣明,学生好遵谕承办。

长府官 (冷笑)也不必承办,只用老先生一句话就完了。

贾　政 哪里,哪里。

长府官 我们府上有一戏子,名叫琪官,乃是我王爷心爱的,如今三五日不见回去,四处寻找无着,城内众人传说琪官与令郎宝玉相交甚厚,听说逃出府去,也是令郎的主意,故此求老先生转致令郎,请将琪官放回,一则可慰王爷奉恩之意,那二来末也免下官求觅之苦。〔作揖。

　　〔贾政又惊又气。

贾　政 请大人稍待。来人!

　　〔仆人上。

贾　政 唤宝玉来!

　　〔仆人下,贾宝玉上,与长府官对视了一下。

贾宝玉 老爷。

贾　政 你这该死的奴才!

　　(唱)在家里,你行为乖僻背训教,

　　　　在外边,无法无天又招摇,

　　　　那琪官是王爷驾前承奉人,

　　　　你胆敢引逗他出府逃,

　　　　小奴才,你不替祖宗增光彩,

　　　　却祸及于我添烦恼!

贾宝玉 什么琪官,我实在不知此事。

〔长府官冷笑。

长府官 （唱）白纸难把烈火包，
　　　　　　公子你何苦瞒得牢！

贾宝玉 恐是讹传，亦未见得。

长府官 讹传？
　　　　（唱）现有真凭实据在，
　　　　　　他赠你汗巾还系你腰。

贾　政 你讲！你讲！

贾宝玉 （唱）那琪官，厌倦台上鸳歌舞，
　　　　　　厌倦台下卖欢笑，
　　　　　　再不愿侧身优伶，
　　　　　　他愿做个闲乐渔樵。

长府官 如此说来，他人在哪里呢？

贾宝玉 ……

贾　政 你讲！

贾宝玉 我却不知。

长府官 他避居东郊，可有此事？

贾宝玉 大人既知底细，又何必问我！

长府官 好，我且去找一回，找着了便罢，若没有，还来请教，告辞了。〔下。
　　　　〔贾政回头向贾宝玉。

贾　政 不许走开，回来有话问你！（送长府官出）大人慢走，大人慢走。〔下。

贾宝玉 啊，琪官啊琪官。
　　　　（唱）可叹你纵有行者神通广，
　　　　　　只怕是难逃如来五指掌。
　　　　〔贾政回来。

贾　政 站住！（脸色铁青，逼视贾宝玉，掴了他一个巴掌）来人！
　　　　〔进来几个仆人。
　　　　〔贾政手指贾宝玉。

贾　政 （对仆人大声地）把宝玉绑了！取大板来，取绳子来！把门都关上，有人传信到里面去立刻打死！拖下去！拖下去！重重的打！

〔贾宝玉焦急四顾,求救无人,仆人等照命令执行,捆绑了贾宝玉。

贾　政　(泪流满面)天啊!天哪!想我贾府诗礼簪缨之族,富贵功名之家,竟出了个不忠不孝的逆子!

(唱)你,你……你不能光灿灿胸悬金印,
　　你不能威赫赫爵禄高登,
　　却和那丫头戏子结朋友,
　　做出了玷辱门楣丑事情。
　　不如今日绝狗命,
　　免将来弑父又弑君,
　　今日打死忤逆子,
　　明日我,情愿剃度入空门。
　　快与我活活打死休留情!

〔仆人们架着贾宝玉进内室,只听见一阵阵答挞声,呼叫声。
〔贾政直挺挺地坐在椅上。

贾　政　(接唱)免将来辱没祖宗留祸根。
替我拖出来!打!打!打!与我打。

〔仆人们架着面白气弱、遍体鳞伤的贾宝玉出来,置放在地上,贾政一脚踢开掌板子的,自己夺过板子来打,他举起板子,被扶着秀鸾丫头急奔而入的王夫人夺住了。

王夫人　宝玉!宝玉!(哭着)老爷,宝玉虽然该打,老爷也要保重,打死宝玉事小,倘若把老太太气坏了,岂不事大了。

贾　政　(冷笑)夫人休提此言,我养了孽子,我已不孝,趁今日结果了他,以绝后患。

〔王夫人抱住贾宝玉。

王夫人　老爷也该看夫妻份上,我年已五十,只有这一孽障。我们娘儿俩不如一同死了,在阴司里也得个依靠,宝玉,我的苦命的儿呀!

贾　政　(长叹一声)都是你,都是你把他宠成这样,我今天非勒死他不可,拿绳子来。

王夫人　(大哭)老爷!老爷!要是我的珠儿还活在世上的话,休说你打死一个宝玉,就是打死一百个宝玉,我也不管了。只是如今只有这一个儿子,

　　　　　老爷你就饶了他吧,饶了他吧。
贾　政　你与我放手!
王夫人　你要勒死他,还是把我先勒死了吧。
　　　　〔外面一片声地"老太太来了",话未完,只听外面贾母颤巍巍的声音:"先打死我,再打死他,就干净了!"只见贾母扶着珍珠丫头,摇头喘气地进来,后面跟着王熙凤。
　　　　〔贾政躬身赔笑。
贾　政　老太太有什么吩咐,何必自己走来,唤儿子进去吩咐便了。
贾　母　(厉声)你原来和我讲话……我倒有话吩咐,只是我一生没养个好儿子,却叫我和谁说去!
　　　　〔贾政忙跪下。
贾　政　老太太,做儿子管教他,也为的是荣宗耀祖,老太太说这话,我做儿子的如何当得起。
贾　母　呸!我只讲了一句话,你就禁不起,你那样的板子,难道宝玉就禁得起了?〔看贾宝玉。
　　　　〔贾宝玉抱住贾母双膝。
贾宝玉　老祖宗……
贾　母　宝玉!(老泪纵横)你这不学好不争气的孙子呵!〔紧紧抱住。

——幕落

第六场　闭　门　羹

〔怡红院内外。
〔贾宝玉的伤才愈,这一天晚饭后,在榻上睡着了。袭人坐在榻边,手中做着针线,旁边放着一柄蝇拂,偶尔拿起拂子替他拂赶飞虫。这时,薛宝钗上。
薛宝钗　(唱)饭后散步到怡红院,
　　　　　　　嘘寒问暖把宝玉探。
　　　　〔薛宝钗叩门上铜环。晴雯开门。
晴　雯　宝姑娘。
薛宝钗　宝二爷在吗?

晴　雯　二爷他已经睡了呀。
　　　　〔袭人猛抬头,见是薛宝钗,忙放下针线,起身笑迎入屋。
袭　人　宝姑娘来了。
　　　　〔晴雯嘟着嘴下。
薛宝钗　你在做什么?(说着,一面看她做的针线)哎呀!好漂亮的针线生活!
　　　　(唱)这白绫兜肚好鲜艳,
　　　　　　上绣着蝶戏牡丹舞翩翩,
　　　　　　如此殷勤费工夫,
　　　　　　为谁忙碌拈针线?
　　　　〔袭人向榻上努嘴,表示是给贾宝玉做的。
薛宝钗　(笑)他这么大了,还要戴这兜肚么?
袭　人　他的伤刚好,夜里睡觉翻来复去的,哄他戴上这兜肚,夜里落了被,也不
　　　　会冻着他。
薛宝钗　真亏你想得周到。
　　　　(唱)你是又细心,又耐烦,
　　　　　　事事想得多周全,
　　　　　　不愧唤你贤袭人,
　　　　　　宝兄弟,身边有你福不浅。
袭　人　(羞喜)姑娘,你又拿我取笑了。宝姑娘请坐。
薛宝钗　这是真话,宝兄弟要是没有你这样细心照料,只怕身上的伤就不能好得
　　　　那末快了。
　　　　〔袭人叹了口气。
薛宝钗　(笑)好端端的怎么叹气了?
袭　人　宝姑娘,你哪里知道,
　　　　(唱)老爷是毒打二爷家规严,
　　　　　　为的是望子成龙把名显,
　　　　　　谁知他好了疮疤忘了痛,
　　　　　　未见本性改半点。
　　　　　　我叹的是燕子做窠空劳碌,
　　　　　　枉有这知寒送暖心一片!

薛宝钗　你又何必这样灰心呢。
　　　　（唱）你是知心实意将他待，
　　　　　　忠肝义胆人共见，
　　　　　　非是我当面夸你好，
　　　　　　也常听太太说你贤。
　　　　　　常言道：急水尚有回头浪，
　　　　　　宝兄弟，总有一日性情变，
　　　　　　青云有路他终须到，
　　　　　　飞黄腾达待来年。

袭　人　宝姑娘说得是。你也常为二爷费许多心思，你再帮我们劝劝他吧。

薛宝钗　（笑）好，只要用得着我，我绝不推辞。（略顿，忽想及）哦，上次我听人说，你丢了个戒指是不是？

袭　人　姑娘真好记性。也不知是我粗心，还是晦气，竟把太太赏给我的一个好值钱的戒指弄丢了，再也找它不着，真教人心疼。

薛宝钗　丢了也就算了。（脱下自己手上的戒指，塞在她手里）我这个倒用不着，你把我这个拿去戴吧，只是恐不及太太送给你的那个好。

袭　人　（受宠若惊）宝姑娘，这我怎么受得起呢。

薛宝钗　这值得了什么，你就留着用吧。

薛宝钗　（感激不尽地）咳！也只有你宝姑娘总是这般体贴人。

薛宝钗　以后你要是缺少点什么，只管问我要好了，用不着什么客气的。

袭　人　是，我知道。（略顿）宝姑娘来了半天，我茶都没有倒一杯，你坐一下，我去倒茶来。〔下。

薛宝钗　不用了。
　　　　〔袭人走了出去。薛宝钗只顾看那针线活，便不留心，一蹲身，刚刚也坐在袭人方才坐的所在，因见那个活计可爱，就随手拿了起来，替她做了。
　　　　〔贾宝玉翻腾了一下，在梦里喊骂起来了。

贾宝玉　什么，什么话！和尚道士的话如何信得？什么金玉良缘，我偏要说木石姻缘！
　　　　〔薛宝钗放下针线活，怔住了。
　　　　〔贾宝玉醒来。

贾宝玉　宝姐姐是你啊！〔忙起身。
薛宝钗　宝兄弟,身体可大愈了？
贾宝玉　多谢你牵记着,我已经全好了。宝姐姐想必是来了许多时候。
薛宝钗　(笑)坐了一会儿,就听见你在梦中骂人,想不到我是来听你骂人的。
贾宝玉　(笑了)是真的？我一点都不知道。
薛宝钗　好了,梦里之言不足为信,就不谈它吧。我一来是探望你,二来听说你近来又做了几首新诗,倒想来拜读一番呢。
贾宝玉　诗倒是做了几首,只是总及不得你和林妹妹。(拉着薛宝钗的手)你来了,正好请你评论一下。
　　　　〔袭人上,关好了院门。
袭　人　那么请到里面来吧。
　　　　〔贾宝玉、薛宝钗同下。袭人随下。
　　　　〔林黛玉由院外上。晴雯由内出。
晴　雯　(发泄)什么宝姑娘、贝姑娘的,有事没事跑了来坐着,叫我们半夜三更的不得睡觉！
林黛玉　(唱)宝玉被笞身负伤,
　　　　　　　荣国府多的是无情棒！
　　　　　　　他是皮肉伤愈心未愈,
　　　　　　　我是三朝两夕勤探望。
　　　　〔叩院门铜环。
　　　　〔晴雯听到敲门声,没好气的。
晴　雯　谁呀？都睡着了,有事明天再来吧！
林黛玉　是我呀！还不开门么？
　　　　〔晴雯听不出是谁,使性子。
晴　雯　凭你是谁,二爷吩咐的,一概不许放进人来！〔转身入内去了。
　　　　〔林黛玉又气又惊,欲高声问,忽听内室传来薛宝钗呼唤"宝兄弟"声,又缩了回来。
　　　　〔幕后合唱：
　　　　　　　一声呼叱半身凉,
　　　　　　　独立花径心凄惶。

越　剧

239

林黛玉　（唱）人说是,大树底下好遮阴,
　　　　　　　我却是寄人篱下气难扬,
　　　　　　　只因我,无依无靠难自主,
　　　　　　　才受他,薄情薄面冷如霜。
　　　　　　　我是草木人儿被作践,
　　　　〔幕后合唱:
　　　　　　　低头忍吃闭门羹。

——幕落

第七场　葬花、试玉

〔数天后的一个早晨,大观园沁芳桥畔。只听王熙凤的声音"老祖宗走好",王熙凤和薛宝钗扶着贾母,后面跟着珍珠,旁边陪着薛姨妈和王夫人,同上。

薛宝钗　（唱）四月天气雨乍晴,
　　　　　　　陪着老太太来游春。
贾　母　（笑向薛宝钗）我的儿,难为你陪着我们老一辈来游园,这才添了我们不少兴致呢!
薛宝钗　（唱）宝钗理该共作伴,
王熙凤　（唱）龙女应当陪观音。〔众笑。
薛姨妈　（唱）人说四月春将去,
　　　　　　　我看是正当美景和良辰。
薛宝钗　老太太你累了,到那边坐一会儿吧。
贾　母　好呀,
　　　　（唱）老年虽有惜春意,
　　　　　　　怎奈是白发已非赏花人。
王熙凤　老祖宗讲到哪里去了。
　　　　（唱）说什么白发已非赏花人,
　　　　　　　依我看老太太越活越年青,
　　　　　　　长生不老活下去,
　　　　　　　赛过南极老寿星。

贾　母　（笑）凤丫头,就凭你这张巧嘴!
薛宝钗　（笑）这几年,我留心看起来,二嫂子凭她怎样巧,总巧不过老太太。
贾　母　我的儿,我如今老了,还巧什么,当年我像凤丫头一般年纪,倒是比她还强呢。
王夫人　是啊,是这样的。
贾　母　姨太太,不是我当着姨太太的面奉承,千真万真,从我们家里四个女孩儿算起,要说巧,要说好,都不及宝丫头。
王夫人　对,对,老太太说得真对。
薛姨妈　（笑）这话是老太太说偏了。
王熙凤　这倒是真的,我听老太太时常在背后也说宝姑娘好。
贾　母　凤丫头,等会你去准备一些好吃的东西,娘儿们今天索性就乐一乐。（向薛姨妈）姨太太,想什么吃,都只管告诉我,我有本事叫凤丫头办了来吃。
薛姨妈　老太太总是给她出难题,时常叫她弄了东西来孝敬。
王熙凤　姑妈休说了,我们老太太只是嫌人肉酸,要是不嫌人肉酸,早就把我也吃了呢!
　　　　〔众大笑,边笑边走,同下。
　　　　〔幕后合唱:
　　　　　　看不尽满眼春色富贵花,
　　　　　　说不完满嘴献媚奉承话,
　　　　　　谁知园中另有人,
　　　　　　偷洒珠泪葬落花。
　　　　〔远处传来清幽的笛声,在笛声里,林黛玉肩担花锄,锄上挂着沙囊,缓步行来。
林黛玉　（唱）绕绿堤,拂柳丝,穿过花径,
　　　　　　听何处,哀怨笛,风送声声?
　　　　　　人说道,大观园,四季如春,
　　　　　　我眼中,却只是,一座愁城。
　　　　　　看风过处,落红成阵,
　　　　　　牡丹谢,芍药怕,海棠惊,

　　　　杨柳带愁,桃花含恨,
　　　　这花朵儿与人一般受逼凌,
　　　　我一寸芳心谁共鸣?
　　　　七条琴弦谁知音?
　　　　我只为,惺惺惺,怜同病,
　　　　不教你陷落污泥遭蹂躏,
　　　　且收拾起桃李魂,
　　　　自筑香坟埋落英。
　〔葬落花,吟出了《葬花词》。
　　　　花落花飞飞满天,
　　　　红消香断有谁怜?
　　　　一年三百六十天,
　　　　风刀霜剑严相逼,
　　　　明媚鲜妍能几时?
　　　　一朝漂泊难寻觅。
　　　　花开易见落难寻,
　　　　阶前愁煞葬花人,
　　　　花魂鸟魂总难留,
　　　　鸟自无言花自羞,
　　　　愿侬此日生双翼,
　　　　随花飞到天尽头!
　　　　天尽头,何处有香丘?
　　　　未若锦囊收艳骨,
　　　　一抔净土掩风流,
　　　　质本洁来还洁去,
　　　　不教污淖陷渠沟。
　〔贾宝玉正走到这里,看到林黛玉在葬花,听到《葬花词》,不觉站立在山坡上听呆了。
林黛玉　(唱)侬今葬花人笑痴,
　　　　他年葬侬知是谁?

　　　　　　一朝春尽红颜老，
　　　　　　花落人亡两不知。
　　〔贾宝玉不觉恸倒在山坡上，把怀里兜着的落花撒了一地。他哭起来了。

林黛玉　人说我痴，难道还有一个痴的不成？（回头见是贾宝玉）……〔叹了一声，躲开他走去。
贾宝玉　妹妹慢走。
　　〔林黛玉站住了。
贾宝玉　我知道你不理我，见了我就躲开，我只和你说一句话，从今后就撂开手。
林黛玉　你说吧！
贾宝玉　说两句，你听不听呢？
　　〔林黛玉回头就走。
贾宝玉　（长叹）唉！既有今日，何必当初！
　　〔林黛玉回过身来。
林黛玉　当初怎么样？今日又怎么样？
贾宝玉　嗳！
　　（唱）想当初，妹妹从江南初来到，
　　　　　宝玉是终日相伴共欢笑，
　　　　　我把那心上的话儿对你讲，
　　　　　心爱的东西凭你挑，
　　　　　还怕那丫鬟服侍不周到，
　　　　　我亲自桩桩件件来照料。
　　　　　你若烦恼我担忧，
　　　　　你若开颜我先笑。
　　　　　我和你同桌吃饭同床睡，
　　　　　像一母所生亲同胞，
　　　　　实指望亲亲热热直到底，
　　　　　才见得我俩情谊比人好。
　　　　　谁知道妹妹人大心也大，
　　　　　如今是斜着眼睛把我瞧，

　　　　　三朝四夕不理我,
　　　　　　使宝玉失魂落魄担烦恼。
　　　　　我有错,你打也是,骂也好,
　　　　　　为什么远而避之将我抛?
　　　　　你有愁,诉也是,说也好,
　　　　　　为什么背人独自把泪掉?
　　　　　你叫我不明不白鼓里蒙,
　　　　我就是为你死了,
　　　　　　也是个屈死鬼魂冤难告。
　　　　〔林黛玉又感激,又难受,淌下泪来。

贾宝玉　怎么你在哭了?
林黛玉　我何曾哭来?
贾宝玉　你看,泪珠还滚着呢!〔禁不住抬起手为林黛玉拭泪。
林黛玉　(退了几步)你要死了,动手动脚的。
贾宝玉　(笑)说话忘了情,不觉动了手,也就顾不得死活。
林黛玉　你这么说,我来问你,那天我到怡红院来,你为什么不叫丫头开门呢?
贾宝玉　此话从哪里说起,怪不得你不理我,我若敢这样对待妹妹,叫我立刻就
　　　　死好了。
林黛玉　啐!那一天呀,
　　　　(唱)我不顾苍苔滑,天色昏,
　　　　　　来访你秉烛共谈心,
　　　　　　谁知道受了你的环言欺凌,
　　　　　　尝了你怡红院里的闭门羹!
　　　　　　撇下我满目凄凉对院门,
　　　　　　遍体生寒立花径,
　　　　　　那一日你蒙着耳朵不理人,
　　　　　　今日何必指着鼻子把誓盟?
贾宝玉　好妹妹,我实在不知道你来过,那天只有宝姐姐来坐过一回。定是丫头
　　　　们干出来的好事,等我回去问出是谁,定要教训教训她们。
林黛玉　是要教训教训才好,得罪了我倒是小事,要是以后宝姑娘来,贝姑娘来,

把她们得罪了事情就大了。

〔贾宝玉赶上前。

贾宝玉 你还说这些话,到底是气我还是咒我呢?

林黛玉 (自悔不该这样说)这有什么要紧,筋都暴起来了,还急得一脸汗!〔边说边近前替他拭汗。

贾宝玉 (瞅了她半天,握住她的手,说出一句话)你放心。

〔林黛玉愣了半晌,离开身子。

林黛玉 我又有什么不放心的? 我真不明白你的意思,你倒说说,什么放心不放心的?

贾宝玉 (叹了口气)你果然不明白这话么? 难道我平日在你身上的心都用错了? 若连你的意思都体贴不着,就难怪你天天为我生气了。

林黛玉 我真不明白。

贾宝玉 好妹妹,你不要骗我,你若真不明白这话,不但我平日白用了心,而且连你对待我的心都辜负了,你总是因为不放心的缘故,才多了心,才弄了一身的病,好妹妹,若能宽慰些,你的病就好了。

〔林黛玉听了这话,如轰雷掣电一般,细思之,比自己肺腑中掏出来的还恳切,一时有千言万语要说,却半字也吐不出来,只是瞅着他。

〔贾宝玉也怔怔地看着林黛玉。

〔林黛玉回身走去,贾宝玉拉住她。

贾宝玉 妹妹慢走,你再让我说一句话再走好不好?

林黛玉 (非常恳切地)还有什么可说的? 你的话,我都明白了。

贾宝玉 你可知道了,好妹妹,我这个心从来也不敢说,今日大胆说出来,就是死了也情愿的。我为你也弄了一身的病,又不敢告诉人,只好挨着……

〔林黛玉轻轻地推开他的手走去,贾宝玉出神地咀嚼着林黛玉的话。袭人走来,怕贾宝玉热,拿扇子来给他,她看到他们的情景,待林黛玉走了,便走近贾宝玉。

〔贾宝玉出了神,未察觉是谁,只以为是林黛玉。

贾宝玉 等你的病好了,只怕我的病才会好呢。我睡里梦里也忘不了你,好妹妹。

袭　人 二爷,这是哪里的话? 你怎么了?

〔贾宝玉猛醒过来,才觉察是袭人,满面紫涨,接过扇子来,一声不语。

袭　人　二爷,看你神色不好,还是回家去歇歇吧。

〔暗灯。

〔灯明。若干日后。这天,贾宝玉闷闷不乐地在园中背立着。紫鹃上。

紫　鹃　宝二爷,你一个人在这里做什么?可曾看见我们姑娘吗?

贾宝玉　不曾见过。

〔紫鹃听完就走。

贾宝玉　(叫住她)紫鹃慢走,我正有话问你呢。(叫紫鹃走近,坐下了)近来林妹妹身子怎么样?夜里咳嗽得可好一些吗?

紫　鹃　咳嗽倒好一些了。

〔贾宝玉双手合十。

贾宝玉　阿弥陀佛!

〔紫鹃也笑了。

紫　鹃　奇怪,你这个不相信僧道的人,怎么也念起佛来了。真是新闻!

贾宝玉　这叫做"病急乱投医"了。紫鹃,妹妹吃燕窝了没有?

紫　鹃　我正要问你,这燕窝是谁给我们的呀?

贾宝玉　是我上次在老太太面前略露了一个风声。

紫　鹃　原来是你说了,我们正疑惑老太太怎么忽然想起来,叫人每日送一两燕窝来呢?原来是这样。

贾宝玉　燕窝吃惯了,吃上两三年,妹妹的病就好了。

紫　鹃　这又多谢你费心。

贾宝玉　紫鹃,天气不好,忽冷忽热的,你身上穿得这样单薄,妹妹已经病了,要是你再病了,那怎么得了。〔爱抚着她。

〔紫鹃立起身来。

紫　鹃　从此我们只可说话,不能动手动脚的,一年大二年小,叫人看着不尊重。那些混账人背后都会说你的,你总不留心,还和小时候一般行为,这如何使得?况且姑娘也吩咐过我们,不要和你说笑,你看她近来远着你还恐远不及呢!

〔贾宝玉身上如泼了盆冷水。

紫　鹃　怎么你生我的气了?

贾宝玉　不曾生你的气。你的话说得有理,怪不得妹妹常常不理我了!唉!(坐在石凳上)死的死了,嫁的嫁了,走的走了……将来你们渐渐的也都不理我了,一想到这些,我才伤心起来。[拭泪。
〔紫鹃忽有了个念头。

紫　鹃　呀!
(背唱)看宝玉虽是有情人,
　　　　是真是假还难分,
　　　　他和姑娘好一阵,又歹一阵,
　　　　不知道究竟安的什么心,
　　　　我紫鹃今日倒要试一试,
　　　　放一把火,炼他一炼,
　　　　看他是黄铜还是金。

贾宝玉　紫鹃,你在想什么?
紫　鹃　我在想,若每日一两燕窝,在这里吃惯了,明年家里去,哪里有钱吃得起这个?
〔贾宝玉吃惊地站起来。

贾宝玉　谁回家里去?
〔紫鹃故作肯定地。

紫　鹃　你妹妹回苏州自己家里去。
〔贾宝玉终于笑了。

贾宝玉　你啊!你啊!你说什么谎呵!
(唱)你红嘴白牙胡乱云,
　　　妹妹是苏州原籍早无亲,
　　　老太太怜惜外孙女,
　　　千里接归伴晨昏,
　　　她离不开潇湘馆中千竿竹,
　　　怎能去姑苏城内旧墙门?
〔紫鹃冷笑。

紫　鹃　你太小看人了!
(唱)你以为贾府族大人丁旺,

　　　　难道说别人族中就无靠傍？
　　　　你可知水流千里要归大海，
　　　　燕子总有它旧画梁，
　　　　等姑娘将来出阁时，
　　　　自然要送她还故乡。
　　　　姓林的,不能在贾府住一世,
　　　　听说是,林家明春来接姑娘。
　　〔贾宝玉怔住了。
　　〔紫鹃掩口而笑,正试着贾宝玉怎么回答,等了半天,见他只不作声,细看时,他神色大变,眼也直了,拉他时,手也冷了,紫鹃着了慌,只是叫着"宝二爷……";园中走来一个丫头,看呆了,这丫头忽发觉袭人在那边,忙叫:"袭人姐姐快来,二爷不好了!"袭人急忙赶过来,这丫头急奔而下,去禀告太太。
　　〔袭人惊慌失措。
袭　　人　二爷! 二爷! 这是怎么了!（埋怨紫鹃）你闯下什么祸了?
紫　　鹃　我只不过和他说了几句话,他就变成这样。
　　〔袭人哭了。
袭　　人　这怎么好呢!〔想扶贾宝玉回怡红院,但他动也不动。这时,只见远远有几乘竹轿,抬着贾母、王夫人与王熙凤飞奔而至,贾母、王夫人、王熙凤下轿走来,围住宝玉叫着"宝玉"!
　　〔贾母怒气冲冲。
贾　　母　袭人! 你们是怎样侍候的? 把宝玉弄成这样!
　　〔袭人跪下。
袭　　人　不知紫娟"姑奶奶"说了些什么话,二爷就眼也直了,手脚也冷了,话也不会说了。
　　〔王夫人慌乱。
王夫人　这可不中用了!
　　〔贾母对紫娟怒目而视。
贾　　母　你这小丫头和他说了些什么?
王熙凤　死丫头,你与他说了些什么?

紫　娟　我并不敢说什么,只是和他说句玩笑。(向贾宝玉)宝二爷,你可不能当真呀!

　　　　〔贾宝玉见了紫娟,"哇"的哭出声来,众人才放心。

王熙凤　死丫头,得罪了二爷,还不过去赔罪!

　　　　〔贾宝玉一把拉住紫娟。

贾宝玉　紫娟,你们不能走!你们不能走!

　　　　(唱)要去连我也带了去。

贾　母　这是怎么回事?

紫　娟　我只是和他开玩笑,说是林姑娘要回苏州自己家里去。

贾　母　咳!我当有什么事!

　　　　〔正说着,一个老婆子上报:"林妈妈他们都来看宝二爷来了。"

贾　母　你叫林妈妈客堂坐一会。

贾宝玉　(听了个"林"字便大嚷)不得了!不得了!林家的人接妹妹来了!快打出去!

贾　母　(忙顺着说)快打出去吧。

王熙凤　打出去!打出去!

贾宝玉　除了林妹妹,

　　　　(唱)凭是谁,不许他姓林。

贾　母　(吩咐众人)对呀,以后你们不准提到林字,不要叫姓林的进来,都听见了吧?

王熙凤　你们听见了没有,不许姓林的进来。

　　　　〔贾宝玉忽望桥畔河上。

贾宝玉　(指着说)你们看,那边有一只船来接林妹妹。

　　　　(唱)你看船在那边等。

贾　母　(又忙吩咐)来人哪!快把船摇走!(抚着贾宝玉)宝玉,那你总该放心了吧。

　　　　〔贾宝玉紧紧地拉住紫娟,脸上充满笑容。

贾宝玉　(唱)林妹妹她从今以后去不成!

　　　　〔贾母、王夫人愕然相视。

　　　　　　　　　　　　　　　　　　　　　　　　　　——幕落

第八场 王熙凤献策

〔某年的一个秋天黄昏。贾母房中。贾母呆呆地捧着茶盅,心情沉重。王夫人坐在下首。傻丫头随侍在侧。

贾　母　我看宝玉病得奇怪,那黛玉又忽然病忽然好的,以前小孩子们搁在一起,也不怕什么,如今……你看怎么样?

〔王熙凤悄悄进来。

〔王夫人呆了一呆。

王夫人　林姑娘是个有心的人,至于宝玉,不避嫌疑是有的。但此时若把他们隔开了,岂不倒露了痕迹?

贾　母　唉!像我们这样人家,女孩子断不能存一点心思,若叫外人知道,脸上都没光彩。

王夫人　老太太,依我看"男大当婚,女大当嫁"。还是赶着给宝玉成了亲,也免得闹出什么祸来,说不定冲一冲喜病也就好了。

贾　母　我也正想到这一层。我们娘儿俩先合计合计,再与政儿商量。

王夫人　老太太,老爷说挑选媳妇,请老太太做主就是。可老爷又说——
　　　　（唱）要媳妇要四德皆备,
　　　　　　　才能够相夫成器光门楣。

贾　母　说得是啊……唉!我曾经留心过黛玉。
　　　　（唱）可惜黛玉这女孩儿,
　　　　　　　举止行动多乖僻。
　　　　　　　不如宝钗性温顺,
　　　　　　　稳重端庄更贤惠。

王夫人　老太太,我的心里也是这样想:
　　　　（唱）林姑娘虽是有貌又有才,
　　　　　　　只恐怕多愁多病福分浅。
　　　　　　　宝丫头德容皆备有福相,
　　　　　　　品格端方十分贤。

〔袭人上

王熙凤　可不是么!

|（唱）更有金锁配宝玉，
　　　　是一对天生的并蒂莲，
　　　　能使家和万事兴，
　　　　助得宝玉富贵金。

贾　母　宝丫头倒是合人心意的。宝玉若娶了她，说不定病也好了，人也走正道了。

王夫人　老太太说得是。

王熙凤　老太太说得是。

贾　母　既然你们都说宝丫头好，我的主意也就定了。

王夫人　老太太，我们心里虽说好，但林姑娘也要给她说了人家才好，倘若这女孩儿真与宝玉有些私心，若知道宝玉定下宝钗，倒防生出什么事来呢。

贾　母　自然先给宝玉娶亲，然后再给林丫头找婆家，再没有先是外人，后是自己的，至于宝玉定亲的话，就不许叫她知道罢了。

〔王熙凤吩咐在屋的傻丫头。

王熙凤　你听见了，可不准传出去，若露了一个字，当心打断两条腿！

〔傻丫头呆呆地点着头。

〔袭人忽然站了出来，哭跪在地。

袭　人　老太太，太太……

王夫人　好端端的有什么委屈了，起来说吧。

〔袭人起立。

袭　人　这话，奴才本是不敢讲的，现在没法子只好讲了。

（唱）宝二爷若娶宝姑娘，
　　　　这真是天造地设配成双，
　　　　二爷得了百年福，
　　　　奴婢也沾一线光，
　　　　怎奈是，金玉配，恐生风浪，
　　　　我知道他心里只有个林姑娘。
　　　　曾记得，沁芳桥畔事一桩，
　　　　他曾经把我错当作林姑娘，
　　　　说什么，为你弄成一身病，

　　　　　睡里梦里不相忘。
　　　　　曾记得,紫娟一句玩笑话,
　　　　　他掀起黄河千层浪。
　　　　　如今若知娶亲事,
　　　　　只恐怕天大的祸事也会闯,
　　　　　倒不如,未曾落雨先带伞,
　　　　　老太太,能提防处且提防。
　　　〔这番话把贾母弄得哑口无言。
王夫人　老太太。
贾　母　(半响,长叹一声)唉!别的事都好说,宝玉真这样,这倒教人难了!
王熙凤　(胸有成竹地)难倒不难,我想到了一个主意。(示意傻丫头退下,傻丫头下。袭人亦退下)但不知姑妈肯不肯?
王夫人　你只管说来。
王熙凤　依我看,这件事只有一个"掉包"的法子。
贾　母　掉包?
王熙凤　是啊,掉包的法子。只是外头一概不准提起。〔与王夫人耳语。
　　　〔王夫人点头笑了笑。
王夫人　也罢了。
贾　母　你们娘儿两个搞什么鬼,也该让我听听。
　　　〔王熙凤又与贾母耳语。
王熙凤　老祖宗……
　　　〔贾母点头。
贾　母　只是能瞒得过么?
王熙凤　老祖宗——
　　　(唱)这换斗移星又何难,
　　　　　宝玉他病中怎识巧机关?
　　　　　到时候红盖头遮住新奶奶,
　　　　　扶新人可用紫鹃小丫鬟。
　　　　　等到那酒阑人也散,
　　　　　生米煮成熟米饭,

越　剧

　　　　管保他销金帐内翻不了脸，

　　　　鸳鸯枕上息波澜。

　　〔贾母与王夫人只是点头。

　　　　　　　　　　　　　　　　　——幕落

第九场　傻丫头泄密

　　〔已是深秋季节。这天，林黛玉早饭后带着紫鹃在园里散闷，走到这里沁芳桥畔忽忘了带手绢，遂叫紫鹃去取。

林黛玉　紫鹃，我一时出来，忘了带块手帕，你替我回去取一下，我在这里等着你。

紫　鹃　好，我就去拿来。

　　〔紫鹃走了，林黛玉倚着栏杆，看秋风萧瑟，景物凋谢，不禁感触。

林黛玉　（低吟起来）

　　　　风萧萧兮秋气深，

　　　　忧心忡忡兮独沉吟，

　　　　望故乡兮何处？

　　　　倚栏杆兮涕沾襟……

　　〔林黛玉未曾吟完，忽听那边山石旁有人在哭，便走了过来，只见一个浓眉大眼的丫头坐在那里哭，那丫头见是林黛玉，便不敢再哭，站起来拭着泪。

林黛玉　你好好的为什么在这里啼哭，手什么人的气了？

傻丫头　林姑娘，你评评这个理，他们说话我又不知道，我就说错了一句话，我姐姐也不该打我呀！

林黛玉　你姐姐是哪一个？

傻丫头　就是珍珠姐姐。

林黛玉　你叫什么？

傻丫头　我叫傻大姐。

林黛玉　你姐姐为什么要打你？你说错什么话了？

傻丫头　为什么？还不是为宝二爷娶宝姑娘的事情。

　　〔林黛玉以为听错了，拉她近身问。

253

林黛玉　你说什么?

傻丫头　就是为宝二爷娶宝姑娘的事情。

〔好像是一个疾雷打在林黛玉的心上,她心头乱跳,坐倒在石凳上。

〔傻丫头接着诉说下去。

傻丫头　(唱)老太太和太太奶奶商量做,
　　　　要去宝姑娘做媳妇,
　　　　第一件可给宝玉来冲喜,
　　　　第二件……(瞅着林黛玉,傻笑了一下)
赶着办了,还要给你林姑娘说婆家呢!
　　　　我们家真是喜事多,(接着,又委屈地哭了)
　　　　今日里我在袭人姐姐房中坐,
我只不过说了一句话,我说"将来更热闹了,又是宝姑娘,又是宝二奶奶,这可怎么叫呢?"
　　　　那珍珠姐姐就打我,
　　　　她说我不听上头曾吩咐,
　　　　她骂我舌头长,嘴巴多。(抹了把鼻涕,诉苦)
林姑娘,我可真受冤枉呀!
　　　　自古来,哪个姑娘不出阁,
　　　　哪个少年不娶媳妇,
　　　　为什么不许人家说一句?
　　　　为什么装神弄鬼瞒着做?

〔傻丫头见林黛玉不理自己,又看到林黛玉转过身来,神色不对,叫了声"林姑娘",惊奇地退下。

〔幕后合唱:
　　　　好一似塌了青天,沉了陆地,
　　　　魂如风筝断线飞!
　　　　眼面前,桥断、树倒、石转、路迷,
　　　　难分辨,南北东西。

〔林黛玉脸色苍白,身子晃荡,脚步斜软,似若迷失方向,在园中转东转西地走,紫鹃取了手帕回来,见这情形惊疑地赶了过来,扶住她。

紫　鹃　（轻声地）姑娘，你究竟要往哪里走呀？
林黛玉　（半晌，迸出一句）我……我问问宝玉去！
　　　　〔林黛玉急向桥上走去，走了几步，她身子往前一栽，回过头来，靠着栏杆，"哇"的一声，一口血直吐了出来，紫鹃急扶住她。
紫　鹃　姑娘，姑娘……

——幕急落

第十场　黛玉焚稿

〔悄无人声的潇湘馆，在冬日的黄昏愈益显得落寞。风摇动着窗外的竹子，竹子在风中挣扎。
〔林黛玉病卧榻上，紫鹃守候在榻边，她端过药来。
紫　鹃　姑娘，起来吃药吧。
　　　　〔林黛玉摇头。
紫　鹃　（泣声）你就吃一点吧。
　　　　〔林黛玉推开药碗。紫鹃一阵心酸，禁不住哭泣起来。
　　　　〔林黛玉挣扎起坐，又喘成一片，紫鹃忙用软枕替她靠住坐了。
林黛玉　妹妹你哭什么。（苦笑）我哪里能够死呢！
紫　鹃　姑娘！
　　　　（唱）与姑娘情如手足长厮守，
　　　　　　这模样，教我紫鹃怎不愁？
　　　　　　端药给你推开手，
　　　　　　水米未曾入咽喉，
　　　　　　镜子里只见你容颜瘦，
　　　　　　枕头边只觉你泪湿透，
　　　　　　姑娘啊！想你眼中能有多少泪，
　　　　　　怎禁得冬流到春，夏流到秋？
　　　　　　姑娘啊！你要多保养，莫哀愁，
　　　　　　把天大的事儿放开手，
　　　　　　保养你玉精神，花模样，

　　　　　　打开你眉上锁,腹中忧。
　　　　　〔林黛玉感激地对紫鹃笑了笑。
林黛玉　(唱)你好心好意我全知,
　　　　　　你曾经劝过多少次,
　　　　　　怎奈是,一身病骨已难支,
　　　　　　满腔愤怨非药治,
　　　　　　只落得,路远山高家难归,
　　　　　　地老天荒人待死。
紫　鹃　姑娘,
　　　　(唱)姑娘你身子乃是宝和珍,
　　　　　　再莫说这样的话儿痛人心,
　　　　　　世间上总有良药可治病,
　　　　　　更何况府中都是疼你的人,
　　　　　　老祖宗当你掌上珍,
　　　　　　众姐妹贴近你的心……
　　　　　〔林黛玉生气,忙止住她。
林黛玉　不要说了。
　　　　(唱)紫鹃休提府中人,
　　　　　　这府中,谁是我知冷知热亲!
　　　　　〔满腔悲愤地喘气,然后注视紫鹃。
　　　　　　妹妹,只有你是我最知心的了。
　　　　　　难为你,知冷知暖知心待,
　　　　　　问饥问饱不停闲,
　　　　　　你为我,眼皮儿终夜未曾合,
　　　　　　你把我,骨肉亲人一样待,
　　　　　　老太太派你服侍我这几年,
　　　　　　我将你当作我的亲妹妹。
紫　鹃　姑娘!
　　　　　〔林黛玉支撑住身子,用劲地说。
林黛玉　把我的诗本子拿来!

紫　　鹃　姑娘,等身体好了再看吧。
　　　　　〔林黛玉摇头,紫鹃取诗稿给她,见她又咯了血,忙用手绢替她揩拭,林黛玉指指手绢,紫鹃知是又要手绢,遂又去取。

林黛玉　（使劲地说）有字的!
　　　　　〔紫鹃知是要那块诗帕,便取来给她。林黛玉接过诗帕,狠命地想撕碎它,但无力的手只有打颤的份儿。

紫　　鹃　姑娘,姑娘,何苦自己又生气呢!
　　　　　〔林黛玉指指火盆。
　　　　　〔紫鹃以为她冷了。

紫　　鹃　姑娘多盖上一件吧!那火盆有炭气,只怕受不住。
　　　　　〔林黛玉只是摇头,紫鹃只得端火盆来,放在榻边。
　　　　　〔林黛玉拿起诗稿,无限感慨。

林黛玉　（唱）我一生与诗书作了闺中伴,
　　　　　　与笔墨结成骨肉亲,
　　　　　　曾记得菊花赋诗夺魁首,
　　　　　　海棠起社斗清新,
　　　　　　怡红院中行新令,
　　　　　　潇湘馆内论旧文,
　　　　　　一生心血结成字,
　　　　　　如今是记忆未死,墨迹犹新,
　　　　　　这诗稿不想玉堂金马登高第,
　　　　　　只望它高山流水遇知音,
　　　　　　如今是知音已绝,诗稿怎存?〔焚稿。

紫　　鹃　姑娘,这又何苦呢?
林黛玉　（唱）把断肠文章付火焚。（接着又取诗帕来无限伤心地看了一阵）
　　　　　　这诗帕原是他随身带,
　　　　　　曾为我揩过多少旧泪痕,
　　　　　　谁知道,诗帕未变人心变,
　　　　　　可叹我真心人换得个假心人。
　　　　　　早知人情比纸薄,

　　　　　我懊悔留存诗帕到如今，
　　　　　万般恩情从此绝……〔焚帕。
　　　　〔紫鹃欲阻，又不敢阻。
林黛玉　（唱）只落得一弯冷月葬诗魂。〔昏迷。
紫　鹃　姑娘，你醒一醒。
　　　　〔林黛玉醒了过来。
紫　鹃　快躺下吧。
　　　　〔林黛玉睡了下去，紫鹃服侍她睡了，潇湘馆又是一片死寂。正在这时，
　　　　雪雁掀帘而入。
紫　鹃　（忙问）雪雁你告诉了老太太、太太，林姑娘病重，她们怎样说？
雪　雁　姐姐不要问了，宝二爷真的娶宝姑娘了！（看了一下病榻，然后轻声说）
　　　　就在今夜做亲，新房都另外收拾了，上头吩咐了，不教我们知道。
　　　　〔紫鹃呆了一下，然后咬着牙。
紫　鹃　这些人怎么竟这样狠毒冷淡啊！
　　　　（唱）怪不得病榻边只有孤灯陪，
　　　　　　　却原来鹅鹄鸟都拣那旺处飞，
　　　　　　　铁心肠哪管人死活，来探望的人儿却有谁！
　　　　宝玉！我看她明朝死了，你拿什么脸来见我！真想不到，你也是——
　　　　　　　骨如寒冰心似铁，
　　　　　　　折了新桃忘旧梅！
　　　　〔周妈妈入。
雪　燕　周妈妈来了。
周妈妈　林姑娘怎样了？（看到林黛玉病状）咳……
雪　雁　周妈妈有什么事么？
周妈妈　我和紫娟姑娘说几句话。（向紫鹃）紫鹃姑娘，方才老太太和二奶奶商
　　　　量过，那边要用你使唤呢。
　　　　〔紫鹃一抹眼泪。
紫　鹃　（切齿地）周妈妈你先请吧！等人死了，我们自然是出来听候使唤的，只
　　　　是林姑娘还有一口气呢！
　　　　〔周妈妈很不受用。

周妈妈　姑娘！你这话对我说倒是使得,我可怎么去回禀上头呢?

　　〔紫鹃愤懑一齐迸发。

紫　鹃　周妈妈,你只管去回禀上头!

（唱）宝二爷娶亲瞒不了谁,

　　　又何必未断气把命催!

　　　那边是一片喜气人如蚁,

　　　聪明能干的一大堆,

　　　要我紫鹃有何用?

　　　锦上添花我又不会!

　　　我紫鹃今日里,

　　　只愿听这病榻旁边断肠话,

　　　决不捧那洞房宴上合欢杯,

　　　但等姑娘断了气,

　　　该把我粉身碎骨我也不皱眉!〔拂袖。

周妈妈　（无可奈何地）紫鹃姑娘,我也是上命差遣,概不由己呀。好吧,那就让雪雁跟我走吧。怎么,一个也不去,上头是饶不过人的!〔拉雪雁。

　　〔雪雁只得跟着周妈妈走了。

　　〔传来鼓乐声,榻上的林黛玉渐渐地睁开眼睛,挣扎着要坐起来,紫鹃忙扶住她。

林黛玉　你听……

紫　鹃　姑娘,姑娘,没有什么……

林黛玉　（唱）笙箫管笛耳边绕,

　　　一声声犹如断肠刀,

　　　他那里花烛面前相对笑,

　　　我这里长眠孤馆谁来吊?

紫　鹃　姑娘!〔哭泣。

　　〔林黛玉紧握住紫鹃的手。

林黛玉　妹妹……我是不中用的人了。

（唱）多承你伴我月夕共花朝,

　　　几年来一同受煎熬,

　　　　　到如今浊世难容我清白身，
　　　　　与妹妹永别在今宵，
　　　　　从今后你失群孤雁向谁靠？

紫　娟　姑娘！〔扑向林黛玉怀痛哭。

林黛玉　（唱）只怕是寒食清明，
　　　　　　　梦中把我姑娘叫。
　　　　〔紫鹃哽咽。

林黛玉　我在这里没有亲人，我的身子是干净的，你好歹叫他们送我回去。
　　　　（唱）我质本洁来还洁去，
　　　　　　　休将白骨埋污掉。

紫　鹃　姑娘，姑娘你怎么啦！
　　　　〔又一阵从远处传来的喜乐声。

林黛玉　（直着声）宝玉！宝玉！你好……
　　　　〔林黛玉终于在"一年三百六十日，风刀霜剑严相逼"下死去。
　　　　〔紫鹃伏倒在林黛玉身上。

紫　鹃　（哭呼）姑娘！姑娘！……
　　　　〔喜乐声愈来愈高，掩盖了紫鹃的哭声。

　　　　　　　　　　　　　　　　　　——幕落、抢景

第十一场　"金玉良缘"

〔在喜乐声中，一对新人被送入洞房，喜娘披着红扶着蒙上盖头的新娘，下首扶新娘的便是雪雁，跟着进来了穿着喜服的贾母、王夫人、王熙凤和袭人。新人坐了帐。雪雁愤愤地看了贾宝玉一眼，退了出去。喜娘给新郎、新娘奉上合欢酒，然后向贾母等道喜后也退了出去。在红烛和喜服相互辉映下，洞房似乎是满室生春。贾宝玉满脸堆笑，挨近新娘。

贾宝玉　林妹妹！
　　　　〔新娘的身子颤动了一下。

贾宝玉　你身子好了没有？我们好久不见面了，现在可盼到了这一天！妹妹……〔欲揭开红盖头，王熙凤忙推开他。袭人扶新娘坐向花烛前。

王熙凤　宝兄弟！

贾　母　宝玉！你要稳重点呵。
贾宝玉　妹妹,今天真是从古到今天上人间第一件称心满意的事啊！
　　　　(唱)我合不拢笑口将喜讯接,
　　　　　　数遍了指头把佳期待,
　　　　　　总算是,东园桃树西园柳,
　　　　　　今日移向一处栽。
　　　　　　此生得娶林妹妹,
　　　　　　心如灯花并蕊开,
　　　　　　往日病愁一笔勾,
　　　　　　今后乐事无限美。
　　　　　　从今后,与你春日早起摘花戴,
　　　　　　寒夜挑灯把谜猜,
　　　　　　添香并立观书画,
　　　　　　步月随影踏苍苔；
　　　　　　从今后,俏语娇音满室闻,
　　　　　　如刀断水分不开。
　　　　　　这真是,银河虽阔总有渡,
　　　　　　牛郎织女七夕会。
　　　　(问周围的人)咦,方才只见雪雁,却为何不见紫鹃呢？
王熙凤　(连忙回答)她的生肖冲了,因此不来。
贾宝玉　原来如此,林妹妹你盖着这个东西做什么？我们何必用这些俗套呢？
　　　　〔欲去揭盖头,这时贾母等人急出了一身冷汗。
　　　　〔王熙凤阻住他。
王熙凤　宝兄弟。
　　　　〔贾宝玉住手,但歇了一歇,耐不住又要去揭。
　　　　〔王熙凤又阻止。
王熙凤　宝兄弟！〔拉他至一边。
　　　　(唱)做新郎总该懂温柔,
　　　　　　休惹得新娘气带羞,
　　　　　　多生欢喜少痴傻,

　　　　　随缘随分莫贪求,
　　　　　老祖宗都是为你好,
　　　　　须懂孝顺乃是第一筹。

贾宝玉　（好笑）你说我傻,我看你倒是真傻呢,我把我的心都交给了她,我还能对她不温柔么？
　　　　（唱）我爱她敬她都来不及,
　　　　　怎会使她气带羞,
　　　　　今日我十分喜减去一身病,
　　　　　百炼钢早化作绕指柔,

王夫人　宝玉,我的儿,
　　　　（唱）愿你俩相敬如宾到白头,
　　　　　这才是父母之心不辜负。

贾宝玉　那还用说么？

贾　母　宝玉,来！你母亲的话可要记住。这是为你好呀！

贾宝玉　知道。（又走向新人）妹妹,虽然这红盖头啊,
　　　　（唱）遮住你面如芙蓉眉如柳,
　　　　　却遮不住心底春光往外透。

〔贾宝玉蹲下身子看新娘,众人提心吊胆的亦随着看。

贾宝玉　但叫我如何能不揭开它呢？……（按捺不住,终于揭开了盖头。他睁眼一看,像是薛宝钗,但心中不信,急持灯来照看,可不是薛宝钗又是谁呢？发愣）我是在哪里呢？袭人,你来咬咬我的手指头,看我是不是在做梦？

〔众人忙接过灯去,扶贾宝玉坐了,贾宝玉发着呆。

王熙凤　什么做梦不做梦,不要胡说！老祖宗在这里坐着,老爷也在外面坐着呢。

〔贾宝玉问袭人。

贾宝玉　方才这床上坐的美人儿是谁？

袭　人　是新娶的二奶奶。

贾宝玉　你真糊涂,那新娶的二奶奶是谁？

袭　人　（在王熙凤的示意下,肯定地）是宝姑娘。

贾宝玉　林姑娘呢？

袭　人　怎么混说起林姑娘来,老爷做主娶的是宝姑娘。

［贾宝玉大惊失色。

贾宝玉　是宝姑娘……

王熙凤　是呀,就是宝姑娘。

王夫人　宝玉,是娶的宝姑娘。

袭　人　是宝姑娘。

贾宝玉　宝姑娘?……老祖宗,这到底是怎么回事?到底是怎么一回事?

贾　母
王夫人　是娶的宝姑娘。

贾宝玉　我方才明明与林姑娘成的亲,雪雁还扶着她呢!怎么?怎么一霎时都变了,都变了!这是为什么?……为什么?为什么?

［王熙凤安慰坐立不安的贾母。

王熙凤　老祖宗,船到桥门总会直的,你坐下。

［王熙凤一言方毕,贾宝玉放声大哭,贾母等手足无措。

贾宝玉　(哭呼)林妹妹!［伏桌,痛心疾首。

　　　　(唱)我以为百年好事今宵定,

　　　　　　为什么月老系错了红头绳?

　　　　　　为什么梅园错把杏花栽?

　　　　　　为什么鹊巢竟被鸠来侵?

　　　　　　莫不是老祖宗骗我假做亲,

　　　　　　宝姐姐赶走我心上人!

　　　　林妹妹,你在哪里?

　　　　定是气息奄奄十分病,

　　　　泪似滚水煎着心。

贾　母　宝玉,你听我讲,听我讲。

［贾宝玉不理。

贾宝玉　听,你们听,你们可听到林妹妹的哭声?(向袭人)袭人你告诉我,你可曾听见她哭声呀?

王夫人　你听娘说,宝玉……

［贾宝玉扑跪贾母面前,捶着胸。

263

贾宝玉　老祖宗,我要死了。

〔贾母与王夫人同安慰宝玉。

贾　母　宝玉你怎么样?你怎么样?

贾宝玉　我有一句心里话要说。

(唱)林妹妹与我都有病,

　　　两个病原是一条根,

　　　望求你,把我们放在一间屋,

　　　也好让同病相怜心靠心,

　　　活着也能日相见,

　　　死了也好葬同坟!

贾　母　宝玉……

贾宝玉　老祖宗啊!

(唱)天下万物我无所求,

　　　只求与林妹妹共生死。

　　　老祖宗,你依了我吧!〔连连叩拜。

〔贾母捶着心,老泪纵横。

贾　母　宝玉,今天是你大喜的日子,你竟病得这样,好教我心痛,你呀,你呀……

〔王夫人呆若木鸡,能说惯道的王熙凤也束手无策,薛宝钗心内又痛又乱,垂头无语,洞房一片沉寂,方才满室生春的气象已烟消云散。

贾宝玉　我知道求你们也没有用!(立起身来,不顾一切地)我找林妹妹去!

王熙凤　(急上前)宝兄弟……

贾宝玉　(推开她)我找林妹妹去!

贾　母　(拦阻他)宝玉!你……

贾宝玉　(推开贾母)我找林妹妹去!

薛宝钗　宝玉,林妹妹她已经死了。

〔贾宝玉闻声昏了过去,洞房乱了秩序,众人扶着他一片声地呼"宝玉",贾母颓然地倒在椅子上。

〔幕后合唱:

　　　好一条掉包计偷柱换梁,

只赢得惨红烛映照洞房。

——幕缓缓落、抢景

第十二场　哭灵、出走

［冬日黄昏，潇湘馆林黛玉灵前。

紫　鹃　（声）宝二爷！老太太不准你进来，你进来做什么，快回去吧！宝二爷！宝二爷！

［贾宝玉奔上，一呆。

贾宝玉　林妹妹……我来迟了！我来迟了！……

（唱）金玉良缘将我骗，
　　　害妹妹魂归离恨天，
　　　到如今，人面不知何处去，
　　　空留下，素烛白帏伴灵前。
　　　林妹妹！林妹妹！
　　　如今是千呼万唤唤不归，
　　　上天入地难寻见，
　　　可叹我，生不能临别话几句，
　　　死不能扶一扶七尺棺！
　　　妹妹啊！
　　　想当初，你孤苦伶仃到我家来，
　　　只以为暖巢可栖孤零燕，
　　　我和你，情深犹如亲兄妹，
　　　那时候两小无猜共枕眠。
　　　到后来，我和妹妹都长大，
　　　共读《西厢》在花前，
　　　宝玉是剖腹掏心真情待，
　　　妹妹是心里早有口不言。
　　　到如今，无人共把《西厢》读，
　　　可怜我伤心不敢立花前。
　　　记得你怡红院尝了闭门羹，

　　　　你是日不安心夜不眠，
　　　　妹妹呀，你为我一往情深把病添，
　　　　我为你，睡里梦里常想念。
　　　　好容易盼到洞房花烛夜，
　　　　总以为美满姻缘一线牵，
　　　　想不到林妹妹变成宝姐姐，
　　　　却原来，你被逼死我被骗！
　　　　实指望，白头到老多恩爱，
　　　　谁知晓，今日你黄土垄中独自眠！
　　　　林妹妹，自从你居住大观园，
　　　　几年来，心头愁结解不开，
　　　　落花满地伤春老，
　　　　冷雨敲窗不成眠，
　　　　你怕那，人世上风刀和霜剑，
　　　　到如今，它果然逼你丧九泉。
紫　鹃　宝二爷，天夜了，你不便多留，快回去吧。
贾宝玉　紫鹃，我知道，妹妹恨我，你也恨我，我就是死了也是个屈死鬼。
紫　鹃　这些话我已经听惯了，人死了，还说个什么呢！
贾宝玉　紫鹃，妹妹临死时，她讲点什么？
紫　鹃　唉！
　　　　（唱）想当初，姑娘病重无人理，
　　　　　　　床前只有我知心婢，
　　　　　　　她这边是冷屋鬼火三更泣，
　　　　　　　你那边是洞房春暖一天喜，
　　　　　　　只听她恨声呼宝玉，
　　　　　　　这心酸的事儿我牢牢记。〔指着贾宝玉。
　　　　　　　宝二爷，你来迟了！来迟了！
　　　　　　　人死黄泉难扶起。
贾宝玉　（痛哭）你不能怪我，这是父母做主，并不是我负心！
紫　鹃　（伏桌哭泣）姑娘……

〔贾宝玉环视四周后。

贾宝玉　（唱）问紫鹃，妹妹的诗稿今何在？
紫　鹃　（唱）如片片蝴蝶火中化。
贾宝玉　（唱）问紫鹃，妹妹的瑶琴今何在？
紫　鹃　（唱）琴弦已断休提它。
贾宝玉　（唱）问紫鹃，妹妹的花锄今何在？
紫　鹃　（唱）花锄虽在谁葬花？
贾宝玉　（唱）问紫鹃，妹妹的鹦哥今何在？
紫　鹃　（唱）那鹦哥，叫着姑娘，学着姑娘生前的话。
贾宝玉　（唱）那鹦哥也知情和义。
紫　鹃　（唱）世上的人儿不如它！
贾宝玉　（哭呼）林妹妹，我被人骗了，被人骗了。
　　　　（唱）九州生铁铸大错，
　　　　　　　一根赤绳把终生误。
　　　　　　　天缺一角有女娲，
　　　　　　　心缺一块难再补。
　　　　　　　你已是质同冰雪离浊世，
　　　　　　　我岂能一股清流随俗波！
　　　　　　　从今后，你长恨孤眠在地下，
　　　　　　　我怨种愁根永不拔。
　　　　　　　人间难栽连理枝，
　　　　　　　我与你世外去结并蒂花。

〔远处传来寺院晚钟声声，贾宝玉若有所悟，他愤然摘下了颈项上所挂的那块"宝玉"痴视着。

紫　鹃　（低头泣语）宝二爷，你快回去吧！
贾宝玉　回去吧……回去吧。
〔贾宝玉弃玉于地，在晚钟声和合唱声中，默默向灵前告别，向外走去。
〔幕后合唱：
　　　　他抛却了莫失莫忘通灵玉，
　　　　挣脱了不离不弃黄金锁，

　　　　离开了苍蝇竞血肮脏地。
　　〔贾宝玉已走得无影无踪了。这时只听幕后一片声地呼唤着"宝二爷"……紫鹃闻声,在灯光下,发现弃在地上的那块"宝玉",她拾了起来,木立出神,只听幕后袭人、周妈妈等声音。

袭　人　（内声）找到宝二爷没有？
周妈妈　（内声）看来是找不到他了,找不到了！
　　〔幕后合唱：
　　　　撇掉了黑蚁争穴富贵巢。
　　〔晚钟声愈来愈远。

——幕缓缓落

　　剧本于1961年8月第8次改稿定稿,1978年8月略作修订。选自徐进编剧《红楼梦（越剧）》(上海文艺出版社1979年版)。

司　棋

徐　进　沈去疾

序场　相婢铁槛寺

〔京郊铁槛寺毗卢精舍客堂。
〔春三月,早上。
〔在贾府做佛事念"平安经"的梵音音乐声中幕启,王夫人正襟而坐,在这里顺便审视一下新买的三个丫头。王熙凤陪着她,一个小和尚奉上茶后退下。
〔女管家周瑞家的(周妈妈)上。

周妈妈　禀太太,新买的三个丫头都来了,请太太过目。

王夫人　(向王熙凤)凤丫头,你都看中意了的,我还看什么呀?

王熙凤　(笑)还请太太做主才是。

王夫人　也好,就唤她们进来吧。

〔幕后伴唱:享福人福深还祷福,
　　　　　　奴隶家世代为人奴。
　　　　　　王夫人相婢铁槛寺,
　　　　　　俏丫鬟卖入荣国府。

〔在伴唱声中,周妈妈向外招手,第一个进来的是晴雯,拜见后给王夫人过目。

周妈妈　这个是赖大叔买来孝敬太太的,今年十三岁,原来连真名字都没有,现在给她取名晴雯。

王熙凤　(得意地介绍着)太太,你看呀,
　　　　(唱)这晴雯,模样俊俏水灵灵,
　　　　　　孝敬老太太,定然合她心。

王夫人　（点头）唔。

〔晴雯退立一旁。第二个是金钏儿上,也拜见后给主子们过目。

周妈妈　这丫头原来的名字难听,已由二奶奶给她取名金钏。

王熙凤　（唱）这丫头姓白名金钏,

　　　　　　太太身边好使唤。

　　　　（凑近王夫人。）只花二十两银子。

王夫人　穷人家的孩子该多给一点才好,莫让人家说我们刻薄了。

〔金钏退立于晴雯身旁。第三个上场的是司棋,也拜见,给过目。

周妈妈　这是王善宝家的外孙女,秦荣家的女儿,小名琪儿,十四岁了。

王熙凤　二姑娘曾和我说起过想添个丫头,把她分给二姑娘,太太你看如何?

王夫人　好。

　　　　（唱）这一个芳龄十四大一些,

　　　　　　服侍迎春正相宜。

王熙凤　（唱）迎春妹妹好奕艺,

　　　　　　她说道最好改名叫"司棋"。

王夫人　司棋,这个名字好。

〔司棋退,三个丫头立在一起。

〔周妈妈取来三份卖身契,奉与王夫人。

周妈妈　这是三个丫头的卖身契,已画了押请太太收下。

王夫人　（瞥了一眼,便交与王熙凤,然后吩咐周）让她们回家收拾收拾,明后天就进府来。

周妈妈　是。（向三个丫头）还不谢过太太的恩准。

司棋等三人　谢太太恩准。

〔方才端茶的那个小和尚上。

小和尚　启禀夫人,法事将完,方丈有请。

王夫人　（向王熙凤）凤丫头,我们也正该回去了。

〔小丫头扶着王夫人起身。

王熙凤　太太走好。

〔小和尚引王夫人、王熙凤等下。

〔周瑞家的向外面一招手,晴雯的哥嫂和金钏的娘以及金钏的干娘张妈同上。晴雯的哥嫂领着晴雯先下,金钏娘和张妈领着金钏边走边说话。

金钏母 ……金钏进府,这多亏你干娘啦。(向金钏)还不谢谢干娘。

金　钏 谢谢干娘。

张　妈 谢什么,今后我张妈也有个伴了。

〔金钏等三人同下。

〔王善宝家的(王妈妈)和司棋娘同上。

王妈妈 (见周瑞家的还在等着他们,只得敷衍一下)周妈妈,辛苦你啦。

周妈妈 王妈妈,你有个好外孙女,福气啊。

司棋娘 谢谢周妈妈,谢谢。

〔周瑞家的下。

王妈妈 (和司棋娘一起围着司棋,关照她一番)外孙女儿,

(唱)今日里太太慧眼善挑人,

　　　从此你双脚踏进富贵门,

　　　规矩体统须学好,

　　　眉眼高低要留神。

　　　若要脚跟站得稳,

　　　二奶奶跟前你要多奉承!

〔司棋心不在焉,一句都没听进去,老是偷眼往门外望,而王妈妈还在不出声絮絮叨叨。

〔幕后伴唱:外婆嘱咐没个完,

　　　　　　她当作清风过耳畔。

　　　　　　此心已飞荣国府,

　　　　　　想着那从小一起的潘又安。

司　棋 (背唱)他不知琪儿也进府,

　　　从今后,看似相近却相远!

　　　听说他今日值差寺中来——

〔她目光一瞥,正看到潘又安奔来,立于门口,不觉惊喜万分。潘示意要司棋出来,司棋暗示不能,这为司棋娘发觉。

司棋娘 死丫头!

(唱)心思原来在外面转!

王妈妈　（也发觉了潘又安在门口）原来是又安呀,进来吧。

〔潘又安入内,恭敬地叫了"外婆""舅妈",行礼后,立于一边。

王妈妈　又安,你今日也值差来啦?

潘又安　今日跟顺珍大爷来庙中做佛事,顺便看望外婆。舅妈和……

〔两人正想讲几句话,却被司棋娘居中隔开了。

司棋娘　又安,你也知道,棋儿今日作了贾府婢女,有几句话就不得不说:

（唱）你俩虽是表亲戚,

　　从小相处多亲密。

　　如今是一个奴来一个婢。

　　奴婢身份莫忘记。

　　虽说眼前年尚幼,

　　在府中,男女还须避嫌疑。

　　我有话在先莫见怪,

　　从今后,再也不可在一起!

〔潘又安与司棋不知所措地愣在那里。

王妈妈　又安,这也是为你好啊。（向司棋娘）那我们去弄辆骡车,就进府去吧。

司棋娘　好,儿,我们去吧。

〔司棋无可奈何地跟着外婆和娘往外走,到了门口止步,返身又望了潘一眼,怅然而下。

〔潘又安追上几步,走至舞台口,灯光集中于前,里幕闭。

潘又安　（眼睁睁看着司棋离去,有种强烈的失落感）

（唱）分手一年岁月长,

　　琪儿已非旧模样。

　　可惜见面无一语,

　　再不像灶前共坐凳一张。

　　今朝你也进贾府,

　　我又是欢喜又惆怅。

　　我与你四五岁上共淘气,

　　七八岁上教你读过书几行。

　　论年龄,我比你只小三个月,

照我看,却像大姐姐一般样。
我是个孤儿没亲人,
除了你,有谁关心我痛痒!
为什么舅妈话中又藏话,
硬要我俩莫来往?
棋儿呀,从此后,
你在西府我东府,
隔墙如隔山一样。
肚里有苦无处讲,
回去偷偷哭一场。

〔幕落〕

第一场 金钏留箴言

〔三年以后,一个炎夏盛暑,午后。

〔王夫人房内外。

〔幕启,先是王夫人房内。景只用纱幕和凉榻,蝉声噪耳,时鸣时歇,王夫人在凉榻上脸朝里午睡着,金钏在旁替她轻轻捶腿,她边捶边瞌睡,疲倦的身子晃动着,张不开的眼斜着。

〔幕后伴唱:冬去春来,第四个夏天又来到,
　　　　　　赤日炎炎似火烧。
　　　　　　贾府女奴倦不堪,
　　　　　　宝玉哥儿把扇摇。

〔贾宝玉轻摇扇儿,信步走上。

贾宝玉 真闷人啊!

(唱)与禄蠹半日周旋,
　　　不由我满心烦厌!
　　　信步走来谁家院?

(抬头一看)哟,我本要去怡红院的,却怎么走到太太的上房来了?〔入内,看到金钏的困倦模样,不禁欲笑,忙又掩口。

(唱)倒不如与金钏戏耍把闷遣。

〔宝玉蹑手蹑脚地走到金钏身后,双手将金钏的耳坠子一摘。金钏睁开眼,回头见是宝玉,一笑,又闭上眼。

贾宝玉 (笑着悄悄地说)怎么,就困乏得这个样子?

〔金钏用手指掩口示意不要吵醒王夫人,又摆摆手叫宝玉出去,重又闭上眼。宝玉悄悄探头看王夫人,只见仍一动不动地睡着。宝玉遂从挂在腰间的荷包里取出一丸"香雪润津丹"来,往金钏嘴里一送,金钏也不睁眼,只管噙了。

贾宝玉 (拉着金钏的手)这么累的……我向太太说,讨了你到怡红院来,我们在一起吧!

金　钏 (笑而不语)……

贾宝玉 (认真地)你不信?等太太醒了,我就说。

金　钏 (睁开眼,将宝玉一推,笑道)你忙什么!金簪子掉在井里头——有你的就是有你的。

〔王夫人忽然翻身起来,照金钏脸上打了一个巴掌。

〔司棋上,她奉迎春小姐命为刻印《太上感应篇》事,正来请示王夫人,方欲进房,正看到金钏被打,连忙缩回身子,躲在外边观动静。

王夫人 (气极,指着金钏大骂)下作小娼妇!好好的爷们都叫你们教坏了!

〔宝玉见此情景,欲说不敢,往外一溜烟地下,金钏捂着半边火热的脸,不敢做声。外边丫头们见夫人醒了,有的倒洗脸水,有的倒茶,忙进来伺候。

王夫人 (向倒洗脸水的丫头)彩云,你立即把金钏娘叫来,领金钏出去!

金　钏 (扑地跪下)太太饶了我吧,我再也不敢了。

〔彩云和另外的小丫头也跟着跪下恳求。

彩　云 太太开恩,饶了她这一次吧。

王夫人 (生气)跪得满地做什么!这不关你们的事!快叫她母亲来把她领走!

彩　云 是。

〔彩云下。其他丫头也出房。

金　钏 (苦求)太太,我下次再也不敢了。

(唱)求太太,发慈悲,

　　　切莫撵我把家回。

　　　莫让我从此人前头难抬,

     莫让我难见家乡众姐妹。

     望太太念在主婢情，

     从今我再不犯家规。

王夫人　（唱）恨贱婢你太不该，

     当着我的面，做出丑事来！

     宝玉是我命根子，

     你竟敢教唆去学坏。

     万般事情皆可恕，

     唯有此事最忌讳！

  〔彩云引金钏母同上。

金钏母　（欲求）太太……

王夫人　（背转身。继而长叹）唉！

  （唱）我一向，对下人，宽厚相待，再宽厚，也容不得，花妖狐怪！

  （回身向金钏母）你叫金钏在外面等着，我和你有话说，说完话，你就把你女儿带回去！

金钏母　（还欲哀求）太太你高抬贵手……

王夫人　（打断她）进来说吧。

金钏母　是。（向金钏）你在外面等，我就来。

  〔王夫人入内。金钏母跟着入。

  〔金钏出房走下。

  〔景转换成屋外廊下。

  〔金钏上，与司棋相遇，二人四目相对，默默良久，然后熬不住抱头而泣，又不敢出声。

金　钏　（凄然地）你都知道了？

司　棋　（点点头）金钏，我想找鸳鸯、平儿她们一起帮你再去求求太太……

金　钏　（摇摇头）不必了，我如今已坏了名声，她们又都不明白事情真相，怎敢说话？

司　棋　那么过几天，等太太的气消了以后，再想法子。

金　钏　（凄惨地笑了笑）以后的日子有得难过呢！她们岂会放过我？今后宝玉随便有些什么，都是我的罪名！

司　棋　（理解地点点头）金钏，你有没有什么话要嘱托我的吗？
金　钏　我的妹子玉钏还在府中，望你代我好好照顾。
司　棋　这我知道。
金　钏　（从手上脱下一枚宝石戒指）这枚戒指我也用不着了，托你送给我干娘，就是园中管后角门的张妈。
司　棋　这……
金　钏　今后你有什么难处，可找张妈帮助。我只是担心你……担心你和那潘又安的事啊！
　　　　（唱）铁槛寺中同卖身，
　　　　　　　这府中，除了玉钏姐最亲。
　　　　　　　临别抑不住悲又愤，
　　　　　　　这一回，我才看透主子心！
　　　　　　　几年来，服侍她体贴又殷勤，
　　　　　　　可她便把爪子伸。
　　　　　　　那宝玉，调笑戏谑平常事，
　　　　　　　万不料诬我把他来勾引。
　　　　　　　可叹我冬瓜削皮心地嫩，
　　　　　　　自悔做人不聪明。
　　　　　　　我是自寻烦恼寻不够，
　　　　　　　姐姐你莫像金钏太天真！
　　　　　　　主子她眼里容不得一粒沙，
　　　　　　　何况你俩情是真。
　　　　　　　与其将来受磨折，
　　　　　　　不如分手早抽身。
　　　　　　　姐姐呀，你要心比金钏多一窍，
　　　　　　　该比我处事会做人。
司　棋　（感动地）你自己这个样子，还惦记着我……
金　钏　（长叹）唉！
　　　　（唱）我无端被撵出府门，
　　　　　　　心底眼底无穷恨！

　　　　我活一世如草一春——
司　棋　金钏,你一切都要想开呀。
金　钏　(唱)望姐姐,时时在意,步步留心!
司　棋　(抱头)金钏!……
　　　　〔房中传来王夫人的念经和木鱼声。
　　　　〔金钏母挽着个包袱上。
金钏母　走吧!
　　　　〔金钏别司棋而去,与娘同下。
　　　　〔念经声与木鱼声愈来愈响。

〔幕落〕

第二场　司棋闹厨房

　　〔翌日,将近中午时候,大观园的一个厨房。
　　〔二幕前、厨房管事柳家的和厨工婆子,以及两个丫头和费家的儿子费兴,有的坐有的立,都围着五儿在听她说金钏的事。
　　〔幕启时伴唱：山珍海味满屋香,
　　　　　　　　　闲言秽语同飘扬。
　　　　　　　　　大观园中一厨房,
　　　　　　　　　搬嘴弄舌是非场。
五　儿　(有声有色地叙说着)……宝玉笑着对金钏说"我向太太讨了你,我们在一处吧。"金钏将宝玉一推,笑着说"你忙什么?金簪子掉在井里头——有你的就是有你的。"好,这一下事情可大了,只见太太翻身起来,照金钏脸上"啪"的一巴掌,骂着说"下作小娼妇!好好爷们,都叫你们教坏了!"
柳家的　那宝玉呢?
五　儿　早就一溜烟跑了。咳!金钏就这样被赶出府去了!
厨工婆　没有什么可惜的,这是勾引爷们的报应!
柳家的　是报应呀!这要怪金钏自己不好,这些丫头啊,
　　　　(唱)见我们,鸡争鹅斗嘴巴恨,见爷们,搔首弄姿百媚生。
费　兴　是嘛!(唱)金钏她,"美人拳"敲在太太腿,

俊眼儿却勾宝玉心。
可见得自己跳进浑水去，
丫头中多得是这种卖俏人！

柳家的 （唱）费兴一语来提醒，
大观园尚有个丫头卖风情。

厨工婆 是谁？

柳家的 不敢说，还没有抓住什么把柄呢。（见丫头莲花走来，忙示意大家止口）嗳，该散啰。
〔费兴下。二丫头提饭盒也下，五儿与她们说话，同下。
〔幕启，出现厨房景。
〔莲花上。

柳家的 莲花，有事吗？

莲　花 司棋姐姐派我来向柳婶子说，要碗鸡蛋，炖得嫩嫩的。

柳家的 哎呀，今年鸡蛋缺得很，十个钱一个还买不到，你给她说，改日再吃吧，啊？

莲　花 柳婶子，你这是怎么啦？
（唱）前日里，猪肉肥，豆腐馊，
今日里要炖鸡蛋又没有。
鸡蛋不是凤凰蛋，
这般稀罕没来由！

柳家的 不是稀罕，是拿不出来呀！

莲　花 我就不相信没有鸡蛋！给我翻出一个来你怎么说？
〔莲花乘人不备，走去揭开菜箱，拿起几个鸡蛋来。

莲　花 这不是鸡蛋么！你就这等厉害？哼！还怕人吃了，又不是你生的蛋！

柳家的 （把手里活计一丢，走上前）你妈才生蛋呢！你们可养得太娇贵了呀！
（唱）你们是吃了肥鹅要肥鸭，
吃腻了肠子换花头，
要什么鸡蛋面筋酱萝卜，
挑荤拣素难伺候。
吃得个豆腐肩膀糯米腰，

　　　　　　反说我婶子养她瘦!
　　　　　　我倒是头层主子一边丢,
　　　　　　你们二层主子好伺候!
莲　花　(气得脸红脖子粗的)哟!哟!哟!哟!……
　　　　(唱)羊肉未吃惹身骚,
　　　　　　鸡蛋不给话唠叨。
　　　　　　你软的欺,硬的怕,
　　　　　　专会拣佛把香烧。
晴　雯　姐要吃莴苣笋,
　　　　　　你忙问鸡丝拌还是肉丝炒?
　　　　　　问你柳婶可公平?
　　　　　　怎能叫人气来消!
柳家的　(唱)丫头竟敢教训我,
　　　　　　你碟子倒比碗仔大!
　　　　　　说我柳婶不公平,
　　　　　　阿弥陀佛真罪过,
　　　　　　你可知谁要添菜另付钱,
　　　　　　哪像她司棋钱不付。
　　　　　　难道说要我挖出肉里钱,
　　　　　　把鸡蛋喂养情哥哥!
　　　　〔司棋上。
司　棋　(正好听到末一句话,一愣,白了柳一眼,然后故向莲花发作)你死在这里啦?怎么就不回去?
莲　花　(向司棋耳语,用手势比划)
司　棋　(心头火起)好哇!
　　　　〔厨工婆子有点害怕,躲向角落,柳家的处于尴尬状态。
司　棋　(直奔柳)
　　　　(唱)好一个厨房管事柳大婶,
　　　　　　眼珠子里没了人!
　　　　　　不给鸡蛋倒也罢,

　　　　　谗言秽语污我名。
　　　　　既然你鸡蛋里面寻骨头,
　　　　　莫怪我出窑木炭火爆性。
　　　　　莲花与我齐动手,
　　　　　翻箱倒柜把菜掷!
　　　　　七荤八素皆喂狗,
　　　　　落个大家吃不成!
　　　　〔司棋与莲花把箱柜里蔬菜乱翻乱扔,柳抢夺,厨工婆子上前劝解。

厨工婆　好了好了,刘嫂子有八个脑袋,也不敢得罪你司棋姑娘呀!说鸡蛋难买是真的……
　　　　〔司棋不搭理她,只将手里抓的莴苣朝婆子掷去。婆子让开身,正掷在刚回来的五儿身上。司棋又欲掷第二棵时……

五　儿　(大声地,悲痛地)司棋你住手!你还不快去看看金钏!金钏被赶出府去,一下子人不见了,此刻发现她在那边角门旁一口井里,投井而死!

司　棋　(震惊地叫了声)啊!金钏……
　　　　〔司棋奔了出去。莲花跟着下。
　　　　〔柳家的等人也随五儿同下,看热闹去了。
　　　　〔乌云密布,远处雷声隐隐,雨点渐下。
　　　　〔静场片刻。
　　　　〔柳家的和厨工婆回来,她俩整理打翻得东西满地的屋子,摇头叹息。
　　　　〔司棋淋得一身湿,回去从这里经过,金钏之死使她悲痛得支撑不住身子,于是倚在门上发愣。

柳家的　(瞥了司棋一眼,装作没看见,明是与厨工婆在谈话,其实故意说给她听)咳!金钏调戏宝玉,落得个投井而死,比金钏不规矩的人还有着呢,怎么得了呵!
　　　　〔一个霹雷,大雨倾盆。
　　　　〔司棋的身子颤抖了一下。
　　　　〔柳家的招呼厨工婆一同进屋去察看雨情,同下。
　　　　〔整个舞台处于风雨雷电之中。

司　棋　(唱)几句话,犹如那,冷手揪心!

一声雷,像劈在,司棋头顶!
　　那金钏,投井死,冤目难瞑,
　　我司棋,已被她,生疑几分。
　　耳旁边,仰响起,金钏的声音,
　　她劝我,斩情丝,免惹祸根!
　　她劝我与其将来受折磨,
　　不如分手早抽身。
　　我也知奴婢婚嫁任摆布,
　　百年苦乐由他人。
　　我也知金钏是我前车鉴,
　　江浪不会只一层。
　　我也知若被上头来发觉,
　　怕不是打入地狱十八层!
　　唉!可惜我铁石难改坚硬体,
　　桂姜不移生辣性。
　　难道说,她眼里容不得一粒沙,
　　我就该快刀断真情?
　　左思右想心发冷——
（忽意决）托张妈,找表弟商量个究竟!
〔司棋冒雨下。

〔幕落〕

第三场　井边偷传书

〔数日后。午后时分。
〔大观园后角门附近水井前。
〔幕后,司棋和张妈相约在这里会面。

司　棋　张妈,你来了。

张　妈　姑娘,我也正要寻你,喏,有封信托我面交姑娘。（亮出信来,递在司棋眼前）请你看看,可认得这写信之人么?

司　棋　（一看）哎呀……〔倒退了一步,然后忙伸手接过。

张　妈　（笑着）除了信，还有样东西来。〔向自身上摸寻。

司　棋　什么东西？

张　妈　是个同心如意香袋。（遍寻无着）哎呀，是我忘了带，放在房里了，我马上去拿来，你在这里等着，千万不要走开。

司　棋　好，妈妈快去快来。

　　　　〔张妈下。

司　棋　（四顾无人，摸出信来读）……

　　　　〔舞台一角出潘又安，灯光集中在他身上。

潘又安　（向着司棋说）："……你我之事，已被家里觉察了，若园中可以相见，你可托张妈给一信。若在园中一见，倒比家里好说话。千万！千万！外特寄同心如意结一个，略表我心，千万收好。"〔隐去。

　　　　〔张妈复上，司棋忙藏好信。

张　妈　（从怀中取出"同心如意香袋"，交给司棋）这就是他送给你的"同心结"，你好好收下。

司　棋　谢妈妈。我不便写回信，请替我带个口信给他，说信和东西都收到。

张　妈　（笑道）好，把口信带给他就是了。

司　棋　还有呢？

张　妈　还有什么呀？

司　棋　还有……（鼓起勇气）还有一事相求，求妈妈想个法子，放潘又安夜里进园内与我一会。

张　妈　（吓了一大跳）什么？你是说——

司　棋　请妈妈设法把他带入园中，让我们会上一会，恳求妈妈千万成全。

张　妈　喔唷！我就是吃了老虎胆，也不敢做这样的事呀！

司　棋　妈妈你……

张　妈　你以为夜里大观园就那么清静，把一个大男人领进来，就不会碰见人了吗？咳！你呀！

　　　　（唱）你也知宁荣两府人口众，
　　　　　　　大观园内闹哄哄。
　　　　　　　西院内，老太太虽然安歇早，
　　　　　　　二奶奶还在当家理事中。

　　　　藕香榭，你迎春姑娘棋声响；
　　　　秋爽斋，那探春姑娘书灯红；
　　　　蘅芜院，薛家宝钗拈针坐；
　　　　稻香村，大奶奶训子把书攻；
　　　　梨香院，十二伶官女乐传；
　　　　栊翠庵，妙玉师姑木鱼动；
　　　　潇湘馆，林妹妹咳嗽难入睡；
　　　　沁芳桥，幽僻处尚有人走动。
　　　　最是热闹怡红院，
　　　　宝二爷与奴婢，打打闹闹笑语中。
　　　　大观园，人多自有千只眼，
　　　　屋多自有门万重。
　　　　张妈又无隐身法，
　　　　天大本领也不中用！
　　〔张妈摆手头摇欲下，为司棋拦住。
司　棋　（脱下手上戒指交与她）这是金钏生前托我送给你的一枚戒指，她说我若有为难之处，可求你帮助。
　　　　（唱）妈妈你助人为乐多法门，
　　　　　　眉头一蹙计在心，
　　　　　　瞒天过海称能手，
　　　　　　穿针引线有本领。
　　　　　　望妈妈念在金钏生前情，
　　　　　　你不管，世人无人可求恳。
张　妈　咳！司棋啊司棋，你好不明白！（指着那口井说）你难道忘了金钏是怎样死的么！
司　棋　（心头猛然一震）……
张　妈　（唱）你忘了此处是何地？
　　　　　　你忘了金钏怎投井？
　　　　　　如今你做的比她更越规，
　　　　　　胆子大的无淘成！

闹出来,你木匠打枷自己戴,
还要陪上我老命。
何苦害人又害己,
劝你死了这条心!

[张妈摇头下

[司棋望着那口井发呆。然后叫着"张妈!张妈!"追下

[二道幕闭

[伴唱(快速地):
你忘了此处是何地?
你忘了金钏怎投井?
如今你做的比她更越规,
劝你死了这条心!

[二幕前。司棋追上张妈。张妈止步。

司　棋　妈妈,你等一等,你听我说,我意已决。
(唱)哪怕与金钏同样命,
也要会一会知心人。
(对天跪下)
司棋对天立誓盟:
决不牵扯连累人。
万一是石灰布袋露了迹,
千刀万剐由我顶!

司　棋　(拔下头上钗交付张妈)事成之后,再来重谢。
张　妈　(推拒)这个……我可不是为了钱财呀。
司　棋　(又推向她手心)请求妈妈想个法儿。
张　妈　咳!我这个人啊,棉花耳朵,菩萨心肠,好吧。
(唱)钱能通神我不是神,
神通倒有十二分。
此事凭我巧安排,
办得巧来办得稳。
老太太八月初三寿诞期,

　　　　　两府摆宴闹纷纷。

　　　　　但等寿诞忙乱过,

　　　　　马也乏来人也困。

　　　　　初三热闹初四静,

　　　　　那时节,大观园里冷清清。

　　　　　姑娘你日头一落到角门,

　　　　　大桂树下将人等。

司　棋　（欣喜地）多谢妈妈,只是要等好几个月呀!

张　妈　（笑着点头,欲下又折回叮嘱）

　　　　（唱）记住了八月初四夜黄昏,

　　　　　月上柳梢——

　　　　（作咳嗽三声）

　　　　　咳嗽三声。

　　　　〔司棋点头。

〔幕落〕

第四场　鸳鸯惊鸳鸯

〔八月初四日,贾母寿辰后的第二天晚上。

〔大观园一隅。

〔幕启,张妈从后角门悄悄地引潘又安上。张妈压紧嗓子咳嗽了三声。

司　棋　（从假山后闪出）来了么?

张　妈　来了。（悄悄地,郑重地嘱咐）你们长话短说,千万不可拖延时刻。〔下。

司　棋　表弟!

潘又安　表姐!

　　　　〔二人抱头而泣。

　　　　〔伴唱：霎时间,鸳鸯比翼莲蒂并,

　　　　　　　一年一相会,歔欷泪满襟。

潘又安　（唱）一年来纸鸢断了东风线,

　　　　　相思常在心头萦。

司　棋　（打量着潘）

    （唱）今夜里借得一弯娥眉月，
      看出轮廓瘦几分。
潘又安 （唱）月儿呀，你今晚虽是娥眉月，
      我却嫌你还太明，
      园中偷会怕人见——
    〔司棋挪动了一下身子，惊起枝头鸟儿。
潘又安 （吃惊）哎呀有人！
司 棋 你不要惊慌。
    （唱）原是我衣裙窸窣把鸟儿惊。
潘又安 （唱）似觉得四周有人偷眼看，
司 棋 （唱）那是树缝中星星眨眼睛，
      表弟呀，你莫惊恐，安下心，
      要相好，哪怕钢刀架头颈。
潘又安 你说的是。（从怀中掏出个春意香袋递去）我送你样东西。
司 棋 这是何物？
潘又安 是个春意香袋，名叫绣春囊。
司 棋 （借着月光一看，又羞又惊）哎呀你怎么送这种见不得人的东西！我不要！
潘又安 送这东西，无非聊慰相思之情，你快收下。
司 棋 这绣春囊赤条条的羞死人，我不要！
    〔正在一个要送，一个不肯收之际，猛然听到有人叫声"司棋"，这一惊非同小可，司棋手中的绣春囊如烫手般跌落在地。
鸳 鸯 （声）司棋，你在做什么？
司 棋 哎呀不好！〔忙拉潘一起躲藏。
    〔鸳鸯上。
鸳 鸯 我看见你了，你还不快出来！
司 棋 她已经看见了！
潘又安 这一下完了。
鸳 鸯 司棋，你不出来，我就喊起来，当贼拿了。
    〔司棋从躲藏处出，走向鸳鸯，扑地一下就跪在鸳鸯面前。

司　棋　好姐姐，我求你千万不要声张。
　　　　〔鸳鸯不明所以，忙拉起她。
鸳　鸯　这是怎么说呀？
　　　　〔司棋浑身颤抖说不出话来。
鸳　鸯　(感到有异，向方才司棋躲藏处一看，看见潘的身影。心里猜着了八九分)哦……我问你，那一个是谁？
司　棋　是我表弟潘又安。
鸳　鸯　啐！你该死！
司　棋　(回头叫潘)你快出来向鸳鸯姐姐磕头。
　　　　〔潘胆战心惊地出，向鸳鸯跪下连连磕头。鸳鸯倒觉不好意思，忙要回身走，被司棋拉住。
司　棋　(苦求)我俩的性命都在姐姐身上，只求姐姐，超生我们。
鸳　鸯　你不要多说了，横竖我不告诉人就是了。还不叫他快走！
司　棋　(向潘)你快走！
　　　　〔潘抱头急下。
　　　　〔司棋抱住鸳鸯衣裙，再次跪求。
司　棋　姐姐可一定不告诉人才好，否则我就唯有一死。
鸳　鸯　(扶起她，反而安慰她)你只管放心，我发咒，我若告诉一个人，立刻现世现报！
司　棋　(感动地)我的姐姐，我知道你从来不曾拿我当外人看待，我也不敢瞒你。
　　　　(唱)我与他青梅竹马便亲近，
　　　　　　朝夕一处影随行。
　　　　　　长大后，他成了司棋梦里客，
　　　　　　我作了他的意中人。
　　　　　　转眼年华几度更，
　　　　　　天河阻隔两处分。
　　　　　　慢说晨昏能相见，
　　　　　　连个纸条也递不进。
　　　　　　姐姐呀，

为奴婢，也是有血有肉有情的人，
不甘心绿鬓消磨误青春。
好容易今宵园中得私会，
又谁知鸳鸯姐姐把鸳鸯惊。
明知此事不该做，
情到真时忘死生。
今夜幸而是姐姐，
若遇他人我活不成。
司棋我今后余生姐所赐，
到来世变作犬马报姐恩。

〔轻声哭了起来。

鸳　鸯　（为她拭去眼泪）

（唱）司棋一番肺腑话，
说得鸳鸯也酸辛。
黄连苦楝根连根，
你我一样奴婢身。
事关你今后怎做人，
我岂能坏了你名声。
讨好主子献殷勤，
鸳鸯不是那种人！

只是——好妹妹，

（唱）从今后，行事须辨轻与重，
这样的私会万不能。

司　棋　（点头）是，姐姐。

（唱）拜别姐姐出院去——

〔正其时，忽听传来王熙凤的声音。

王熙凤　传张妈！

（唱）因何尚未关角门？！

〔司棋惊退，与鸳鸯同避下。紧接着两个丫头掌灯引王熙凤上，张妈随上。

张　妈　（十分惊慌,但不露声色）二奶奶辛苦,这么晚还未歇息。
王熙凤　（弦外有音）你也辛苦,这么晚还不关角门。
张　妈　这……我就来关了。
王熙凤　张妈你听着——,
　　　　（唱）园内进出人头杂,
　　　　　　　出了纰漏谁之责?
　　　　　　倘有什么不防事,
　　　　　　　莫怨我将你差使革!
　　　　园子里有什么人吗?
　　　　〔鸳鸯恐张妈供出司棋,遂走了出来,见机行事。
张　妈　（正在为难,忽见鸳鸯,如获救星）有鸳鸯姐姐在。
王熙凤　（满脸堆下笑来）原来鸳鸯姐姐在这里。
鸳　鸯　（也笑着凑近她）二奶奶,你革了她的差使,就让我来管角门好不好?我保证管得牢牢的,让二奶奶也进得来出不去。〔大笑。
王熙凤　鬼丫头,你倒难得和我贫嘴!
鸳　鸯　我也难得这么晚在院子里走呀。
王熙凤　老祖宗也太不体惜你了呀,这么晚了还将你差东差西的。
鸳　鸯　我是偶尔一次,哪像二奶奶这等操劳。（回头向张妈）张妈,我陪二奶奶走了,你关了角门。
张　妈　是,二奶奶你们走好啊。
王熙凤　（向鸳鸯）你说我操劳啊,咳!
　　　　（唱）宰相待漏五更寒,
　　　　　　铁甲将军夜把关。
　　　　　　谁叫我是劳碌命,
　　　　　　哪得浮生半日闲!
　　　　〔边唱边和鸳鸯同下,丫头随下。
　　　　〔司棋出,与张妈四目相对,同时吐了一口气。
　　　　〔灯黑。
　　　　〔灯复亮,已是次日早饭后,丫头傻大姐跳蹦着上。她听见假山后蟋蟀叫,遂去捉,却拾得了司棋昨夜失落在这里的绣春囊,高兴地把玩着下。

［司棋慌乱地急步上，四处寻找绣春囊不见，十分焦虑不安，一路寻下。
［二幕闭。
［二幕前，司棋焦虑地上。

司　棋　（唱）昨夜相会受了惊，
　　　　　　绣春囊失落无处寻！
　　　　　　恐已被人拾了去，
　　　　　　芒刺在背心不宁。
［鸳鸯神色不对地上。

鸳　鸯　（把司棋拉至隐蔽处）司棋，不好了！
　　　　（唱）告诉你一个坏消息，东府逃走了你表弟！

司　棋　（大惊）你说什么？

鸳　鸯　我在老太太身边听到消息，说是潘又安他连夜逃走了！
［司棋一听昏倒在鸳鸯身上。

鸳　鸯　司棋，你醒醒，醒醒。

司　棋　［在渐渐醒过来中。
　　　　（唱）一波未平一波起，
　　　　　　这消息好似尖刀挖心肺！
　　　　［又急又气又伤心地似乎指着潘又安。
　　　　你、你、你真没出息，
　　　　纵然闹出事，也该死一起！

鸳　鸯　（劝慰她）
　　　　（唱）劝司棋，莫着急，
　　　　　　乱麻打结耐心理。
　　　　　　他是生怕鸳鸯去告密，
　　　　　　宽谅他惧罪才逃避。
　　　　　　其实我难遇事偏成巧遇，
　　　　　　请放心，我发誓永远把嘴闭。
　　　　　　如今是逃掉一个无对证，
　　　　　　倒是一番好算计。
　　　　　　凡事总得自宽解——

司　棋　（恨恨地）

（唱）男人真个是没情义！

〔司棋摇晃欲倒，为鸳鸯扶住。

〔幕落〕

第五场　绣囊起风波

〔时间紧接上场。

〔王夫人房内，景同第二场。

〔幕启，王夫人脸色不好，在房内坐立不安，彩云等几个丫头正小心翼翼地伺候一旁。

〔王熙凤上。

王熙凤　太太叫我……〔一看王夫人脸色不对，不禁诧异。

王夫人　（喝命彩云等人）都与我出去！

〔彩云等人忙退出。

王熙凤　（着了慌）太太有什么事么？

〔王夫人含着泪，从袖里扔出一个绣春囊香袋来。

王夫人　你去看来！

〔王熙凤忙拾起一看，吓了一跳。

王熙凤　这……太太从哪里得来？

王夫人　（颤声）我从哪里得来？我天天坐在井里！

（唱）这东西，竟然出在我侯门，

　　　傻丫头拾得算万幸。

　　　倘若丑闻传开去，

　　　丢尽脸面贻笑人！

我且问你，这个东西如何丢在园里？

王熙凤　（也变了脸色）太太怎么认定是我的？

王夫人　你反问我？你想想，

（唱）媳妇之中你年轻，

　　　琏儿又下流不长进，

　　　定是他弄进园中来，

这种事，除你夫妻别无人。

王熙凤 （又急又气又羞，跪下表白）太太说的我也不敢辩，只是——

（唱）太太乃是明白人，

这绣囊，熙凤实在不知情。

看针线，分明市上仿制品，

我岂肯佩戴失身份，

纵然有，也只能私下来收藏，

我怎会光天化日佩在身。

太太呀，

大观园丫鬟使女人品杂，

二门上当差的小厮正青春，

说不定有偷偷摸摸难言事，

难免有伤风败俗无耻人，

还望太太多明察——

王夫人 你起来，我也知道你不至于这样轻薄，我方才也不过是气激你的话，只是——

（唱）如何收拾这丑事情？

王熙凤 （唱）劝太太，无须忧虑多烦闷，

倒不如派人私下查原因。

〔与之附耳，一边比画着。

王夫人 （点头）你说得是。你就与我叫周妈来，还有叫送这绣囊的王妈妈也来。

〔王熙凤下，随即和周妈妈复上。王妈妈跟上。

王熙凤 正巧王妈妈还没有走。

王妈妈 太太用得着我，我倒也想出把力。

王夫人 好，你回了你家太太，也来照管一下，这样的绣囊定是哪一个贱丫头的！你们看平时园子里哪几个丫头惯爱弄姿卖俏的？你们倒说说。

王妈妈 有、有。太太不知，要说丫鬟，头一个是宝玉屋里的晴雯，仗着模样标致，倒像受了诰封似的娇贵，妖妖调调，不成体统！

王夫人 （猛然想起，问王熙凤）哦，上次我们跟老太太进园去，见有个水蛇腰，削肩膀，眉眼有些像你林妹妹的，正在那里骂丫头，我心里很看不惯那狂

样子。这想必就是她了？
王熙凤 丫头中总共比起来，都没有晴雯长得好。论举止言语，她是轻薄些。那天是不是她，我也忘了。
王妈妈 何不叫她来，太太看看。
王夫人 好。周妈妈，你传我的命，叫彩云丫头去把她叫来。
周妈妈 是。（下）
王夫人 （唱）怡红院，两个丫鬟合我心，
　　　　规矩的麝月，贤惠的袭人。
　　　　如今闻有晴雯女，
　　　　我一生最嫌这样的人，
　　　　身边有此妖娆在，
　　　　怕的是好好的宝玉被勾引！

〔周妈妈引晴雯上。

晴　雯 晴雯请太太安。
王夫人 （上下打量着她，恼火地）哼！好一个美人儿！
　　　　（唱）果然是水蛇腰，削肩膀，
　　　　浑身带俏骨骼轻。
　　　　衣不舒来发不整，
　　　　犹如西施捧着心。
　　　　作出这轻狂样子给谁看？
　　　　早听说你是个卖俏弄姿的人！
　　　　哼！我眼里有块试金石，
　　　　耳边自有耳报神。
　　　　打量着你做的事儿我不知，
　　　　怡红院一举一动我全知闻。
　　　　今日暂且放过你，
　　　　明朝揭你皮几层！

〔晴雯感到意外，虽恼，不敢做声。
〔幕后伴唱：无端凌辱蓦地生，
　　　　　万般委屈且容忍。

王夫人　我问你,宝玉今日可好些么?

晴　雯　(背唱)她事出有因问宝玉,
　　　　　　　我随机应变掩真情。
　　　　　回太太,
　　　　　(唱)宝二爷饮食起居非我职,
　　　　　　　奴婢各自尽本分。
　　　　　　　宝玉房里不常进,
　　　　　　　好歹还须问袭人。

王夫人　这就该打嘴!你难道是死人?要你们何用?

晴　雯　太太,
　　　　　(唱)我本是老太太身边人,
　　　　　　　奉派到怡红院里值夜更,
　　　　　　　无非是看守外间屋,
　　　　　　　宝玉起居从不问。
　　　　　　　上一层有妈妈仆妇好照应,
　　　　　　　下一层有麝月秋纹服侍勤,
　　　　　　　闲暇时,为老太太屋里做针线,
　　　　　　　对宝玉,事不关己没留心。

王夫人　(信以为真)阿尼陀佛!你不亲近宝玉,倒是我的造化,你既是老太太给宝玉的,我明日回了老太太,再赶你走!(回头问王善家的)你们好生防她几天,不许她在宝玉屋里睡觉?(向晴雯吆喝)出去!我看不上你这轻狂样子!

〔晴雯出房,掏出手绢掩着脸,一头哭,一头奔下。

王夫人　这几年我越发少精神了,照顾不到,不但是绣春囊,连这样妖精似的人,都没留心。

王妈妈　像晴雯这般的,只怕园子里还有呢!

周妈妈　这些丫头,人大心大,怕样样事想得出做得出。

王熙凤　是该查一查才好。

王夫人　你们看,怎么个查法?

王妈妈　这个容易,不妨以查赌为名,翻箱倒箧……〔用无声的语言、动作向王夫

越　剧

人献计。

王夫人　（点头）嗯，就这样搜！

　　〔聚光于王夫人等。

〔幕落〕

第六场　抄检大观园

〔伴唱：

　　面对着，绣春囊，风月孽债，

　　怎容得出在富贵功名家！

　　一声搜，玉碎珠沉遭浩劫——

〔二幕前。抄捡从怡红院开始。王妈妈正指着一只箱子发问。

王妈妈　这是谁的？怎么不打开叫搜？

〔只见晴雯挽着头发闯上。"哐啷"一声，将箱子掀开。两手提着底子，往地上一倒，将所有之物都倒出来。

王妈妈　（紫胀了脸）晴雯姑娘！你这又是何必呢？我们原是奉太太的命来搜查；你们叫翻呢，我们就翻一翻，不叫翻，我们还许回太太去呢，那用急得这个样子！

晴　雯　（直指着王的脸）你说你是太太打发来的，我还是老太太打发来的呢！太太那边的人我都见过，就没看见你这么个有头有脸大管事奶奶！

王熙凤　（上，喝住）晴雯，你放肆！（向王）王妈妈，你也不必和她们一般见识，你且细细搜你的；我们还在各处走走。再迟了，走了风，我可担不起。

〔王妈妈咬牙忍气细细查看着倒在满地的东西。

〔伴唱：满天风雨摧落花！

〔灯黑。时间紧接。

〔幕启：大观园紫菱洲，迎春园内丫鬟住处。

〔远处移动着灯笼火光，人声嘈杂。绣桔在诧异地观望。司棋小病已睡，闻声披衣而起，一边穿衣一边惊惶地望着。

〔莲花气喘吁吁地自外入。

司　棋
绣　桔　外面什么事？

295

莲　花　不得了啦！是二奶奶带着一帮子人抄检大观园！从怡红院搜起，一处一处地搜查，刚搜了暖香坞，马上到这紫菱洲来了。

绣　桔　啊？

司　棋　搜查？……[惊恐地跌坐在春凳上，略顿，起立。

　　　　（背唱）看来事情非等闲，
　　　　　　　定是绣春囊惹祸根！
　　　　　　　怕今夕生关死劫难逃过。
　　　　　　　横祸直奔司棋身！

　　　　（旁白）待我去服侍小姐，避它一避再说。（欲转身回房，一看）啊！已经来了！

[王熙凤率周瑞家的（周妈妈）、王善宝家的（王妈妈）等仆妇丫鬟数人一拥而入。

司棋等　迎接二奶奶。

王熙凤　（粉面含春威不露）起来吧。

王妈妈　（对司棋）外孙女，听说你身上有病，不来迎接奶奶，我也不怪你。

司　棋　我家姑娘已经睡了，待我进去禀报。

王熙凤　（摇手制止）慢。

　　　　（唱）静心听候休惊恐，
　　　　　　　更无须将迎春姑娘去惊动。
　　　　　　　只为府中遭失窃，
　　　　　　　查三访四无影踪。
　　　　　　　为替尔等去嫌疑，
　　　　　　　出于无奈搜箱笼。
　　　　　　　谁若知情早禀报，
　　　　　　　瞒脏隐弊法不容！

　　　　（向周瑞家的）你和王妈妈一起好好的查看一下。

周妈妈　是。

绣　桔　（扛出一枕箱与一藤筐）这是我绣桔的。

莲　花　（捧出两个包袱）这是我莲花的。

[王善宝家的都打开认真检查，没发现什么。

〔一婆子与一丫鬟抬出口箱子。

司　棋　（指着箱子）这是我司棋的。
　　　　〔王善宝家的向司棋点点头，然后上前检查，王熙凤向周瑞家的使个眼色示意，周领会，上前监督王。
王妈妈　（马虎地翻了下司棋的箱子）也没有什么。
　　　　〔当她欲关箱时，被周上前挡住。
周妈妈　这是什么话！就是外孙女也总要一样查看，才公道呀。
　　　　〔周掀起箱盖，翻出一双男袜，一双男人缎鞋，又从箱底搜出个小包袱来，当众抖开，从里面掉出一个同心如意结和一封信，忙递交王熙凤。
　　　　〔王熙凤取过信来，抽出张大红双喜信笺，见是封情书，看着看着，不由得笑了起来。
王熙凤　我把这封信给你们念一念。（读信）"你我之事，已被家里觉察了，若园中可以相见，你可托张妈给一信，若在园中一见。倒比家里好说话。千万！千万！外特寄同心如意结一个，略表我心，千万收好，表弟潘又安具。"（念罢扬声大笑）哦，原来就是东府逃走的那个小厮！
　　　　〔司棋低头无语，众惊得面面相觑。
周妈妈　王妈妈听见了吧？这事明明白白，再没话说了！
王熙凤　（只瞅着王善宝家的，抿着嘴儿嘻嘻的笑，又向周说）这倒也好，不用她老娘操一点心，鸦雀不闻的就给他们弄了个好女婿来了。
周妈妈　（也笑着凑趣）嘿嘿嘿嘿……
王妈妈　（无处煞气，只好掴自己巴掌）老不死的，怎么作下的孽啊！真是现世现报！
　　　　〔众人欲笑不敢，有的禁不住掩着嘴笑。
王熙凤　（看了司棋一眼，只见她低着头，也并无畏惧惭愧之意，倒觉奇怪）呀！
　　　　（背唱）看司棋，毫无畏惧站一边，
　　　　　　　这样的婢女真少见。
　　　　司棋你过来。
　　　　〔司棋近前。
王熙凤　我说司棋呀。
　　　　（唱）看不出你外貌端庄内藏奸，

　　　　　　轻薄桃花讨人嫌！
　　　　　　好好日子不想过，
　　　　　　可笑你官盐不卖卖私盐。
　　　　　　这件事,含着骨头露着肉,
　　　　　　欲待遮盖难遮羞。
　　　　　　伤风败俗罪证在,
　　　　　　问你还有何言辩？
司　棋　（唱）司棋我遍体生舌无法说,
　　　　　　满口有理也是错。
　　　　（跪下）唯求二奶奶一件事,
　　　　　　高抬贵手,把同心如意还给我！
王熙凤　（把脸一沉）住口！你倒真多情,还有脸要这个呢！潘又安是逃奴,我们正追寻他呢！你不要做这个春梦了！（转身吩咐）去把这屋里正在煎药的火盆给我端到这里来！
周妈妈　是。
　　　　〔周指使二丫鬟搬上炭火盆。
王熙凤　（举手把同心结向众亮相,冷笑）嘿嘿嘿……
　　　　（唱）野鸳鸯怎能效比翼,
　　　　　　风月事,身为奴婢怎做得？
　　　　　　琴挑的七弦该断绝,
　　　　　　越墙的连理枝当折！
　　　　　　我教你"同心如意"烧成灰——
　　　　〔王熙凤一扬手把同心结掷入火中。
　　　　〔猛然间,司棋不顾一切扑上前去,一下子把手伸到火里去抢同心结。
　　　　〔全场震惊。
　　　　伴唱：拼性命,我也要,夺回信物！
　　　　〔司棋抢得半个烧焦了的同心结！把它紧紧贴在胸口。
　　　　〔周瑞家的似乎醒了过来,忙去抢时,被王熙凤阻止。
王熙凤　（出乎意外地换一副面孔）真可笑！你这又何必呢！
　　　　（摇头）咳！

(唱)姓潘的独自逃走太绝情,

　　"同心同意"不同心!

　　弃你不顾危难时,

　　看来情义比纸轻。

　　看你痴得太可怜,

　　我免了你家法棒一顿。

(吩咐左右)你们听着,

　　管好刀剪和绳索,

　　好教她寻死觅活莫费心。

　　今宵派人严看押。

　　明日驱逐出府门!

〔婆子甲乙将司棋押下。

王熙凤　来,传下话去,将看管后角门的张妈重打四十棒,赶出府去,永不录用。

丫鬟甲　是。〔应命下。

王熙凤　来,吩咐司棋的爹娘明日一早来见我。

丫鬟乙　是。〔应命下。

王熙凤　你们听着,

(唱)今夜晚查抄乃奉太太命,

　　一宵惊扰多劳神,

　　不严家教上头过,

　　胡作非为怪下人。

　　墙内事莫墙外传,

　　有失体统贻笑人。

　　谁敢泄露字一个,

　　家法条条不留情!

听明白了?

众　　是。

〔王熙凤疲乏地躺坐在椅上。一个丫鬟连忙过去为她捶腿。

〔幕落〕

第七场　芙蓉轮下碾

〔第三天早上。大观园后角门附近水井前。
〔二幕前,司棋母又羞又恨地先上,然后由周瑞家的(周妈妈)押着,会同两个婆子拿着司棋的包袱东西领着司棋上。
〔伴唱:一寸眉心恨几重,
　　　　奴婢司棋被遣送。

周妈妈　司棋娘,你去门外看着雇的车子来了没有。

棋　母　嗯。〔背身叹气,下。
〔绣桔拿一个绢包匆匆赶上。

绣　桔　司棋姐姐。〔一边落泪一边递上绢包。
(唱)姑娘说,主仆一场情难舍,
　　　心意都在包裹中。
〔司棋接了,彼此伤心饮泣。
〔伴唱:翠袖难掩满面泪——

周妈妈　(不耐烦地)好了好了,外面车子就来了,我们要走了。
〔莲花赶上。

莲　花　众位妈妈,
(唱)容我莲花送一送,
(递给司棋一包东西)
　　　姐姐家乡路途远,
　　　带几个煮熟鸡蛋把饥充。
〔柳家的奔上,一把将鸡蛋抢了过去。

柳家的　好一个莲花!你不经我手,私自到厨房拿了包熟鸡蛋来给司棋,你也不想想,司棋现在还配吃鸡蛋么!

莲　花　(气得哭了出来)柳家的!你这样糟蹋司棋姐姐,我和你拼了!〔向柳身上一头撞去。
〔周妈妈居中劝解。

周妈妈　算啦算啦,像什么样子!
〔柳家的逃下,莲花追下。

绣　桔　我走了,司棋姐姐,你多多保重。

〔二人洒泪而别,绣桔下。

周妈妈　车子在外边,我们到外边去等。

〔两婆子应诺,押司棋跟周妈妈同下。

〔二幕启,出现水井前的景。周妈妈等押着司棋走来。宝玉上,拦住去路。

贾宝玉　你们不能把司棋撵走!

周妈妈　(无可奈何地赔着笑)宝二爷,不干你事,快念书去吧。

司　棋　(向宝玉哭求)好歹求宝二爷替我说个情。

周妈妈　(向司棋冷笑)哼!你还想太太能留下你不成?便留下,你也没有脸面见园子里的人了。还是这样悄悄走了体面些。

贾宝玉　你们的心也太狠了。(向司棋)我一定替你求太太去!

司　棋　(感激地拉住宝玉)宝二爷……

周妈妈　(拉开司棋,发火)哼!往日有姑娘护着,任你称王称霸,如今可不是副小姐啦!要不听话,我打都打得你,还不快走!(见宝玉直怔怔地从头到脚看着她,诧异地)宝二爷,你这是做什么?

贾宝玉　(恨恨地向她啐了一口)呸!你们不都是从年轻的女子过来的么?怎么一嫁了男人,染了男人的气味,就这样混账起来!司棋她们有什么大不了的罪过,要这般对待她们?真正可恨!可杀!

〔丫头扶着王夫人上。

王夫人　宝玉,袭人说你常常到这口井边来,我今日特地来看一看,你果然在这里!你在这里做什么?快回屋子去!

贾宝玉　太太,我正有话说,我求求你,太太啊!

(唱)非是我无故寻愁又觅恨,

　　我要替丫鬟来求情。

　　那夜抄检大观园,

　　楼馆斋轩全搜尽。

　　只道是太太无非查一查,

　　想不到如此雷怒又电嗔!

　　那晴雯,语言锋利招人怨,

　　　　那入画,年幼无知当怜悯,
　　　　那司棋,行为不合世俗情,
　　　　何苦非要撵出门?
　　　　可怜她归家如同归地狱,
　　　　百口嘲谤怎做人?
　　　　老天爷山川秀气出红妆,
　　　　有多少精华在我贾府门,
　　　　守护尚且来不及,
　　　　怎让红粉惨飘零!
　　　　太太是个念佛人,
　　　　菩萨从来有善心。
　　　　一怒空烧香万炷,
　　　　慈悲胜念佛千声。
　　　　太太呀! 非是宝玉泼胆言,
　　　　你听那杜鹃枝头也鸣不平!

王夫人　孽障! 你疯疯癫癫的说了那么多,我一个字也听不进去! 我一句话也不想和你说! 叫爷老子来管你就是。(向身边丫鬟)晴雯的哥嫂来了没有?

丫　鬟　已来了多时了。

王夫人　快叫他们把晴雯也领出去!

丫　鬟　是。

　　　　[王夫人和丫鬟同下。

贾宝玉　(呆了半晌,忽似醒来)啊! 晴雯也要赶走? (哭呼)晴雯! ……[奔下。
　　　　[移时,病中的晴雯被逐,由哥哥贵儿和嫂子扶着上,和司棋一个照面。

司　棋　(轻轻地叫唤)晴雯姐姐……
　　　　[晴雯向司棋凄然一笑,与哥嫂过场下。
　　　　[贾宝玉神色若痴地复上。

贾宝玉　(惨呼)晴雯! 你在哪里呀! 晴雯! ……

周妈妈　(向司棋)现在总该走了,他连晴雯都保不住,还能保你吗? 走!
　　　　[几个妇人不由分说拉司棋就走。忽然间司棋挣脱了她们的手,奔向

水井。

贾宝玉 （惊呼）司棋！……

〔众人也以为她要投井，忙一边一个挟住她。

〔司棋止步，却呆呆地看着那口水井，半晌才哭出声来。

司　棋 金钏！（一字字地）今日我才明白你为什么要糟蹋自己的性命！……

〔众拉着司棋急下。

〔场上只剩下宝玉一人，他痴痴独立，目送司棋远去，猛然回视水井，思绪万千。

〔门外响起小车吱轧声。

贾宝玉 （心情激动）

（唱）听门外车轮吱轧声声远，

　　　仿佛见芙蓉海棠轮下碾！

　　　"晴雯狐媚偏惑主"，

　　　司棋多情便"下贱"，

　　　四围毒虫进恶谗，

　　　深闺中伤有流言。

　　　恨不能剖开凶悍妇人心。

　　　撕碎邪恶奴才嘴！

（泪流满面）

　　　叹宝玉，天下无能数第一，

　　　无才可去补苍天！

〔风卷落叶向水井边飘落。

〔小车吱轧声愈来愈远。

〔灯渐渐暗，映出宝玉木立的身影。

〔幕徐徐闭。

第八场　逃奴踏雪归

〔次年隆冬，一个下雪天，清晨。

〔京郊途中。

〔幕前，不置景。仅用雪灯打出漫天风雪。

〔伴唱：司棋被遣已一年，
　　　　红梅不屈傲冰雪。
　　　　因何磨难接踵来，
　　　　天也逼来人也逼！
〔周妈妈、费兴和司棋娘三人持伞边说边上。

棋　母　费兴呀，
　　　（念）杏儿熟透牙不涩，
　　　　　今日娶亲事太急。

费　兴　（念）亲事赶在过年前，
　　　　　拣日不如是撞日。

棋　母　（念）我半月来曾回家转，
　　　　　这亲事，和女儿商量都来不及。

周妈妈　（念）太太主婚我作伐，
　　　　　司棋哪有话可说。

费　兴　（念）我去街上雇花轿，
　　　　　亲事亦得要闹热。
〔他边念边下。

棋　母　（欲阻不急）嗳，这……唉！

周妈妈　（念）到家好好再筹划，
　　　　　船到桥门自会直。
〔二人同下。
〔潘又安旧帽遮颜，打着伞，顶风冒雪上。

潘又安　（内唱【倒板】）
漫天雪，遮不住，家乡归路——
（唱）逃奴冒死返京都！
　　　行一步来想一步，
　　　一步一想悔恨多。
　　　自去年仓皇逃出宁国府，
　　　幸遇个茶商得救助。
　　　一年作客四海家，

贩茶卖布积钱多。
前不久经商途中遇熟人,
方知晓司棋被赶出贾府。
表姐呀!绣春囊闯下泼天祸,
潘又安害你受折磨。
我在外,担惊受怕犹可挨,
你那里,日子煎熬怎么过?
今日又安踏雪归,
腰缠万贯来娶娇娥。
遥望见铁槛寺院雪里坐,
离她家近在咫尺半里路。
顶风冒雪步坎坷——

〔忽听有人连声大叫"费兴老弟!"潘止步,费兴上。

费　兴　（应声）嗳。
内　声　这么大雪天,你出来有何贵干呀?
费　兴　（大声回答）我到贳器店租顶花轿。
内　声　租花轿?
费　兴　我要和秦荣家的女儿司棋成亲啦!
潘又安　（大吃一惊）啊!成亲?
费　兴　你等等哦,我和你同路一起走。〔下。
潘又安　（唱）莫非是风雪之中话听错?
　　　　（转而一想）哎呀不好!
　　　　（唱）费兴娘贾府有财势,
　　　　　　我舅妈欺贫又爱富。
　　　　　　时隔一年变化多,
　　　　　　表姐难免遭网罗。
　　　　　　司棋你若有好和歹,
　　　　　　我活在世上做什么!
　　　　　　心如火燎紧脚步——

〔踏雪,急行而下。

[伴唱：紧脚步,终身依从不自主。

第九场　素璧归清白

[紧接上一场。雪天,午后。

[京都郊外司棋家屋内。屋外略见门口石板铺地及小小园圃。几株红梅昂首迎雪。

[幕启。司棋在做针线活,但心神不定,不时地望着窗外飞舞的雪花,若有所思。

司　棋　（唱）朔风呼啸雪花舞,
　　　　　　　一年又到尽头处。
　　　　　　　一年来,我人前背后遭羞辱,
　　　　　　　青春年华愁里过。
　　　　　　　从来墙倒众人推,
　　　　　　　相邻们诟膪谣诼无其数。
　　　　　　　表弟贫贱娘厌恶,
　　　　　　　母女冰炭不同炉。
　　　　　　　只落得千愁万恨心上叠,
　　　　　　　心事去向何人诉？
　　　　　　　又安呀,恨你一去不复归。
　　　　　　　难道说当真撕碎姻缘簿？……
　　　　　　（闻声,倾听）呀！
　　　　　　　何来脚步声橐橐？——
　　　　　　（满怀希望地）
　　　　　　　竟难道我心头想的那一个！
　　　　　　（往窗缝中一张看,大失所望）哎呀！来的可不是我想的人！怕又有什么是非落到我头上来了？我听有什么动静再说。

[司棋入内房。

[司棋母撑伞偕周妈妈同上。两人在门外掸掉身上雪。入屋。

周妈妈　（迫不及待地）秦妈妈,费兴的花轿就要来的。你赶紧和司棋说个明白,早作准备。

棋　母　这怎么办呀。总不能卯时说亲,辰时成亲呀! 也总得和女儿商量一下。
周妈妈　还商量什么! 半个月前是太太亲口和你说了的嘛!
棋　母　(为难地)可我那丫头……
周妈妈　你那个丫头脾气倔犟,所以今日就成亲的好,免生什么意外。
棋　母　这……如果丫头抵死不从,我怎么办?
周妈妈　太太亲自做主,还能不从? 亏你说得出口!

　　　　〔司棋掀帘而出。

周妈妈
棋　母　司棋!

司　棋　你们说的我都听见了,娘呀!
　　　　(唱)我誓与表弟结丝萝,
　　　　　　为此被逐出贾府。
　　　　　　哪怕千折与万磨,
　　　　　　此生跟他一起过。
　　　　　　太太威势吓不倒我!
　　　　　　花花轿子抬不走我!

棋　母　(唱)司棋啊,
　　　　　　潘家小子是逃奴,
　　　　　　费兴家是贾府管事好门户。
　　　　　　现在的福分你不享,
　　　　　　不知中了什么魔!
　　　　　　何况太太做了主,
　　　　　　只能听从她吩咐。
　　　　(不无伤感)咳!
　　　　　　谁叫你投胎来投错,
　　　　　　投了个奴才秧子赔钱货!

周妈妈　司棋姑娘!
　　　　(唱)一年前,姑娘行为失检点,
　　　　　　太太一怒将你遭。
　　　　　　按理说,被逐女婢人共厌,

今日里，太太却赐婚牵红线。
你得了便宜该知足，
应念太太降恩典。
从今后倔犟性子改一改，
成了亲，和和睦睦过百年。

司　　棋　（和周针锋相对地）

（唱）周妈妈是太太陪房大管事，
难得有缘又见面。
非是我行为失检点，
是上头恩情像水底盐！
将我逐，将我遣，
倒落个自由又自在。
从今我不是谁手里糯米团，
要圆就圆，要扁就扁！

棋　　母　你给我住口！你无法无天啦？！

周妈妈　（一阵冷笑）

（唱）丫头说话好猖狂，
竟敢和上头来顶撞。
提醒你，此身卖给荣国府，
卖身契还在太太手掌上！

（司棋被怔住了）

莫以为自由又自在，
为奴婢，生死祸福谁执掌？
哪怕一旦身亡故，
也须报府里档子房，
花名册上名字圈，
才算是注销奴籍将你放。

〔司棋禁不住哭了起来。

周妈妈　好，这事太太嘱咐过，就这样定了。

棋　　母　我送送周妈妈，也好商量商量。

周妈妈　还要商量?……(轻声)那司棋……?
棋　母　(凑向耳边)我把门反锁了,回头劝她就是。(向司棋)司棋,我送送周妈妈。回头便来,你好好想想就会想通了。
〔棋母、周妈妈同出。棋母反锁了门。二人同下。
司　棋　(情急,心乱)呀!
　　(唱)心中只盼知心归,
　　　　知心不归祸却来!
　　　　这才是你薄情,我多灾,
　　　　排难解围知有谁?
　　心乱如麻叹无计——
〔忽听门外有人轻轻地叫"表姐!表姐!",去窗缝一看,果是潘又安,不觉松了口气。
　　果然是他!
　　(唱)总算是,未忘旧巢燕归来!
司　棋　表弟,门被反锁,我用力拉,你快搬石头把门砸了。
〔潘又安在门外取石击锁,司棋用力拉门,终于锁落门开。潘入,司棋关上门,二人抱头痛哭。
司　棋　(忽又恨恨地将他一把推开)我恨你!
　　(唱)恨你胆怯逃在外,
　　　　须眉不及女裙钗!
　　　　既然一走能了事,
　　　　永世不必再相会!
潘又安　表姐,你听我说。
　　(唱)那一夜园中私会受了惊,
　　　　吓掉六魄与三魂。
　　　　因怕将你来牵累,
　　　　万目睽睽怎做人?
　　　　横下心,不如我鱼儿漏网去,
　　　　走了一个无对证。
　　　　哪晓主子铁石心,

司棋你依然罪一身！

司　棋　（缓和下来了，哽咽）你……你逃走在外的日子难道是好过的么！

潘又安　我……咳！

（唱）惊弓之鸟掐翅膀，

　　　　只身江南去亡命，

　　　　暂把他乡作故乡，

　　　　经商在客地维扬郡。

　　　　音书欲寄无从寄，

　　　　纵有鱼雁怕传信。

　　　　伤心欲死不忍死，

　　　　只因为世上还有你知心人！

　　　　今日里冒死和你来相会，

　　　　与表姐生生死死结同心！

〔司棋从怀中摸出半个烧焦了的同心结，递与潘又安。

司　棋　（唱）火烧同心心不死，

　　　　你百年不归我等一生。

潘又安　（抚摸着烧焦的同心结，哭了起来）表姐！……

司　棋　你不要哭，我有要紧话说，亏得你此刻赶来相会，如若迟来，只怕我等不及你了！

潘又安　我也正想要问你，方才路上听说费兴要娶你成亲，这是真的？

司　棋　是真的，司棋虽回家中，还是身不由己，已由贾府太太做主，将我嫁给管事之子费兴，硬要今日便来花轿。

潘又安　这……

司　棋　（决断地）如今之计，趁此大雪未晴，我娘又不在，你我赶快逃走！

潘又安　（着忙地）哎呀正是！我们收拾收拾马上就走，一刻也耽误不得！

〔司棋入里屋，收拾了个包袱复出。两人正欲出去，门开处，万没想到迎面竟是提一篮子鱼肉蔬菜回来的司棋娘。

棋　母　（意想不到地吃一惊，然后如梦方醒）好哇！潘又安！原来你想拐我女儿逃走！

〔她堵住门，把门关上，一步步逼着司棋和潘又安退后。

棋　母　（指着潘）你、你、你好大的胆子！背主潜逃，竟敢回来！还想拐骗司棋逃走！

潘又安　舅妈，且容我……

棋　母　（不容分说）谁是你舅妈！你害得司棋人不人鬼不鬼的，我看在你死去的父母面上，放你一条生路，从今不准再上门来。你还不给我滚！

司　棋　（放了包，上前）娘，你听我说……

棋　母　（将司棋当胸一推，推开了她，愤愤地）用不着你多嘴！难道你被他害得还不够么！

　　　　〔司棋捂着被推痛的胸口，声泪俱下。

司　棋　娘！我俩从小相好，你又不是不知。我若不为他，早就死了，哪里能忍辱含垢活到今天？他若不为我，千里迢迢又何必回来？你若一定要拆散我们，不如拿绳子先把我勒死罢了！

棋　母　（气极，转为伤心）我作了什么孽，竟会养出你这样自甘下贱的丫头！

　　　　〔司棋下跪，膝行至娘前。

司　棋　娘啊！
　　　　（唱）娘亲不解女儿心，
　　　　　　欲哭无泪泪难忍。
　　　　　　女儿生来便不幸，
　　　　　　从小就跟娘伺候人。
　　　　　　从小就端起贾府碗，
　　　　　　从小就失却自在身。
　　　　　　当丫鬟似算盘珠子随人拨，
　　　　　　无奈司棋不甘心。
　　　　　　我不羡抱琴陪嫁入宫廷；
　　　　　　我不屑平儿附凤为小妾；
　　　　　　我讨厌袭人只图姨娘做；
　　　　　　我只想挑个素日知心人。
　　　　　　表弟他家无片瓦人嫌贫，
　　　　　　我喜他情同生死抵万金！
　　　　　　我与他园中相会情义深，

哪怕是斧钺加颈无悔恨!
我被逐出府人不耻,
忍辱含冤无悔恨!
他风尘碌碌异乡逃,
我朝夕等待无悔恨!
好容易舍生忘死得相见,
娘却是一桶冰水当头倾!
娘啊娘,
嫁女须求女婿贤,
看人总要看到心。
表弟不是你眼中刺,
女儿更是你掌上珍。〔娘哭着扶起司棋。
有情人主合不主离,
娘怎能误了儿一生。
娘啊娘,
忍字头上一把刀,
司棋我忍到如今难再忍。
鳌鱼今日要脱钩去,
放与不放在娘亲。
娘若认了这门亲,
如同女儿出火坑。
待来年事过境迁回归日,
你膝下方知有亲人,
娘若不认这门亲,
就把我当水泼出门。
我不拿家里一根草,
磕个响头就动身。
跟着他,受冻挨饿无怨恨,
提篮讨饭也甘心。
女儿把话已说尽,

　　　　　求娘亲,笼开雀放施大恩。
　　　　　私逃之罪我俩当。
　　　　　决不连累你娘亲。
　　　　　此一去,儿把长生牌位供,
　　　　　结草衔环报娘恩。
　　　〔司棋扑入母怀。母女抱头痛哭。
棋　母　(唱)司棋把话已说尽,
　　　　　为娘非是铁石心。
　　　　　儿不知娘亲做人难,
　　　　　一年来如坐荆棘泪暗吞。
　　　　　人前已经矮半截,
　　　　　到如今,更不能与逃奴结姻亲!
　　　　　全家为奴在贾府,
　　　　　太太主婚敢不遵?
　　　　　背主潜逃犯死罪,
　　　　　也逃不出主子手掌心。
　　　　　后无退步前无路,
　　　　　劝儿死了这条心!
　　　　　回头只恨潘又安,
　　　　　你还不与我滚出门!
潘又安　(斩钉截铁地)不,司棋是我的,我不走!
棋　母　(发怒)好!那我就把你送官究办!走!
　　　〔她一把抓住潘衣领,拉他走。司棋奔过来,上前把母手夺开,不顾一切用尽全身力气终于将潘拉入自己怀抱之中。
　　　〔司棋紧紧地抱着潘又安。
司　棋　你不要走!就是死,我们死在一起!
棋　母　(见状,气得发抖,更迁怒于潘)潘又安,难道你真要害死我女儿不成!
　　　〔满脸杀气地把门推开,双手把住门框。向外面大声喊叫。
　　　　来人哪!逃走的那个潘又安回来了!大家快来抓逃奴呀!……
　　　〔司棋与潘又安吃惊地分开身子。

〔"潘又安又回来了！……捉逃奴呀！"的回声还在震荡着。

司　棋　（完全绝望了，下了死的决心）啊！罢！罢！罢！

（唱）从来女子多痴心，

　　　从来红颜多薄命，

　　　从来奴婢不是人，

　　　今日司棋认了命！

　　　逃得了碧水如血一口井，

　　　逃不了衰草斜阳三尺坟！

〔隐隐传来鼓乐声。

司　棋　（哀号了一声）表弟！

〔司棋撞墙。

〔屋摇地动，墙砖纷飞。只见司棋倒于地上，头旁有碎砖。

〔潘从袖内取出小刀，刎颈死于司棋身旁。

〔棋母惊叫了一声，吓得把身子退着贴门框。

〔鼓乐声大作，仪仗前导，一顶彩轿从花道走向舞台。

〔幕渐渐闭。

选自徐进《天上掉下个林妹妹：徐进越剧作品选集》（上海书店出版社 2010 年版）。

锡 剧

红楼梦

吴白匋　木水

人物

晴　雯　贾宝玉的丫鬟
紫　鹃　林黛玉的丫鬟
珍　珠　贾母的丫鬟
雪　雁　林黛玉的丫鬟
傻大姐　贾母的小丫鬟
贾宝玉　贾政的次子
薛宝钗　王夫人的姨侄女寄居贾府
莺　儿　薛宝钗的丫鬟
袭　人　贾宝玉的丫鬟
王凤姐　王夫人娘家侄女贾琏妻贾府内管家
林黛玉　贾母的外孙女寄居贾府
贾　琏　贾宝玉的堂兄贾府外管家
贾　政　贾宝玉的父亲官江西学政粮道
王夫人　贾宝玉的母亲
贾　母　荣国府夫人贾宝玉的祖母
芳　官　贾宝玉的小丫鬟原是贾府的女伶
藕　官　林黛玉的小丫鬟原是贾府的女伶
小丫鬟　数人
婆　子　数人

第 一 幕

时　间　春
地　点　荣禧堂
布　景　舞台中后画梁正中悬有"荣禧堂"横匾,中前左右立柱上分悬"座上珠玑昭日月"和"堂前黼黻焕烟霞"对联。横匾下一排隔扇,上悬蝴蝶幕,中悬麻姑献寿绣图(或"寿"字);图下设复着缎绣桌图的长方形桌子,上摆香鼎和一对插有寿烛的烛台,桌两旁分列一对覆着缎绣裯帔的椅子;又两旁分列一对高脚的盆景架子,上各有花瓶。中前,高悬四个大红宫灯。左后、右后,未装隔扇,左后通向外边,右后通向贾母住室,门外有通行走廊,有华丽的正侧厅房视景。

幕　内　(合唱)古老庄殿白玉堂,
　　　　　　　花团锦簇好时光。
　　　　　　　贵妃前日回銮驾,
　　　　　　　老母今朝饮寿觞。
　　　　〔幕落,在乐声中,四小丫鬟忙着料理杂事从左右上,通过走廊分下;紫鹃、晴雯各执一枝梅花,珍珠、雪雁各执一枝牡丹花从左右分上。
众　人　(合唱)重重帘幕熏异香,
　　　　　　　点缀奇花更几行;
　　　　　　　好把一座荣禧堂,
　　　　　　　装成天上瑶池样。
　　　　〔晴雯,紫鹃和雪雁分别将花插入左右边瓶中。
珍　珠　紫鹃妹,今天老太太过大寿,不要把梅花插在上面。
紫　鹃　珍珠姐,梅花越老越精神,不好吗?
珍　珠　紫娟姐,你不知道,老太太最喜欢这个!〔举示牡丹花。这是富贵花。
紫　娟　哦!〔接过牡丹花。

〔晴雯勉强地从瓶中取出梅花。

晴　雯　牡丹花是花房里炕出来的,开不上两天就败了,哪有梅花好?
紫　娟　晴雯妹,快不要说吧。〔插牡丹花,晴雯把梅花插到旁处。
　　　　〔傻大姐从右上。
傻大姐　珍珠姐,老太太叫你收拾好了进去一下。
珍　珠　好。你把它(盖盅)拿出去。
傻大姐　好。〔接过。
　　　　〔雪雁发现傻大姐满头是花,拉过紫娟。
雪　雁　紫娟姐,你看多好玩!
紫　娟　雪雁妹,什么?
雪　雁　傻大姐满头红通通的,活像个红萝卜!〔众笑。
傻大姐　你们笑什么?
晴　雯　雪雁说你像个红萝卜
傻大姐　我像红萝卜,你像个什么?〔笑追雪雁,失手跌碎盖盅。
　　　　啊!
珍　珠　你怎么这样粗心大意,老太太今天过大寿,你偏偏打碎了东西!
紫　鹃　快收拾起来,让二奶奶晓得了就不得了了。
　　　　〔傻大姐急忙收拾。
　　　　〔传来脚步声。
紫　鹃　快点!快点!有人来了!〔帮着收拾。
傻大姐　怎么好?怎么好?
　　　　〔晴雯等一面向右内张望,一面遮掩着傻大姐;贾宝玉满面春风地从右上。
贾宝玉　你们辛苦了?
紫鹃等　(如释重负地)原来是宝二爷!
贾宝玉　老祖宗今天做寿,忙坏你们了,来来来,我帮你们一些忙吧?
紫鹃等　不用二爷亲自动手,我们早就收拾好了。
贾宝玉　傻大姐,你在做什么?
傻大姐　二爷……
贾宝玉　什么事情伤心?
晴　雯　二爷,她不小心,打碎茶杯,怕责罚下来吃罪不起。

贾宝玉　傻丫头！
　　　　（唱）你不要愁来不要慌，
　　　　　　　这桩事儿太平常；
　　　　　　　只要你以后小心点，
　　　　　　　今天的过错我承当。
莺　儿　宝二爷你看！这是我们姑娘孝敬老太太的寿礼，可好？
贾宝玉　甚好，甚好。
薛宝钗　宝弟弟，我也有东西送你。
贾宝玉　快给我看看。〔袭人拿着通灵宝玉从右急上。
袭　人　二爷！二爷！〔看见薛宝钗，行礼。
　　　　薛姑娘好？
薛宝钗　袭人姐你好？
贾宝玉　袭人，你唤我何事？
袭　人　诺！（指玉）你又把这命根子随便丢在房里了，今天老太太大寿，人来人
　　　　往十分热闹，若是把它丢了，岂不要急坏人的？
贾宝玉　原来为的这个。〔淡淡地接过玉。
　　　　你回去吧。
袭　人　是。
薛宝钗　莺儿，你把寿礼先送进去吧。
袭　人　（殷勤地）莺妹妹，随我来。〔和莺儿从右下。
贾宝玉　宝姐姐，你有什么东西送我？
　　　　〔薛宝钗慢慢地从袖内取出一个梅花络子。
薛宝钗　送你这个。
贾宝玉　噢！原来是梅花络子。
薛宝钗　是我……叫莺儿结的，你看可好？
贾宝玉　（由不得赞许）结得玲珑精致，真是心灵手巧。
薛宝钗　倒也很巧，方才袭人提起你的通灵宝玉，你想，有这个络子装了它，就不
　　　　容易掉了。请给我看看，大小是不是合适？
贾宝玉　姐姐请看。〔递玉。
薛宝钗　（接看）妙啊！

(唱)晶莹五色发奇光，
　　　果真异宝不寻常。
这上面还有字的，"莫失莫忘，仙寿恒昌。" 莫失莫忘，仙寿恒昌……
〔贾宝玉观望林黛玉回来没有，王凤姐从右暗上。
(旁唱)分明和金锁铭文对成双，
　　　好叫我又惊又喜心摇漾；
　　　宝弟弟！你有这样通灵物，真应该时刻留心仔细藏。
〔王凤姐笑。

薛宝钗	二嫂！
贾宝玉	
王凤姐	巧啊！一个宝玉，一个金锁，正好一对。
贾宝玉	二嫂！你说什么啊？
王凤姐	宝兄弟，你不知道，你的宝姐姐她有一把金锁的。
贾宝玉	金锁？
王凤姐	不但有锁，上面也还有字呢？
贾宝玉	(好奇地)噢！原来姐姐的金锁上面也有字的，我倒要赏一赏。
薛宝钗	不过是两句吉利话儿，没有什么稀罕。
王凤姐	快给他看吧。

〔薛宝钗取出金锁。

薛宝钗　弟弟请看。

贾宝玉　(看)"不离不弃，芳龄永继"这两句吉利话儿，倒真是对得上的。

王凤姐　(忙着问)宝兄弟，巧不巧？

贾宝玉　(天真地)巧呀！

王凤姐　(有意识地)真巧！〔三人同笑，宝玉、宝钗各带玉、锁。
　　　　〔幕内：林姑娘，走好。

贾宝玉　林妹妹来了。〔欲去迎接，又怕人笑。
　　　　〔林黛玉拿着一枝梅花从左上。晴雯、紫鹃、雪雁随上，稍停，从堂外走廊向右下。

林黛玉　二嫂、宝姐姐、宝哥哥！

贾宝玉
薛宝钗　林妹妹!
王凤姐
林黛玉　你们看啊![示梅花。
　　　　（唱）脉脉无言淡淡妆,
　　　　　　一枝在手满帘香。
　　　　　　梅花本是江南树,
　　　　　　傲骨能耐北地霜。
薛宝钗　林妹妹,你手拿这枝梅花,真像从画中出来。
王凤姐　真好看,你采了这枝梅花,可是替宝兄弟插瓶的?
林黛玉　哪里是,我这是替老祖宗上寿的,梅花越老越精神!
贾宝玉　妹妹想得好。[接过梅花插瓶。
王凤姐　这倒有点意思。
薛宝钗　林妹妹想得真好,我费了几个月工夫,筹办寿礼,比比这一枝梅花,都是俗套了。
林黛玉　宝姐姐,你可知道,我一身之外,哪有什么东西。
王凤姐　我看你们送的都好。薛姑娘方才送的八音匣子、子母珠子,都是外国的贵品,是多得好多得妙;林妹妹送一枝梅花,是少得好少得妙。
林黛玉　二嫂的一张嘴,才真是生得好生得妙。
王凤姐　算了吧,嫂子哪有你会说,要不,老祖宗怎会这样疼你,等你出嫁的时候,我敢保你要什么,有什么,你喜欢梅花,这园子里上千棵的梅花,都陪送给你。
林黛玉　二嫂!……[羞愧。
薛宝钗　二嫂,你这样说,让林妹妹……
　　　　[贾琏从左上,二婆子捧着东西随上。
王凤姐　（会意）林妹妹,是我不好,都怪二嫂子这两天吃多了油,说起话来就倒翻了油缸了。
贾　琏　吃多了油不要紧,只要不是吃醋。
贾宝玉
林黛玉　（笑）琏二哥!
薛宝钗

王凤姐　国舅老爷,从哪里冒出来?
贾　琏　向你们报个喜信。(指婆子捧的东西)这都是贵妃娘娘赏下来的。(向婆子)快送到老太太面前去！〔二婆子下。
贾宝玉　有什么喜信?
贾　琏　娘娘还传下旨来,要姊妹们住进大观园,我去报与老祖宗知道。
贾宝玉　林妹妹、宝姐姐一定有份了?
贾　琏　有的。〔欲下。
贾宝玉　(追问)……我呢?
贾　琏　有的有的。〔下。
贾宝玉　(高兴得跳起来)真好！真好！
　　　　(唱)园中天地多宽广,
　　　　　　说不尽鸟语共花香。
　　　　　　无拘无束同游赏,
　　　　　　把利禄功名都淡忘。
　　　　〔高兴得手舞足蹈,传来贾政声音。
王凤姐　宝兄弟,静一点,老爷来了！
　　　　〔众肃立,贾政、王夫人从左上。
众　人　老爷！太太！〔行礼。
贾　政　你们都在这里?〔四面略望。
　　　　寿堂布置好了?
王凤姐　好了。
贾　政　就请老祖宗升堂上寿！
王凤姐　是。〔从右下。
　　　　〔乐声中,袭人、珍珠各执佛尘,四小丫鬟、四婆子、晴雯、紫鹃、雪雁、莺儿等引贾母从右上,贾琏、王凤姐随上。
贾　母　(念)天恩重,祖德绵长,享高年,富贵安康。
　　　　〔珍珠、袭人侍候贾母上香,贾母中坐。
贾　政　儿孙们恭祝老祖宗福如东海！〔和王夫人同拜。
众　人　寿比南山！〔同拜。
贾　母　(笑)哈哈哈！

（唱）十八岁初来荣禧堂,
　　　　　今年八十尚康强。
　　　　　国公门第多兴旺,
　　　　　儿孙似颗颗明珠露宝光,
　　　　　说什么"人世难逢开口笑",
　　　　　我百年要笑三万六千场。
　　　凤丫头,今天这样大喜的日子,有什么美酒佳肴可尝的?

王凤姐　老祖宗!
　　　（唱）要吃素的有茄鯗
　　　　　要吃清淡的有龙井虾仁汤,
　　　　　要吃山珍和海味,
　　　　　大小庄头会送上。
　　　　　虽说是今年大旱荒,
　　　　　该孝敬的不敢少一样。
　　　　　送来大鹿五十只,
　　　　　剪下舌尖醃蜜糖。
　　　　　送来对虾一百斤,
　　　　　挑出虾脑做成假蛋黄。
　　　　　老祖宗,你尝尝,
　　　　　包管是又脆又嫩又鲜又甜又清爽。

贾　母　问你一句,你就叽里呱啦的说上这么多,你这馋嘴要多吃一点。

王凤姐　老祖宗,就开席吗?

贾　母　我还有吩咐,刚才娘娘旨意说,大观园不必专为省亲用一天就关起来由它荒废,可叫姐妹们搬进去住着。宝钗、黛玉,你们想住哪里?

薛宝钗　老祖宗!
　　　（唱）园里处处好风光,
　　　　　听凭老祖宗做主张,
　　　　　众姐妹尽先挑选好,
　　　　　我住差点也无妨。

贾　母　唔,好!外孙女呢?

林黛玉 （唱）我想住在潇湘馆,

　　　　　　有千竿绿竹很清凉。

贾宝玉 （抢前）老祖宗!

　　　　（唱）我想搬进怡红院,

　　　　　　那里有绿色芭蕉红海棠。

贾　政 宝玉,你又胡说了,园子里没有你住的地方。

贾宝玉 老爷! 刚才琏二哥说……

贾　政 娘娘旨意,只叫姐妹们住进园内。

贾宝玉 老祖宗?

贾　母 老爷,娘娘旨意命宝玉随姐妹们搬进园内去住,你看怎样?

贾　政 娘娘旨意,孩儿怎敢违拗。

贾　母 这便才是,宝钗! 你就住蘅芜院;黛玉! 你就住潇湘馆;宝玉! 我许你住怡红院。

贾宝玉
林黛玉 叩谢老祖宗。
薛宝钗

贾　母 你们应叩谢娘娘的天恩。

贾宝玉
林黛玉 叩谢娘娘的天恩。
薛宝钗

　　　　　〔幕内：酒筵摆齐了!

王凤姐 老祖宗,请入席吧!

贾　母 好,你们随我来吧!

　　　　　〔乐声中贾母从右下,众随下,贾政留,王夫人欲下。

贾　政 夫人!

王夫人 （止步）老爷?

贾　政 夫人哪!

　　　　（唱）宝玉平日贪游荡,

　　　　　　搬进园中要更荒唐。

　　　　　　怎奈圣旨难违抗,

老祖宗又是溺爱孙儿定主张！

我们年过半百，只有宝玉一条根了，总得要好好管教才是！

王夫人　（唱）我心里也是这样想，

总得领他到正路上！

（略想）老爷！宝玉有一贴身丫鬟名唤袭人的，

（唱）性情温和心善良，

叫她看护最妥当。

贾　政　既然这样，夫人！那你就去当面嘱咐一番，要她小心侍候，平时督促宝玉用功读书，免得贪玩惹事。

王夫人　是。〔欲下。

贾　政　夫人！再将宝玉唤出，我要当面训诫他几句。

王夫人　（向右内）宝玉！

〔贾宝玉从右上，袭人随上。

贾宝玉　太太？

王夫人　老爷唤你，要小心一些，袭人！随我来。〔从右下，袭人随下。

贾宝玉　老爷！孩儿来了！

贾　政　贵妃娘娘命你住进园内，为了何事？

贾宝玉　老爷！我想，娘娘大姐在宫里很闷，体谅到我们，要我住进园子里吟诗填词闲散闲散。

贾　政　乱讲了！娘娘对你寄予厚望，让你住在园中，为的是大观园里十分清净，要你安心熟读八股文章，将来求得功名禄位，才可以上报天恩、下答祖德。

贾宝玉　这……孩儿愿读诗经离骚，这八股文章，孩儿实在读不下的。

贾　政　呸！

（唱）圣主隆恩设科考，

选拔真材和实料。

你八股文章学不好，

怎能够"致君尧舜"立当朝？

我家世代传忠孝，

断不容你衣冠禽兽乱胡闹。

从今以后,不许你读那诗经离骚,要把八股学好。
我要随时查问,你要仔细了!
〔幕内:宝二爷! 老祖宗叫你!
贾宝玉 我知道了。「趁贾政回过头去悄悄地从右溜下。
贾　政 (发现贾宝玉已不在)唉……
〔幕下。

第 二 幕

第一场

时　间　接前场
地　点　怡红院外
布　景　舞台右前斜露怡红院的门,门额上有"怡红快绿"字样,门前有石阶;连着门圈斜向右后有一短矮粉墙,墙角栽有芭蕉和花草。从墙后到左后有一排单栏杆。栏杆后远远望见花木丛茂亭台层叠的大观园缩景。中前稍左有一棵高大的玉兰花,花下有可供人坐的假山石,石周围栽有小花草。右后通向园外,右前通向怡红院,左后通向潇湘馆,左前通向蘅芜院等处。

〔王凤姐上。
王凤姐　(唱)白花花的银子十万多,
　　　　　　造下大观园一座,
　　　　　　亭台楼阁像蜂窝,
　　　　　　看窝的蜂王就是我,
　　　　　　上上下下要巡逻,
　　　　　　跑得我绣鞋几双破。
来到怡红院了,(向内)宝兄弟住在这女儿国里,难怪老爷太太不放心,要我随时来打听打听。
(唱)但愿他读书成正果,

不像我家那一个。

婆　子　（内）琏二爷！求求你不要……

贾　琏　（内）美人儿！别跑……

王凤姐　啊！〔怒，掩身玉兰花后。

〔婆子逃上，贾琏醉醺醺地手执一个绣着淫画的香囊追上。

婆　子　琏二爷你……这……〔向右后逃下。

贾　琏　美人儿！看你向哪里跑！〔欲追。

王凤姐　哼！好一个琏二爷！〔坐在假山石上。

贾　琏　（惊视，尴尬地）二……二奶奶在这里？

王凤姐　……〔不理。

贾　琏　诺，千不是，万不是，都……都怪小琏的不是。〔行礼。

王凤姐　啐！

　　　　（唱）亏你是国公府大阿哥，
　　　　　　　竟馋得吃着碗里瞧着锅。
　　　　　　　青天白日明亮亮，
　　　　　　　把黄脸婆子当嫦娥！

贾　琏　好……好人！今天我喝多了酒，下次再也不敢了！〔下跪。

王凤姐　起来起来，被人看见像什么话。

贾　琏　叩谢二奶奶大恩大德。〔起来。

王凤姐　琏二爷，谁叫你喝成这个样子？

贾　琏　好人！

　　　　（唱）你一天到晚闲事多，
　　　　　　　放债打官司忙不够。
　　　　　　　就欠下我的相思债，
　　　　　　　我好像干柴碰不到火，
　　　　　　　今天天气暖和和，
　　　　　　　一个人喝酒闷不过。

王凤姐　（气平）真是馋猫馋狗。

贾　琏　说我馋，我就馋。〔涎着脸偎坐王凤姐旁出示绣淫画的香囊。
　　　　你看！你看！

婆　子　（内）走哇走哇！见二奶奶去！〔藕官哭声。
王凤姐　（立起向贾琏）嘘！安静些快回去吧！
　　　　〔婆子押藕官上。
婆　子　二奶奶！
王凤姐　（向婆子）等一等！二爷，我还忘了一件事，请你顺便去账房吩咐一下，马上拨给我三百两银子，好替薛姑娘办生日。
贾　琏　要这些！给林妹妹办过用多少的？
王凤姐　这是老祖宗的意思，叫办得更热闹一些，银子少了够酒？还是够戏？
贾　琏　哦！好吧。（欲去又回低声地）只是盖了这大观园，银子像淌水一样，花的太空了，你也要心中有数。
王凤姐　这烦什么？派人到大小庄子上，吩咐他们多孝敬一些，不就是了吗？
贾　琏　对的，对的。〔从左前下。
　　　　〔王凤姐又坐下。
王凤姐　什么事？
婆　子　禀二奶奶，在园子里查着这个小蹄子，偷着烧纸钱，说她，她还不服。
　　　　〔贾宝玉从右后上，欲回怡红院，闻声止步。
王凤姐　烧纸钱，过来！
婆　子　（见藕官不动）二奶奶叫你，过去呀！〔推。
王凤姐　哼！人小胆不小，可真没有王法了？婆子！把她交给管事的。先打四十板子，再送出去卖掉！
婆　子　是！走！〔拉藕官。
藕　官　喂呀！〔扎挣哭着。
贾宝玉　住手！二嫂！
　　　　（唱）这纸是我叫她烧，
　　　　　　　都是些破烂八股要烧掉。
婆　子　二奶奶！〔递过纸钱。
王凤姐　（接过来）宝弟弟，你看这是纸钱，不是文章？
贾宝玉　是纸钱？哦哦哦！
　　　　（唱）实情不敢瞒二嫂，
　　　　　　　昨夜我梦见花神到。

王凤姐　怎么又扯到花神了?
贾宝玉　(唱)那花神向我要纸钱。
王凤姐　那你就叫袭人去烧好了?
贾宝玉　(唱)花神说……
王凤姐　说什么?
贾宝玉　(唱)袭人烧的她不要。
王凤姐　(立起)好弟弟,你别拿梦话和我乱扯了。婆子!带出去!
婆　子　是。走!
贾宝玉　慢!
　　　　(唱)小弟句句是真话,
　　　　　　二嫂应该将我饶!
王凤姐　(向婆子)哼!你这老货,也不问清名姓,就瞎着眼睛勾魂?
婆　子　二奶奶!不,不是的,这是二爷……
王凤姐　混账!你敢混赖宝二爷?该打嘴!滚吧!
婆　子　是!是!是![从左后下。
　　　　[贾宝玉用手招来藕官。
贾宝玉　(爱抚地)小孩子,你叫什么?
藕　官　我叫藕官。
贾宝玉　不要怕,二奶奶是好的。
王凤姐　看在宝二爷分上,你去吧![向左前下。
藕　官　谢谢二奶奶。[欢快地从右后下。
贾宝玉　(望藕官背影)这小女孩子!
贾宝玉　(唱)像春天枝上小花苞,
　　　　　　应该面向朝阳笑,
　　　　　　却无端风雨施强暴,
　　　　这折磨她的也是个女人,怎么女人做了老婆子,就会变成这样的铁石心肠?
　　　　(唱)真叫我想来想去不明了。
　　　　[晴雯从院门走出,袭人捧着几本书跟出。
晴　雯　不怪自己多事,反说我们懒骨头,那我就懒个样儿你看看。

袭　人　少说几句吧,姑奶奶！这是老爷送来给二爷读的呀！
晴　雯　又是老爷、二爷。〔看见贾宝玉走近。
　　　　唔,这不是二爷回来了？我们有什么不是,你当着面告吧。
贾宝玉　（笑问）又为了什么？
　　　　〔林黛玉从左后上。
袭　人　没有什么。我收拾书,有几本让虫子咬坏了,叫晴雯妹帮我晒一晒,她一动不动,还笑我多事。
贾宝玉　哪些书？（看）原来都是些混账八股。（抛书地上,见蠹虫从书内忙乱爬出好笑）哈哈哈！蠹虫！蠹虫！
　　　　（唱）不要怕,不要跑,
　　　　　　　请你安心吃个饱；
　　　　　　　吃饱了好去把官做。
林黛玉　真有趣！
　　　　（唱）快给它穿上一件大红袍。
贾宝玉　穿红袍？
林黛玉　（唱）点起一把无情火,
　　　　　　　连书带虫一齐烧。
　　　　　　　眼看这些害人精,
　　　　　　　个个穿起大红袍。
贾宝玉　有趣有趣,快些烧烧看。
晴　雯　（向袭人）不要发呆了,走！我帮你去烧。
袭　人　我可没有你这样胆子,让老爷晓得了,还不打个半死！
　　　　〔连忙收起书走进院内。
晴　雯　林姑娘,到里边坐一坐吧？
林黛玉　好。（欲入内,听见鸟鸣声）宝哥哥,这样好的春天,我们即景联诗一首可好？
贾宝玉　好。〔晴雯微笑进院。
　　　　（唱）花间携手春怀好,
林黛玉　（唱）对对黄莺啼不了；
贾宝玉　（唱）新笋冲泥吐嫩梢,

林黛玉　（唱）古梅结子还娇小。

贾宝玉　这树荫下面,好不清净!

林黛玉　是呀,这树荫草色,燕语莺啼,都是一片生趣!

贾宝玉　好一个一片生趣!

林黛玉　（唱）忽然一阵清香到。

贾宝玉　（唱）春风里花香草香处处好。

林黛玉　（唱）这不是花香不是草。

贾宝玉　这是什么香呢?（发现袖内香气,哦!

　　　　（唱）这种香气我知道。〔取出香串。

林黛玉　这是什么?

贾宝玉　（唱）这鹡鸰香串不平常。

林黛玉　（唱）倒有清醇好味道。

贾宝玉　（唱）你喜欢它就送你。

林黛玉　（把玩）这件东西,没有见你带过的?

贾宝玉　前天才有人送我的。

林黛玉　什么人?

贾宝玉　就是那北静王爷。

林黛玉　啊!王爷!（怒）快些拿去!

贾宝玉　妹妹,你不是喜欢这香气吗?

林黛玉　（唱）臭男人用过的我不要!

贾宝玉　是我不好,不该把这东西送你!〔摔了香串。

林黛玉　……〔不理。

贾宝玉　是我不好,不该惹妹妹生气!

林黛玉　哪个生气了。〔微笑着向左后下。

贾宝玉　妹妹!小心摔倒了!〔边喊边追下。

　　　　〔袭人从院门出,望着贾宝玉、林黛玉背影。

袭　人　唉!……

　　　　〔芳官从右后上。

芳　官　袭人姐,老爷传话,叫二爷去一下。

袭　人　芳官,二爷到潇湘馆去了,你快追去,就说老爷叫他就去。

　　　　　［芳官向左后下。

袭　人　二爷,看你怎生得了!
　　　　（唱）你怕读书文非正道,
　　　　　　　整天在姐妹丛中任性闹。
　　　　　　　老爷今番叫你去,
　　　　　　　是祸是福难预料。［发现地下香串拾起,沉思。
　　　　　［薛宝钗从左前上。

薛宝钗　（唱）大观园里风光好,
　　　　　　　随时安分无烦恼。
　　　　　　　行行来到怡红院,
　　　　　　　又只见袭人闷坐皱眉梢。
　　　　袭人姐,宝兄弟可在家里?

袭　人　宝二爷哪里还有在家的工夫!
　　　　（唱）姐妹们和气应该有分寸,
　　　　　　　也不该黑夜白天任性闹。
　　　　　　　好言好语去劝他,
　　　　　　　他只当耳边风过没分晓。

薛宝钗　（唱）不要看错这丫头,
　　　　　　　说话见识倒不小。
　　　　袭人姐,我们坐下,今天好好地说一会儿话。［拉袭人同坐花下石上。

袭　人　薛姑娘,你待我们下人可真好。

薛宝钗　袭人姐!
　　　　（唱）我看你时常皱眉梢,
　　　　　　　为哪桩疑难事儿添烦恼?

袭　人　（唱）珠大爷不幸亡故早,
　　　　　　　环哥儿姨娘所生更不肖。
　　　　　　　老爷太太就指望二爷他一个,
　　　　　　　荣宗耀祖保皇朝。
　　　　　　　偏偏他叫人心里焦,
　　　　　　　偏偏我又是个买来的丫鬟难计较。

〔芳官回,进院引出晴雯,下,晴雯生着气,听着。

薛宝钗　（唱）袭人姐不好这样说,
　　　　　　　老太太疼爱二爷像珍宝;
　　　　　　　府里丫头上百个,
　　　　　　　偏叫你贴身服侍来照料;
　　　　　　　老太太一片苦心你知晓,
　　　　　　　要耐心劝他归正道。

袭　人　也不知劝过多少了,要安心读书,不要打僧骂道,不要玩弄花粉,
　　　　（唱）怎奈他东耳听进西耳出,
　　　　　　　老毛病总是改不掉。

薛宝钗　（唱）有道是铁杵磨绣针,
　　　　　　　功夫深来会做到。
　　　　　　　我也许能帮上你一些忙的。

袭　人　这太好了,有你,我的好姑娘,我就不焦心了。

薛宝钗　（唱）袭人姐你这样关心二爷事,
　　　　　　　将来呀,好处一定不会少。

袭　人　薛姑娘,怎么你也寻我老实人开心了!
〔贾宝玉从右后上,欲进院。

袭　人　二爷,宝姑娘在这里了。

晴　雯　（抢着说）对了,薛姑娘坐了好久了。

贾宝玉　噢!宝姐姐。

薛宝钗　宝弟弟,你到哪里去来?

贾宝玉　我和林妹妹正有说有笑,老爷把我叫了去。

袭　人　为了什么事?

贾宝玉　还不是嘱咐我一顿。

薛宝钗　（笑）你这个小弟弟!

袭　人　二爷,请薛姑娘进去说话吧?

薛宝钗　（做作地）天色不早,明天再来了。

袭　人　薛姑娘,还早还早的。

晴　雯　袭人姐,薛姑娘说天不早了!
袭　人　不要紧,坐一坐再回去吧。〔搀薛宝钗。
薛宝钗　这……〔望望贾宝玉。
贾宝玉　姐姐请!
　　　　〔袭人搀薛宝钗进院,贾宝玉随下。
晴　雯　哼!
　　　（唱）嘴里说走身不动,
　　　　　　拉拉扯扯闹鬼把戏,
　　　　　　不管有事没有事,
　　　　　　要我们侍候到夜里,
　　　　　　就是老爷太太到,
　　　　　　再叫我开门也不依。〔狠狠关上门下。
　　　　〔林黛玉从左后上。
林黛玉　（唱）二舅唤了宝哥去,
　　　　　　叫我心中好忧疑。
　　　　　　这时光就把门儿闭?
　　　　　　开门呀!
晴　雯　（内）都睡下了,有事明天再来!
林黛玉　（唱）莫非丫鬟太顽皮?
　　　　　　是我,还不开门吗?
晴　雯　（内）不管你是谁,二爷吩咐的,一概不放进来!
林黛玉　你……〔想质问又止。
　　　（唱）舅母家究竟是客边,
　　　　　　如今我父母双亡无靠依;
　　　　　　若是认真斗了气,
　　　　　　难免自身讨没趣。〔沉思,从门内传出笑语声。
　　　　　　忽听门内笑声高,
　　　　　　分明是宝玉宝钗同游戏!
　　　　　　宝玉呀!
　　　（唱）莫非我退了那香串,

　　　　　你回来想想动真气？
　　　　　宝玉！宝玉！
　　　　（唱）你今天不叫我进去，
　　　　　　　难道明天就不见你！〔气愤。
袭　　人　（内）薛姑娘好走！
　　　　　〔林黛玉闪在一旁，袭人搀薛宝钗出，贾宝玉随送。
贾宝玉　姐姐，明天见。
薛宝钗　明天见。
袭　　人　宝姑娘，明天吃你的寿面。
　　　　　〔薛宝钗从左前下，贾宝玉、袭人关门下。
　　　　　〔林黛玉望望门洒泪向左后下。
　　　　　〔幕下。

第 二 幕

第二场

时　间　接前场
地　点　大观园一角
布　景　舞台左后迤逦向右后有一排较高的假山石，右端在桃花丛中斜露小亭的一角，设有可以开闭的亭窗。亭前稍左有一后高前低的、带栏杆的小桥斜通台前，中前稍左有一块矗立的假山石，石右旁有盛开的桃花。石后从左后迤逦向小桥足，横列一排低的假山石，和后边一排高假山石之间构成流水潺潺的意境。左前靠左端有假山石，周围栽有花草。取景同第二幕第一场，左后、右后、左前和右前都有行道。

　　　　　〔袭人、紫鹃、雪雁、莺儿、芳官、藕官、四小丫鬟各执绵锦纱罗做的经幡，晴雯、傻大姐分执花瓣柳枝扎的轿、马，陆续地手舞足蹈上。
众　　人　（唱）女儿家生小爱芳春，
　　　　　　　留不住花神且践行。

>　　　我这里忙悬幡胜，
>
>　　　我这里忙挂金铃。
>
>　　　有车儿马儿你坐稳，
>
>　　　好一路平安上天庭；
>
>　　　念我们殷勤诚恳，
>
>　　　你明年早早重临！
>
>　　［众一片欢声，晴雯携傻大姐、芳官携藕官下。

一丫鬟　（唱）特地安排酒一尊，

　　　　　　花神呀，我劝你烂醉如泥再起程。

莺　儿　你们看，我们姑娘来了。

袭　人　薛姑娘！

　　　　［薛宝钗手执团扇从右后上，从桥上走下。

薛宝钗　（唱）看树树都飘五色云，

　　　　　　春归却胜过春来景。

紫　鹃　看，老太太房里珍珠姐也来了。

　　　　［珍珠从左前上。

珍　珠　你们玩得好热闹呀？

众　人　珍珠姐，你也来玩了？

珍　珠　我是来下请帖，报喜信的。

众　人　什么喜信？

珍　珠　老祖宗为了给宝姑娘做生日，准备了好酒、好戏，今晚上要大大热闹热闹，宝姑娘！请你早些去。

薛宝钗　谢谢老祖宗。

珍　珠　众姐妹也要早些去！［从右前下。

众　人　好呀！

袭　人　我们给薛姑娘拜个早寿吧？

众　人　好，给薛姑娘拜个早寿！

薛宝钗　不敢当，不敢当的。

袭　人　薛姑娘到底与众不同，过生日也赶上这一天，我们先敬牡丹花的酒。

众　人　好呀！

薛宝钗　取笑了,我们还是敬了花神吧。

　　　　(唱)愿花神,上玉京,
　　　　　　保佑人间长太平,

众　人　(唱)念我们殷勤诚恳
　　　　　　你明年早早重临。〔四小丫鬟下。

薛宝钗　袭人姐,怎么不见宝弟弟?

袭　人　他一早,捧了一本书,找僻静的地方用功去了。这全亏宝姑娘昨天劝得好。

薛宝钗　(向紫鹃)林姑娘呢?

紫　鹃　还在家里。

薛宝钗　她为什么不来?

雪　雁　谁晓得为什么,昨晚上直哭了半夜。

紫　鹃　(抢着说,暗示雪雁住口)没什么,我们姑娘又是想念家乡了。

袭　人　薛姑娘,我们去玩吧。

薛宝钗　好,你们先去,我随后就来。〔袭人等分下。

　　　　(唱)老祖宗疼我像儿孙,
　　　　　　他一家待我好殷勤,
　　　　　　想我宝钗呀!
　　　　　　几年修得这缘分,
　　　　　　到处相逢总是春。
　　　　　　大观园妙处说不尽,
　　　　　　又何必羡慕皇宫望御林。
　　　　　　百花向我开颜笑,
　　　　　　莫非我就是名园正主人。
　　　　　　好一双美妙的蝴蝶!〔乐声中扑蝶,追过桥到亭边。

　　　　小东西,累得我一身汗,不扑你了。〔欲去,听到亭内有人细语声,停步窃听。

芳　官　(亭内)快说,后来怎样了?

藕　官　(亭内)多亏宝二爷来了,不然就坏了。

芳　官　(亭内)我劝你不要再偷着做那件事了,亏是宝二爷知道了,若被旁人……

藕　　官　（亭内）你倒是小点声！留心隔墙有耳……

薛宝钗　哎呀,有人在谈儿女私情,若晓得被我听见,岂不要转恨起我来？这……有了。（放重脚步,故意喊着）林妹妹,我看你躲到哪里去？

芳　　官　（猛开窗,看见薛宝钗）啊！
藕　　官

薛宝钗　你们把林姑娘藏在哪里了？

芳　　官　我们没看见。

薛宝钗　这倒奇了,明明看到她在这里弄水,我想吓她一下,怎么她一绕就不见了？唔,定是躲在亭子里。（故意进亭寻找,四下张望）那定是躲到山洞里去了。（走下桥,望着假山）林妹妹,不要再躲了,小心里面有蛇的！〔从右前下。

藕　　官　芳官,我们的话,让林姑娘听去了,这怎么好？

芳　　官　不要怕,就是让她听去也无妨的。听晴雯姐说过,林姑娘和宝二爷一样,心里有什么说什么,不像她（指薛宝钗去向）嘴里是一样,心里又是一样。

藕　　官　那怎么人人说林姑娘小心眼儿呢？

芳　　官　那是她们惹出来的,我们去玩吧。

藕　　官　好,你看宝二爷来了。

〔贾宝玉拿着一本书从左前上。

贾宝玉　（唱）清早到潇湘馆中把妹妹寻,
　　　　　　　却为何大家欢笑她愁闷？

芳　　官　二爷。
藕　　官

贾宝玉　噢,今天饯送花神,你们要由着性儿玩耍,呃,藕官,我记得昨天你烧了纸钱,是给什么人烧的？

藕　　官　这……〔羞,目视芳官。

芳　　官　过去,她和药官,一个唱小生,一个唱小旦,两个人好得像一对小夫妻,药官姐死了,她就常偷着烧纸钱。

藕　　官　（更羞）快不要说了,走吧！〔拖着芳官从右前下。

贾宝玉　（益增感慨）唉！林妹妹！我并未得罪你，你怎么又不理我了？

　　　　（唱）参不透，各中因，

　　　　　　只好读《西厢》散散心。〔坐中前偏左的假山石下看《西厢》。

〔林黛玉上。

林黛玉　（唱）开帘满眼是残英，〔贾宝玉闻声起望。

　　　　　　飘坠尘泥谁过问？〔在桥上眺望。

〔贾宝玉欲迎见又止。

贾宝玉　看妹妹尚有怒容，等她气平了才好相劝。〔隐身假山石后。

林黛玉　（唱）荷锄来做葬花人。〔下桥。

　　　　　　不关爱觅闲愁恨。〔拾落花香。

　　　　　　你鲜艳明媚是天生，

　　　　　　忍受了霜剑风刀苦逼凌。

　　　　　　红可消，香可断。

　　　　　　难灭心中一点真！〔散花空中。

　　　　　　愿生双翅随你飞。

　　　　　　飞到了天尽头处有长春！〔目光随花落在地上。

　　　　　　总归落地听无声，

　　　　　　倒不如一抔净土埋干净。〔拾花洗花。

　　　　　　忙将流水洗轻尘，〔装进纱囊。

　　　　　　放进纱囊扣严紧。

　　　　　　寻一个清幽境，（锄土）

　　　　　　挥动花锄把土分。〔埋纱囊。

　　　　　　质本洁来还洁去，

　　　　　　冤叫你坠落污渠逐浪萍。

　　　　　　看香坟小小才三寸，

　　　　　　地老天荒不肯平！

贾宝玉　唉！〔长叹。

林黛玉　（惊看）啐！我道是谁，原来是你这个……〔抽身欲去。

贾宝玉　（忙赶上前）妹妹！我知你生了气不理我，请听我只说一句话，你再走好不好？

〔林黛玉停步。

林黛玉　请讲。

贾宝玉　两句话说了,你听不听?(见林黛玉掉头欲去)既有今日,何必当初!

林黛玉　(停步)我问你,当初怎么样?今日又怎么样?

贾宝玉　当初我和你,

　　　　(唱)青梅竹马任天真,

　　　　　　处处体谅你的心。

　　　　　　实指望从小到大长和气,

　　　　　　谁知你如今待我像外人。

　　　　　　我家弟妹是隔母生

　　　　　　我和你一样孤单少同心。

　　　　　　你心不能换我心,

　　　　　　好叫我有冤无处申!

林黛玉　既是这样,那昨晚我到怡红院去,为什么你不让丫鬟开门呢?

贾宝玉　这,这是哪里说起?我要这样,立刻就死!

林黛玉　啐!有就有,没有就没有,大清早上不要起誓的。

贾宝玉　实在没有的。(想)唔,就是宝姐姐坐了一坐,就出来了。

林黛玉　(想一想)这样一说,定是丫头们顽皮的了?

贾宝玉　想必是的,我回去定要数说她们几句。

林黛玉　不要了,得罪了我这个草木人儿是不妨事的。只是明天什么宝姑娘来,什么贝姑娘来,也得罪了,事情就大了。〔笑。

贾宝玉　(笑)妹妹,这里还有许多落花,我帮你葬了吧?〔卷袖,掉落一本书。

林黛玉　这是什么?

贾宝玉　(忙收起)不过是《大学》《中庸》而已。

林黛玉　又来藏头露尾,我又要恼了?

贾宝玉　妹妹要看我是不怕的。(递书。)你看书我葬花。

林黛玉　(接看)《西厢记》?

贾宝玉　妹妹,这才算得好文章。

　　　　〔乐声中林黛玉看书,贾宝玉葬花。

林黛玉　(合书默诵)"花落水流红,闲愁万种,无语怨东风……"〔点头赞叹。

贾宝玉　妹妹！我就是"多愁多病身",你就是"倾国倾城貌"?

林黛玉　啊?该死的胡说！无端弄了这艳曲来,说这些混账话欺负我,看我不告诉舅父舅母去！〔泣,欲走。

贾宝玉　(忙拦住)好妹妹！千万饶我这一次吧！我要有心欺负你,明天就掉在这池子里,变一个癞头龟,在你坟上驮一辈子石碑！

〔林黛玉噗嗤一笑,揩着眼泪。

林黛玉　看你吓成这样子,还敢胡说?原来也是个"银样镴枪头"。〔还书。

贾宝玉　(接过)咦,你说的什么?我也告诉去。

林黛玉　好了,大家都不要说了,把落花收拾了吧。

贾宝玉　好。〔放下书,拿起花锄。

贾宝玉　(唱)质本洁来还洁去,
林黛玉

　　　　冤叫你堕落污渠逐浪萍。
　　　　看香坟小小才三寸,
　　　　地老天荒不肯平！

〔晴雯从左后急上。

晴　雯　二爷,老爷传话,叫你就去。

贾宝玉　又有什么事叫我?

晴　雯　还有什么事,查问你功课呗。

贾宝玉　唉！〔拿起书欲去。

林黛玉　宝哥哥,你那……〔指书。

贾宝玉　哦！〔欲藏袖内。

林黛玉　不好啊。〔指花篮示意。

贾宝玉　是是是。〔会意,将书放进花篮,从左后下。

晴　雯　林姑娘,我送你回去吧?

林黛玉　好。〔远远传来乐声。

晴　雯　林姑娘你听！这是给宝姑娘庆寿的戏文开了。

林黛玉　……〔想起自己的处境,伤心。

〔紫鹃从右后急上。

紫　鹃　姑娘！老太太请姑娘快去吃宝姑娘的寿酒。

林黛玉 ……[不禁泪下。
　　　　[晴雯、紫鹃相望，表示同情。
　　　　[幕下。

第 二 幕

第三场

时　间　夏
地　点　怡红院内
布　景　舞台中后墙壁当中雕有一面巨窗，窗外悬竹帘，窗前置放一书案，上有文具和书，案两旁分列一对圆凳；窗右置摆矮书架，上摆书册和小花瓶。右后壁上有门通向院外，左后斜向左前壁上有门通向室内，内室后向右另有一门，门外有经过中后窗和左后门外通向院外的走廊，从右后门和中后窗，可以看见庭院中的假山石和树木花草。

　　　　[贾宝玉坐在案旁读八股文，烦躁不安。
贾宝玉 （唱）夏日炎炎似火烧，
　　　　　　绿树浓荫乱蝉噪。
　　　　　　读八股读得我好心焦！
　　　"子曰，仕而优则学，学而优则仕。"（不耐，再翻一页）"唯女子与小人为难养也。"[更不耐。
　　　（唱）似这般圣人糟粕有什么好？[抛书案上，欲出。
　　　　[袭人捧汤从内室上。
袭　人 二爷，这两天老爷查问你功课很紧，你心里不高兴，面上也要装装样子。
贾宝玉 （唱）我问心不安怎装乔？
　　　　[晴雯拿着花束从右后上，插入瓶内。
袭　人 来！喝些莲子汤静静心吧！
贾宝玉 （唱）口苦难尝甜味道。
晴　雯 我说二爷！[引贾宝玉至右后门口。

（唱）你看一双飞燕拂柳梢，
　　　　盆里荷花红又娇，
　　　　作几句新诗把闷消，
　　　　倒比那莲子汤味道还要好。

贾宝玉　（唱）晴雯说话倒很妙，
　　　　我就去闲步园庭把诗句找。〔从右后门出走向庭园。

袭　人　晴雯！我没把他劝好，你倒把他支开了。

晴　雯　你看他方才读八股文章有多苦，难道你就不疼他吗？

袭　人　有道是"吃得苦中苦，方为人上人"。

晴　雯　这是你说的？

袭　人　这是老爷太太常说的。
　　　　〔幕内：宝二爷！

袭　人　你听老爷又来叫了。〔从右后门下。

晴　雯　一天到晚，总是拿老爷太太吓唬人！
　　　　〔贾宝玉回。

贾宝玉　晴雯，快拿诗笺来。

晴　雯　好。〔取。

贾宝玉　（边走边念）琥珀杯倾荷露滑，玻璃槛纳柳风凉，水亭处……
　　　　〔袭人持扇子从右后门上。

袭　人　二爷，二爷！老爷打发人来，说顺天府尹贾大人来了，叫你出去会他，这是人家送与二爷的扇子。

贾宝玉　府尹贾大人？哼！他就是专会这一套，知道大老爷喜欢古董，便弄得人家家破人亡，抢来孝顺，真是下流无耻！

晴　雯　二爷！你不喜欢就撕了它算了？

贾宝玉　对，对，袭人，把它撕了！

袭　人　二爷？……〔不肯撕。
　　　　〔贾宝玉夺过交给晴雯。

贾宝玉　撕！

晴　雯　好。（不睬袭人示意，笑着撕扇）撕、撕。〔进内室门，出内室后门，通过窗外走廊向右后下。

贾宝玉　撕得好，撕得好。
袭　人　二爷！扇子撕了，也该消气了，老爷叫你去会那府尹，你就快去吧！
贾宝玉　我不愿和这些大人老爷们来往。
　　　　〔林黛玉从右后上。
袭　人　二爷，你就不愿意考那举人进士，时常会会这些人物，谈论谈论，应酬应酬，将来也是有好处的。
贾宝玉　(正色)袭人！你怎么也学了薛姑娘的一套，快不要再说下去，仔细腌臜了我的清耳。
袭　人　我真不懂，人家薛姑娘劝你，也是一片好心，你哼了一声拿起脚就走了。幸亏碰了薛姑娘心地宽大有涵养，过后还是和你有说有笑，要是碰了林姑娘，不知又闹得怎么样了，这真是奇怪事儿。
贾宝玉　这有什么奇怪的，林姑娘说过这些混账话吗？要是她也这样说，我早就不理她了。
袭　人　这是混账话？
贾宝玉　当然是混账话。
袭　人　(知拗不过)好了好了，只怕老爷又等急了，快些换了衣服去吧，我的爷啊！
贾宝玉　唉！想不到宝姐姐好端端的一个清净洁白的女子，也学得钓名沽誉，真真是有负天地钟灵毓秀之德的了。〔进内室。
袭　人　唉！〔随下。
林黛玉　宝玉呀！
　　　　(唱)我日常认你为知己，
　　　　　　你真不亏负我心意；
　　　　　　在人前一片天真夸赞我，
　　　　　　丝毫不怕犯嫌疑。
　　　　　　唉，想我爹娘都去世，
　　　　　　无人为我定主意，
　　　　　　你和我，真知己，
　　　　　　白日当头永鉴知！〔喜得落泪，欲下。
　　　　〔贾宝玉换了衣服从内室后门出，通过窗外走廊欲下，看见林黛玉。

贾宝玉　妹妹,往哪里去?(见林黛玉回身拭泪,跟着进来)怎么又哭了?

林黛玉　我好端端的,哪里哭了?

贾宝玉　眼里含着泪,还说不曾哭?〔替林黛玉拭泪。

林黛玉　(闪开)你又要死了,这样动手动脚的?

贾宝玉　是我错了。说话忘了情,不觉动了手,也就顾不得死活了。

林黛玉　你死了不值什么,只是丢下了什么金,什么银的,怎么好呢?

贾宝玉　你还说这话,是咒我,还是气我?〔急出了汗。

林黛玉　不要急,我说错了,看你急成这个样子。〔替贾宝玉拭汗。

贾宝玉　妹妹,你放心吧!

林黛玉　我有什么不放心?我不明白你这话?

贾宝玉　你真的不明白?

　　　　〔林黛玉点头不语。

贾宝玉　唉,你要真的不明白呀,

　　　　(唱)不但我平常白用心,

　　　　　　也辜负你平常待我好心意。

　　　　　　你总为了不放心

　　　　　　才弄了一身疾病难医治?

林黛玉　我……〔感动得流下泪来,说不出话,欲下。

贾宝玉　妹妹,听我再说一句话!

　　　　〔袭人拿着扇子上从内室上。

林黛玉　有什么可说的,你的话我全明白了!〔从右后急下。

贾宝玉　好妹妹!我的这个心。〔袭人见状,从中后窗外望。

　　　　(唱)从来不敢向你说,〔袭人至书架边窃听。

　　　　　　睡里梦里也忘不了你。

　　　　　　今天大胆说出来,

　　　　　　死了也是甘心的。

袭　人　二爷,你这是怎么了?老爷等着你,还不快去吗?

贾宝玉　(一惊)啊!(接过扇子)噢噢噢。〔从右后下。

袭　人　(唱)二爷如醉又如痴,

　　　　　　分明和林姑娘有私情意。

　　　　　将来倘有不端事，
　　　　　上头责罚我担不起。
　　　　　二爷如今难解劝，
　　　　　怎样脱祸要费心机？〔呆想。
　　　　〔薛宝钗从右后上。
薛宝钗　袭人姐，你呆在这里想些什么？
袭　人　噢，刚才有两个雀儿打架，就看呆了。
薛宝钗　路上遇见宝兄弟，慌慌张张走过去，我也不好问他，到哪里去了？
袭　人　老爷叫了他去。
薛宝钗　这样大热天，总不会教训他吧？
袭　人　说是有贵客来了。（想）只是宝姑娘，我实在替他担心，来，我告诉你一件事。〔拉着薛宝钗坐下。
　　　　二爷和林……
薛宝钗　林什么？
袭　人　……没有什么。
薛宝钗　噢。〔明知不问。
　　　　袭人姐，听说这些天，你替宝兄弟做针线够忙的了？
袭　人　可不是，旁人做我又看不上眼，有时真忙不过来。
薛宝钗　你忙不及，今晚上尽管找我去
袭　人　哎呀，这可是我的福气了！〔相视一笑。
　　　　〔传来一片嘈杂声，晴雯、芳官从右后急上。
晴　雯
芳　官　哎呀不好了！二爷被打坏了！
薛宝钗
袭　人　啊！
　　　　〔婆子架贾宝玉从右后上，过场送入内室，珍珠随上。
袭　人　珍珠姐，怎、怎么的了？
珍　珠　是老爷打的，不亏老太太，太太去得快，就打死了。〔袭人入内。
薛宝钗　为了什么事？
珍　珠　老爷恨他不读书上进，在外面结识唱戏的，刚才又怠慢了贵客。老爷说,不如趁今天结果了二爷,以免将来杀父弑君。

贾宝玉　（内）呃呀！〔珍珠入内。

薛宝钗　（点头微叹）早听入一句话,哪里会有今天？

〔王夫人从右后急上。

晴　雯　我看二爷没有什么不是,老爷竟下这样毒手。心真……〔见王夫人怒视,溜入内室。

薛宝钗　姨母。〔行礼。

王夫人　那个丫头叫什么？

薛宝钗　晴雯。

王夫人　哼！哪里像个丫头？

〔王凤姐搀贾母从右后急上。

贾　母　（边走边说）唉！这真是家门不幸！

薛宝钗　老祖宗！二嫂！

贾　母　好孩子,你也赶来了？家门不幸,家门不幸！〔匆匆入内,众随下。

〔林黛玉从右后急上。

林黛玉　（唱）方才紫鹃慌忙报,

　　　　　　宝哥哥受责伤不小,

　　　　　急急忙忙来探问。〔欲入内室。

贾　母　（内）看,打成这个样子！

王凤姐　（内）老祖宗不要着急,伤在皮肉不要紧的。

林黛玉　（唱）又听凤姐语声高,

　　　　　　我这样伤心要被嘲笑。

　　　这样的进去,不好的呀！

　　　（唱）等他们走后再来瞧。〔回身从右后下。

〔薛宝钗从内室上,袭人随上。

袭　人　宝姑娘,二爷腿上又青又紫,肿得又硬又高,这可怎样好呀？

〔王夫人从内室上。

薛宝钗　青紫肿大,只怕……（见王夫人,改口）唔,方才二奶奶说的是,伤在皮肉不要紧的。

袭　人　真是的,早听人一句话,哪会受这样罪！

王夫人　唉！真是个祸胎孽根,叫人恨,又叫人怜。

薛宝钗　姨母,不要焦心,我那里有秘传伤药,敷上就会好的,我去去就来。〔从右后下。

王夫人　真是好孩子。袭人,我有话问你。

袭　人　太太?

王夫人　依你看,老爷打宝玉,是不是还有旁的缘故?

袭　人　旁的缘故?我实在不知道的,奴婢今天大胆在太太跟前说句冒失话,论理……

王夫人　你只管说。

袭　人　太太不要生气,奴婢才敢说。

王夫人　你说就是了。

袭　人　论理,我们二爷,也得老爷教训教训,老爷再不管,还不知将来做出什么事来呢,我……

王夫人　我的儿,你的话正合我的心,怪不得有人对我说,你是个懂道理的,你有什么就说什么,我会另眼看待你的。

袭　人　奴婢是说,怎么变个法儿,叫二爷搬出园子里就好了。

王夫人　啊！难道宝玉和谁做了怪了?

袭　人　太太!

(唱)眼前虽没有怪事情,

　　　只怕将来保不定。

　　　二爷他小孩脾气会任性,

　　　整天价姑娘队里闹纷纷。

　　　虽说都是表姐妹,

　　　到底应有男女分。

　　　万一有人说闲话,

　　　岂不要坏了二爷一世名。

王夫人　我的儿,想不到你想的这样周全,有你在宝玉身旁,我就放心了,以后看出什么,随时去告诉我,一定有你的好处。

袭　人　太太吩咐,奴婢敢不尽心的。

〔贾母从内室上,王凤姐、珍珠随上。

贾　母　太太,你要好好劝劝老爷,为了光耀门庭,儿子不好是应该管的。只是要软软地箍住他,才能使他慢慢地回过头来。像这样硬来硬去,动手就打,打死了也不济事的。唉!

王夫人　老太太说的是。宝钗拿伤药去了,她说敷上就会好的,老太太不用焦心了。

贾　母　噢!

王凤姐　宝妹妹真热心,真不枉老祖宗时常夸奖。

贾　母　宝钗有担待,有尽让,待人厚道,热心热肠,怎不讨人欢喜?难为她这样黄天暑热的跑来跑去,真不白让人疼她。林丫头呢?

〔林黛玉右后暗上通过走廊绕入内室。

王夫人　袭人,林姑娘可曾来过了?

袭　人　回禀老太太,还没有来。

王凤姐　呦!平时像黄鹰抓住鹞子的脚,两个人都扣了环儿似的,怎么这时候倒躲起来了?

贾　母　唔,定是和这一个(指的贾宝玉)又闹气了,真叫人操心。袭人!等宝姑娘送了药来,就替二爷敷上,他想吃什么,就找二奶奶去要。

袭　人　是。

王凤姐　对了,只要宝兄弟好得快,他要什么,你尽管去找我,就是想吃活人脑子,我也有法子给他弄了来的。

贾　母　(笑)嘘!看你这个呱啦劲儿?让他(指贾宝玉)安静一会儿,我们去吧!

王夫人
王凤姐　是

〔贾母扶着珍珠,王夫人、王凤姐后随从右后下。

袭　人　送老太太、太太、二奶奶!(见贾母等去后,得意忘形)唔,这一回我……(警觉四望)幸喜没有人听了去。

〔薛宝钗持丸药上。

薛宝钗　(唱)宝弟弟受了这番大教训,
　　　　　　但望他从此收了心。

袭　人　宝姑娘,丸药拿来了吗?

薛宝钗　看!

(唱)这是祖传灵药非常品，
　　　敷上一点就止疼。

袭　　人　噢？二爷！宝姑娘给你灵药来了！
　　　　　〔林黛玉从内室走出。
　　　　　咦？林姑娘你……
薛宝钗　　妹妹，不要太悲伤了，保重自己的身子要紧。
　　　　　〔林黛玉羞，掩面从右后急下。
　　　　　〔晴雯扬着手帕出内室追上。
晴　　雯　(边走边叫)林姑娘！你慢走！二爷送给你这手帕！
　　　　　〔从右后追下。
袭　　人　宝姑娘，看看二爷去吧？
薛宝钗　　好。〔欲入内。
贾宝玉　　(内)林妹妹！你放心！为了这些人，我便被打死了，也是情愿的！
　　　　　〔薛宝钗一惊，忙走近留神听。
贾宝玉　　(内)和尚道士，都是胡说八道！什么"金玉良缘"我偏说木石良缘！木石良缘！
　　　　　〔薛宝钗惊得手里丸药不觉落地。
　　　　　〔袭人忙拾起丸药。
袭　　人　宝姑娘！方才老太太、太太、还有二奶奶，在这里谈起了你，都夸你这样好，那样好的呀！
薛宝钗　　噢！……〔得意微笑。
　　　　　〔幕下。

第　三　幕

第一场

时　间　前场九个月后的春天
地　点　大观园内一角
布　景　舞台右后横向中后曲折向左前有一排双栏杆。栏杆左端(左后)通向怡红院,右端(右后)通向潇湘馆。右前有一株高大的柳树,垂叶上粘着柳絮,树下有一块可供人坐的假山石。右前通园外。

〔晴雯、芳官从左后上,在春风里扑捉柳絮。

晴　雯　(唱)太阳照当头,
芳　官　　　暖风吹满袖。
　　　　　　团团大雪花,
　　　　　　落在清明后。
芳　官　(唱)看你好娇柔,
晴　雯　(唱)捉你难下手。〔追捉,捉到一团。
　　　　　哪里跑?可捉到了你。〔分一些给芳官。
芳　官　(唱)外面明亮亮,
晴　雯　(唱)里面没骨头。
　　　　　芳官,你看这柳絮,倒像我们屋里一个人。
芳　官　像谁?
晴　雯　你猜猜看,又白又嫩,专会走上风,跟人团团转的。
芳　官　这是谁?
晴　雯　笨丫头还不懂,她转来转去,太太就给她穿上新衣裳,还从自己的月费里分给她二两银子的。
芳　官　我懂了,是袭人姐姐。
晴　雯　我说她没有骨头像柳絮,你看像不像?
芳　官　唔,像!像!像!〔把柳絮抛在空中,追捉向右前下。
　　　　〔紫鹃上。
　　　　〔晴雯也把柳絮抛在空中,追逐。
晴　雯　(笑)哈哈哈!
紫　鹃　晴雯姐!你们玩得真高兴呀!
晴　雯　紫鹃姐,是要这样高兴,住在这园子里找气生,只怕早把肚子气破了。
紫　鹃　唔!宝二爷这两天怎么样?
晴　雯　完全好了,只是老太太还不准他出来。
紫　鹃　老爷的板子真不轻,养了大半年了。

晴　雯	哼！不该打的，打。该治的，反而不治了！
紫　鹃	谁？
晴　雯	还有谁，只有这位（伸出二指暗指王凤姐）阎王奶奶，琏二爷偷着娶了尤二姐，她，好妹妹，好妹妹，叫了有一千声，把人家骗进府里，不给人家吃，不给人家穿，打发人一天骂人家几遍，把人家活活地逼得吞金一死！ 〔薛宝钗挽林黛玉从右后上。
紫　鹃	唉！尤二姐死得太可怜了。这位奶奶怎么这样忍心？
晴　雯	哼！明是一盆火，暗是一把刀！
林黛玉	紫鹃，你们在这里谈些什么？
紫　鹃	谈……
晴　雯	林姑娘，我们谈尤二姐死的太可怜了。
林黛玉	唉！紫鹃，你还不和晴雯去吗？
紫　鹃	是。〔推晴雯从左后下。
薛宝钗	这些丫头，真是搁不住话，就不怕二嫂子听了去。
林黛玉	也难怪人家说她闲话，尤二姐实在死得太可怜了。
薛宝钗	妹妹。"天有不测风云，人有旦夕祸福"这是她前生命定，我们不要谈了。你看！满天飞着柳絮，倒比雪花还要好看呢？
林黛玉	柳絮呀！ （唱）你本来洁白又温柔， 　　　有几天明媚春光能享受？ 　　　无端嫁与东风去。 　　　颠簸飘扬不自由！ 　　　难道你生性爱轻浮？ 　　　难道你命定委渠沟？
薛宝钗	唉！你这是怎样想的？
林黛玉	姐姐！ （唱）眼前的薄命人儿是二尤， 　　　似这般飞絮飘零随处有。
薛宝钗	妹妹，你这样悲天悯人，固然是好的，只未免过于悲苦了，我看柳絮呀？
林黛玉	怎样？

薛宝钗 （唱）白玉堂前舞不停，
　　　　　　东风吹卷本均匀。
　　　　　　天公好意安排定，
　　　　　　怎叫它全随逝水委芳尘？

林黛玉 （唱）随逝水，委芳尘，
　　　　　　这样事儿件件真？

薛宝钗 （唱）这不怪东风太薄情，
　　　　　　要怪它自甘堕落自沉沦。
　　　　妹妹你看！
　　　　（唱）一阵好风凭借力，
　　　　　　高高送我上青天！

林黛玉 （笑）好一个翻案文章，真亏你做，我是再也想不出的。姐姐，我们诗社久已不起了，何不以这柳絮为题，再起它一社？

薛宝钗 这诗社今后还是少起的才是。

林黛玉 姐姐，岂不闻"闺门内有许多风雅"？

薛宝钗 什么？好一个千金小姐，还不快快跪下，让我来审你。

林黛玉 审我什么？你是疯了。

薛宝钗 我问你，这句话从哪里来的？

林黛玉 从……

薛宝钗 从《牡丹亭》上来的，是也不是？

林黛玉 只这一次，下次不说就是。

薛宝钗 还说一次，前几天当着老祖宗、太太面前行酒令，说"良辰美酒奈何天"可是你？说"纱窗外没有红娘报"可是你？被人留心了去，这成什么话了？

林黛玉 好姐姐，你不要说给旁人，我以后再也不敢说了。

薛宝钗 妹妹不要怕，我怎会向旁人说，我是为了提醒你呀！〔边说边让林黛玉坐柳树下石上。
　　　（唱）女子无才便是德，
　　　　　　第一件事是贞静；
　　　　　　刺绣女工放第二，

作诗填词就非本分。
不识文字倒还好,
识字就要读正经;
最怕读了闲杂书,
乱了情性难做人!

［林黛玉咳嗽。

薛宝钗　（旁唱）林妹妹常常对我有心病,
　　　　　　解铃还需要系铃人。
　　　　　　有补品可以作礼物,
　　　　　　　送她一点表表心。［向林黛玉。
　　　　　　妹妹呀!你近来身体太虚弱,
　　　　　　　最好是吃点燕窝补补神。［傍林黛玉坐下。

林黛玉　燕窝?这样贵重的东西,我哪里……［苦笑摇头。

薛宝钗　（唱）我还有一些白燕窝,
　　　　　　回去叫莺儿送上门

林黛玉　你这样……

薛宝钗　你放心吧!
　　　（唱）有委屈烦难只管讲,
　　　　　　我能办到的总办成。
　　　妹妹,我虽是有母有兄,也算寄人篱下,和你是同病相怜的。姐姐在这里一天,就要照应妹妹你一天的。

林黛玉　你,你真是我的好姐姐!

薛宝钗　你也是我的好妹妹。［从右后下。

林黛玉　（望薛宝钗背影）宝姐姐!
　　　（唱）往常我对你错疑心,
　　　　　　只当你内藏奸诈假殷勤。
　　　　　　今天你怕我说错关照我,
　　　　　　念我多病送补品;
　　　　　　虽然是你我见解难投合,
　　　　　　你的情意倒真诚。

你也说寄人篱下苦,

我比你更是苦十分![有寒意,欲下。

[贾宝玉从左后上,紫鹃随上。

贾宝玉　妹妹!我能出来走动了。

[林黛玉默默无言。

贾宝玉　听说你和宝姐姐在这里玩柳絮,玩得可好?

林黛玉　好。

贾宝玉　宝姐姐呢?

林黛玉　替我找燕窝去了。

贾宝玉　噢!妹妹,你比往日更瘦了?

林黛玉　你也比先前大瘦了?你……回去好好养息吧![从右后下。

贾宝玉　你?……嘘!(暗示紫鹃留下)紫鹃姐,林妹妹怎么了?

紫　鹃　你要问什么?

贾宝玉　从前我与她时常斗气,倒是话有千万,如今不斗气了,反而话无一二,这是什么缘故呀?

紫　鹃　你想想看?

贾宝玉　方才她说宝姐姐替她去取燕窝的?哦哦哦!她一定怪我家照顾的不周到,我就去说与老太太,每天送来就是。

紫　鹃　不用了,姑娘就怕人说她要这样要那样的,这些小事,她不会怪你的。

贾宝玉　不怪我,为什么和我远了呢?真真叫人不解了。

紫　鹃　二爷,老实对你说吧,姑娘大了,你也大了,不能再像小时候那样了。

贾宝玉　啊?怎么大了就该疏远了?[低头沉思。

紫　鹃　(旁)看他这样,倒要试他一试。二爷!我们姑娘快要回家去了。

贾宝玉　谁家去?

紫　鹃　回苏州来家去。

贾宝玉　(笑)唉!你又说白话了,原因苏州无人照应,她才来的,如今回到哪里去?[坐柳树下石上。

紫　鹃　二爷,你太小看了人了!

(唱)休认为只有你贾家人势盛,

旁人家都是孤苦伶仃。

　　　　林家虽然家贫困，
　　　　还有叔伯几房亲，
　　　　姑娘大了该出嫁，
　　　　又岂肯丢与你家听人冷落过一生。
　　　　早则夏，迟则冬，
　　　　有人来接她就动身。
　　姑娘还叫我告诉你，把小时光送给你的东西还给她。
　　〔贾宝玉吓得起立，继而两眼发直，坐下不说不动。

紫　鹃　二爷！（贾宝玉不应）二爷二爷！我是哄你玩的。（贾宝玉仍不应）坏了坏了，我玩出祸来了！这……〔焦急不知所措。
　　　　〔晴雯从左后上。
晴　雯　二爷！老太太要你回去呢。二爷二爷！（见贾宝玉呆状）紫鹃姐，怎么这样了？
紫　鹃　方才我向他说了一句玩话，他就信成真的变成这样。你快扶他回去吧。
晴　雯　这位爷。〔扶宝玉下。
紫　鹃　这，这怎么好呢？
　　（唱）看二爷情意十分真，
　　　　大不该编些虚言试他心。
　　　　万一他因此急成病，
　　　　又引起姑娘吃一惊。
　　还是回去说与姑娘知道，还是不说呢？说……〔踌躇。
　　〔傻大姐手执柳枝从右前上。
傻大姐　咦，真奇怪，紫鹃姐怎会这样傻，一个人在这里说话？
　　喂，紫鹃姐！不要乱想了，我唱个歌你听听。
　　（唱）荣国府，宁国府，
　　　　金钱财宝如粪土。
　　　　吃不穷，穿不穷，
　　　　算来总是一场空。
紫　鹃　（警觉）傻大姐，可不能乱唱！
傻大姐　园外有人唱，我怎么不能唱？〔又欲唱。

〔紫鹃忙掩傻大姐口。

紫　鹃　你歇歇吧！
〔袭人从左后急上。

袭　人　紫鹃，你和二爷说了什么，把他都吓痴了？你还不快劝劝去吗？

紫　鹃　你急的到哪里去？

袭　人　禀报太太去！〔向右前急下。

紫　鹃　坏了坏了！〔向左后急下。

傻大姐　咦？这两个人一上一下，像走马灯似的，真好玩。

（扔下柳条，边捉柳絮边唱）

　　　　吃不穷，穿不穷，
　　　　算来总是一场空。
　　　　又窝娼，又聚赌，
　　　　国公府里好名声。〔绕到树后，绊倒。

咦？这是什么东西？（拾起一个绣着淫画的香囊）真好玩，绣的花花绿绿的，倒要送给老太太看看。〔把玩。
〔王夫人从右前上。

王夫人　傻丫头，手里拿的什么？

傻大姐　好玩得很，太太你看看。

王夫人　（接过看）啊！（忙藏袖中）是哪里来的？

傻大姐　在这里拾到的。

王夫人　傻东西，不准你讲出去！讲出去就活活打死！〔向左后匆匆下。

傻大姐　啊？唱也不许唱，玩也不许玩，在这园子里真像个笼中鸟。唉！还跟不上个笼中鸟，它还能叫两声，跳两跳。真倒霉！〔赌气跑向右前欲下。
〔王凤姐从右前急上，和傻大姐撞个满怀，袭人随上。

王凤姐　站住，什么东西敢这样横冲直撞？

傻大姐　（看清是王凤姐，吓得发抖）二，二奶奶！

王凤姐　跪下！（傻大姐跪）打自己嘴巴！（傻大姐不肯）哼！（逼傻大姐自打）滚吧！（踢一脚，傻大姐从树后向右哭下）这些东西，真是无法无天了！
〔王夫人从左后上。

王凤姐　太太！宝兄弟怎样了？

王夫人　没什么,听信了紫鹃一句玩话,说开了他已明白,过两天就好了,倒是有件事我正要问你……袭人去吧！〔坐树下右上。

袭　人　是。〔从左后下。

王凤姐　（惶惑地）太太？

〔王夫人取出香囊。

王夫人　你看！

〔王凤姐接着,看出是贾琏的东西,假装吃惊。

王凤姐　啊！太太。这是哪里来的？

王夫人　你还问我？念你是个细心人,我才自己偷空儿,叫你多管事,哪知你把这样下流的东西,大白天丢在园子里,被傻大姐拾到,不是我自己看见,早已到了老太太跟前去了！

王凤姐　太太怎么知道是我的？

王夫人　你还嘴硬,除了不长进的琏儿,谁会有这下流的东西？

王凤姐　太太！（跪下）姑母这样说,侄女也不敢强辩,只是侄女不但从无这样东西,今天还是第一遭看见。就算侄女会有,也不敢带出来替姑姑丢脸。请姑母细想想。这园子里,东西两府的奶奶、姑娘、丫头、奴才媳妇、来来往往的人有多少？保得住都是规规矩矩的吗？

王夫人　唉！起来吧,我也说我们王家出身的姑娘,不会这样轻狂的。（起立想）对了,宝玉越来越不听话,定是这些下流东西勾引坏的。凤姐！等宝玉身子好一好,先把那个叫晴雯的,还有几个唱过戏的都撵出府去！

王凤姐　太太说得是,我先叫几个贴身婆子暗地查访,过几天借着查赌为名,出其不意搜一下园子,背不住还有更坏的？

王夫人　好,你就这样去办吧！

王凤姐　是

王夫人　慢！只是宝钗那里,可不准去惊动！

王凤姐　我晓得,怎会搜到宝妹妹那里。可是林姑娘……

王夫人　黛玉？她是好生气的。（略想）这也顾不得许多了！

王凤姐　遵命。〔行礼。

————幕急下

第 三 幕

第二场

时　间　前场数日后

地　点　潇湘馆外

布　景　舞台左前斜露潇湘馆的门,门上垂着竹帘。门后向右后横列一排挂满紫藤的竹篱,右端有篱门。门右前靠边上有一块矗立的假山石,石后栽数竿幼竹。中前稍左有一圆桌,桌旁分列一对圆凳。篱外中后有假山石,稍左有数竿幼竹。左后通园外,右后通向怡红院,篱内和馆门之间向左通向丫鬟住室,馆门通向林黛玉住室。台后远远望见竹林景。

〔藕官倚竹篱唱着昆曲《牡丹亭》。

藕　官　(唱)只为你如花美眷
　　　　　　　似水流年……

〔雪雁从馆门上。

雪　雁　藕官,不要唱了,姑娘身体不好,让她安静安静吧!

林黛玉　雪雁!〔从馆门出来,坐右凳上。

雪　雁　嗳。〔向藕官。
　　　　你看!

藕　官　姑娘,我不该噪闹了你。

林黛玉　不要紧的。(热爱地)藕官,你学了几年戏的?

藕　官　三年

林黛玉　你的家呢?

藕　官　我十岁被家里卖了出来,不知道逃荒到哪里去了。

林黛玉　好孩子,你心里想唱,就唱几句,我不会怪你的。

藕　官　(感动)姑娘……

林黛玉　你看,春天又要去了,到园子里唱个痛快去吧!雪雁,你也去。(藕官和雪雁相视不动)去吧!

雪　雁	是。〔同向右后下，藕官内唱，声渐远。
藕　官	
林黛玉	如花美眷，似水流年……（从袖中取出贾宝玉送的手帕，凝视）宝玉！你送这旧手帕的心意，我是懂了的！

（唱）有帕还如你在旁，殷勤为我揩泪行。

你看！

（唱）我已将心里话儿亲题上。你何必再为我病一场？

可恨眼前呀！

（唱）就是你，在我旁，

这样的话儿也难得讲。

我和你总有一天，

（唱）带笑同吟帕上诗，

当作珍宝来收藏。

〔紫鹃从右后上。

紫　鹃	姑娘！我回来了，宝二爷真是个实心眼儿的！
林黛玉	（藏帕）紫鹃，你说的什么，这样没头没脑的？他的病……
紫　鹃	好了好了。他本来没有病的，我故意试他一试，说我们要走了，他就急坏了。
林黛玉	真会惹祸，哪个叫你去试他的？
紫　鹃	姑娘，你待我亲妹妹一样，叫我怎放心得下。
林黛玉	你……你说说他是怎样好的？
紫　鹃	我说："是哄你玩的，林家没有人来接姑娘的了，就是有，老太太也不会放她去的。"姑娘，你猜二爷怎样说？
林黛玉	傻丫头，还要我猜。
紫　鹃	他说："便是老太太放，我也不依！"我说："果真的不依？只怕是嘴上的话吧？"他说："傻丫头，从此再不要愁了，活着，我们一起活着，不活着，我们一处化成烟、化成灰！"姑娘，你看他的心实不实？
林黛玉	……〔感动，背过脸去。
紫　鹃	一动不如一静，旁的都容易，最难得的从小一处长大，脾气、性情，都彼此知道的……

林黛玉　啐！你累了几天,也该歇歇去了,还唠叨些什么?
紫　鹃　姑娘!
　　　　（唱）我是一片真心为姑娘,
　　　　　　只愁你没有父母兄弟行。
　　　　　　趁着老太太还健康,
　　　　　　早把大事办停当。
　　　　　　万一她,有短长,
　　　　　　要耽误你的好时光。
　　　　〔林黛玉感激紫鹃,又不好意思说出来,背着脸想着。
紫　鹃　姑娘!
　　　　（唱）俗语说:"万两黄金容易得,
　　　　　　知心一个难求访。"
　　　　　　姑娘呀,你心里明白志气刚,
　　　　　　就要快快定主张!
林黛玉　紫鹃,你今天疯了? 我不敢要你了。
紫　鹃　姑娘,我说的都是好话,你细想一想就知道了。
林黛玉　（更感动,转回身）紫鹃!
紫　鹃　（急向前）姑娘……
林黛玉　妹妹!
　　　　（唱）至亲难有这热心肠,
　　　　　　但愁你天真容易遭人谤,
　　　　　　在二爷面前呀,
　　　　（唱）今后休将玩话讲,
　　　　　　免得他病中心绪不宁康。
紫　鹃　姑娘……（见贾宝玉走来）二爷他来了。
　　　　〔贾宝玉身体尚未复原,从右后踉跄上。
贾宝玉　妹妹!〔紫鹃走进馆门。
林黛玉　怎么才好了又出来了?
贾宝玉　我的病难得好了!
林黛玉　又,又为了什么?

贾宝玉　老爷又吩咐下来,从今天起,决不许我作诗填词,和姐妹们往来,要我到家塾里死啃那八股文,明年定要下考场,要是考不中,就不要我这个儿子了!

林黛玉　这是舅父说的,那你便……

贾宝玉　我?我也不想诓功名,当禄蠹,打死我也不下那害人坑!妹妹,我混到放学就来看你。

林黛玉　好。

〔紫鹃捧茶从馆门上。

紫　鹃　二爷,吃杯茶吧。

贾宝玉　好。(坐)紫鹃姐,那一天我被你吓得好苦!〔欲喝茶。

〔婆子从左后急上,站在竹篱外。

婆　子　二爷!二爷!老爷又打发人来,在园外催你了!

〔贾宝玉赌气放下茶杯。

贾宝玉　知道了!……〔不动。

婆　子　二爷!二爷!

紫　鹃　二爷!还是先去吧。

贾宝玉　唉!〔起立。

妹妹,我去了……

林黛玉　你好好保重……

贾宝玉　好……(勉强出篱门向左走着,听到林黛玉咳嗽,回身站在篱外)妹妹!我不要紧,你真要爱惜身体……

〔林黛玉走到篱边,点头。

〔贾宝玉前行,林黛玉目送,二人挥手而别,林黛玉凝望贾宝玉背影,莺儿捧礼物从右后上。

莺　儿　林姑娘!〔林黛玉不应。

紫　鹃　莺妹妹!〔招手。

莺　儿　紫娟姐,这是我家大爷到江南承办宫内用物,顺便带回来的江南土仪,宝姑娘叫我送来的。

紫　鹃　宝姑娘真周到,你坐一会吧?

莺　儿　不坐了,还要给老太太、太太、奶奶们都送一份去。

紫　鹃　噢,你回去替林姑娘谢谢宝姑娘吧。
莺　儿　好。〔从右后下。
紫　鹃　姑娘你看！这是宝姑娘送来的江南土仪。
林黛玉　（唱）才入眼,便心酸。
紫　鹃　看！还有虎丘山泥人儿戏呢！
林黛玉　（唱）想起儿时好家园,
　　　　　　　如今竟似天涯远,
　　　　　　　这些土物不忍看！〔伤心。
紫　鹃　姑娘,宝姑娘送来这些东西,也是安慰你的,看了应该喜欢,怎么又伤心了？
林黛玉　紫鹃,哪有一个人偏偏喜欢伤心的,我,还不是由不得自己的！收起了吧。
紫　鹃　是。〔收土物入院门。
　　　　〔传来一阵乌鸦归巢声。
林黛玉　（唱）晚风又起响萧萧,
　　　　　　　可叹人情不如鸟。
　　　　　　　乌鸦阵阵各归巢,
　　　　　　　幼鸟还有慈鸟保。
　　　　　　　为什么不住哀声叫？
　　　　　　　莫非是高空下击有鹰雕。
　　　　〔传来一片叱喝声。
林黛玉　啊！又出了什么事？
　　　　〔篱外,二婆子押芳官从右后向左后下,王夫人随上。
王夫人　（向右后）把贱货拖出来！（二婆子拖晴雯上,晴雯跌坐篱门边）衣服剥掉！
晴　雯　不用剥,我自己会脱！（脱衣扔地上,婆子拾起）太太！我只请问你一句话,究竟我犯了什么罪？
王夫人　不许问,快拖出去！
晴　雯　不用拖,我自己会走！〔昂然向左后下,二婆子随下。
王夫人　这些害人精,看你们还敢勾引宝玉！〔恨恨地随下。
　　　　〔藕官从右后急上。

藕　官　姑,姑娘！怡红院被搜了,晴雯姐、芳官姐都被撵出去了！
　　　　［紫鹃闻声从馆门上。
林黛玉　为了什么？
藕　官　我,我不晓得。姑娘！我怕！我不能离开你！
紫　鹃　藕官,不要怕,太太不会到这里来的。
　　　　［藕官在篱边向外望。
藕　官　不好不好！她们来了！［忙躲在篱内假山石后,紫鹃用身子遮蔽。
林黛玉　好！［气愤地在左边凳上坐下,等待着。
　　　　［王凤姐率婆子从右后上。
王凤姐　林妹妹在屋里吗？
紫　鹃　在,二奶奶。
王凤姐　(假笑)妹妹,太太不放心,叫二嫂子来看看你的？
林黛玉　……［不答。
　　　　［冷场。
婆　子　(着急)二奶奶？……
王凤姐　紫鹃！领她们到你们屋里去！［示意婆子去搜。
紫　鹃　是。［领婆子从左中下。
　　　　［王凤姐右坐。
王凤姐　妹妹！这两天好吗？嫂子整天穷忙,也没工夫常来看你？(见林黛玉不答)妹妹！你要什么尽管叫人到我那里去要,可不要客气呀？(见林黛玉仍不答)妹妹！嫂子就是疼你的。
林黛玉　(冷笑)谢谢二嫂的好心。
婆　子　(内)啊！这不是男人的东西吗？(手拿几样东西上,紫鹃随上)二奶奶！查出了男人的东西！
紫　鹃　这是宝二爷小时光的。
王凤姐　(接看,假笑)对。(向婆子)大惊小怪些什么？宝二爷和林姑娘,从小在一起混了几年了,有这个又算点什么。［放桌上。
婆　子　二奶奶,丫头房里都看过了,只有……［视林黛玉。
王凤姐　(假怒)混账！走,到旁边去吧。［立起欲下。
　　　　［林黛玉立起。

林黛玉　慢！二嫂既来了,就搜个清爽,请！〔向自己屋里让。
　　　　〔王凤姐怒,又转为赔笑。
王凤姐　林妹妹,不要这样,太太怕丫头赌钱,叫我来看看的。(向婆子)还不快走！
　　　　妹妹,请安歇吧！(行到篱门)藕官！随我来,有话问你。〔走出。
藕　官　是。〔战战兢兢地跟出。
王凤姐　带走。〔挥袖,从左后下。
藕　官　姑,姑娘！〔被婆子拖向左后下。
林黛玉　……这,这里住不得了！〔愤极晕伏桌上。
紫　鹃　姑娘！姑娘！

——幕急下

第　四　幕

第一场

时　间　前场后两月

地　点　荣禧堂

布　景　除下述陈设上的变动外和第一幕相同。麻姑献寿绣图和雨蝶幕撤下,露出一排隔扇,桌椅撤去,换设坐床,床中直摆长方形小茶桌,桌上有小自鸣钟,两旁有坐垫,床下有踏脚。立柱内侧分列一对圆凳,花瓶中换插其他花草,宫灯撤下。

〔幕启,贾政执一帖子气急败坏地从左上。

贾　政　(凝望"荣禧堂"匾额)唉！真是家门不幸,上负君恩,下愧祖德了！
　　　　(唱)我贾门世代受皇恩,
　　　　　　安富尊荣天下闻。
　　　　　　想不到元妃寿不永,
　　　　　　想不到亲贵渐凋零。
　　　　　　恨宝玉,不上进,

报君慰祖靠何人？〔看帖子。

如今更出了下流事，

怎不叫人气填膺。

〔贾琏上。

贾　琏　叔叔，侄儿为了乌庄头送租粮的车辆，在城外被差役掳去，寻到县衙责问，他们说，若知道是我们府里的，天胆也不敢冒犯，再三赔罪放了车辆，只是今年的租米银钱更更少了。

贾　政　好，我知道了，琏儿！（出示帖子）这是什么？

〔怒掷地下。

贾　琏　（拾起看）"……夺人产，害人命，国公后代黑良心。"叔叔，这是哪里来的？

贾　政　光天化日之下，贴在府门之上，这真是辱没祖宗了！

贾　琏　谁敢这样大胆，诬骂公爷府，侄儿就去查明，送官问罪！〔欲下。

贾　政　回来！我是问你，这夺人产害人命的是什么人？

快说！

贾　琏　这……

贾　政　奴才！

（唱）你本国公后代根，竟敢斗胆败家声。

万一传到皇宫内，这灭门大祸顷刻临！

贾　琏　叔，叔叔！

（唱）侄儿虽然不长进，也不敢这样斗胆败家声。

贾　政　不是你？

贾　琏　不是侄儿。

贾　政　那，那是什么人？快说！

贾　琏　（唱）只怕是东府的珍大哥？

不，他也不会乱胡行。

贾　政　啊？

贾　琏　唔。是珍大哥，一定是他。

贾　珍　好！我在外书房等候，你快去查明来报！

贾　琏　遵，遵命！〔从左溜下。

贾　政　唉，真是家门不幸！

〔贾宝玉神智恍惚地从右上,倚立柱。

贾宝玉 （笑）哈哈哈！哈哈哈！

（环望）啊！

（唱）什么人逼死小晴雯？

　　　什么人逼我出园门？

　　　为什么不见林妹妹？

　　　想来想去想不清……〔呆想。

〔袭人从右喊上,贾政坐在柱下凳上叹气。

袭　人 二爷！二爷！

贾宝玉 袭人,我这是在哪里？

袭　人 老太太叫你搬回来,为的是……叫你好好养病的,走,回房去吧。

贾宝玉 养病？唉！（唱）

　　　住在园中神智清,

　　　住在这里才闷成病。

　　　让我回到怡红院。〔欲出。

贾　母 （内）宝玉！宝玉！

〔袭人掣住贾宝玉。

袭　人 二爷！你听！老太太唤你了。

贾宝玉 （唱）我要去看看木石散散心！〔甩脱袭人奔下。

〔王夫人、王凤姐前后从右喊上。

王夫人 宝玉！宝玉！

王凤姐 宝兄弟！

贾　政 （怒阻）逆子！

贾宝玉 （笑）咦,你是什么人？

王夫人 宝玉,老爷在这里,可不能胡闹的！

贾宝玉 是老爷？（审视）老爷！

（唱）不要再逼我读八股,不要再逼我求功名；

　　　就当作买鸟放生灵,放我回园中活性命！

贾　政 啊？〔怒,逼视贾宝玉。

贾宝玉 啊？〔亦怒。

王夫人　老爷！宝玉有病,你……

贾　政　哼！这是你们惯的好儿子！

贾宝玉　咦?(又笑)我这儿子,有什么不好?(又哭)有什么不好?

王凤姐　宝兄弟,你好,你好,回去养息吧。

贾宝玉　有什么不好?(狂笑)哈哈哈……〔被王凤姐、袭人向右拥下。

王夫人　老爷,宝玉有病,不要为他生气了。

贾　政　唉！

王夫人　方才老太太说,早一些给宝玉娶了亲,他会好的了?

贾　政　这样不长进的孽种,谁家好女儿肯来配他！

王夫人　老太太虽未明说,看平日口气是喜欢宝丫头的?

贾　政　宝钗?(想)唔！好,这事,听老太太吩咐就是。〔向左下。

〔珍珠搀贾母上,王凤姐随上。

贾　母　但愿早了心头愿,

王凤姐　老祖宗明年抱重孙。

贾　母　方才还听见老爷话声,怎么不见了?

王夫人　他有事去了。

贾　母　我说的那个话,你向他讲了没有?〔坐床上。

王夫人　讲了,老爷说,请老太太做主。〔坐左凳上。

贾　母　叫我做主?这倒奇了,宝玉是你们的亲生儿子,怎么倒要我来操心了?

王凤姐　老祖宗,你常说宝兄弟是你的命根子,定亲是他终身大事,老祖宗怎能推得一干二净呀?

贾　母　(笑)看这个贫嘴,倒派起我的不是了?

王夫人　凤丫头也是好心,望着宝玉早些好的。

贾　母　唔！我要不给宝玉做主,谅你们也不敢做主。我想——

(唱)论灵性,黛玉是好的,

〔王夫人和王凤姐相视一惊。

可惜她把女孩儿本分当儿戏。

自从宝玉搬出园,

她忽病忽好真可疑。

宝玉是我家命根子,

> 我想他似狂似傻难成器。
> 俗语说"妻贤夫祸少",
> "娶妻娶德"是正理。
> 看宝钗贤惠端庄识大体,
> 帮宝玉成家立业最相宜。

王凤姐　对呀!到底是老祖宗有眼力,一个宝玉,一个金锁,这可算天配的良缘了。

贾　母　(向王夫人)你怎么不说话呀?

王夫人　老太太想的是,只是,宝玉病得这样儿,谁知道薛姨太太那边……

王凤姐　太太放心吧,我早就探过口风了,不用说姨太太愿意的,就是宝妹妹,虽然口里不说,心里也早就愿意的了。

贾　母　(笑)真是个贤惠的孩子,那就赶紧给宝玉娶过来吧!

王夫人　
王凤姐　是

贾　母　慢!宝玉和林丫头,从小十分亲近,要是娶了宝丫头,万一闹起来……

王夫人　这倒为难了?

王凤姐　这……唔,难也不难,我倒有一个"掉包"的法子。

王夫人　怎么掉包,你快说!

王凤姐　太太,只要……〔耳语。

贾　母　只顾了你娘儿俩捣鬼,到底告诉我怎么样呀?

王夫人　老太太,是……〔耳语。

贾　母　唔,这样甚好,先给宝玉娶了亲,再给林丫头找个婆家,我的心事就算了了。凤丫头!

　　　　(唱)宝玉的新房要僻静,过了聘礼就成亲。
　　　　　　吩咐上下众人等,不准丝毫露风声!

王凤姐　遵命

——幕下

第 四 幕

第二场

时　间　前场后数日
地　点　潇湘馆
布　景　舞台中后壁上雕窗,窗前有竹榻,榻上有靠枕,榻端有圆凳,窗外栽有竹林。右后壁上有门通向馆外,左后斜向左前壁上有门通向内室。榻左斜设书案,案上陈列文具和书,案后有圆凳。

〔林黛玉靠榻上闭目养神,紫鹃皱着眉头搦着茶炉,稍停,雪雁微笑着捧着兰花、荔枝从右门上。

雪　雁　紫鹃姐!
紫　鹃　嘘!(低声)姑娘睡着了。
雪　雁　(低声)太太叫人送来这一盆兰花,还有薛姨太太送来荔枝,你看好不好?
紫　鹃　(淡淡地)好。
雪　雁　紫鹃姐……〔笑。
紫　鹃　什么事?
雪　雁　我不说了,迟早你总会知道的。
紫　鹃　到底什么事?你这样傻笑。
雪　雁　没有什么
紫　鹃　看你,你不说我也不听了。
雪　雁　听说宝二爷要娶亲了。
　　　　〔林黛玉一惊,注意听。
紫　鹃　(一惊)啊!是什么人?
雪　雁　他们说"是亲上加亲,还是住在园子里的",还有谁?
紫　鹃　亲上加亲,住在园子里的?薛姑娘已经搬出了园外。
　　　　(悟,喜悦地)唔,真的吗?

雪　雁　园子里纷纷传说,哪有不真?你看太太送来的兰花,还是并头的呀!
　　　　〔紫鹃接过兰花、荔枝仔细看。
紫　鹃　哦!这就好了!〔笑望林黛玉。
　　　　〔林黛玉坐起。
紫　鹃　(兴奋地)姑娘你快看!这是太太送来的,
　　　　(唱)细种兰花扑鼻香。〔把兰花放在榻头凳上。
　　　　　　这是薛姨太太送来的
　　　　(唱)鲜甜荔枝你尝尝。〔递过荔枝。
　　　　　　老人家天天把你挂心上,
　　　　　　都望你无病无愁永健康。
林黛玉　(接着,矜持着内心愉快)真是难得。〔欲下榻。
紫　鹃　姑娘……〔又高兴又怕林黛玉累着。
林黛玉　不要紧,我要下地活动活动,紫鹃,你去谢谢薛姨太太,并问候宝姐姐怎么搬回家去就不来玩了?
紫　鹃　是。〔从右门下。
林黛玉　雪雁,把药炉拿出去吧。
　　　　〔雪雁端起药炉一笑。
雪　雁　姑娘你可以不吃药了。〔从右门下。
林黛玉　(唱)听得她们闲谈讲,
　　　　　　我愁雾凝云总散光。
　　　　好香的兰花!
　　　　(唱)香兰熏得我心怀畅,
　　　　　　今日吟诗不断肠。〔愉快地走到桌边,提起笔来。
　　　　〔雪雁回。
雪　雁　姑娘,你今天好多了?
林黛玉　明年春暖花放,我会更好的了!(传来哭声)啊!什么人哭得这样伤心?快去看看。
　　　　〔雪雁看。
雪　雁　姑娘,是老太太房里的傻大姐。
林黛玉　唤她进来。(雪雁应从右门下)这个老实孩子,又被人家欺负了。(雪雁引傻大姐上)你又哭的什么?

傻大姐　姑娘,袭人姐打了我。

林黛玉　告诉我,为了什么打你?

傻大姐　就是为了这件事,宝二爷要取宝姑娘了。

林黛玉　啊?〔一惊,半信半疑。

雪　雁　(抢问)宝二爷要娶宝姑娘了?

傻大姐　可不是,老太太、太太、二奶奶商量好的,给宝二爷娶过来宝姑娘,还要给林姑娘说婆家呢。

〔林黛玉两眼发直,呆坐微抖。

傻大姐　她们讲没有事,我讲就打我,林姑娘你评评这个理。

雪　雁　(见林黛玉面色不好)好妹妹随我来吧。〔拉傻大姐从右门下。

林黛玉　宝,宝玉要娶宝姑娘了?(立起)好!你们都商量好了!〔气得更抖,几乎晕倒。

〔紫鹃已探知贾宝玉娶薛宝钗,懊丧地从右门上。

紫　鹃　啊!〔忙扶住。

姑娘!

林黛玉　(寻望兰花、荔枝,更愤恨)真欺负得够了!〔大咳,吐血。

紫　鹃　(见血大惊,不禁失色)啊!

〔林黛玉见血,苦笑以早死为快。

林黛玉　到今天,我,我全明白了!〔挣扎着走向内室。

〔雪雁从右门上。

雪　雁　姑娘?

紫　鹃　雪雁,姑娘听见什么了?

雪　雁　傻大姐来说的,宝二爷要娶宝姑娘了。

紫　鹃　这真送了她的命了!(顿足)你们真狠心!〔和雪雁分别捧起兰花、荔枝从右门下。

〔林黛玉浑身战抖拿着诗帕上,倚着书桌看诗帕。

林黛玉　(惨笑)哈哈哈!

(唱)呕空心血写新诗,

　　　像作茧春蚕自吐丝。

说什么"眼空蓄泪泪空垂"？

说什么"为君哪得不伤悲"？〔怒撕诗帕，撕不动。

〔紫鹃、雪雁回。

林黛玉　雪雁！火！……火！

〔紫鹃呆住不知所措。

紫　鹃　姑娘你……〔雪雁出捧药炉上。

林黛玉　（唱）这恨种情根付与谁？

火！火！〔雪雁把炉放在远处，呆视着。

拉杂摧烧化成灰！〔挣扎着走向药炉投帕入火，力尽晕倒。

〔紫鹃忙扶坐榻上。

紫　鹃　姑娘，你这是何苦？

〔林黛玉醒转，抖喘，用手向书桌指着。

林黛玉　诗……

紫　鹃　姑娘？

林黛玉　诗，诗稿！〔紫鹃递过。

（念）一年三百六十日，

　　　风刀霜剑严相逼；

　　　明媚鲜娇能几时，

　　　一朝漂泊难……寻……觅！（悲愤过度，最后二字读不成声。稍喘息，挣扎着）火！火！〔等雪雁移近药炉，无力地把诗稿撒落，昏过去。

雪　雁　紫鹃姐，这怎么好？……我找人去。〔从右门急下。

紫　鹃　姑娘！姑娘！

（唱）看姑娘只剩一口气，

　　　竟无一人来料理。

　　　他们在瞒着姑娘办喜事，

　　　这样狠毒为怎的？

太太、二奶奶，不来问信，难道老太太也不疼外孙女了？……

〔婆子从右门急上。

婆　子　紫鹃姑娘，老太太……

紫　鹃　老奶奶你来得正好。

婆　子	老太太、太太、二奶奶，叫你和雪雁到那边去。
紫　鹃	啊？……（稍停）姑、姑娘还没断气，等着人死了，我俩自然会出去的。哪里用得着这样紧逼！
婆　子	你……你这是向我说的？还是向老太太、太太、二奶奶说的？
紫　鹃	向谁说都是一样，反正姑娘有一口气在，我就不离开她！
婆　子	你……（着急又知拗不过）这……

　　〔雪雁沮丧地从右门上。

雪　雁	紫鹃姐！找不到一个人？
婆　子	雪雁，跟我去！老太太叫你。
雪　雁	我不去。
婆　子	走！〔拉雪雁下。
紫　鹃	哼！想不到老太太也是一样狠毒！……〔恨恨不已。
林黛玉	（唱）香可断，红可销，〔醒转喘着。
	一寸丹心灭不掉！
紫　鹃	姑娘！
林黛玉	（挣扎着环视）妹……妹妹！只有你一个人了？
紫　鹃	姑……姑娘，只有我一个人了。
林黛玉	好妹妹！几年来，你随姐姐，受尽了煎熬，姐姐去后，你，你自己要多加……保……保重！
紫　鹃	（忍着眼泪点着头）姑……娘……
林黛玉	（更无力地）妹妹……我的身子是干净的，你好歹叫他们送我……送我回去！
	（唱）这里没有亲人靠，
	小魂灵须把爹娘……爹娘找！
	〔传来鼓乐声。
	（气愤到极度，尽力呼出）你们……好，好……〔气绝。
紫　鹃	（惨叫）姑娘！……

　　　　　　　　　　　　　　　　　　——幕急下

第 四 幕

第三场

时　　间　紧接前场

地　　点　新房的外室

布　　景　舞台中后有一排可以开闭的隔扇,隔扇前左右两边有一对茶几,茶几两旁各有一对椅子,列成八字形。从中后斜向左前壁上有门通向喜堂,斜向右前壁上有门通向新房。室内高悬四个大红宫灯。

〔鼓乐声中紫鹃素服从隔扇后上,悲愤地站在墙角等待,四丫鬟秉红烛前导,贾宝玉高兴地牵着彩绸,雪雁忍泪和袭人挽着薛宝钗蒙着盖头从左门上,王凤姐、王夫人、贾母随上。

贾宝玉　林妹妹,不要蒙这个了?〔欲揭盖头红。

王凤姐　宝兄弟!你这样胡闹,林妹妹又要生气了!

贾宝玉　噢!林妹妹要生气的,我不乱说乱动了。〔牵彩绸向右下,雪雁、袭人挽薛宝钗随下。

王凤姐　恭喜老祖宗,明年可以抱重孙了!

贾　　母　(笑)大家同喜。

紫　　鹃　老太太……〔又悲又愤,说不出话。

王凤姐　(怒)紫鹃!你来做什么?

紫　　鹃　林、林姑娘死……

王凤姐　住口!(忙以身遮蔽,怕被贾宝玉发现)快滚出去!

紫　　鹃　(愤极)……好!……〔从左门下。

贾　　母　(明知故问)什么事?

王凤姐　(笑)老祖宗,没有什么,林……

贾　　母　嘘!(暗示不要被房里贾宝玉听见)不要说了,竟有这等事?

王夫人　老太太保重身体要紧,凤姐,你到那边看看去吧。

王凤姐　是。

贾　　母　凤丫头!你去告诉她的阴灵,不是我忍心不去送她,只为有个亲疏,她是我的外孙女是亲的了,可是和宝玉比起来,宝玉又比她更亲了。你去吧!

王凤姐　是。〔欲下。

　　　　〔袭人从右门上。

袭　人　二奶奶!二爷要揭盖头了。

王凤姐　他要揭了?〔注视里间动静。

贾　母
王夫人　要揭了?〔注视里间动静。

　　　　〔贾宝玉半清醒地拉着雪雁从右上。

贾宝玉　雪雁,我眼花了,她可是你家姑娘?怎么好像是宝姑娘?

雪　雁　她是……〔想说不敢说,想哭又不敢哭。

王凤姐　雪雁……〔暗示雪雁走开,雪雁从右下。

贾宝玉　(环视)老祖宗、太太、二嫂子、袭人、我?(咬手指)这不是做梦吧?袭人,我这是在哪里?

王凤姐　宝兄弟,今天是你大喜的日子,不要乱说了,老爷可在外头呢!

　　　　〔贾宝玉拉过袭人。

贾宝玉　坐在房里的那一位美人儿,她是什么人?

袭　人　那、那是新娶的二奶奶。

贾宝玉　真糊涂,我问她到底是哪一个?

袭　人　她,她是……〔目向王凤姐。

王凤姐　是宝姑娘。

贾宝玉　林姑娘呢?

王夫人　宝玉,这是老爷做主,娶得宝姑娘,怎么混说起林姑娘了?

贾宝玉　啊?

　　　　(唱)我方才看见林妹妹,
　　　　　　还有雪雁陪她来。
　　　　　　她和我同把天地拜,
　　　　　　同进洞房饮交杯。
　　　　　　为什么眼一转变了宝姑娘?
　　　　　　你们把什么玩笑开?

王凤姐　宝姑娘可在里面坐着呢,你要乱说得罪了她,老祖宗可不依的。

贾宝玉　（唱）林妹妹,老祖宗平日最疼爱,
　　　　　　　为什么今天不能来?
王夫人　你不知道,她有了病不能来的。
贾宝玉　（唱）要她来,要她来,
　　　　　　　我要看看林妹妹!
王夫人　她起不了床的。
贾宝玉　（唱）若是她出门有妨碍,
　　　　　　　我去到潇湘馆里把她陪!〔欲下。
袭　人　（拦阻）二爷,二爷!
贾宝玉　（唱）雪雁你先去把信带,
　　　　　　　说我立刻就要来。
　　　　　　　让她安心暂等待,
　　　　　　　不要生气乱疑猜!
袭　人　二爷!你怎么了?我不是雪雁。
贾宝玉　你是的,雪雁,你快去快去!
贾　母　宝玉,乖孩子,听我的话,不要再闹了!
王凤姐　宝兄弟,老祖宗叫你了。
贾宝玉　老祖宗,我要林妹妹,我要林妹妹!
贾　母　乖孩子,今天是你的好日子,你安静一些,早早安歇去吧!
贾宝玉　老祖宗!
　　　　（唱）林妹妹和我你最疼爱,
　　　　　　　从小让我们住一块。
　　　　　　　到如今我们都有病,
　　　　　　　分隔两处难安排。
　　　　　　　望求你腾间空房子,
　　　　　　　把我们一起往里抬。
　　　　　　　活在一处好医治,
　　　　　　　死在一处不分开!
贾　母　宝玉,你听说听道,我就疼你,再这样疯疯癫癫的,我就要生气了!
王夫人　宝玉!快不要闹了!再要闹,不但老太太,我也要生气了!

王凤姐　宝兄弟,听见没有?你再闹,老祖宗、太太可都要生气了!
贾宝玉　我不去看林妹妹,她要气死了。我也不能活了![欲下。
　　　　[薛宝钗从右门上。
薛宝钗　宝弟弟!
　　　　(唱)你放着病体不保养,
　　　　　　何苦说话不吉祥?
　　　　　　老祖宗一生只疼你一个,
　　　　　　难道你要叫八十老人心惨伤?
　　　　　　太太费尽一生心血抚养你,
　　　　　　难道你不把她前途想?
　　　　　　因此你子道未尽不能死,
　　　　你就想死呀,
　　　　(唱)老天爷也是不容让!
贾宝玉　(笑)咦?你好久不和我说话了,如今说这篇大道理给谁听的?(正色)啊!你这样好,怎么赶走了林妹妹?
王凤姐　(胸有成竹地)宝兄弟!实告诉你吧,林妹妹已经亡故了!
贾宝玉　啊!怎么她,她不在人世了?
王凤姐　唔,死了。
贾宝玉　林……[两眼发直,昏了过去。
　　　　[众人分别连声喊叫着:宝玉,宝兄弟,宝二爷。
贾　母　(向薛宝钗)孩子,你怎么也这样冒失了?
薛宝钗　老祖宗不要怕,她的病会好的。
贾宝玉　(醒转)林妹妹!林妹妹!
　　　　(唱)几天前还和你说衷怀,
　　　　　　你活生生还是平常态。
　　　　　　什么人,将你害?
　　　　　　叫你我人间天上永分开!
　　　　　　林妹妹你慢走![欲下,众拦阻。
贾　母　宝玉!你有病,去不得!
贾宝玉　我没有病了![挣脱。

王夫人　宝玉,你不能去,老爷来了!
贾宝玉　我要去!〔推开众人欲奔出。
　　　　〔贾政上。
贾　政　(拦住)逆子!到哪里去?
贾宝玉　林妹妹死了,我去料理后事。
贾　政　有人料理,不用你管!
贾宝玉　请看在她是你的外甥女份上,让我去哭她一场。
贾　政　今天,老太太为你娶亲,这是天大的喜事,不准你去,也不准你哭!
贾宝玉　老爷,我,我只求你这一次了。
贾　政　不听父言,就为不孝!
　　　　〔贾宝玉环视众人,都暗示不要违拗。
贾宝玉　好吧,我,我不去了。〔坐下。
王凤姐　老祖宗,宝兄弟说话清楚了。
贾　母　唉,家门不幸!
贾　政　儿子不孝,生此逆子,还望老太太多多保重,不要为他气坏了身体。
贾　母　你到外面,招呼宾客去吧。
贾　政　是。(望了贾宝玉一眼)唉!〔从左门下。
贾　母　宝玉,时光不早了,你安歇去吧。
贾宝玉　(慢慢立起)老祖宗、太太,我现在都明白了。
　　　　(唱)老天爷没有叫我错投胎,
　　　　　　似这般皇恩祖德深如海。
王凤姐　(向贾母、王夫人)宝兄弟真的明白了!
贾宝玉　(唱)哄我骗我是疼爱,
　　　　　　打我骂我是栽培。
王夫人　明白了就好。
贾宝玉　(唱)也怪我一直在梦里,
　　　　　　也得要冷水浇头惊醒来。
贾　母　这才是好孩子,快进房去吧!
贾宝玉　(唱)宝姐姐知书达礼大贤才,
薛宝钗　不要说这些了。

贾宝玉　（唱）这才是金玉良缘配和谐。〔以袖掩玉。
　　　　哎呀！我的通灵宝玉呢？怎么不见了？
众　人　（惊）啊！〔忙乱地找着。
王夫人　袭人，玉呢？
袭　人　方才在房内换衣服还看见的。
贾　母　这还得了，还不到房里去找！〔众乱成一团向右门拥下。
　　　　〔贾宝玉取下玉，丢地下。
贾宝玉　哼！今天我全明白了！〔用脚揣开隔扇冲下。
　　　　〔王凤姐从右门上，众人陆续随上。
　　　　〔王凤姐发现玉。
王凤姐　有了！原来在这里！〔递给贾母。
贾　母　（接过）不错是它。（环视）宝玉呢？宝玉呢？
众　人　（乱成一团）哪里去了？
　　　　〔贾政从左门急上。
贾　政　什么事？
众　人　宝玉不见了。
贾　政　（向外看）啊！
　　　　〔贾琏匆匆捧贾宝玉的婚服从中后上。
贾　琏　外面传报，宝兄弟冲出府去了！
众　人　啊！……〔颓丧地面面相观。
　　　　〔幕缓下。
幕　内　（唱）梦间回头挣脱了利锁名枷，
　　　　　　　急抽身抛撇了玉堂金马。
　　　　　　　霎时间大厦倾冰山倒下，
　　　　　　　落得个真浪子远走天涯！

剧终

选自吴白匋、木水编剧《红楼梦（锡剧）》（江苏人民出版社1956年版）。